KB236117

근대 한국과 일본의 민요 창출

The Invention of Folk Songs in Modern Korea and Japan

지은이 **시나다 요시카즈**(品田悅一)는 1959년 일본 군마현 출생으로 현재 토오쿄오대학 종합문화연구과 언어정보과학전공 조교수이다. 시가를 중심으로 하는 상대일본문학을 전공으로 한다. 『창조된 고전(創造された古典)』(공저, 新曜社, 1999), 『만엽집의 발명(万葉集の發明)』(新曜社, 2001) 등을 집필하여, 일본 국문학계의 근간인 고전문학계에 파문을 던지고, 끊임없이 문제제기를 하고 있다.

지은이 **츠보이 히데토**(坪井秀人)는 1959년 일본 나고야 출생으로 현재 나고야대학대학원 문학연구과 교수이다. 전공은 일본근대문학, 문학사이다. 저서로는 『목소리의 축제 –일본근대시와 전쟁(聲の祝祭－日本近代詩と戰爭)』(名古屋大學出版會, 1997) 등 다수가 있으며, 학술지 『日本文學』에 「'국문학자'의 자기 점검(國文學者の自己点檢)」을 게재하여 반향을 불러일으켰다.

엮은이 **임경화**(林慶花)는 1971년 한국 대구 출생으로 토오쿄오대학 인문사회계연구과 박사과정을 수료하였으며, 현재 고려대학교 강사이다. 전공은 시가를 중심으로 하는 동아시아비교문학론이다. 「천평승보 7년의 사키모리노래의 현장(天平勝宝七歲防人歌の場)」(『日本文學』 50-3, 2001), 「후지와라궁 역민의 노래 고찰(藤原宮役民作歌考)」(『美夫君志』 64, 2002) 등 일본 고대 서민의 와카의 주체성을 부정하는 논문을 발표했다.

근대 한국과 일본의 민요 창출

1판 1쇄 인쇄 2005년 8월 01일
1판 1쇄 발행 2005년 8월 10일

편저자 / 임경화
펴낸이 / 박성모
펴낸곳 / 소명출판
출판고문 / 김호영
등록 / 제13-522호
주소 / 137-878 서울시 서초구 서초동 1621-18 (란빌딩 1층)
대표전화 / (02) 585-7840
팩시밀리 / (02) 585-7848
somyong@korea.com / www.somyong.com

ⓒ 2005, 임경화

값 17,000원

ISBN 89-5626-165-2 93810

근대 한국과 일본의 민요 창출

The Invention of Folk Songs in Modern Korea and Japan

임경화 편저

소명출판

The Invention of Folk Songs in Modern Korea and Japan

임경화 편저

일러두기

· 본서의 제1장 「일본의 국민문학운동과 민요의 발명」 및 제2장 「'국민의 소리'로서의 민요」는, 각각 논문 「民謠の發明—明治後期における國民文學運動にそくして」(『万葉集研究』 21, 塙書房, 1997.3)와 「〈國民の聲〉としての民謠」(『〈文學年報1〉文學の闇/近代の「沈默」』, 世織書房, 2003.11)를 번역한 것이다. 번역은 편자(임경화)에 의한다. 제3장은 본서 간행을 위하여 새로 쓰인 것이다.

· 제1장과 제2장의 역주는 각주로 처리하되, 원주와의 혼란을 피하기 위하여 각주의 마지막 부분에 '(역주)'를 넣어 구분한다. 그 내용이 짧은 경우에는, 본문 중의 ( ) 안에 '→'를 받는 부분에 역주를 단다.

· 인용문 중에는 강조를 위해 고딕체로 쓰거나, ≪ ≫에 의해 문장을 보충하거나, 혹은 중간을 생략하여 '……'라고 한 부분이 있는데, 이것은 모두 행론상 필요한 조치로 필자들에 의해 행해진 것이다.

· [ ]은 ( )의 중첩을 피하기 위해 쓰인 기호이다.

· 필자들은 글 중에 연호(明治·大正·昭和)를 병기하고 있다. 일본의 근대를 다룰 때 연호를 축으로 그 사조를 파악하는 것이 일반적이며, 이미 학술용어로 정착되어 있는 관계로 역문에서도 원문에 충실히 연호를 단다.

· 인용 논저명 및 저자명은 모두 한글로 표기하고, 각 장의 첫 번째 예에 한해서 원명을 괄호 안에 넣는다. 원문의 서지사항은 참고문헌목록에 일괄해서 제시한다.

· 일본어 고유명사의 표기는 인명, 지명을 제외하고 한자를 음독하는 경우는 한국어 한자음으로, 훈독하는 경우는 원음에 가까운 한글로 옮기는 것을 원칙으로 한다.

본서를 읽기 전에

1. 본서의 간행 동기

대학시절 시 창작에 몰두하였던 필자(임경화)는 다양한 시 형식을 시도해가는 속에서 민요조를 응용했을 때 창작자의 의도가 독자에게 가장 잘 전달된다는 도식을 터득한 이후, '민요'에 대한 환상을 갖게 되었다. 그 환상 속에는 말할 것도 없이 반만년 역사의 수레바퀴를 쉼 없이 굴려온 운명공동체로서의 한민족과 그 전통에 대한 무한한 신뢰가 강하게 투영되어 있었다. 중요한 것은 이러한 지극히 개인적인 체험에 입각한 비전이 열아홉이 되서야 농촌을 체험한 필자로 하여금 '민요' 연구자의 길을 걷게 하기에 충분할 만큼 십여 년 전의 한국은 여전히 민족을 뜨겁게 내뱉고 있었다는 점이다. 하지만 연구의 시작과 동시에 인문학계를 중심으로 불기 시작한 국민국가론이나 문화 연구의 열풍은 풋내기 연구자에게도 초기의 소박한 환상 — 창작자와 독자 사이에 형성된 유대의 근저에 심오한 민족전통의 공유를 상상하는 것 — 에 의심을 품기를 끊임없이 요구했다. 결과적으로 환상은 무력하게 부서졌고, 지금까지의 필자의 연구 자체도 거시적으로는 근대 이후에 구축된 자국문학사 체계의 중요한 지반이론이 되었던 '민요' 개념을 상대화하는 데에 집중되었다고 간단히 정리할 수 있다.

그러나 돌이켜보면 여기에 이르기까지의 나름대로의 시행착오들은 단순히 해결을 위해 폐기처분된 실패로 사장되어야 할 것만은 아니다. 지금 필자에게 필요한 것은 이제까지의 시행과정에서 벌어진 실패와 성과들에 대한 자기 점검(혹은 의미화)이며, 본서의 간행 동기는 일차적으로 개인적인 자기 정리라는 의미를 갖는다. 따라서 여기에서는 필자가 기존의 '민요' 개념을 부정하기에 이른 경위를 약술하고 필자의 번역에 의해 제시된 제1장 및 제2장의 논문들이 갖는 연구사적 의미를 피력하고자 한다. 또한 이 서술과정에서 본서 간행의 궁극적인 목표가 결코 개인적인 차원으로 완결되는 것이 아니라, 제3장의 필자의 논문을 포함한 본서를 구성하고 있는 세 편의 논문들이 모두 '민요'를 키워드로 하여 기존의 학문체계 및 체질에 대한 자기 점검을 호소하는 적극성을 띠고 있다는 것이 밝혀질 것이다.

우선 일본문학 연구자로서의 필자의 초기의 관심과 그 행방에서부터 글을 시작하고자 한다. 그것은 한 마디로 '민요'의 기원에 대한 추구였다. 문학사수업에서 일본의 대표적인 정형시인 와카(和歌)를 묶은 가장 오래된 와카집(和歌集)인 『만엽집(萬葉集 → 8세기 말 성립)』이 이후의 와카집과는 달리 서민들의 '민요(혹은 가요)'도 다량으로 수록하고 있는 국민가집(national anthology)으로서의 특징을 갖고 있다는 기술을 접하고, 고대 일본의 문학현상의 독자성을 학문적으로 추구하여 '민요'에 대한 환상을 기원에서부터 입증하려 하였다. 거기에는 폭넓은 작자층과 표현의 진솔함을 들어 일본의 와카사(和歌史)를 통틀어 회귀해야 할 황금기로 주목받았던 『만엽집』의 수용(受容)의 역사에 대한 필자의 무비판적인 신뢰가 있었다. 나아가 '민요' 개념이 갖는 이중성, 즉 지역성에 밀착된 고유성, 향토성뿐만 아니라, 지역을 초월하는 장르의 보편성, 일반성에서 외국문학 연구자로서 문학의 보편적 원리를 도출해낼 수 있을 것만 같았다.

하지만 서민의 가요라고 일컬어지는 정형시들, 예를 들어 『만엽집』 안에 고대의 귀족들의 노래와 나란히 수록되어 있는 아즈마노래(東歌),[1] 사키모리노래(防人歌)[2] 등이 과연 정말로 그들의 생활감정이 그대로 반영된 '민요'인가에 대해서는 연구를 거듭할수록 의심하지 않을 수 없었다. 그 예들을 '민요'라고 인정하기에는 형식 및 내용에 있어서 귀족들의 노래와 거의 차이가 인정되지 않는다. 무엇보다 서민들의 가요를 수집했다는 당시의 율령체제의 관료지식인들은 가창자로서의 서민들의 주체성, 재지(在地)성을 충실히 반영할 것을 당연시하는 지금과 같은 이론적 배경을 갖고 있지 않았다. 그들의 수집 행위를 뒷받침하는 유일한 이념이라고 할 수 있는 시정(施政)의 자료의 확보라는 중국의 정교(政敎)주의적 시관은 문학의 독자적인 가치를 추구하는 사상이 아닐 뿐만 아니라, 거기에서의 문학이란 정치이념의 투영물에 지나지 않은 것이었다. 이에 『만엽집』에 보이는 정연한 서민의 노래의 광범위한 출현이라는 문학사적 특수성은 와카라는 정형시를 스스로의 문화가치로 자각적으로 파악했던 율령체제하의 관료지식인들이, 판도내의 세계를 중앙문화의 수준에 동화시키려는 이념하에 지방의 노래를 재편성한 것으로 파악해야 한다는 결론에 이르게 되었다.

이와 같이 필자의 지금까지의 연구는 와카의 뿌리로 '민요'를 상정하며 그 근거를 서민의 와카에서 찾는 허구성을 비판하는 작업에 집중되어 왔는데, 이는 근래 일본에서 국민국가론의 영향하에 정력적으로 이루어진 '민요'의 어지(語誌) 연구를 중심으로 한 논의에 자극받은 바 크다. 그 대표적이며 선구적인 연구가 제1장의 시나다 요시카즈(品田悦一) 씨의

---

1) 일본의 동부 지방('아즈마'라고 함)의 서민들이 부른 와카.
2) 동부 지방 출신의 농민병사('사키모리'라고 함)들이 부른 와카.

논고이다. 시나다 씨에 의하면, 중국이나 조선에 한 발 앞서 서양의 근대국민국가와 국민문학운동 등을 접한 일본의 관학파 지식인들은 서민의 가요에 마땅히 도래해야 할 국민 전체의 시가·음악을 대성시키기 위한 기초 자료라는 특별한 가치를 부여하고, 이윽고 일원적인 국민 내지 민족의식을 환기시키는 개념으로서의 '민요'를 창출해냈다. 그리고 그러한 '민요관'을 확립한 그들은 공시적으로는 민요수집운동과 민요시 내지 국시(國詩)의 창작운동을 전개했다. 또한 통시적으로는 과거의 민요를 발굴해내는 데에 정력을 쏟았다.『만엽집』등의 과거의 문학작품에서 '민요'가 발견된 것은 바로 이러한 맥락하에 일어난 근대 이후의 일이었는데, 그것은 일본고대의 문학현상의 실상에 대한 파악이었다기보다는 근대에 창출된 '민요' 개념을 기원에서부터 지원하려는 욕망의 발로였다고 보아야 한다고 한다.

제2장의 츠보이 히데토 씨의 논고는 시나다 씨의 연구를 계승하여, 국민의 소리로서의 '민요'의 전개 양상을 다양한 방면에서 밝힌 것이다. 특히 서구로부터 도입된 '민요' 개념은 국민적인 것을 지방적인 것의 총화로 간주하는 허상을 낳아 국민적인 것이 마치 '자연'스러운 것인 양 환시하게 하는 역할을 했다고 한다. 또한 그러한 의제(擬制)는 류우큐우(琉球)·대만·조선 등을 새로운 국민으로 포섭해간 식민지체제에도 반영되었으며, 그것이 가지는 불가피한 모순과 갈등에 대해서도 주의를 환기시키고 있다.

위의 두 논의는 또한 필자로 하여금 한국에 있어서의 '민요' 개념의 도입은 어떤 경로로 이루어졌으며 그 전개 양상은 어떠한가라는 새로운 문제의식을 품게 하였다. 그 일단의 성과가 제3장의 필자의 논고이다. 필자는 우선 '민요' 개념이 식민지기에 일본에서 도입되었음을 논증하고, 이식과정을 추적한다. 그리고 그 전개가 공정(公定)내셔널리즘에 뒷받침을 받아 비교적 단순히 퍼졌던 일본의 예와는 달리, 식민지지배를 받은 조선에서는 대단히 복잡한 양상을 띠고 있다는 것을 논한다. 먼저 거기에는 개념 도입의 초장기의 주체로서의 식민자 측과 후발 주체로서의 피식민자 측의 대립이 가로놓여 있었으며, 당연한 것이지만 민족문화의 창달이나 민족전통의 수립의 자료로서의 '민요' 개념의 주체적인 도입은 조선인 연구자들에 의해 이루어졌다. 그들은 '민요'를 기반으로 하는 신시운동을 전개하는 한편으로, 시대를 관통하는 '민요'의 전통을 상정하는 일본의 국문학사가들의 이론을 이식하였다. 그리고 해방 후가 되면, '민요'가 민족과 운명을 같이 하는 항일운동의 정신적 상징으로 회고되어, 그 자생성이 한층 더 강조되어 간다. 나아가 '민요'는 식민지기를 정점으로 세계 각국으로 이산(離散)한 '예전의 성원들'을 '민족'이라는 이름으로 하나로 묶는 것의 자연성을 정서적으로 뒷받침하는 역할을 하고 있으며, 이러한 역할이 기대되는 한, '민족의 소리'라는 정의로부터 잠시도 벗어날 수 없는 상황에 처하게 되었다.

이와 같은 전개 속에서 '민요'가 근대일본에 의해 창출된 역사적 개념이라는 사실을 지적하는 것이 갖는 의미는 작지 않다고 생각한다. 그것은 지금 멋지게 입고 있는 '나'의 옷은 실은 '나'의 옷이 아니라는 사실 못지 않게 남의 옷도 '나'의 옷이 될 수 있으며, 더욱 더 중요한 것은 '나'라는 존재는 그 옷을 입음으로써 '나' 스스로의 윤곽을 확인한다는 사실일 것이다. '민요'에 대한 천착은 필자에게 어느새 '민족'과 그 정체성의 문제를 고민하게 만들었다. 남의 옷을 '나'의 옷으로 차려입었을 때 '내'가 현현(顯現)한다면, '나'의 실체를 드러내는 방법은 남의 옷을 '나'의 옷으로 재단해가는 과정을 소상히 쫓는 것이 아닐까.

이에 본서에서는 근대어 '민요' 개념의 도입과 그 전개 속에서의 한국과 일본 사이의 연쇄반응의 전모를 명확히 할 필요성을 통감하며, 일본에서의 최근의 획기적인 민요 연구의 성과를 두 편 소개하고, 그 논의를 바탕으로 하여 식민지하의 한국에서의 민요담론의 전개 양상을 재구성하는 체재를 취하게 되었다.

'민족' 개념을 상대화하자고 소리 높여 외치기에는 우리는 지금까지

‘민족’에게 너무나 많은 빚을 지고 있고, 게다가 앞으로의 변제의 전망 또한 극히 불투명하다. 하지만 학문이란, 진리라는 이름으로 무장한 탕아일 수밖에 없다고 스스로를 납득시키면서 이 작업이 결국엔 진 빚을 갚는 데 일조하는 미래를 맞이하기를 빈다.

2. 일본의 정형시형과 근대의 변용

아울러 본서 제1장에서 문제삼는 논의의 이해를 돕기 위해 일본의 정형시가의 역사적 흐름을 간단히 개관하고자 한다.

일본의 정형시를 대표하는 것으로 와카(和歌를 음독한 말)가 있다. 와카는 7세기 중엽에 완성된 음수율정형의 시가를 말한다. 최고(最古)의 와카집에, 8세기 말에 성립되었다고 하는 『만엽집(萬葉集)』(20권. 편자 미상)이 있는데, 주로 7세기 중엽에서 8세기 중엽까지 창작된 와카를 담고 있다. 하지만 『만엽집』을 통해서도 알 수 있듯이, 발생 초기에는 와카라는 명칭은 아직 성립하지 않았다. 시형에 따라

> 5・7・5・7・7형은 단가(短歌) —(『만엽집』약 4,500수 중 90%)
> 5・7・5・7……5・7・7형은 장가(長歌) —(『만엽집』약 250수)
> 5・7・7・5・7・7형은 선두가(旋頭歌) —(『만엽집』60수)

등으로 세분하여 파악하는 명칭이 보이기는 하지만 당시 이 모든 것을 총괄하는 개념으로는 시(詩 → 한시)에 대응하는 것으로, 우타(歌) 혹은 왜가(倭歌)라는 말이 존재했다. 그러나 주의를 요하는 것은 우타(‘노래’라는 뜻)라고 부르고는 있지만, 와카는 음악의 범주에 속하는 것이 아니라, 어

디까지나 언어표현으로 독자적인 수준을 획득한 시문학(poetry)이라는 점이다. 이것은 음악성을 중요한 표현요소로 수반하는 운문 형식인 가요와 구별되는 점이다. 가장 오래된 가요는 8세기 초에 성립한 역사서인『일본서기(日本書紀)』·『고사기(古事記)』에 삽입되어 있는데, 반대로 이러한 가요에서 음악성을 떼어내고 성립한 것이『만엽집』의 와카라 할 수 있겠다.

이후 장가·선두가 등은 쇠퇴하고, 헤이안(平安→794~1191)시대에 편찬된 최초의 칙찬(勅撰) 와카집인『고금집(古今集)』[20권. 905년 또는 914년 성립. 키노 츠라유키(紀貫之, 868?~945?) 편]이 되면, 5·7·5·7·7형의 단가가 대부분을 차지하게 된다. 와카라고 하면, 5구 31자의 단가를 가리키게 된 것은 이때부터이다. 단,『고금집』서문에 '和歌'(종래의 '倭'가 '和'로 바뀐 형태)라는 말이 있긴 하지만 '야마토우타'라 훈독되어 있기 때문에, '와카'라는 명칭의 성립 자체는『고금집』이후가 된다. 이렇게 정착한 명칭 '와카'가 다시 '단가'로 변경된 것은 근대의 와카혁신운동을 통해서이다. 그 사정에 대해서는 후술한다.

와카는 한 수 안에 내용상의 단락을 가진다.

　　①　　②　　　　　　③　　④
5·7/5·7/7　　　　5/7·5/7·7

단락이 없는 노래도 있지만, 일반적으로 ① 내지 ②에 휴지가 있는 경우를 5·7조, ③ 혹은 ④에 휴지가 있는 경우를 7·5조라 한다.『만엽집』중 초기의 작품에는 5·7조가 우세하나, 이후 와카사를 통틀어 7·5조가 주류를 이룬다. 통상, 중후한 느낌을 주는 5·7조를 중심으로 한 가풍을 만엽조(萬葉調)라 하고, 유창한 느낌을 주는 7·5조를,『고금집』에 많이 보이는 가풍이라고 하여 고금조(古今調)라 부르는데, 특히 고금조는 유미한 계절감각의 영탄, 기지가 번뜩이는 연상, 비유표현 등의 수

사법 구사 등을 그 특색으로 한다. 『고금집』 이후 천황의 칙명에 의한 와카집의 편찬은 15세기까지 이어져 21편의 칙찬와카집이 탄생했으나, 그 대부분은 『고금집』의 전통을 충실히 계승한 것으로, 이후에도 가풍의 세습화가 강화되어 갔다.

이에 대해 『고금집』 이후의 와카사에서는 간헐적으로나마 만엽조로의 회귀라고 할 만한 현상도 이어졌다. 그 중에 특히 주목할 만한 것은 근세의 국학자인 카모노 마부치(賀茂眞淵)의 『만엽집』 복고주의이다. 그는 만엽조에서 고금조로의 가풍의 이행을 와카사에 있어서의 타락으로 간주하고, 그 원인을 여성적 가풍의 만연에서 찾아 만엽조로의 회귀를 설파하였다. 그에게 있어서 『만엽집』은 소박·웅건·진술이라는 건전한 가풍을 가진 '남성미'가 분출하는 가집으로 파악되었으며, 만엽조의 부활은 와카를 한학이나 한시문에 필적하는 남성문화로 끌어올리는 것을 의미했던 것이다. 하지만 근세에 있어서도 가단의 가장 큰 세력을 점한 것은 여전히 고금조의 가풍을 이상으로 삼고 귀족적인 전아한 말(→ 雅語)로 와카를 읊는 가인들이었으며, 이러한 경향은 명치 초기까지 이어졌다.

그런데 명치가 되자 서구의 시나 문학사조를 범형으로 하는 근대적 시가(國詩)로서의 신체시(新體詩) 창출의 움직임 속에서 와카사의 이상과 같은 특질은 과거의 구습으로 부정적으로 평가되었다. 그 주된 이유는 새 시대의 사상을 표현하기에는 재래의 와카가 형식적으로 너무 짧다는 것, 평상어 대신에 고어(아어)를 다용하여 표현이 난해하다는 것 등이었다. 이는 시어의 확장을 통한 표현의 평명성과 시형의 장형화라는 신체시가들의 의도와 완전히 배치되는 요소였던 것이다. 이리하여 명치시대의 지식인들은 본서에서 밝히고 있듯이, 형식적인 제한 없이 평이한 일상어로 불리고 있었던 당시의 '속요'에 신시형의 가능성을 추구한다. 그것은 '국민' 내지 '민족'을 그 주체로 환상하는 국시(國詩)의 도래에 대한 갈망을 의미하는 것이었고, 그 와중에서 와카의 부정론이 점차 주류를 형성해갔다. 한편 이에 대응하는 형태로 국학의 소양을 갖춘 와카창작

측에서도 구형의 탈피를 꾀하여, 『만엽집』에 다량으로 존재하는 장가를 부흥시키고 거기에 단가적 표현의 축적을 담으면 신체시의 산만함을 극복할 수 있을 것으로 내다보고 와카개량운동을 전개한다.

하지만 이러한 개량운동은 신구 절충안에 지나지 않았고, 이에 만족하지 않은 세력들은 명치 30년대를 전후해서 근대적인 가단을 결성하여, 요사노 텟캉(與謝野鐵幹)을 필두로 와카혁신운동을 추진한다. 그가 창설한 시가결사인 신시사(新詩社)의 기관지인 『명성(明星 → 1900년 창간)』은 혁신운동의 중핵으로, 서구의 낭만주의사조를 받아들여 일세를 풍미했다. 이로 인해 와카에 대한 부정론은 잠정적으로 불식되었고, 그 전개과정에서 장가를 신체시로, 단가를 단시로 간주하는 입장이 명확해지면서 와카를 대신하는 명칭으로 '단가'가 정착되기에 이른다.

한편 『명성』보다는 미약하지만, 혁신운동의 또 다른 기수로 마사오카 시키(正岡子規)의 이름을 들 수 있다. 시키는 단가보다 더 짧은 3구(5·7·5) 17음의 정형시인 하이쿠(俳句)혁신운동을 전개하여, 그 근대시로서의 변용에 힘쓰는 한편, 와카의 혁신운동에도 뛰어들어 네기시단가회(根岸短歌會 → 1899)를 조직한다. 그는 만엽조를 계승해야 할 것을 역설하고 사물을 있는 그대로 묘사하는 사생(寫生)의 태도를 단가 창작의 지침으로 내세웠다. 이러한 가풍은 시키의 사후에도 제자들에 의해 단가잡지 『아라라기(アララギ → 1908~)』를 주무대로 계승·발전되어 대정기(大正期 → 1912~1926) 이후의 가단을 제패하기에 이른다.

그런데 이상의 전개과정에서 명백해졌듯이, 신체시를 기축으로 하는 국시창작운동과 와카개량운동, 단가혁신운동 등의 일련의 움직임 속에서 그 가치가 격상되어 논의의 초점이 된 것이 『만엽집』이었다. 이와 같이 『만엽집』이 근대에 주목을 받은 이유는 가풍의 건전성과 다양성 못지 않게, 다른 와카집과 구별되는 『만엽집』만의 특징인 작자층의 광범위함이 크게 작용했던 것이다. 일반적으로 와카는 성립 초기부터 천황을 중심으로 한 상류층 귀족들이 향수층의 중심이었고, 귀족문화의 상징으로 그들의 비호를 받으면서 근세까지 명맥을 잇는다. 천황이 관여하는 칙찬와카집이 수세기에 걸쳐 집성된 이유도, 귀족문화의 정점에 위치한 존재로서 천황의 권위가 중시되었기 때문이다. 한데『만엽집』에 한하여, 아즈마노래·사키모리노래 같은 피지배층의 와카도 일부 담고 있다. 이러한 와카사(和歌史)에 있어서의『만엽집』의 특질은 근대 이후에 와카 성립 초기의 향수층의 범계급적 성격으로 부각·미화되어 간다. 그리고 '민요' 개념의 성립 이후, 이들 와카는 고대의 민요로 발굴(본서의 용어법을 따르면 '발명')되고, 국민의 시가가 좀처럼 성립을 보지 못하는 속에서 그 열망이 과거로 투영되어 고대의 찬란한 '국민가집(national anthology)'으로 추앙되기에 이른다. 그리고 제국주의체제하의 황국사관과 깊이 맺어지게 된다.

근대 한국과 일본의 민요 창출

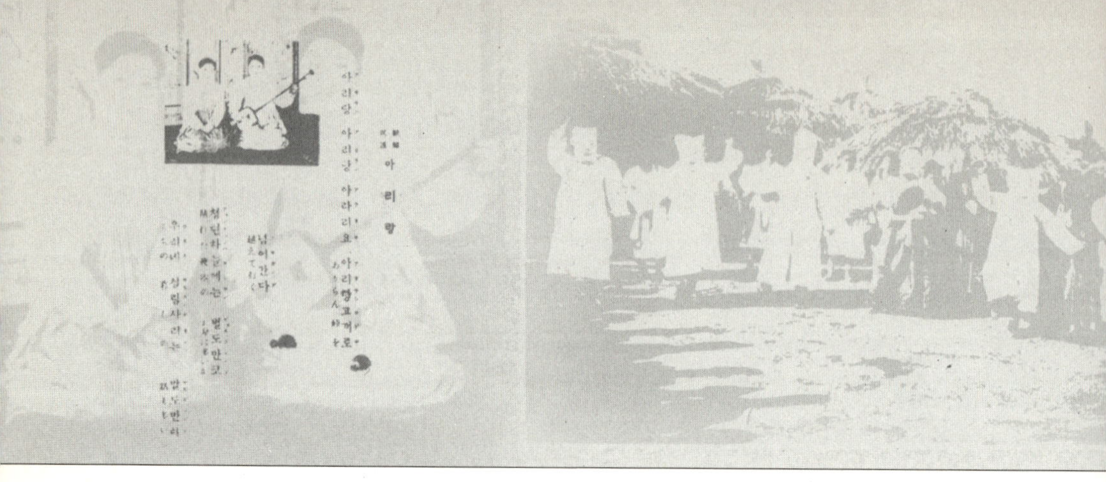

제1장

일본의 국민문학운동과 민요의 발명

시나다 요시카즈(品田悅一)

원문 일러두기
본고 집필에 있어 명치기(明治期 → 1868~1912)의 문예잡지 16종을 조사했으며, 대상으로 하는 기간은 『시라유리(白百合)』 종간에 맞춰 1907(명치 40)년까지로 했다. 또한 신문을 대상 외로 했기 때문에, 1880년 이전에 관해서는 논술이 간략해질 수밖에 없었다.

1. 서언

'민요'라는 말은 오늘날 극히 당연하게 통용되고 있다. 이 말을 듣거나 보고 그것이 무슨 의미인지 전혀 모르는 사람은 일본에 태어나서 일본어 교육을 받은 사람들 중에는 아마 극소수일 것이다. '민요'의 의미를 엄밀히 정의하는 것은 실은 극히 곤란하며, 오히려 불가능하다고 하는 편이

나을 정도이지만, 그럼에도 불구하고 '옛날 농촌에서 불렀던 전통적인 노래'라는 정도의 막연한 이해라면, 대개의 일본인이 보편적으로 가지고 있다. '민요'는 국민의 상식에 속한다고 조차 말할 수 있을 것이다.

하지만 백 년 전의 일본에서는 사정이 상당히 달랐다. 아래의 인용문은 1906(명치 39)년에 발표된 시다 기슈우[志田義秀 : 1876~1946. 일문학자. 소킹(素琴)은 호. 각주 2 참조]가 쓴 「일본민요개론(日本民謠槪論)」[『제국문학(帝國文學)』12-2·3·5·9]의 서문이다.

> 나는 여기에 감히 '민요'라는 명칭을 사용했다. 이는 말할 필요도 없이, 독일어 Volkslied의 직역이다. 하지만 이 말은 지금 어느 일부분의 사람들이 쓰고 있을 뿐으로, 아직 일반적으로 우리나라 사람들의 귀에 익숙하지 않은 것 같다. 종래에 이러한 의미로 사용되고 있는 말은 '속요'라는 말이 가장 보편적이고, 다음으로는 이가(俚歌), 이요(俚謠), 항가(巷歌) 같은 말이 사용되어 왔다. 그러나 속요라는 말은 한편으로 소위 속곡[俗曲[1]—기교시(Kunstpoesie)라는 점에서]과 동의어로도 사용되고 있어, 그냥 속요라고 하면 Volkslied의 의미로 해석하지 않는 사람도 있을 것이다. 그래서 나는 이에 감히 이 번역어를 채용하는 것이 오히려 당연하다고 느낀다. 이가·이요·항가 같은 말은 시곡(詩曲)의 술어(述語)로 사용되어야 하며, 너무나도 몰취미적인 것을 꺼림에 있다.

'민요'가 Volkslied라는 독일어를 번역한 말이라는 것, 더욱이 당시의 일본에서는 거의 통용되지 않았다는 것을 증언하고 있다. 실은 나는 이전에, 근무하고 있는 대학의 강단에서 이 문장을 다룬 적이 있었는데, 그때 설명을 필기하고 있던 학생 중에, "에?"라고 말할 듯한 얼굴로 이쪽을 올려다 본 학생이 몇 명이나 있었다. 실제로 나도 처음으로 위의 기술을 접했을 때에는 상당히 의외라는 느낌을 받았으니까 말이다.

---

1) 근세부터 현대까지 유행한 통속적 음악. 주로 주연(酒宴) 등에서 가창되는 오락성이 강한 가곡. 협의로는 에도시대부터 불러온 단편 샤미센(三味線) 가곡을 말한다. 하우타(端唄), 거기에서 파생된 코우타(小唄) 등이 있다. 대표적인 속곡으로 후술하는 〈도도이츠(都都逸)〉·〈캇포레(かっぽれ)〉 등이 있다. (역주)

시다의 이 논문은 일본의 '민요'를 다룬 초기의 논고로 잘 알려져 있으나,[2] 동시에 시다의 선배들이 10여 년에 걸쳐 전개해왔던 캠페인에 대한, 그 시점에 있어서의 일단의 총괄로서의 성격도 가지고 있다. 그 캠페인이란 후술하듯이, 주로 제국대학(帝國大學) 문과대학[3]의 관계자에 의한 '국민문학' 양성의 선전, 특히 신체시를 기축으로 하는 시가 혁신의 주장이며, 그 방책으로 신시형의 모색이나 시어(詩語) 확장의 제창, 또한 그 전제가 되는 국민적 민족적 문화의 연구·현창, 나아가 국민성에 동화되어야 할 것으로서의 서구사조의 도입·이식 등등을 내용으로 하는 것이었다.

'민요' 이전에 통용되었다고 시다가 증언하는 '속요'는 이 캠페인(이하, 이것을 '국민문학운동'이라 칭한다)의 당초부터 독일문학사의 지식을 배경으로 하는 키워드로서 논의의 와중에 있었다. "속요에 배우자"는 슬로건은 신체시에 신풍을 불어넣자는 요구와 함께 자주 소리높이 외쳐졌고, 또한 5·7, 7·5의 정형을 깬 '속요조'의 시도나 속어의 대담한 채용 같은 형태로, 어느 정도 실행에 옮겨지기도 했다. 그뿐만이 아니다. 이것도 나중에 상세히 다루지만, '속요'는 국민성이나 민족성의 정화로까지 보여졌기 때문에, 국민 내지 민족의 문학사를 재구성하는 데에도 귀중한 재료

---

2) 후에 하이카이(俳諧)의 연구가로 대성하는 시다 기슈우는 1903(명치 36)년에 28세로 문과대학 국문과를 졸업했다. "재학중에는 가요에 관심을 가지고, 졸업 때에도 민요론을 쓰셨다"고 하니까[이와키 쥰타로오(岩城準太郎), 「시다 학형 추억기(志田學兄追憶記)」, 『국어와 국문학(國語と國文學)』 23-6, 1946], 「일본민요개론」은 졸업 논문을 수정한 것이겠다(→ 각주 69). 또한 초고 단계에서는 「일본속요개론」이라는 제목이었다는 지적도 있지만[마치다 카쇼오(町田嘉章)·아사노 켄지(淺野健二) 편, 『일본민요집(日本民謠集)』, 이와나미문고(岩波文庫), 1960, 「해설(解說)」], 미확인.

3) 현 토오쿄오대학(東京大學)의 직접적인 전신은 토오쿄오제국대학인데, 1886(명치 19)년의 제국대학령 발포 이래 1897년의 쿄오토(京都)제국대학 설립까지의 기간은 유일한 관립대학의 정식 명칭으로 '제국대학'이 사용되었다. 또한 그 이후에도 쿄오토제국대학에 문과대학이 설립되는 1906년까지는 '문과대학'하면 토오쿄오제국대학의 하부조직으로서의 그것을 의미했다. 본고의 대상으로 삼는 1907년까지의 단계에서는 '문학사(文學士)' 칭호를 가진 사람은 이 '문과대학'의 졸업자에 한하는 것이다[단, 본과 졸업의 '문학사' 외에 '선과졸업사(選科卒業士)'가 있었다].

가 됨에 틀림없다고 여겨졌다.

‘민요’라는 용어가 ‘속요’를 대신하는 경위란, 위에서 언급한 모든 기대, 그것도 다분히 희망 사항에 입각한 기대가 동시대의 담론군 속에서 중첩되고 어긋나면서 점차 하나의 방향으로 수렴되어 가는 과정이었다. ‘속요’에 대한 기대에 합치하지 않는 분자를 배제할 필요가 자각되었을 때, ‘민요’라는 용어와 그 개념은 요청되었던 것이었다.

본고는 〈속요〉(이하 ‘민요’와 ‘속요’·‘속가’·‘이요’·‘이가’ 등을 총칭할 경우에는 이 표기를 사용한다)를 핵으로 하는 당시의 담론공간의 재구성을 시도하면서 과거 백 년의 일본문학사 연구, 특히 고전 연구의 틀이 국민문학 운동의 유산에 의해 음으로 양으로 규제되어 온 사정에 대해 주의를 환기하려 하는 것이다.

2. 민요 개념의 이식과 침투

우선 ‘민요’의 어지(語誌)를 정리하면서 대강의 전망을 세우자.

‘민요’는 원래 한적(漢籍)에 용례가 있는 말로 『패문운부(佩文韻府)』[4])에는 남송(南宋)의 장돈이(張敦頤)가 편찬한 『육조사적편류(六朝事迹編類)』, 양(梁)의 유효위(劉孝威)의 시, 송(宋)의 왕우칭(王禹稱)의 시 등 전부 세 가지 예가 보인다. 이 중에 가장 오래된 것은 유효위의 시 「3일 간 황태자의 연회에 시종하다(三日侍皇太子宴)」로, 『예문유취(藝文類聚)』 권4에도 수록되어 있다. "二龍巡夏代 八駿馭周朝 予遊光帝側 樂飮盛民謠(쌍룡이 하대를 순회하고 여덟 필의 준마가 주나라를 이끌고, 여(予)는 황제의 옆에서 자적하

---

4) 청대에 성립한 자전. 한시 창작이나 말의 출전을 찾을 때의 참고서. (역주)

고 악음이 민요를 성케 하다)"의 부분은 군신(君臣)의 연회에서 태평을 구가하는 백성의 노래가 성대히 주상된 것을 말하는 것이겠다. 중국의 지배층은 민간의 가요에는 민중의 기풍이나 생활상이 반영되어 있고, 세상에 대한 풍자마저 때로는 포함되어 있다고 여겨, 시정·교화의 자료로서 이것에 일정한 관심을 표해왔다. 한자어 '민요'도, 이러한 『시경(詩經)』 이래의 정치·윤리사상에 물든 말이었던 것 같다. 왕우칭의 시 「하우(賀雨)」에도 "若有民謠起 當歌帝澤春(만약 민요가 발흥한다면 마땅히 황제의 은택이 충만한 봄을 노래해야 한다)"이라는 부분이 있다.

일본의 용례로는 『삼대실록(三代實錄)』 원경(元慶) 4(880)년 5월 23일조에 보이는 것이 오래된 것 같다. 그 무렵 사이고쿠[西國 → 쿄오토(京都) 부근을 기준으로 한 서쪽 지방, 특히 큐우슈우(九州) 지방을 가리킴]에 유언비어가 나돌아, 신라의 흉적이 쳐들어온다고 계속 떠들어댔다. 조정은 처음에 사카노우에노 타키모리(坂上瀧守)를 보내서 감독하게 했는데, 그의 임기가 끝나서 후임으로 후지와라노 후사오(藤原房雄)를 파견했다. 하지만 소문은 진정되지 않을 뿐만 아니라, 수신(隨身)·근위 등의 규율이 흐트러져, 난폭하게 구는 자가 많았다. 후사오가 그 두목인 우네메 마스츠구(采女益繼)를 주살하자, 오히려 "警候不嚴, 民謠間發(경비가 엄하지 않아 민요가 간발)"했다고 한다. 후사오에 대한 반감 때문에, 항간에 불온한 내용의 노래가 유행했던 것이다.

『패문운부』에 등록되어 있을 정도이니까, 막부(幕府) 말기부터 명치(明治)에 걸친 일본의 지식인들 중에 적어도 한시에 대한 소양이 있는 사람들에게, '민요'는 어느 정도 알려진 말이었을 것이다. 단, 같은 가요관을 내포하는 유의어인 '동요(童謠)'가 『춘추좌씨전(春秋左氏傳)』 등의 권위가 높은 서적에 보이고, 일본에서도 육국사(六國史)[5]에 산견하는 것에 비하

---

5) 나라(奈良)·헤이안(平安)시대에 조정에서 편찬된 여섯 편의 국사. 『일본서기(日本書紀)』·『속일본기(續日本紀)』·『일본후기(日本後紀)』·『문덕실록(文德實錄)』, 그리고 본문에 보이는 『삼대실록』의 총칭. (역주)

면, '민요' 쪽은 그다지 일반적이지 않았다고 생각해도 좋을 것 같다.

이 같은 한자어인 '민요'가 명치 후반기부터 폴크스리트의 번역어로 쓰이기 시작하여, 명치 말기까지는 어느 정도의 정착을 보는 것이다.

원어 Volkslied에 대해서 설명하면 이 말은 Volk(민중·민족)와 Lied(노래)로 이루어진 복합어로 18세기 독일의 사상가 헤르더(Herder, J. G., 1744~1803)의 조어라고 한다. 헤르더는 1770년대의 문학운동인 슈트룸 운트 드랭(질풍 노도)을 이론적으로 도입한 인물로, 근대 독일의 내셔널리즘의 원조로도 여겨지고 있다. 그는 프랑스의 계몽사상 및 이것을 계승한 계몽전제정치하의 합리주의사상에 의해 부정적으로 매개되면서 민중적 민족적인 정신문화의 가치나, 인간성 형성의 역사 및 풍토의 의의에 눈을 돌렸던 것이다. 1778년에 제1부, 이듬해에 제2부가 간행된 『민요집(*Volkslieder*)』은 헤르더의 문제의식의 소재를 여실히 나타내는 저작으로, 그 자신의 우여곡절을 거친 저작 작업의 성과였다. 이 저작은 학문적으로는 여러 문제를 안고 있었지만, 그의 사후에 나온 개정판 『가요에 보이는 제민족의 목소리(*Stimmen der Volker in Liedern*)』로 널리 읽혔고, 특히 후기낭만파 문학자들을 촉발했다. 그림형제의 동화집이나 아르님과 브렌타노의 공저 『소년의 마법피리(*Des Knaben Wunderhorn*)』(1806~1808 → 한역서명 『소년의 마적』)는 헤르더의 영향 없이는 출연할 수 없었고, 같은 것은 이후의 울란트의 『고대 고지 및 저지의 독일민요(*Alte hoch-und niederdeutsche Volkslieder*)』(1844~1845) 등에도 해당된다.6)

헤르더의 사상은 일본에서는 또한 와츠지 테츠로오(和辻哲郎, 1899~1960)의 사상7)을 이끈 것으로도 알려져 있지만, 명치기의 시점에서는 일

---

6) 헤르더, 나카노 코오존(中野康存) 역, 『민족시론(民族詩論)』, 사쿠라이(櫻井)서점, 1945; 타나카 켄지(田中健二), 「초기 헤르더(初期ヘルダー)」, 『오오사카(大阪)대학문학부기요』 5, 1957 등 참조

7) 일본윤리학의 거장. 일본문화론 영역에도 다대한 영향을 남겼다. 특히 일본문화의 복합성을 외래민족 도래설로 논리화하려 했던 종래의 주장과는 달리, 일본열도의 단일하면서도 복합적인 풍토로 설명한 점에 헤르더의 영향을 읽을 수 있겠다. (역주)

본의 사상계에 그다지 심각한 영향을 주지는 않았다.8) 당시 "헤르데르"라고 표기된 그의 이름이 널리 알려진 것은 주로 젊은 날의 괴테에게 문학적인 개안의 계기를 부여한 인물로서 인데, 그 배경에는 1880년대부터 1890년대에 걸친 괴테 숭배열이 있었다. 독일문학사를 열심히 학습한 명치의 지식인들은 이러한 맥락에서 독일어 Volkslied를 접할 기회를 갖게 되었다.

그 즈음 활약했던 문필가로 닝게츠(忍月) 이시바시 토모키치(石橋友吉: 1865~1926. 문예비평가. 소설가)가 있다. 그의 문장은 종종 괴테나 레싱의 인용으로 점철되어, 독일문학에 대한 경도를 엿볼 수 있다. 그 닝게츠가 1888(명치 21)년 12월의 『국민지우(國民之友)』 36호에 집필한 「괴테론(ゲーテー論)」은 괴테가 "22세《만 21세》에 당시 저명한 시인 헤르더를 알고 그에 사사"하였던 것을 소개함과 동시에, 헤르더와의 교유가 부모의 교육이나 외국여행, 또한 자신의 자유로운 생활 태도와 더불어, 괴테를 대시인으로 키운 원인이 되었다고 쓰고 있다.

당시 헤르더는 괴테와 불과 5살 차이지만, 괴테가 아직 젊을 때여서 시인하면 우선 헤르더를 꼽을 만큼 유명하였다. 괴테는 이 헤르더에게 사사하여 깊이 그 장점을 배우고 시술(詩術)이 무엇인지를 깨달았다. 헤르더에게 사사한 일은 괴테에게 있어서는 정신상 성질상의 발달에 중대한 결과를 가져온 사건으로 기억하지 않을 수 없고, 헤르더의 문하에서 크게 느끼는 바가 있었다. 사람들에게 말하기를, 나는 헤르더 씨를 만나고 비로소 시술은 세계만민의 공유물이지 결코 정치(精緻)한 사상에 해박한 소수의 전유물이 아니라는 것을 알았다고 아아, 괴테의 기초를 연 자는 그의 부모이다. 하지만 괴테를 윤색하고 유도한 자는 헤르더가 아닐까.

---

8) 사토오 테루오(佐藤輝夫) 외편, 『근대 일본의 서양문학 소개 문헌서목·잡지편(近代における西洋文學紹介文獻書目·雜誌篇): 1885~1898』, 유문(悠文)출판, 1970에는 해당 기간의 괴테에 대한 기사가 500건 이상 보이는 데 비해, 헤르더의 것은 40건 정도에 지나지 않는다.

여기에는 헤르더가 괴테에게 폴크스리트의 가치를 설파한 것까지는 쓰여 있지 않다. 하지만 강조 부분의 기술을 참조하면, 닝게츠에게는 그에 대한 지식이 있었던 것으로 판단해도 좋을 것이다.9)

저자는 다르지만, 거의 같은 시기에 쓰인 글에 이 점을 명확히 서술한 것이 있다. 1889(명치 22)년 10월부터 이듬해 1월에 걸쳐 후에 아동문학의 파이오니아가 된 이와야 사자나미(嚴谷漣 : 1870~1933. 아동문학자. 소설가)10)가 기독교계 월간종합문화지『육합잡지(六合雜誌)』에 연재한11)「괴테전(ゴェテ─伝)」이다(106~109호). 연재 제1회의 기사에「헤르데르 씨와의 교제」의 항목이 있으며, 스트라스부르에서의 두 사람의 만남을 언급하면서 다음과 같이 쓰고 있다.

괴테 씨는 이 사람《헤르더》의 권유로, 히브리의 시학, 호메르, 오시안, 셰익스피어, 골드스미스 등의 저서를 배우고, 한층 문학 연구의 희망을 굳건히 한다. 또한 헤르데르 씨가 그 무렵 발명한, 시가는 2~3명의 재주꾼의 마음속에 일어나는 것이 아니라, 일반 국민의 흉금에서 자연스럽게 나오는 것이어야 한다는 설을 듣고,12) 국풍리가(國風俚歌)의 고귀함을 깨달아, 즉 당시의 이가(俚歌)를

---

9) 닝게츠는 자신이 이 같은 견해에 도달한 것은 '다수의 문학사를 정독'한 결과라고 자랑스럽게 말하고 있다. 당시의 외국문학 수용의 실태를 가늠할 만한 발언이라 할 수 있겠다. 참고로『국민지우』48(1889.4)의 부록「서목십종(書目十種)」(저명인의 애독서 소개 기사)에는 닝게츠의 애독서가 14종 게재되어, 그 중에 '위르마르의 독일문학사'와 '케니히의 독일문학사'가 보인다. 키무라 나오지(木村直司),『속 괴테 연구(續ゲ─テ硏究)』, 남창사(南窓社), 1983에 의하면, 위의 두 권은 각각 위르마르의『독일 국민문학의 역사』(Vimar, A. F., *Geschichte der deutschen National-Literatur*, Marburg / Leipzig, 1845) 및 케니히의『독일문학사』(Koenig, R., *Deutsche Litteraturgeschichte*, Bielefeld / Leipzig, 1879)를 가리키며, 함께 19세기 후반에 독일에서 판을 거듭한 통속적 문학사로, 괴테를 절찬하는 점에 공통의 특징을 가진다고 한다.

10) 8세부터 독일어를 배우기 시작. 독일의 동화에 영향을 받아 아동문학자로서의 길을 걷게 됨. 이름을 '小波'라고도 씀. (역주)

11) 이 연재에 앞서 이와야는 같은 잡지 105호(1889.9)에 '사자나미산인(漣山人)'이라는 필명으로「닝게츠 선생에게 올리는 글(上忍月先生書)」을 기고했다. 글 중에, "선생님께서 애독하신 케니히의 릿테라투르"는 권위 없는 저작이라는 의미의 내용을 써서 닝게츠를 야유한 부분이 있다.

12) 시가(詩歌)는 인류의 모어(母語), 즉 인류가 처음으로 만난 말이라는 사상은 헤르더의

흉내내어, Heidenroeslein(들장미)이라는 곡을 만들었다. 그 외에 문학상 유익한 탁론 신설을 듣고, 크게 자신의 시상을 발달시킨 것은 완전히 헤르데르 씨의 선물이라고 하지 않을 수 없다.

글 중의 '국풍리가'는 아마도 Volkslied의 복수형 Volkslieder를 Volk와 Lieder로 분해한 후에, 『시경』에 전거를 가지는 '국풍(國風)'을 전자에, 후자에 '이가(俚歌)'를 대입시킨 것이겠다. 원어와의 발음도 맞추려고 한 탁월한 번역어이다.

더욱이 1893(명치 26)년에 민우사(民友社)의 『십이문호총서(拾貳文豪叢書)』의 제5권으로 출판된 타카기 이사쿠(高木伊作)의 『괴테(ゲーテ)』는 「스트라스보르그의 교제사회」의 항목에서 다음과 같이 기술한다.

> 괴테는 시학에 있어, 헤르데르의 감화를 입은 바 적지 않다. 그는 헤르데르에 의해 성서를 통해서 시는 결코 교육받은 소수의 특권이 아니라, 국민적 정신의 산물이라는 진리의 융대(隆大)한 현창이어야 한다는 것을 배웠다. 그는 히브리 민족의 시를 통해, 국민적 가요의 설명을 들었다. 그는 그로 인해 호메르, 오시안을 숭배해야 하는 것을 알았다.

여기에서 말하는 '국민적 가요'도 Volkslied의 임시 번역어로 보아 무방할 것이다. 단, 위의 책은 영어계 서적을 원본으로 한 것 같으므로,[13] 이 번역은 독일어에서 직접 도출된 것이 아닐지도 모른다.[14]

스승 하만(Hamann, J. G., 1730~1788)에 유래한다. 단, 『오시안』이 날조된 저작이었던 점에 대해서는 타나카 켄지, 「초기 헤르더」(『오오사카대학문학부기요』 5, 1957) 및 H. 트레버 로퍼, 「전통의 날조」[E. 홉스보움 · T. 렌져 편, 『창조된 전통(創られた傳統)』, 키노쿠나야(紀伊國屋)서점, 1992] 를 참조하기 바람.

13) 키무라 나오지, 앞의 책에 의함.

14) 헤르더의 폴크스리트 칭양에 대한 언급은 이미 스에마츠 켄쵸오(末松謙澄), 「가악론(歌樂論)」[『토오쿄오일일신문(東京日日新聞)』, 1884년 9월 10일~1885년 2월 3일]에도 보인다. "제18의 백년 기 중 **하아들**이라는 시인이 나왔다. 이 사람은 **규에테**와는 연상의 친구였다. 규에테는 다 아는 바와 같이 영국의 셰익스피어 와이마르(日耳曼)의 규에테라고 할 정도로 구주(歐洲)에서 모르는 사람이 없는 대가이다. 하아들은 일찍이 영국

한편 Volkslied를 처음으로 '민요'로 번역한 인물은 이미 지적되어 있듯이, 모리 오오가이(森鷗外 : 1862~1922. 소설가. 평론가. 번역가)[15]인 것 같다. 1892(명치 25)년 8월 발행한 『시가라미소오시(しがらみ草紙)』 35호에 「관조루우기(觀潮樓偶記)」라는 제목으로 게재된 단문 20항 중에 문제의 단문 「희랍의 민요(希臘の民謠)」가 있다.[16]

구스타프 마이에르 Gustav Meyer라는 사람이 희랍의 민요를 모아 공간했다(F. G. Cotta, *Griechische Volkslieder*, Stuttgart, 1890). 이 책을 읽고 희한하다고 생각한 것은 신희랍의 풍속이 다른 구라파 나라들과 같지 않은 것이다. 여자가 정부에게 맹세하는 말에, 술을 끊고 마시지 않겠다고 했다. 또한 소녀의 집에는 무서운 것이 둘 있는데, 늙은 아버지는 빨리 죽었으면 좋겠다. 그러면 나는 그 집 개에게 독을 먹여, 소녀를 내 것으로 해야지라는 등 남이탈리아보다도 천박한 민풍을 보고도 남음이 있다.

닝게츠와 마찬가지로, 오오가이도 괴테의 열렬한 독자였다. 그는 독일

____

및 스코틀랜드의 이요(俚謠)를 모은 책을 얻어 시의 기초는 진정 속요에 있다는 것을 깨달았다. 이로부터 전심으로 각 국의 민간에 존재하는 가요를 수집해서 그 옛 뜻을 가지고 시의 참 뜻에 맞는 것을 골라 이것을 규에테에게 보이자, 규에테는 크게 감동한 바 있다. 속요에 의거해서 환골탈태의 묘사(妙思)를 사용하여 마침내 위에서 말한 바와 같은 대가가 되었다"가 그것이다. 해당 부분은 '아스마스 씨'라는 인물에게서 전해 들었다고 되어 있고, 인명도 영국식 발음에 의하고 있지만, 어쨌든 이 화제가 음악과의 괴리의 수복이라는 시가혁신론의 맥락에서 다루어진 점에는 국민문학운동의 〈속요〉론보다 한발 앞서 있다고 할 수 있겠다.

15) 1881년 제일대학구의학교(第一大學區醫學校 → 현 토오쿄오대학 의학부) 졸업. 어릴 적부터 한문, 한시, 와카에 소양을 키움. 1884년부터 1888년까지 독일에 유학하여, 위생학·군진(軍陳)의학을 배우는 한편, 문학·철학·미학·예술에 심취, 이후의 창작 및 평론 활동의 기초가 됨. 각주 79 참조. (역주)

16) 이 문장은 1897(명치 30)년 5월에 간행된 평론집 『카게쿠사(かげ草)』[춘양당(春陽堂)]에 수록되었다. 마치다 카쇼오·아사노 켄지 편, 「해설」, 앞의 책, 401면에 "『카게쿠사』(평론집) 중의 「관조루잡기(觀潮樓雜記)」의 항목"이라 하고, 같은 책, 402면에 "명치 24(1891)년 10월 발행의 『국민지우』 제133호"라 한 것은 둘 다 오기이다. 『국민지우』의 해당 호에 게재된 모리 오오가이의 문장은 「시화일칙(詩話一則)」으로, 당면의 화제와는 직접적인 관계가 없고, 본문에도 기술한 대로, 모리 오오가이에게 '민요'의 용례는 문제의 단문에 한정되어 있다.

유학중에 레클람(Reclam)문고판 『괴테전집』 전45권을 구입해서 그 많은 권에 정열적인 메모를 남기고 있다.17) 괴테가 「내 생애」[『시와 진실(*Dichtung und Wahrheit*)』]에서 헤르더와의 만남을 언급한 구절도, 『빌헬름 마이스터의 수업시대(*Wilhelm Meisters Lehrjahre*)』에서 폴크스리트의 가치를 논한 부분도, 오오가이는 각각 원문으로 읽었던 것이다. 게다가 귀국 후인 1889년 8월에 발표한 「옛 모습(於母影)」18)에서는 『수업시대』에 삽입된 「미뇽(Mignon)」을 스스로 번역했고, 이듬해 11월에는 '시구레노아(鐘禮舍)'라는 필명으로 「들장미」(『국민지우』 99)를 번역하기도 했다. 둘 다 괴테가 폴크스리트에 취재하여 성립된 작품이다. 오오가이는 위의 기사를 쓰기 전부터 폴크스리트의 의의를 인식하고 있었던 것은 아닐까. 상황은 일견 그러한 추측을 지지하는 듯이 보인다.

하지만 오오가이가 남긴 방대한 글에 '민요'의 용례는 의외로 거의 없다. 위의 예 외에는 독일의 미학서를 초역한 『심미강령(審美綱領)』[『오오가이전집(鷗外全集)』 21, 1899] 및 『심미극치론(審美極致論)』(『오오가이전집』 21, 1901)에 시가분류상의 술어로 사용되어 있는 것이 있는 정도이며, '민요'의 가치를 칭양하는 종류의 글은 전혀 존재하지 않는다. 위의 짧은 글도, 원래는 지면의 공백을 메우기 위한 글에 지나지 않았다. '민요'에 '풍속', '민풍'을 엿보려는 관심은 『시경』적 가요관의 틀 안에 있다고도 할 수 있으며, 특히 그 '민풍'의 '천박'한 면에 주목하는 것은 일종의 엑조티시즘으로 조차 보이기도 한다.19) 민족성의 고유한 가치를 탐구했던 헤르

---

17) 호시노 싱이치(星野愼一), 『괴테와 오오가이(ゲーテと鷗外)』, 우시오(潮)출판사, 1975.

18) 모리 오오가이, 『국민지우』 58, 하기 특별부록, 1889. 역시집. 모리 오오가이를 중심으로 하는 문학결사인 신성사(新聲社) 편. 운율을 중심으로 역시상의 새로운 시도가 많이 이루어졌으며, 순일본어·한자어의 장점을 살리면서 서구적 정서를 담아, 명치기의 신체시를 잉태하는 모체가 되었다. 각주 79 참조. (역주)

19) 여기에서 제시되어 있는 마이여의 저서는, 토오쿄오대학 종합도서관(總合図書館)에 일괄 수록된 오오가이 구장서(舊藏書) 중에, 그 존재를 확인할 수 없다. 단정은 피해야 하지만, 이 기사는 경우에 따라서는 실물을 보지 않고 서평이나 신간 안내 등의 정보에 의하여 쓰인 것일지도 모르겠다.

더의 태도와도, 거기에서 국민적 시가를 창조하려 했던 괴테의 태도와도
달랐다고 하지 않을 수 없겠다.[20)

오오가이가 〈속요〉에 대해 언급한 문장으로는 4년 후의 「악진·서악
과 코오다 씨(樂塵·西樂と幸田氏と)」[『메사마시구사(めさまし草)』3, 1896.3] 도
있다. 코오다 노부코[幸田延子 → 음악가. 코오다 로항(幸田露伴 : 1867~1947. 소
설가)의 여동생]의 귀국을 환영한 문장인데, 서두에서 음악의 형식을 '절주
(節奏, 리듬)', '선행(旋行, 멜로디)', '완해(婉諧, 하모니)'로 대별하고, 페이지
수의 대부분을 할애하여 서양음악사를 개관한다. 글 중에,

> 제국(諸國) 속요의 선행은 변동이 심하다 해도, 그 단주음(homophone)의 완해
> 를 식별하기 곤란한 것에 미치지 못 한다. 능히 선행을 이해하는 자는 이것을
> 기억하여, 이것을 재현할 수 있어야 한다. 선행은 사람의 모방을 재촉하는 것이
> 다. 이는 아직 악(樂)을 이해하는 것이라 할 수 없다.

고 하여, 이탈리아 오페라에 의해 하모니법이 확립되었을 때 "속요의 선
행이 아닌 선행, 여기에 이르러 비로소 빛을 보았다"고 설명한다. '속요'
라는 말이 사용되었을 뿐 아니라, 그 '속요'는 극복되어야 할 것으로 부
정적으로 다루어진다.

오오가이의 〈속요〉에 대한 관심을 과대평가할 수는 없다.[21)

'민요'의 어지에 관한 종래의 기술에서는 위의 오오가이의 용례를 잇

---

20) 1890년 6월의 「초상에 덧붙여 국민신문사에 기고하는 글(肖像に添へて國民新聞社
に寄する書)」[『오오가이전집』22; 초출『국민신문(國民新聞)』]에서는 모리 오오가이를
일본의 헤르더라고 한 닝게츠의 평에 당혹감을 나타내며, 헤르더와 자신은 미학상의
기본적 입장을 달리 한다고 술하고 있다.

21) 단, 1900년 3월의 「심두어·12(心頭語·十二)」[이와나미판『오오가이전집』25; 초출
『이륙신보(二六新報)』]는 "동요는 시의 맹아"라고 하여 오오사카(大阪)의 테마리(手鞠
→ 천을 뭉쳐서 만든 완구를 손으로 치는 놀이로 설날에 행함) 노래를 인용하여, "일종의
사랑스러운 점이 있음을 느낀다"고 평한다. 또한 모리 오오가이에게는 빌쇼우스키(Albert
Bielschowsky)의 저작(Goethe : sein Leben und seine Werke)에 의거한『교오테전(ギヨオテ傳)』[부
산방(富山房), 1913]도 있으나, 이 책에 〈속요〉에 대한 언급은 보이지 않는다.

는 것으로 1904(명치 37)년 1월에 발표된 우에다 빙(上田敏 : 1874~1916. 영문
학자. 시인)[22]의 「악화(樂話)」(『제국문학』 10-1)를 드는 것이 통례였다.[23] '우
리나라 음악계의 급무'로서 '민요악의 수집'을 실행해야 한다는 것을 제
창한 문장이다.

> 문명의 보편화와 함께 산간벽지도 스스로 도회의 속악한 분자(分子)를 흡수
> 하여, 순박한 기풍이 소멸됨과 동시에 고래로부터 불러온 민요도 완전히 멸망
> 하려 하니, 지금이라도 빨리 이것을 모아 보존하는 것은 역사가와 그 외의 사
> 람들의 급무이지만, 나의 목적은 그러한 고고학상의 문제에 머무는 것이 아니
> 라, 실은 미래에 국민음악을 대성시킬 때에 일종의 숭배해야 할 재료가 될 것
> 이라는 생각이다.[24]

위의 발언은 오오가이의 용례보다 실로 12년이 늦다. 그 간 '민요'의
용례가 하나도 없다고 한다면, 그것은 너무나도 부자연스러운 공백이라
고 하지 않을 수 없다. 하지만 사실은 결코 그렇지 않다. 편의상, 국민문
학운동의 거점지(據點誌)인 『제국문학』(후술)에 범위를 좁히더라도, 적어
도 아래의 5건[25]을 지적할 수 있다.

---

22) 호는 류우손(柳村). 1897년 토오쿄오제대 영문과 졸업. 그에 의해 소개된 외국작가,
작품은 셀 수 없이 많다. 역시집 『해조음(海潮音)』(1905)은 일본 시단(詩壇)을 일변시킬
만큼 심대한 영향을 미쳤다. 특히 상징파의 작품은 일본에서 처음으로 자각적인 상징
시풍의 발생을 재촉했다. 제3절 54~58면 참조. (역주)

23) 마치다 카쇼오 · 아사노 켄지 편, 「해설」, 앞의 책; 아사노 켄지 편, 『일본민요대사전
(日本民謠大事典)』[웅산각(雄山閣), 1983]의 「총설(總說)」; 우스다 징고로오(臼田甚五
郎) 감수, 스도오 토요히코(須藤豊彦) 편, 『일본가요사전(日本歌謠辭典)』[앵풍사(櫻楓
社), 1985]의 「민요(民謠)」 항목. '민요'의 용례에 관한 기술은 츠치하시 유타카(土橋寛)
의 『고대가요론(古代歌謠論)』[삼일(三一)서방, 1960]이나 『일본민요사전(日本民謠辭
典)』[토오쿄오당(東京堂), 1972]의 '민요' 항목, 또한 복각판 『이요집 · 이요집습유(俚謠
集 · 俚謠集拾遺)』(삼일서방, 1978)의 부록해설에도 보이는데, 모두 1905(명치 38)년 이
후의 용례가 초출로 되어 있다.

24) 구술 필기에 기초한 문장. 1907(명치 40)년 간행된 『문예강화(文藝講話)』[카나오문연
당(金尾文淵堂), 1907]에 수록됨.

25) 본고에서는 이러한 단어가 사용된 일련의 문장을 1건으로 세어, 이 단어가 사용된 회
수와 구별한다.

1895(명치 28)년   ① 무서명《우에다 빙?》,26)「악계의 소식(樂界の消息)」,『제국문학』 1-6.

1897(명치 30)년   ② 타테베 통고(建部遯吾),「운문진화론(속)(韻文進化論(續))」,『제국문학』 3-6.

1900(명치 33)년   ③ 우에다 빙,「하고로모전설 수종(羽衣傳說數種)」,『제국문학』 6-6.

1900(명치 33)년   ④ 우에다 빙,「19세기 음악을 논함(十九世紀の音樂を論ず)」,『제국문학』 6-7.

1904(명치 37)년   ⑤ 고쵸오(後凋)《이시쿠라 코사부로오(石倉小三郎)》,27)「악계의 일별(樂界の一瞥)」,『제국문학』 10-1.

①과 ⑤는 둘 다 음악회의 비평문. ①은 같은 해 3월 하순의 홍고오(本鄕)중앙회당에서 열린 자선음악회에서 "리스트 작곡에 의한 노국(魯國)민

---

26)『정본 우에다빙전집(定本上田敏全集)』10, 교육출판센터(教育出版センター), 1985에 "『제국문학』의 「잡보」란에 게재된 것 중에, 우에다 빙 집필이라 여겨지는 것"으로 수록되어 있다. 정당한 처치이다. 부언하면,『제국문학』의 「잡보」란은 「잡보(雜報)」·「해외소단(海外騷壇)」·「비평」 등으로 이루어져 있는데, 그 기사는 학생편집위원의 합의에 의한 공동 집필의 원칙을 취하며, 기본적으로 무서명으로, 의견이 갈라질 경우에만 서명하는 방침이었다. 우에다는 4월까지 책임을 맡고 있었고, 5월 이후에도 「해외소단」을 중심으로 거의 매호 기고하고 있었다. 창간호에 「악극의 여향(樂劇の餘響)」, 「시노부가오카[忍岡 → 토오쿄오, 우에노(上野) 공원 일대의 옛이름] 연주회」를 쓴 것도 그일 것이다. 이것들은 협의의 「잡보」 기사이지만, 당시의 편집위원 중에, 서양음악의 소양에 관해서는 우에다를 능가할 사람은 없다. 같은『전집』, 같은 권 수록의 1894년 12월 12일부로 히라타 토쿠보쿠(平田禿木 : 1873~1943. 영문학자)에게 보낸 서간에 "실은『제국문학』 쪽에서도 회화와 음악의 월단평(月旦評)을 하라고 위촉해 주셨지만, 이것도 주저하고 있습니다"라고 쓴 것도 방증이 된다.
27) 고쵸오를 이시쿠라 코사부로오로 단정할 수 있는 근거는 다음과 같다.
    1905(명치 38)년 10월의『시라유리』 2권 12호 및 이듬해 12월의 4권 2호에, '고쵸오시(後凋子)'가 번역한 「독일민요(獨逸民謠)」가 보이며, 목차에 기록된 역자명이 각각 '문학사 이시쿠라 고쵸오(石倉後凋)', '문학사 이시쿠라 코사부로오'로 되어 있다. 이시쿠라는『제국문학』에 1903년의 「가극 오르포이오스(歌劇オルフォイオス)」(『제국문학』 9-8) 이하,「악보의 발달(樂譜の發達)」(『제국문학』 10-3),「악보의 발달(樂譜の發達)」(『제국문학』 10-8),「음악사의 가치 및 그 연구법을 논함(音樂史の価値並びに其研究法を論す)」(『제국문학』 11-2),「멧시나곡의 제창에 대해(メッシーナ曲の齊唱に就て)」(『제국문학』 11-8) 등 서양음악에 관한 글을 자주 기고한 인물이다.

요 꾀꼬리의 노래 〈바리아시온〉"이, 당시 문과대학 철학과 교수이자 피아노의 명수이기도 했던 R. 케벨[케벨 박사.28) 나츠메 소오세키(夏目漱石 : 1867~1916. 소설가)29)의 「케벨 선생(ケーベル先生)」으로도 알려져 있다]에 의해 연주되었던 것을 전한다. ⑤는 전년 11월 28~29일에 우에노(上野)에서 개최된 공익(公益)음악회에 대해, 마찬가지로 케벨이 독주한 "카우카스스의 작자(作者)는 노국민요로 저명한 바라키에프"라고 쓰는 한편, 12월 6일의 음악학교 추계연주회의 모습도 보도하여 "우에하라(上原) 씨의 소나타"는 "경건 심중한 종교악과 유완(幽婉)한 민요풍 음악이 흥미로운 대비"를 이루었지만, 여성2부합창의 슈만 서정가는 감미로운 슬픔을 표현해야 할 곳에 "천진 소박한 사랑을 노래한 민요"가 "너무 고담(枯淡)하게 흘렀다"고 평했다.

④도 음악에 관한 것으로, 베버의 독일 가극 혁신을 다루면서 "1821년 베를린에서 연주한 〈델 프라이슈츠(Der Freischütz → 한글명 〈마탄의 사수〉)〉의 가곡에는 간결하면서도 여정(餘情) 깊은 민요를 삽입하여" 등등이라 쓰여 있다. 스메타나나 드보르작이 "슬라브 민족의 가락"을 사용한 것이나 그링카·차이코프스키·루빈스타인 등이 "북방의 민요를 기교 있게 이용"한 것에 대해서도 설명하기에 이른다.

②의 「운문진화론」은 문명의 진보와 더불어 운문도 진화한다는 주장을 전개한 논으로, 같은 잡지 3권 5·6·8·10·11호에 연재되었다. 당시 유행했던 스펜서의 사회진화론의 응용이다. 연재 제2회는 「시형의 진화」를 다루어, 그것을 9단계로 나누어 설명하는데, 제2단계 '단순서사시'에 관한 기술에 "이에 소위 영웅가, 신요(神謠), 동물가, 민가(폴크스자

---

28) Koeber, Raphael von(1848~1923). 모스크바고등음악학교 졸업. 독일의 하이델베르크대학에서 철학을 연구. 1893년부터 토오쿄오제대에서 서양철학을 강의함. (역주)

29) 1893년 토오쿄오제대 영문과 졸업. 『나는 고양이로소이다(吾輩は猫である)』, 『도련님(坊つちゃん)』 등의 상업적 성공 이후, 토오쿄오대학 영문과 교수직을 마다하고, 토오쿄오아사히신문의 기자가 되어 직업작가의 길을 걸음. 「케벨 선생」(1911)은 친교가 있었던 케벨 교수에 대한 에세이. 각주 63 참조 (역주)

게), 민요(폴크스리트), 동요와 같은 것이 생겨난다. 이들은 모두 심히 단순한 서사시의 종류"라고 한다.

③은 민간전승에 관한 논으로 "러시아(露西亞)의 민요상의 미카일로노바노비치"에 대한 언급이 보인다.[30)

이상 5건에 대해 주목되는 것은 「악화」의 필자이기도 한 우에다 빙의 용례가 둘 내지 세 건을 점하는 것이다. 실은 우에다는 '민요'를 사용한 문장을 이 시기에 하나 더 쓰고 있다. 1900(명치 33)년 6월에 발행한 『태양(太陽)』 임시증간 「19세기(十九世紀)」[31)(『태양』 6-8)의 「상편 제5부 문예사」가 그것인데, 18세기 후반부터 19세기의 유럽 제국에 대해 '민요'의 자극이 국민적 시가의 발달을 재촉했다는 것을 글 중에 수 차례에 걸쳐 지적한다.[32)

≪영국에서는≫이미 앞 세기 중엽에 이르러 고시(古詩) 민요의 완상은 문학 쇄신의 일대 동기가 되어 『퍼시 유문(遺文)』(1768), 맥퍼슨의 『오시안』(1760~1763)의 상재는 비단 영국 시문에 직접적인 감화가 있었을 뿐 아니라 리처드슨의 소설과 더불어 대륙의 문단에 전해져, 신문학의 발흥을 도운 점이 극히 컸다.
— 제1장 1. 「앞 세기의 영문학(前世紀の英文學)」

눈을 돌려 북구 슬라브문학을 보면 핀란드(波蘭土)에 아담 미키에비치(1798~

---

30) 이듬해 12월에 간행된 『문예논집(文藝論集)』(춘양당)에 수록된다. 그 해당 부분은 「러시아민요」로, '의'를 뺀 형태로 되어 있다.

31) 이 임시증간은 발행처인 박문관의 창립 13주년을 기념한 대대적인 기획으로, "제19세기의 세계문명의 발달을 밝힌다"는 목적을 내걸고 있다[「예언(例言)」]. 권두를 100여 장의 사진판 그림이 장식하고, 본문은 3단 구성으로 300여 페이지, 각계 저명인사 10명[오오쿠마 시게노부(大隈重信 : 1838~1922. 명치, 대정기의 대정치가), 카토오 히로유키(加藤弘之 : 1836~1916. 계몽학자) 등]의 인터뷰에 이어, 총론을 타카야마 쵸규우가 집필, 이하 「상편 서양」 7부, 「하편 동양」 2부를 전부 학사(學士)의 명함을 가진 집필자가 분담한다.

32) 『정본 우에다빙전집』 8의 「해설」[시마다 킨지(島田謹二)]에 의하면, 제4장의 논술은 『대영백과전서(大英百科全書)』에 힘입은 바 큰 것 같다. 시마다 킨지, 『일본에서의 외국문학(日本における外國文學)』 상, 아사히(朝日)신문사, 1975 참조.

1855)라는 귀인이 있다. 애국지사로 강개비분의 가락이 높고, 셰익스피어(沙翁), 실러, 바이런의 완상으로 시적 재능을 닦았지만, 본래의 힘은 민요의 연구에 있었다.

— 제4장 3.「북구문학」

　러시아 근세문학의 아버지는 알렉산더 푸슈킨(1799~1837)이다.「검(劍)에게 줌」이라는 처녀작은 당대의 객기(客氣)의 무리들의 입에 오르내리고, 압제의 횡포에 반항하여, 복받쳐 오르는 어조를 이룬다. 알렉산더 1세 치하에 자유론자로 추방되자, 러시아 국민의 성정과 민요를 원천으로 삼아 연구하는 편의를 얻어, 그 결과는 아리오리스트 풍의「루슬란과 류드밀라」이야기가 되고 바이런의 감화가 현저한「카프카스의 포로」,「바흐치사라이의 샘」,「폴타바」등의 시가 되었다.

— 제4장 3.「북구문학」

《헝가리에서는》근세의 여명과 함께 국민정신의 자각이 생겨, 민요의 연구는 시가에 청신한 활기를 부여했다. 프란츠 그레진치(1759~1831)는 헤르데르의 독일문학에서와 마찬가지로, 고금의 시문을 번역하여, 장래에 대단히 많은 도움이 되었다. …… 마침내 뵈뢰슈마르티(1800~1855)에 이르러, 진정한 국민시인을 얻었다. …… 또한 알렉산더 페테피(1823~1849)는 애련한 민요 가락을 전하여, 헝가리의 번즈로 불렸으며, 아라뉘(1817~1882)는 우울한 비관을 불러, 이 지역의 레나우로 불리게 되었는데, 모두 정열을 지침으로 삼은 시인이다.

— 제4장 4.「동구문학」

　앞의 ①이 우에다의 글이라 가정할 경우 오오가이의 초출 예와의 간격은 3년으로 준다. 이 경우 우에다가 일찍이 오오가이에게 사숙했다는 점33)을 중시한다면, 한시문에 관한 한 유럽의 문학만큼은 정통하지 못

---

33) 이토오 세이(伊藤整 : 1905~1969. 소설가. 평론가)의 요령을 갖춘 기술을 인용한다. "명치 27년에 제1고등중학교를 졸업하고, 제국대학 영문과에 입학한 무렵부터, 그는 『문학계(文學界)』의 동인회 등에서 모리 오오가이의 번역에는 오역이 많으니까, 언젠가 그것을 지적해 줄 테다라고 공언하여, 모리 오오가이를 서구문학의 부동의 권위로 여기고 있었던 친구들에게 충격을 주었다. 우에다 빙은 모리 오오가이를 존경하고, 학예의

했던 그가 '민요'를 자기의 어휘로 받아들이는 데 있어서는 오오가이를 추종하는 의식이 있었다고도 생각된다. 하지만 오오가이 자신은 앞에서 언급한 바대로, '민요'의 문제와 정면으로 부딪치려는 자세를 보이지 않았다. 1900(명치 33)년을 전후한 10여 년 간은 우에다 빙이야말로 이 말을 가장 자주 또한 뜨겁게 입에 담은 인물이었다.34)

게다가 이 용어는 우에다를 둘러싼 토오쿄오대학의 소장 문학자들에 의해 적극적으로 받아들여짐과 동시에, 그들의 활동을 통해서 명치 말기의 문단에 일정한 시민권을 얻어가기도 했다.

길에서 그 뒤를 좇고 있었던 만큼, 그 결점도 알고 있었던 것이다."『명치사조의 전환기(明治思潮の轉換期)』[『일본문단사(日本文壇史)』 6], 강담사(講談社), 1960. 야스다 야스오(安田保雄), 『우에다빙연구(上田敏研究)』(증보신판), 유정당(有精堂), 1969 참조

34) 우에다는 1904(명치 37)년 2월 이후에도, 아래의 문장에 '민요' 또는 '민요악'이라는 말을 사용하고 있다[『정본 우에다빙전집』에 의거하여, 말미에 숫자로 수록 권을 표시한다. 「민속전설(民俗傳說)」은 필기록의 발행연도가 불명확하여, 강연의 개최연월을 표시했다].

  1905(명치 38)년 10월, 「악기의 기초(樂器の基礎)」(『신조(新潮)』 3-4) 6

          11월, 「본국 장래의 악기에 대해(本邦將來の樂器に就きて)」[『음악신보(音樂新報)』 국화(菊花)호] 6

  1906(명치 39)년 8월, 「민요」≪강연필기≫(『음악신보』 3-7) 9

         3월, 「경영록(鏡影錄)(2)」[『예원(藝苑)』 3] 7

         7월, 「경영록(6)」(『예원』 7) 7

        12월, 「경영록(9)」(『예원』 12), 7

  1907(명치 40)년 1월, 「시화(詩話)」[『명성(明星)』] 6

         1월, 「민요」≪강연필기≫[『케이오오기쥬쿠학보(慶應義塾學報)』 113] 9

  1910(명치 43)년 6월, 『소용돌이(うづまき)』[오오쿠라(大倉)서점] 2

  1911(명치 44)년 12월, 「민속전설」≪강연필기≫[『최근 사조교육 동계강습록(最近思潮敎育冬季講習錄)』] 9

  1915(대정 4)년 10월, 「서언(序言)」[『코우타(小唄)』, 오란다(阿蘭陀)서방] 9

  4번째인 「경영록(2)」는 서두에 인용한 시다 「일본민요개론」 첫 회 게재분에 대한 평론. "국시 혁신, 국어 개량, 국악 개량의 세 방면에서 민요의 필요성을 제창한 것은 내가 찬성하는 바로, 나 또한 재작년 경, 같은 잡지상에 제1 제3의 견지에서 이 필요성을 논했다"고, 자신의 「악화」와 대비시켜 찬의를 표했다. 이외에 1909(명치 42)년에 부임한 쿄오토제국대학에서의 강의 「문학개론」, 「영문학사」에서도 역시 '민요'를 언급할 기회가 있었던 것 같다(같은 『전집』 8). 또한 이것들과는 별도로 '속요'를 사용한 글도 있고, '민요'와 '속요'를 혼용한 케이스도 보인다. 제4절 참조

'민요'가 사용된 문장으로 앞의 ①~⑤를 잇는 것을, 1907(명치 40)년까지의 『제국문학』에서 주워 보자.

1905(명치 38)년 　⑥ 무서명《사쿠라이 마사타카(櫻井政隆)》,35) 「독일에서의 외국시가 번역(獨乙に於ける外國詩歌の飜譯)」, 『제국문학』 11-2
　　　　　　　　⑦ 무서명, 「제국문학회대회」, 『제국문학』 11-4
1906(명치 39)년 　⑧ 시다 기슈우, 「일본민요개론」, 『제국문학』 12-2 ・3・5・9
1907(명치 40)년 　⑨ 야스기 사다토시(八杉貞利),36) 「러시아문학의 국민서사시(露西亞文學に於ける國民敍事詩)」, 『제국문학』 13-1・2
　　　　　　　　⑩ 사쿠라이 마사타카, 「괴테의 민요시 연원연구 일반(ゲエテが民謠詩の遡源研究一斑)」, 『제국문학』 13-3
　　　　　　　　⑪ 레이슈우(荔舟)《야스기 사다토시》, 「민요의 채록에 대해(民謠の採錄に就きて)」, 『제국문학』 13-5
　　　　　　　　⑫ 이스이(衣水)《킷카와 이스이(吉川衣水 : 미상)》, 「일본민요전집」, 『제국문학』 13-5(서평)
　　　　　　　　⑬ 유우겐로오(幽鉉郞)《미상》, 「악계시언(樂界時言)」, 『제국문학』 13-6
　　　　　　　　⑭ 사쿠라이 마사타카, 「뮌헨시파의 시가(ミュンヘン詩派の詩歌)」, 『제국문학』 13-7・8

　⑤와 같은 호에 우에다의 「악화」도 있었으니까, 창간 이래 13년 간 전부 15건을 볼 수 있다. 1년에 1건 이상의 빈도는 결코 높다고 할 수는

---

35) 해당 년도의 편집위원은 안도오 카츠이치로오(安藤勝一郎), 사이토오 신사쿠(齋藤信策), 카이토 마츠조오(垣內松三), 사쿠라이 마사타카, 오야마 토오스케(小山東助), 쿠리야가와 타츠오(廚川辰夫)의 6명. 쿠리야가와는 도중에 오사나이 카오루(小山內薰)로 교체되었다. 사쿠라이는 독문과 출신으로, ⑩・⑭ 등 독일의 '민요'에 관한 논고를 나중에 발표했다.

36) 『제국문학』 창간 10주년 회상록(『帝國文學』創刊十周年回想錄)(『제국문학』 11-1, 1905.1)에 첨부된 「제국문학회임원 씨명」에, 1899(명치 32)년도의 임원(학생편집위원)으로 '야스기 사다토시'의 이름이 보인다. 그는 1905년 10월의 시점에서는 '속가'라는 용어를 사용했는데[「러시아 민간의 제사일(露西亞民間の祭日)」, 『제국문학』 11-10], 우에다나 직접적으로는 시다의 영향에 의해 '민요'로 바꼈다고 생각된다.

없지만, '속요', '이가' 등이 사용된 케이스를 더하면, 용례 건수는 약 3배가 된다.

아래 표는 각각의 건수를 1년마다 정리한 것이다.[37] '속요' 등은 거의 변동이 없고, 굳이 말하자면 점차 줄어드는 경향이 있는 데 비해, '민요'는 15건 중에 11건이 마지막 4년 간에 집중되어 있다. 후자의 급속한 침투와 그것을 초래한 우에다의 영향력이 엿보인다.

『제국문학』의 〈속요〉 관련 용어 건수

	속요	이요	속가	이가	소계	민요	비 고
1895(명치 28)년	4			1	5	1	
1896(명치 29)년	2				2		'속요' 중 1건 '속요비가(鄙歌)'
1897(명치 30)년	3				3	1	
1898(명치 31)년	3				3		
1899(명치 32)년	1						
1900(명치 33)년	3	1			4	2	'이요' 1건 '영곡(郢曲)'과 혼용
1901(명치 34)년	2	1	1		4		'속요' 중 1건은 우에다 빙의 용례
1902(명치 35)년	1				1		
1903(명치 36)년	2				2		
1904(명치 37)년	2			1	3	2	'속요' 중 1건은 '민요'와 중복
1905(명치 38)년	2		1		3	2	'민요' 중 1건은 '속곡'과 혼용
1906(명치 39)년	1				1	1	시다 논문은 '민요' 1건으로 산정
1907(명치 40)년	1	1		1	3	6	'민요' 외 3건은 '민요'와 중복

사태가 그들의 서클 내부에서 완결되지 않았던 점에 대해서도 언급할 것이 많으나, 여기에서는 약간의 지적을 하는 것으로 그친다.

우선 우에다나 시다의 견해가 다른 잡지의 비평란 등에 등장하는 경우, 당연히 그 글 중에 '민요'라는 말이 유용된다.

기차, 기선, 전신, 전화, 전차를 얻어서 소화해낸 일본이 어찌하여 유독 음악에 한해서 언제까지 샤미센을 사용하지 않으면 안 되는가 고대의 민요악 정도

---

37) 본고의 조사는 해당 잡지나 그 복각판에 대해서 목차에서 짐작이 가는 범위를 한 페이지씩 넘기면서 조사하는 극히 원시적인 수법에 입각해 있다. 당연히 예상하지 않으면 안 되는 일정 정도의 결락은 어쨌든 CD-ROM 등이 공개되면 명백해질 것이다.

에 만족하지 않으면 안 되는가.

> — 하나부사 류우가이(花房柳外 : 1872~1906. 신파극작가), 「타나카, 우에다,
> 이노우에 씨의 음악론을 읽고(田中, 上田, 井上三氏の音樂論を讀む)」,
> 『시라유리(白百合)』 1-5, 1904.3

우에다 빙 씨가 『음악신보(音樂新報)』에, 민요의 가사(詞) 및 음률의 수집을 제창하고, 시다 기슈우 씨가 『제국문학』에 「일본민요개론」을 게재하여, 일반에게 민요에 대한 주의를 환기시킨 것은 신체시의 형식에 저절로 유익한 결과를 낳을 것으로 여겨진다.

> — 무서명, 「휘보・신체시계(彙報・新體詩界)」,
> 『와세다(早稻田)문학《제2차》』 11,38) 1906.11

지난 가을의 『음악신보』, 신년의 『케이오오기쥬쿠학보(慶應義塾學報)』에 우에다 씨의 민요론이 있고, 『시라유리』에 민요특집호가 있고, 지난 가을의 『제국문학』, 신년의 『히구르마(ひぐるま)』에 시다 씨의 민요 연구의 고취가 있어, 민요에 대해 세상 사람들의 주의를 환기한 점 다대하다. 나는 민요의 기원 및 역사에 대해 제가(諸家)의 설을 경청하기는 지금이 처음이지만, 종래에 여행 때마다 열심히 토속의 고요(古謠)를 듣기를 게을리 하지 않았다.39) 한데, 명치유신 이래 제례법회(祭禮法會)가 쇠퇴하는 일이 많고, 봉춤(盆踊り)40)이나 그 외의

---

38) 『와세다문학』 9호(1906년 9월)의 「휘보・음악계」(무서명)도, 〈악원회(樂苑會)〉의 음악 강연회에서의 우에다의 강연(각주 34의 제3건의 기초가 된 것)을 소개하며 "삼현악과 장래악(將來樂)과의 결합, 민요의 조사, 그리고 일본악과 서양악의 융화 등이라는 문제에는 여전히 깊이 연구해야 할 점이 많은 것 같다"고 했으며, 또한 14호(이듬해 2월)의 「명치 39년 문예교학사과(文藝敎學史科)・문예계」(무서명)에도, "신체시단에서도, …… 그어격 형식에서 또한 내용 정신에서, 고어의 부활에 민요의 연구에 스스로 국문학의 원천을 찾고, 혹은 과언(寡言)하여 뜻 깊은 자연으로 돌아가려는 경향을 나타내, 정당한 경과의 길에 접어든 느낌이 든다", "『제국문학』에 시다 소킹(志田素琴)의 「일본민요개론」이 나와, 세상의 민요에 대한 주의를 환기시켰다"고 했다.

39) 실제로 텟캉은 1902(명치 35)년 6월의 『《제2차》명성』 6호에 「사도 풍(佐渡ぶり)」이라는 제목의 단문을 실어, 현지에서 들었던 '사도 지방의 속요'의 가사 40여 편을 소개하고 있었다. 주의해야 할 것은 그 시점에서는 '속요'라는 말이 사용되고 있었을 뿐만 아니라 문장의 취지도 "호사가에 제시한다"는 소극적인 것이었다는 점이다. 제4절 참조

40) 조상에 제사지내는 민속적 불교 행사인 봉(盆)에 추는 춤. 염불을 외면서 추는 춤(念佛踊り)과 비슷하며, 7월 내지 8월 15일을 중심으로 전국 각지에서 지금도 행해짐. (역주)

연중 행사에 관인의 간섭이 심해져서 전해들을 기회가 줄어, 지금의 청년 중에 이것을 아는 자가 드문 것은 유감이다. 소수의 고로(古老)가 아직 살아 있는 동안에 민요의 집성을 도모하는 것은 오늘날의 급무라는 것을 각지의 독지가에게 경고한다. 그렇기는 해도, 민요를 연구하면 우리나라의 시형은 여기에 정해져야 한다는 식의 시다 씨의 설은 수긍할 수 없다. 민요도 또한 시인의 참고자료가 되는 정도일 것이다.

— 요사노 히로시(與謝野寬),[41] 「천기(賤機)」, 『명성(明星)』, 1907.2

마지막 2건은 모두 '민요'의 의의를 긍정적으로 받아들인 반응으로 주목할 만하다.

류우가이의 첫 번째 글은 상당히 회의적인 태도를 보이고 있었다. 하지만 이 문장이 실린 『시라유리』[42]는 텟캉의 세 번째 글에서도 언급하고 있듯이, 나중에 「민요호(民謠號)」를 6회에 걸쳐 내게 되는 잡지이기도 하며, 이 잡지에는 지금까지 이름을 든 시다 기슈우, 사쿠라이 마사타카[櫻井政隆 : 1879~1933. 독문학자. 텐단(天壇)은 호], 이시쿠라 코사부로오(石倉小三郎 : 1881~1965. 음악평론가. 독일문학자) 등에 더하여, 역시 문과대학 출신인 요시다 토요키치(吉田豊吉, 1881~?), 후지이 오토오[藤井乙男 : 1868~1945. 일본문학자. 하이쿠 가인. 시에이(紫影)는 호],[43] 요시마루 카즈마사(吉丸一昌 : 1873~1916. 일본문학자), 아네사키 마사하루[姉崎正治 : 1873~1949. 종교학자. 평론가. 쵸오후우(嘲風)는 호] 등이 재차 등장해서는 '민요'에 관한 논설을 공

---

41) 1873~1935. 가인. 시인. 텟캉(鐵幹)은 호. 오치아이 나오부미(落合直文)에 사사, 근대 단가 결사의 선구라 할 수 있는 아사카샤(淺香社)를 창설하여 와카혁신운동을 추진하였다. 1899년 가단의 혁신을 표방하고 신시사(新詩社) 발족, 이듬해에 기관지 『명성』을 창간, 낭만주의문학운동으로 일세를 풍미. 텟캉과 아내인 아키코(晶子)가 중심이 되어, 이시카와 타쿠보쿠(石川啄木), 키타하라 학슈우(北原白秋) 등 다수의 시인, 가인을 배출하였다. (역주)

42) 1903(명치 36)년 11월에 『명성』의 신시사를 탈퇴한 마에다 링가이, 소오마 교후우(相馬御風), 이와노 호오메이(岩野泡鳴) 등에 의해 발간.

43) 1894년 토오쿄오제대 국문과 졸업. 쿄오토제대 교수. 치카마츠 몬자에몽(近松門左衛門)을 중심으로 한 에도문학 연구. 마사오카 시키(正岡子規)와 친분이 두터워 하이쿠혁신운동을 돕기도 했다. 제3절 52면 참조. (역주)

표했다.44) 특집은 1906(명치 39)년 11월의 4권 1호부터 이듬해 4월의 종간호까지 이어진다. 그간 매호에 마련된 '민요'란에는 미리 전국의 독자로부터 투고된 가사가 수백 편씩 게재되었을 뿐만 아니라, 그 가사는 기획을 입안한 마에다 링가이(前田林外 : 1864~1946. 시인)45)의 손으로 바로 정리되어 『일본민요전집(日本民謠全集)』[정·속, 홍고오(本鄕)서원, 1907.3·11]이라는 제목으로 출판되었다. 아래에 인용한 것은 특집 바로 전에 해당하는 『시라유리』 3권 12호에 게재된 「개권예고(改卷豫告)」의 한 대목이다.

　다음 호의 본지는 개권 제1호로, 페이지 수를 늘려, 본사《순문사(純文社)》가 일찍이 지방의 사우(社友) 및 동호의 벗에게 부탁하여 모은 각지의 민요 수백을 싣고, 더하여 민요에 관한 제 명가의 의견을 가지고 특별히 『민요호』라 일러 발간하려 한다. 아마도 민요의 연구는 문예혁신상에 가장 중대한 영향을 가질 것으로 생각하기 때문이다. 이는 진정 본사의 신사업으로, 아울러 우리 문단에 일대 신기운을 촉구하리라 믿는다.

　'문예 혁신'을 위해 '민요의 연구'가 필요하다는 인식은 바로 『제국문학』지상에서 반복된 주장 그 자체이다. 「민요호」의 기획 자체가 이 주장에 동조한 링가이가 그것을 실천에 옮기려 했던 것이라 해도 좋을 것이다. 그렇기 때문에 운동의 본류 측도 협력을 아끼지 않았고, 『일본민요전집』 출판에 즈음해서도 "마에다 링가이 씨의 이 선집이 있는 것은 우리 문예계를 위해 크게 감사하지 않으면 안 된다"는 찬사가 주저 없이 보내진 것이라 생각된다(앞의 ⑫).

---

44) 제국대학 출신자 이외에는 노지리 호오에이(野尻抱影), 사사키 아이코(佐々木愛湖), 타카야스 겟코오(高安月郊), 코마츠 교쿠강(小松玉嚴), 야마다 쇼오손(山田沼村) 등이 기고했다.

45) 1890년 토오쿄오전문학교(현 와세다대학) 영어보통과 졸업, 문학과 재입학, 중퇴. 『명성』 창간호부터 단가·신체시 등을 기고. 1903년 이와노 호오메이(岩野泡鳴) 등과 토오쿄오순문사(純文社)를 세워 『시라유리』를 창간. 1906년부터 1907년에 걸친 민요 특집은 명치 말기의 민요 열에 선구적 지도적 역할을 수행했다. (역주)

제국대학 관계자 이외에 이 즈음 '민요'라는 말을 사용한 인물로는 스스키다 큐우킹(薄田泣菫 : 1877~1945. 상징파 시인)[46]의 이름을 들 수도 있다. 아래의 2건은 모두 근간(近刊) 광고의 일부로, 엄밀히는 누구의 손에 의한 것인지 분명치 않지만, 적어도 공표 이전에 저자의 양해는 얻었다고 보아 틀리지 않을 것이다.

> 『이슬공주(白玉姬)』는 큐우킹 씨의 최신 시문집으로, 시는 가락을 민요의 정수에서 취하여 지금의 소위 언문일치의 신체를 시가의 영역에서 시도한 것. 씨의 종래의 시체(詩体)와 전혀 취향을 달리 하고, 게다가 또한 청신한 시미(詩味) 넘치는 것을 느끼지 않을 수 없다. 산문은 일기가 있고 수필이 있고 소식이 있는데, …… 완전히 무운(無韻)의 시라고 해도 과언이 아님을 알 것이다.
> ― 「카나오문연당(金尾文淵堂) 광고」, 『명성』, 1905.6

> 자장가(子守唄)는 아동창가입니다. 혹은 가락을 민요에서 취한다든지, 혹은 정미(情味)를 서구의 것에서 빌려온다든지, 여러 방면에서 재료를 뽑아, 청신한 취미를 여아(女兒)에게 개발하고자 시도된 것이 이 책입니다. 꽃의 노래나, 말의 하품이나, 돼지의 졸음이나, 원숭이의 장난이나, 금방 눈앞에 나타날 듯 한 일상의 일들이 얼마나 흥미로운 가락으로 들릴까요.
> ― 「카나오문연당 광고」, 『와세다문학≪제2차≫』 13, 1907.1

링가이와 마찬가지로 큐우킹도 『명성』과 인연이 깊었던 시인으로 『명성』에서 분리된 『시라유리』에도 가끔 기고하는 등 링가이 자신의 활동과의 직접적인 접점도 있었다.[47] 이 두 잡지에는 더욱이 우에다 빙이 서

---

46) 일본, 중국의 고전 및 구미의 문학을 독학. 『모적집(暮笛集)』(1899)으로 시단의 지위 확립 후, 『명성』에도 기고. 당시 제1급 시인이었던 시마자키 토오손(島崎藤村)이나 도이 반스이(土井晩翠)가 침체기에 들어간 1900년 이후 시단의 일인자가 됨. 1906년 발표된 「망향의 노래(望鄕の歌)」로 우에다 빙의 격찬을 받음. 각주 47 참조 (역주)
47) 『이슬공주』[표지에는 '큐우킹 작 이슬공주(泣菫作しら玉姬)'] 는 1905(명치 38)년 6월 30일 발행. '민요'풍의 창작시 7편 외에, 수필 20편이 수록되어 있다. "이 책을 타카야스 겍코오 씨에게 바친다"는 헌사가 있지만, 서・발은 없고, 본문에도 '민요'의 용례는 없다. 단 작자는 후에 "≪위의 7편은≫모두 민요체"라고 해설하고 있다[「시집 끝에(詩集の後

구시가의 번역을 종종 기고했으며, 그 대부분은 『해조음(海潮音)』(홍고오서원, 1905.10)[48]에 수록되어, 동시대 시인들에게 다대한 영향을 주었다. 이러한 관계를 제시하자면 끝이 없지만, 어쨌든 링가이나 큐우킹이 전부터 우에다의 일을 주시해온 것과, 그들이 이따금 '민요체'를 시도한 것[49]과는 결코 무관하지 않다고 생각된다.

번역어 '민요'는 이리하여 명치 후기의 문단에 뿌리를 내려갔던 것이다.[50] 원래 그 범위는 문과대학 관계자를 중심으로 하는 인맥을 아직 크게 벗어나지는 않았지만, 이 말을 공유한 그들은 '민요'의 의의에 관한 이해를 공유했으며, 따라서 '민요'에 대한 공통의 기대나 희망에 의해 연결되어 갔다. '민요'의 실례로 그들의 염두에 있었던 것은 혹은 괴테 등의 '민요'풍 서정시이거나, 혹은 러시아의 '민요'를 어렌지한 악곡 등등이었으며, 일본 고유의 '민요'가 어떤 것인가라는 점에 대해서는 누구

에)」, 『큐우킹시집(泣菫詩集)』, 오오사카아사히신문사, 1925와 창원사판 『스스키다큐우킹전집(薄田泣菫全集)』 2, 1939에 전재(轉載)된 것에 의하여 인용]. 『자장가(子守唄)』는 1906년 경부터 습작한 동요집. "크리스티나 로제티(Christina Rossetti)의 『씽쏭(Sing-Song)』을 읽고, 이런 것을 만들면 어떨까 해서 시도해본 것"이었는데, "판이 거의 완성될 무렵, 출판처가 실패해서 그대로 끝나버"렸다. 나중에 『교외생활』에 연재, 짧은 동화를 더해 동명의 제목으로 출판되었다(부산방, 1917). 또한 큐우킹은 1897년에 시인으로 출발했을 당초부터, 이따금 '민요체'를 시작(詩作)하곤 했다. 마츠무라 미도리(松村綠), 『스스키다 큐우킹고(薄田泣菫考)』, 교육출판센터, 1977 참조.

48) 이탈리아·영국·독일·프랑스의 시인 29인의 작품 57편을 번역한 것. 고답파와 상징파의 작품에 중점을 두었다. 역시집 간행에 있어 김억(金億)이 모범으로 삼았던 것으로도 알려져 있다. (역주)

49) 한편 나중에 키타하라 학슈우나 사이죠오 야소(西條八十)와 나란히 '민요'창작운동의 기수가 되는 노구치 우죠오(野口有情)는 1900년대부터 이미 '민요'풍의 창작시를 시도하고 있었지만, 명치기의 그의 문장에는 "한시보다 신체시보다 와카보다 하이쿠보다 그 외 모든 요오쿄쿠보다도 가장 널리 민간에 행해지는 것은 26자 시형의 속요이다"[「26자시(二十六字詩)」, 1906.1], "영, 불, 독, 러 각국을 비롯해 구주의 여러 외국에서는, 속요는 그 나라의 국민시로서 대단히 소중히 여겨지고 있다"[「여러 지방의 봉춤노래(諸國盆踊唄)」, 1911.8] 등 아직 '속요'가 쓰이고 있으며, '민요'의 용례는 보이지 않는다. 덧붙여, '민요'라 이름 붙은 창작시의 비교적 이른 사례에, 요시노 가죠오(吉野臥城), 「민요시(民謠詩)」(『태양』 13-6, 1907.5)가 있다.

50) 본문에 든 것 이외에 노보리 쇼무(昇曙夢), 「러시아 민요(露國の民謠)」[『마음의 꽃(こゝろの華)』 8-7, 1904.10]도 있다.

나가 다분히 애매한 인식밖에 가지지 못했다. 그럼에도 불구하고 그것이 대단히 중요한 것이라는 점만은 의심할 여지없는 것으로 간주되었던 것이다.

'민요'의 어지에 관한 종래의 기술이 명치기에 있어서의 이 말이 아직 정착되지 않은 것을 강조해온 것은 동시대의 실태에 관한 파악으로 결코 틀리지 않는다. 이 번역어가 일본의 사회 전반에 통용되는 것은 기껏해야 대정(大正 → 1912~1926) 후기부터, 구체적으로는 키타하라 학슈우(北原白秋 : 1885~1942. 시인. 가인. 작사가), 노구치 우쬬오(野口有情 : 1882~1945. 시인), 사이죠오 야소(西條八十 : 1892~1970. 시인. 불문학자), 야마다 코오사쿠(山田耕筰 : 1886~1965. 작곡가), 나카야마 심페이(中山晋平 : 1887~1952. 작곡가) 같은 사람들의 손으로 '민요'창작운동이 강력히 전개되는 것을 기다리지 않으면 안 된다.51)

그러나 이 대정기의 운동 자체는 명치의 국민문학운동의 미숙한 유산을 계승하면서, 이것을 독서 인구의 확대와 출판문화의 대중화, 더욱이 축음기의 보급이나 상업적 유행가의 성립이라는 새로운 조건하에서 꽃핀 운동이었다고 볼 수는 없을까. 적어도 국민문화 창출의 방도를 제시했다는 의미에서 명치기의 '민요' 개념의 이식은 그 실태의 편협함에도

---

51) 1920년대부터 1935년 경에 걸쳐 민요가 왕성하게 창작되었으며, 이들 작품은 종래의 민요에 대해 '신민요' 혹은 '창작민요'라 불렸다. 노구치 우쬬오의 『이별 후(別後)』(1921)와 키타하라 학슈우의 『일본의 피리(日本の笛)』(1922)가 신민요집의 효시. 1928년 발매된 신민요 〈하부항(波浮の港)〉(노구치 우쬬오 작사, 나카야마 심페이 작곡)이 폭발적인 인기를 얻은 것을 계기로 주목. 레코드 제작, 라디오방송 개시(1925년 3월)와 더불어 크게 보급·가창되었다. 작사자로는 노구치 우쬬오, 키타하라 학슈우, 사이죠오 야소 등, 작곡자로는 나카야마 심페이 등을 들 수 있다. 특기할 만한 것은 일본의 '국민시인'이라고 일컬어지며 스스로도 그것을 지향했던 키타하라 학슈우이다. 그는 일찍이 우에다 빙과의 밀접한 교류를 통해, 국민의 전통에 입각하면서 서양시와의 융합을 추구하는 우에다의 구상(이론)을 계승하여 행동으로 옮기는 실천자가 된다. 우에다도 학슈우의 시작(詩作)에 대해 절찬을 아끼지 않았다. 학슈우는 또한 차세대 '국민'의 육성이라는 원대한 구상하에 '동요' 창작에도 투신하는데, 아동문학잡지 『빨간 새(赤い鳥)』에서 '동요'를 담당, 창작동요의 신기원을 이룩한다. 그의 많은 '동요'는 야마다 코오사쿠에 의해 작곡되어 전국으로 퍼짐. (역주)

불구하고, 획기적인 의의를 인정할 수 있을 터이다.

명치의 '민요'관은 왜곡되어 있었다고 말하는 사람이 있을지 모른다. 확실히 그럴 것이다. '민요'창작운동이 그 왜곡을 확장시켰던 것도 확실하거니와, 야나기타 쿠니오(柳田國男 : 1875~1962. 민속학자)의 '민요' 연구가 그것과의 투쟁을 통해 구축되었던 것도 틀림없다.[52] 하지만 왜곡되어 있는 것과 다룰 가치도 없는 것과는 다르다. 한 시대에 사람들을 사로잡았던 사상이, 후세의 눈에는 극히 이상한 것으로 비친다고 해서 그 사상의 역사적 의의를 무시해도 좋은 것은 아니다. 우선 후세의 눈이라고 해도 어디까지 정상이라는 보장은 없는 것이다.

굳이 말하지만 '민요'를 객관적으로 정의하는 따위는 도저히 무리가 아닐까. 불가능하다고 판단하는 것은 지나치게 성급할지도 모르지만, 대단히 곤란하다는 것은 누구나 인정하는 바이다.

예를 들면 '상민(常民)의 가요'라 정의하더라도, 그 '상민'의 정의가 또한 엄청나게 곤란하다. 거기에는 근대화의 과정에서 급격히 상실되어 가는 민중의 문화가 바로 그 과정에서 비로소 스스로의 가치를 주장하기에 이르렀다는 패러독시컬한 관계가 가로놓여 있다. '상민'의 문화가 여전히 숨쉬고 있었던 시대에는 '상민'과 유사한 관념은 아직 정립될 수 없었다. 다른 각도로 말하면, 열도의 주민들은 국민국가 성립 이전에는 아직 자신들이 공통의 문화에 의해 끊을 수 없이 맺어져 있다든지, 하물며 하나의 인간집단으로 이해를 공유하고 있다는 의식을 확립하고 있지 않았던 것이다.[53] 그런데도 '상민'이라는 용어의 종래의 사용법에는 사

---

52) 토오쿄오제대 법학부 졸업. 민요 연구에 민속학적 연구법을 도입. 민요를 상민(常民)이 스스로 만들어 스스로 부르는 노래라 정의하고, 작자를 알 수 없는 것을 대상으로 해야 할 것을 강조. 그가 제출한 민요의 분류안[『민요각서(民謠覺書)』, 1940]의 기반이 된 사고는 작업가(勞作歌)야말로 민요의 중심을 이루는 것이라는 규정. 이러한 의미에서는 '신민요'는 기본적으로 유행가요의 범주에 들어간다. 본서 제2장 제1절 참조. (역주)
53) 막부 말기부터 명치 초기의 국민의 부재에 관해서는 후쿠자와 유키치(福澤諭吉 : 1834~1901. 계몽사상가. 교육자)의 발언 "일본에는 정부만 있고, 아직 국민이 없다고 해도 좋다"가 자주 인용된다[『학문의 권유(學問のすゝめ)』 제4편, 1874. 이듬해 간행된 『문

실상 그 외연이 국민국가의 성원, 즉 국민의 범위에 일치하는 것으로 간주되어 왔다.

곤란함은 '민족'이나 '민중'이라는 말의 개념화의 어려움과도 통할 것이다. 근대의 기껏해야 100여 년의 기간조차도 일본인의 일본'민족'관이 늘 동요를 계속하여, 결국에는 극단적인 변용을 낳았다는 사실도[54] 여기에 상기해도 좋을 것이다.

'민요'라는 말과 그 개념에는 근대화가 낳은 역설과 환상이 얽혀 있다. "민요란 무엇인가"를 묻는 것은 따라서 무의미하지는 않다고 해도, 그것 자체로는 그다지 생산적이지 않다고 하지 않을 수 없다. 유효한 길은 오히려 "사람들이 민요를 어떻게 파악하고, 거기에 무엇을 담았는가"를 추구하는 것이 아닐까.

본고의 기본적 입장도 여기에 있다.

명론지개략(文明論之槪略)』에도 같은 취지의 발언이 있다]. 하시카와 분조오(橋川文三 : 1922~1983. 정치사상가), 『내셔널리즘(ナショナリズム)』(키노쿠니야서점, 1994; 초판 1968) 참조. 최근에는 카라타니 코오징(柄谷行人 : 1941~ . 문예평론가)이 "명치유신은 스테이트를 만들었지만, 내이션을 형성하지는 못 했다"고 환언하고 있다[『〈전전〉의 사고〈戰前〉の思考』, 문예춘추(文藝春秋), 1994].

54) 오구마 에이지(小熊英二), 『단일민족신화의 기원(單一民族神話の起源)』, 신요사(新曜社), 1995; 조현설 역, 『일본 단일민족신화의 기원』, 소명출판, 2003 참조. 이 책이 수많은 자료를 구사해서 논증한 바로는 제2차 대전 이전의 대일본제국시대에는 해외로의 영토확장을 정당화하는 논리로서의 혼합(복합)민족론이 우세했었던 데 대해, 전후의 상징천황제하에서는 국제관계상의 콤플렉스와 표리를 이루는 단일민족론이 지배적으로 되었다. 이와 관련하여 윤건차(尹健次), 『민족환상의 차질(民族幻想の蹉跌)』(이와나미 서점, 1994)은 근대 일본인의 '민족'의식의 기만성을 파헤쳤다.

3. 『제국문학』의 국민문학운동

시야를 국민문학운동 전체로 넓혀 보자.

운동의 거점이 된 월간지 『제국문학』은 1894(명치 27)년 12월에 발족한 제국문학회가 모체가 되어, 이듬해 1월에 발간되었다(종간은 1920년 1월. 1917년에 일시 휴간). 발족 당시 회원은 180여 명으로 제국대학(2년 후부터 토오쿄오제국대학) 문과대학 교관, 졸업생, 학생들 거의 전원을 망라하고, 발기인에는 이노우에 테츠지로오(井上鐵次郎 : 1855~1944. 철학자), 우에다 카즈토시(上田萬年 : 1867~1937. 일본어학자), 미카미 산지(三上參次 : 1865~1939. 일본사학자), 타카츠 스키사부로오(高津鍬三郎 : 1864~1921. 일본문학자), 하가 야이치(芳賀矢一 : 1867~1927. 일본문학자) 등의 교관 5명과, 시오이 마사오(鹽井正男 : 1869~1913. 시인, 일본문학자), 타카야마 린타로오(高山林太郎 : 1871~1902. 평론가), 아네사키 마사하루, 시마 분지로오(島文次郎 : 1871~?. 영문학자), 오카다 마사요시(岡田正美 : 1871~1923. 일본어학자), 우츠미 코오조오(內海弘藏 : 1872~1935. 일본문학자), 우에다 빙 등의 학생 7명의 이름이 올라 있다. 설립을 주도한 것은 학생 측으로, 특히 국문과생인 오카다가 중심이 되어, 철학과생인 쿠와키 겐요쿠(桑木嚴翼 : 1874~1946. 철학자)나 타카야마와 협력하면서 주위로 확산시켜 갔다고 한다.55) 회의 주요한 활동은 『제국문학』의 편집이었는데, 이것도 학생임원의 손으로 행해졌고(졸업생이 참여한 시기도 있었다), 그 임기는 2년, 정원은 통상 5명으로, 매년 춘계대회에서 회원 중에 호선되는 규정이었다. 『제국문학』의 지면 구성은 「논설」·「사조(詞藻)」·「잡록(雜錄)」·「잡보(雜報)」·「문학사과(文學史科)」의 5구분을 기본

---

55) 「『제국문학』 창간 10주년 회상록(帝國文學創刊十周年回想錄)」(『제국문학』 11-1, 1905.1, 각주 36)에 의한다. 발행 부수는 창간 2년째까지는 3500부 이상이었으나, 3년째에 2500부로 떨어져서 발행처인 대일본도서의 담당자로부터 클레임이 있었다고 한다. 서지는 미요시 유키오(三好行雄), 「『제국문학』」, 『문학』 23-5, 1955.5에 자세하다.

으로 하며, 시기에 따라 약간의 변동이 있었다. 가장 충실했던 것은 「논설」란으로, 문학을 중심으로 하는 인문과학 전반의 연구·평론을 매호마다 수 편 게재했다. 「잡보」란은 다시 3분되어, 문예시평이 주체가 되는 「잡보」, 해외문예의 소개란 「해외소단(海外騒壇)」, 신간잡지·단행본의 비평란 「비평」이 있는데, 모두 학생편집위원이 공동으로 편집, 동시대의 문단에 대해 활발한 발언을 행했다. 「사조」는 시문의 창작과 번역란, 「잡록」은 약간 개인적인 연구논문을 게재하는 난, 「문학사과」는 일본고전의 자료 소개와 고증란이다.

회의 활동에는 명문화된 공동강령 같은 것은 존재하지 않았고, 설립 목적도 "함께 문학을 연구하고 더불어 친목을 도모한다"는 막연한 규정에 지나지 않았다(동회규칙 제1조). 하지만 『제국문학』 창간호의 권두를 장식한 「서사(序詞)」(무서명. 단, 타카야마[56]가 기초)[57]에 그들의 목표는 공공연히 개진되어 있었다.

스스로 각성한 자는 우선 타자를 아는 것이 필요하며, 스스로 서는 자는 우선 스스로 깨닫는 것을 요한다. 유신 후 30년이 지나 국민문학의 소리가 비로소 오늘에 울려퍼지니, 우리는 그것을 인정하고 기뻐한다. 대개 자기 발로 서는 것

---

56) 호는 쵸규우(樗牛). 1896년 토오쿄오제대 철학과 졸업. 1895년부터 당대 제일의 종합잡지인 『태양』의 주필로 시평(時評)을 행함. 숭배자가 많아 그의 문장의 유무로 『태양』의 판매 부수가 만 부 정도의 차이가 남. 1897년부터 주로 국가주의·일본주의 경향이 심화. 주로 『태양』에 일본주의에 관한 논문을 발표. 명치국가주의의 이데올로그로 활약. 시문의 평론에는 그다지 재능이 없었던 듯, 7·5, 5·7의 정형에 얽매이지 않는 자유시형, 산문시형을 주장하는 것에 지나지 않았다. 각주 57 참조. (역주)

57) 「회상록」(각주 55)에 오카다 마사요시의 증언이 있다. 타카야마는 이 해 여름에 박문관에 영입되어, 『제국문학』과 같은 시기에 발행되었던 『태양』의 문예시평란을 주무대로 건필을 휘두르고 있었다. 국민문학의 고취도 종종 행했는데, 특히 1897(명치 30)년 6월의 「지금 우리나라 문예계 비평가의 본무(我邦現今の文藝界に於ける批評家の本務)」(『태양』 3-11)에서는 문예비평가는 "전부 세계문화의 대세를 달관"함과 동시에 "국민의 성정을 이해"하여 "국민문학의 완성을 기도"해야 한다고 강력히 주장했다. 타카야마가 이노우에 등과 함께 일본주의를 제창하는 것은 그 불과 보름후의 일이다[「일본주의를 찬미함(日本主義を贊す)」, 『태양』 3-13].

은 생존 제일의 요건이기 때문이다. 아아, 국민문학. 이것은 이미 마땅히 있어야 함에도 불구하고, 여전히 아직까지 보이지 않는 것은 아닐까. …… 오오 한 줄기의 잠자리섬(蜻蜓洲 → 아키즈시마. 신화에 유래한 일본의 이칭), 수미(首尾) 7백 리, 역사를 거슬러 3천 년, 산천의 미, 풍속의 순(醇), 천하에 예를 보지 못 했다. 이제 국위가 밖으로 뻗고, 인심은 안으로 진작된다. 대동제국(大東帝國)의 문학만이 유독 오래도록 이같이 적막하겠느냐.

거의 선정적이라고도 할 수 있는 높은 톤에는 청일전쟁의 우세한 전황에 기초한 정신적 앙양이 쉽게 보인다. 운동의 출발은 여기에 높이 선언되고, 이노우에 테츠지로오,58) 「일본문학의 과거 및 장래(日本文學の過去及び將來)」(『제국문학』 1-1·2·3, 논설)가 이것을 잇는다. 이노우에 논문은 발회식 기념 강연의 재록으로, 창간호의 권두논문이기도 하다. 그 서두에서 이노우에는

　　문학은 국민의 꽃이요, 즉 국민정신이 환발(煥發)하여 광채를 발하는 것이니, 어떠한 문명국도 만약 우리들이 과연 문명국이라 칭할 만 하다면 찬연한 일종의 문학을 가지지 않은 경우가 없다. 만약 이 같은 문학을 가지지 않는다면 설령 아무리 타국을 침략할 기량이 있는 나라도, 아직 문명국이라 칭하기에는 부족하다.

고 기술하여, 문학은 전쟁 이상으로 "국민의 영광을 발양하기에 합당한 것"이기 때문에, 적극적으로 진흥시키지 않으면 안 된다고 역설한다.

들뜬 어조에는 그의 애제자였던 타카야마의 문장과도 통하는 면이 있

---

58) 많은 일본지상주의자들이 그랬듯이 그 또한 유럽 유학 경험자. 독일에 유학 후, 토오쿄오제대 철학과 교수가 됨. 독일의 관념론철학의 이입에 힘 쓰는 한편, 토야마 마사카즈(外山正一) 등과 『신체시초(新體詩抄)』(1882)를 간행하여, 신체시의 길을 열었다. 명치의 시는 명치의 시여야 한다고 하며, 한시, 와카와 다른 문어정형장시를 제창하여, 시가사의 획기를 긋는다. 일본주의, 동양철학에 대한 경도가 심화. 1897년 일본건국의 정신을 발휘할 것을 목적으로 '대일본협회(大日本協會)' 발족, 기관지로『일본주의(日本主義)』 발행. 근대천황제국가를 사상적으로 뒷받침한 국체(國體)론자. (역주)

겠다. 유신 이래의 과제, 세계 시스템인 국민국가체제로의 진입은 이제 성공리에 착착 진행되고 있었다. 전후《청일전쟁》의 국제관계에서 조국의 위신은 파격적으로 높아짐에 틀림없었다. 하지만 우리 일본이 진정한 일등국으로 구미열강과 어깨를 나란히 하기 위해서는 무력뿐 아니라 문화의 면에서도 세계에 자랑할 만한 내실을 갖추지 않으면 안 된다. 지금이야말로 그 내실을 주입해야 할 때이다.

그를 위해서는 어떻게 하면 좋을까. 이노우에는 우선 서양사상의 침입 앞에 고유사상이 압도되고 있는 실상을 제거해야 할 장애로 지탄한다.

> 각종의 사상은 이미 우리나라에 폭주하지만, 여전히 우리나라 사람이 손을 써서 그것을 하나로 하지 못하고 있다. 이에 이제부터는 우리나라 고유의 사상을 가지고 근거로 삼고, 외국사상의 정수를 취해 그것을 우리 것에 동화(同化)시켜서 국민문학을 일으켜, 이제까지와 같은 외국문학이 지배하는 감화(感化)에서 탈피하지 않으면 안 된다. 그렇다면 국민문학은 어떻게 그것을 일으킬 것인가. 만약 각종의 사상을 용주(鎔鑄)해서 우리 것으로 삼으면, 저절로 국민문학의 특질을 양성하기에 이를 것인데, 왜 그런가 하면, 이것은 각종의 사상에 각각 그 특이한 장점이 있기 때문이다.

이노우에의 문장은 전체가 이런 톤으로 일관해 있으며, 내용의 중복이 많고, 논리 구성에도 소루(疏漏)함이 눈에 띤다. 위의 두 군데의 강조 부분도 문맥상으로는 전자가 목적, 후자는 그 수단이라는 관계를 이룰 터이지만, 쓰여 있는 내용은 거의 같은 사항의 반복이다. 무엇보다도, 문학을 성립시키는 조건으로 사상 이외의 계기를 전혀 생각하지 않는 점[59]이나, 같은 것이지만, 사상의 문제가 해결되기만 하면 마치 저절로

---

59) 국민문학은 무엇보다 먼저 신체시의 장르에서 개화해야 한다고 여겨졌다. 이 새로운 시가에 대해 이노우에 등이 추구한 것은 요컨대 신시대의 복잡한 사상을 평이한 용어로 나타내자는 점이 전부이다. 이것은 1882(명치 15)년에 『신체시초(新體詩抄)』를 낸 이래의 이노우에의 지론이기도 했는데, 「신체시론(新體詩論)」(『제국문학』 3-1 · 2, 논설)에서 오오마치 케이게츠(大町桂月) 등의 의고적 작품을 공격한 이유도 거기에 있었다.

문학이 양성되는 것처럼 내다보는 점으로 보더라도, 이 논리는 극히 일면적이고 낙관적인 것이 아닐 수 없었다.

그럼에도 불구하고 그의 제기(提起)는 그 후 10여 년 간에 걸쳐 회원들의 활동의 지침이 되었다. 왜냐하면, 그들은 시대의 흐름을 타는 한편, 이미 18세기 후반의 독일문학을 배워서 유럽에서 지난날의 후진국에 괴테나 실러 같은 위대한 문학자가 배출된 사정에 대해 거의 공통의 이해를 가지고 있기도 했기 때문에, 이노우에가 사상의 문제로 일면화해서 말한 부분을 다음과 같이 보충해서 받아들일 수 있었던 것이다.

그것은 한마디로 말하면, ㉮ 고유의 국민성 내지 민족성을 탐구하고, 이것을 발전시키면서 ㉯ 선진국들의 정신적 문화적 달성을 섭취·소화해서 ㉰ 전자에 후자를 동화시킨다는 노선이었다. 이 노선은 국민문화의 바람직한 모습에 관한 비전으로서는 ㉮를 기본으로 하는 점에 있어서 1880년대의 서구화주의에 대립함과 동시에, 그 반동으로의 국수보존주의에 대해서도, ㉯를 중시하는 점에 있어서 일선을 긋고 있었다.

게다가 당사자의 주관으로는 ㉰는 어디까지나 ㉮가 주체가 되어 ㉯를 동화시킨다는 관계를 이루고 있어서 양자는 단순히 절충되어 있는 것이 아니라, 융합되어야 하는 것으로 간주되었다. 국민성 자체에 새로운 변용이 기대되고 있었던 것이다. 국민문학이 타카야마가 말하듯이 "이미 마땅히 있어야 함에도 불구하고 여전히 아직까지 보이지 않는 것"인 이상, 그 창조를 뒷받침하는 정신도 또한 과거에 존재하지 않았던 종류의 그것이어야만 했다.

이들 외국문학을 취해 우리나라 고유의 사상에 동화시켜, 전대보다 한층 중미

시가를 사상전달의 수단으로만 파악하고, 표현에 독자적인 가치를 인정하지 않는 점에서는 그의 맹우였던 토야마 마사카즈의 시가관도 거의 같았다고 할 수 있다[「신체시 및 낭독법(新體詩及び朗讀法)」, 『제국문학』 2-3·4, 1896]. 그들의 시론에 대해서는 시란 무엇인가라는 본질적인 질문의 결락조차 지적되고 있다. 오치 하루오(越智治雄), 『근대문학 성립기 연구(近代文學成立期の硏究)』, 이와나미서점, 1984.

(衆美)를 겸비한 국민사상을 용주한다면, 여기에 비로소 세계문학 속에서 찬연히 두각을 나타낼 우등한 국민문학을 이룰 수 있을지니, 이에 우리의 희망을 충족시킬 국민문학은 종합적 구조에 의해 이루어지는 것으로, 단순히 각종 원소를 절충해서 성립되는 것은 아닐지니

— 이노우에, 「일본문학의 과거 및 장래」

앞의 강조 부분에도 있었던 '동화'와 '용주'가 여기에도 보이는데, 실제로 이노우에는 글 전체에 이 두 단어를 집요할 정도로 반복하고 있다. 그뿐만이 아니다. '동화', '용주'와 유사한 어구는 국민문학에 관한 희망과 몽상을 응축시킨 일종의 키워드가 되어, 뒤를 잇는 사람들의 담론에도 자주 나타나게 되었다.

아국(我國)은 동쪽 끝에 벽재(僻在)하여 따로 천지를 이루어 충군애국의 지성(至性)으로 나서는 것은 희랍인을 능가하고 다른 국풍을 받아들이는 아량은 독일인에게 뒤지지 않고 **용화참동(鎔化參同)**하는 기교는 월등히 그에 앞선다. 과거에 지나(支那)문학을 전하고 이어 인도의 사상을 받아들여 한때는 모방의 폐해에 빠졌지만 **마침내 능히 양 사상을 고유의 사상과 용합하여 문물의 찬연함을 이룩하였다.** 서구의 글(歐文)이 들어오고 아직 얼마 되지 않아 그 내면의 미를 엿보기에는 이르지만, 이를 받아들이는 데에 용해(容海)의 아량으로 **이를 용화하는 데에 독특한 묘기로 한다면,** 서구인이 몇 세대 몇 년에 걸쳐 고심 끝에 이룩한 문물의 미를 하루아침에 수집하여 우리 것으로 함이 불가능하지 않으며, 이때에 이르면 이름은 일본문학이라 해도 실은 세계문학의 정수를 모은 것이라 해야 할 것이다.

— 사카이가와(界川),[60] 「문학사 편찬 방법에 대해
(文學史編纂方法に就きて)」, 『제국문학』 1-5, 논설

새로운 국민성에 기반을 둔 문학은 복수의 금속으로부터 합금이 제조

---

60) 사카이가와는 미상. 『제국문학』을 통틀어 한번밖에 등장하지 않아, 명백히 일시적인 이명이다. 글의 곳곳에 독일문학의 소양을 드러내고 있는데, 구두점을 거의 사용하지 않는 그 문체는 독문과 출신으로 당시 회원이었던 어느 누구의 것과도 다르다.

되는 것과 같은 식으로, 갑자기 태어날 것으로 예상되었다. 유럽에서 몇 세대나 요했던 고투의 과정은 건너뛰어, 그 달성을 웃도는 수준의 것이 일거에 실현될 예정이었다. 그리고 그것을 가능케 하는 마법의 도가니가 일본인의 국민적 장점인 동화력이었다. 중국이나 인도의 정신문화를 수용해왔던 경험, 실제로는 장기에 걸친 갈등의 경험이 유럽의 사상이나 문학을 동화시킴에 있어서 강력한 무기가 된다고 여겨졌던 것이다. 이 경우, 역사나 풍토나 문화적 배경의 차이는 장애가 되지 않는다고 간주되기는커녕 애당초 문제가 되지도 않았다.[61]

　　이 같은 성급한 논선이 쉽사리 성공을 거둘 리가 없다. 실제로 국민문학은 좀처럼 수립되지 않았다. 그렇다기보다 결국 수립되는 일은 없었다. 『제국문학』의 운동은 후대에 남는 문학작품으로는 우에다 빙의 번역사업을 빼면 겨우 도이 반스이(土井晩翠 : 1871~1952. 시인. 영문학자)[62]의 시편

---

61) '동화', '용주'와 유사한 조사(措辭)의 예를 추가해 둔다. 3권 4호의 잡보기사 「태서시가의 번역을 바람(泰西詩歌の飜譯を望む)」[필명 '하, 나(は, な)']에는 "국문학이 아직 유치한 시대에는 반드시 한층 진보된 타국문학의 수입에 의해, 이것을 자극하지 않으면 안 되는 것은 문학발달의 역사를 아는 자가 똑같이 승인하는 바"이기 때문에, 특히 "창작가는 널리 타국문학을 섭렵하고, 그것을 **뇌 속에 용해해서**" 자작에 응용해야 한다고 한다. 또한 이노우에·타카야마 등과 대립하고 있었던 오오마치 케이게츠의 논설 「시가상의 고어 및 속어(詩歌に於ける古語及び俗語)」(『제국문학』 3-4·5·6)도, 일본은 종래에 "고유한 특성으로 **새로 들어온 문명을 융화**"해왔고, 장래에도 "재래의 것에서 그 수(粹)를 뽑고, 새로 들어온 것에서 그 정(精)을 취해, **서로 융화 조화시켜**, 정당한 진로를 취하"는 것이 필요하다고 한다. 『제국문학』 이외에는 『태양』 2권 20·21호의 타케마츠 테이시로오(竹末悌四郎), 「국민문학의 혁신시기(國民文學の革新時機)」(1896.10)가 "《번역·번안 따위에 의하여》**외국문학을 저작 동화하여** 구래의 고루한 소천지(小天地)를 탈각하여 문계(文界) 혁신을 촉구"하기 위해 "국민 기호의 개선"을 요구한다. 타케마츠는 1897(명치 30)년 3월부터 2년 간, 『제국문학』의 편집위원을 역임한 인물. 또한 각주 57의 타카야마, 「비평가의 본무」도 "우선 국민의 성정에 공고한 근거를 부여하고, 그것의 **외래 세력**에 대한 **동화의 활력을 왕성히**" 하지 않으면 안 된다고 하여 "비교든 취사든 절충이든 조화든, 국민 성정을 도외시하면, 전혀 무의미한 문자에 지나지 않다"고 기술한다. 시다 기슈우도, 제2절에서 언급한 『시라유리』의 「민요호」(4-1, 1906.11)에 「일본시학상의 민요의 위치(日本詩學上に於ける民謠の位置)」를 기고하여, "단, 요는 우리 국민성이라는 것을 자각하고, 자기의 위장을 해치지 않는 범위에서 **박래(舶來)의 미미(美味)를 저작하고 소화하면 된다**"고, 같은 취지의 주장을 펼치고 있다.

62) 1897년 토오쿄오제대 영문과 졸업. 『제국문학』의 제2차 편집위원. 시마자키 토오손

(詩編)을 낳았을 뿐이다.63) 이 딜레마는 그러나 그들의 사상을 전환시키는 것이 아니라, 더욱더 고정시키는 방향으로 작용했던 것 같다.

　목표가 명확한 이상, 그 실현은 가능하지 않으면 안 된다. 그들은 그렇게 생각하는 사람들이었던 것이다. 그것이 좀처럼 실현되지 않는 것은 원래 무리한 것을 하려 하기 때문이 아니라, 노선이 올바로 실행되지 않기 때문인 것이다.

> 태서(泰西)의 문명은 왕성하게 흡수되고 있다고는 해도, 아직 진정으로 소화되고 동화되기에 이르지 않았을 뿐 아니라, 어쩌면 이것을 어떻게 소화해서 무엇에 동화시킬 것인가조차, 이해되지 않는 것 같다. …… 신체시하면 태서사상의 번역, 음악하면 태서음악의 모방, 과학하면 태서과학의 조직에 자국의 재료를 꿰어 맞추는 것에 지나지 않는다. 이와 같은 것은 이윽고 국민성의 멸망을 의미하는 것이라 해도 좋을 것이다. 이렇게 말한다고 해서 나는 결코 극단적인 국수보존론자의 말투를 따라하는 것이 아니다. 요는 우선 국민성이 존재하는 곳을 이해해서 그 다음에 그 도가니 속에 외래문화의 용합융화에 노력해야 할 것을 주장하는 것이다.
>
> 　　　　　　　　　　　　　　─ 시다 기슈우, 「일본민요개론」, 논설

　운동을 총괄하는 위치에 선 시다 「개론」(이하, 이 약칭을 사용함)은 국민문학의 부재라는 상황에 대한 초조함에 자극을 받으면서, 바로 그 때문에 노선의 충실한 이행을 스스로에게 과했던 것이다. 이러한 사명감이 〈속요〉 논의의 근저에 있었다는 점은 여기에서 주의해 두어도 좋을 사항이다.

　이미 명백해졌듯이 운동은 사실상, 연구와 평론을 기축으로 전개되었다. 그 연구·평론들은 현실적으로는 회원 개개인의 전공에 따라 당초

(島崎藤村)과 함께 일본의 대표적 시인. (역주)

63) 나츠메 소오세키(夏目漱石)는 제국문학회 창립 이래의 회원으로, 「런던탑(倫敦塔)」을 『제국문학』에 발표한 것도 주지의 사실이나(『제국문학』 11-1), 회와의 관계는 거의 없고, 영문과 강사시절에 4편을 기고했을 뿐이다. 다족이지만 「도련님(坊つちゃん)」(1906)의 '빨간셔츠'는 문학사(文學士)로, 새빨간 표지의 『제국문학』을 일부러 교원실에서 읽고는 금방 익힌 외래어를 떠들고 돌아다니는 인물이었다.

부터 상당히 세분화되어 있었지만, 그렇다고는 해도 논자들은 그러한 개별 작업이 간접적이나마 운동의 총체와의 관련에 있어서 의미를 가질 것을 확신하고 있었다고 보여진다. 소위 분업에 의한 공동이다.64) 구체적으로는 일본의 과거의 문예에 대한 가치를 논하거나, 묻힌 작품이나 자료를 발굴하려 하는 일은 국민성의 탐구나 칭양으로 이어지는 작업으로 정립될 것이며(㉮), 한편으로 해외의 문예사조를 연구·소개하는 일에는 일본의 문단이나 사상계를 자극하여 탈피를 촉진할 것이 마땅히 기대되었다(㉯). 더욱이 특정의 전문 영역을 넘는 것으로, 국어·국자론(國字論)이나 신체시의 시형론 같은 국민문학 창출의 전제에 관한 논의도 활발히 이루어졌다.

그 중 주요한 것을 들어 보자. 전자의 계열에 속하는 것으로는 타카야마 린타로오의 「치카마츠 소오린시의 인생관(近松巢林子65)が人生觀)」(『제국문학』 1-2), 「소오린시의 여성(巢林子の女性)」(『제국문학』 1-4), 타카츠 스키사부로오의 「히토마로66)의 와카(人麿の和歌)」(『제국문학』 1-4), 「만엽 사상의 특색(萬葉思想の特色)」(『제국문학』 8-1·2·3), 삿사 세이이치(佐々政一 : 1872~1917. 일본문학자. 하이쿠 작자)의 「가요의 변천(謠ひ物の變遷)」, 이쿠타 쵸오코오(生田長江 : 1882~1936. 평론가. 철학과 졸업)의 「국민적 서사시로서의 헤이케 이야기(國民的敍事詩としての平家物語)」(『제국문학』 12-3·4·5) 등이 있으

---

64) 각주 55에 든 미요시의 해제는 고유한 사상을 강조한 쪽과 외래사상을 강조한 쪽으로 "분열되어 있었다"고 평한다. 그들의 작업은 확실히 실태적으로는 분열된 양상을 띠고 있었던 것을 인정해야 하지만, 문학을 '국민'의 것으로 삼는 관념을 정착시킨 점에 관한 한, 전체적으로 눈부신 성과를 거두었다고 할 수 있다.

65) 에도 중기의 죠오루리, 카부키의 대표적인 각본가인 치카마츠 몬자에몽(近松門左衛門, 1653~1724). 호 중 하나가 소오린시(巢林子)였다. 의리 인정의 갈등을 제재로 인간 본성의 아름다움을 묘사. (역주)

66) 『만엽집』 제일의 가인인 카키노모토노 히토마로(柿本人麻呂). 생몰년과 약력 미상. 단가·장가 등 80여 편을 남김. 작가연대가 확실한 와카를 참고로 하면, 지통 조(持統朝 → 690~702)에서 문무 조(文武朝 → 697~707)에 걸쳐, 특히 궁정을 중심으로 한 공적인 의례에 천황찬가 및 황족에 관련한 장중한 장가를 남겼다. 아울러 이 점은 근대 이후 천황제를 정당화하는 전통으로 강조되었다. (역주)

나(이상은 논설. 단 샷사 논문은 중간부터 부록), 특히 주목해야 하는 것은 후지이 오토오의 논문들이다.

하이쿠(俳句)를 읊는 가인으로도 잘 알려져 있는 후지이는 나중에 치카마츠나 하이카이(俳諧)[67]의 연구에 큰 족적을 남긴 인물인데, 그가 이 무렵 힘을 기울이고 있었던 것은 속담(俗諺, 俚諺)의 수집과 연구였다. 「종교에 관한 속담(宗敎に關する俗諺)」(『제국문학』 4-6, 잡록), 「동식물에 관련된 속담(動植物にちなめる諺)」(『제국문학』 5-2・4・5・6・8・11, 6-1, 잡록), 「속담의 발생 및 변천(諺の發生及び變遷)」(『제국문학』 7-11・12, 논설) 등의 논문이 그것으로, 이것들은 『속담론(俗諺論)』(부산방, 1906)으로 정리되고, 또한 대저(大著)인 『속담대사전(諺語大辭典)』[유붕당(有朋堂), 1910]의 기초가 되었다. 「속담에 대해(俚諺に就て)」(『제국문학』 5-3, 무서명, 잡록)는 이러한 후지이의 작업을 장려한 기사이다.

속담이 관심을 부른 것은 〈속요〉의 경우와 마찬가지로, 거기에 국민성의 가장 솔직한 표출이 있다고 여겨졌기 때문이다.[68] 더욱이 이러한 관심은 후지이에게서 시작된 것은 아니다. 이미 창간 해에 사카이가와의 「문학사 편찬 방법에 대해」가 문학사의 범위에 민간전승을 포함시켜야 한다고 주장하며 다음과 같이 기술하고 있었다.

국민사상이 발현된 처음부터 전부 문자에 의해 표출되는 것이 아니라 인구에 회자되는 전설・찬가・속담・속요 같은 것도 시인이 이것을 수집해서 문학으

---

67) 와카의 장구 5・7・5와 단구 7・7의 창화(唱和)를 기본으로 하는 렝가(連歌)가 장구와 단구를 교대로 길게 잇는 장렝가(長連歌)로 발달하여 중세・근세에 크게 유행한다. 그 중 골계적이고 상식적인 내용을 중심으로 한 것이 하이카이(俳諧), 첫 구인 5・7・5가 독립한 것이 하이쿠(俳句). 하이쿠는 명치 중기 이후에 퍼진 호칭. 하이쿠는 단가와 함께 지금까지도 널리 창작되고 있는 일본의 단시형문학의 양대 조류. (역주)

68) 흥미로운 것은 그의 첫 속담론이 "우리 국민이 종교에 담백한 일단을 점칠 수 있다"는 고찰을 이끌어낸 점이다. 기독교의 침투를 기피하는 그 함의에 있어, 이 발언은 국체론의 주장과 공명한다. 6년 후에 이노우에 테츠지로오는 "종교에 냉담하고 미신이 극히 적은 것"을 일본인의 우수성 중 하나로 셌던 것이다. 「일본이 강대한 원인(日本の強大なる原因)」, 『일본인(日本人)』 400, 1904.12.

로 표상할 때는 국민문학의 범위에 넣어야 하는 것으로, 그 문학사상의 가치는 고결한 시문에 조금도 뒤지지 않는다.

또한 그 이듬해의 「속담의 채집(俗諺の採集)」(『제국문학』 2-11, 무서명, 잡보)도, "국민문학이 제창된 이래로 세상의 호학사(好學士)가 눈을 국민의 정신에 돌려, 그 사상 감정을 엿보는 첫 대상으로 속요 비가(鄙歌)를 채집하기에 이르"렀던 것을 환영하면서 채집의 손을 속담에도 미치도록 제창하고 있다.

> 속담은 실제생활의 경험상 얻은 지식 및 도덕상의 규칙을 간단히 표출한 것으로, 국민의 관찰력, 사상법, 아울러 풍속습관을 가장 성실히 반영하는 것이어서 국민 성격을 살피기 위해서는 필요 불가결한 재료일지라.

그 2년 후인 1898(명치 31)년에 이와 관련된 문장이 계속해서 나타난 것도 아마 위를 이은 것으로 보아 무방할 것이다.

무카사 상(武笠三 : 1871~1929. 일본문학자)의 「일본고대의 속담(日本古代の俚諺)」(『제국문학』 4-4, 잡록)은 『고사기』·『일본서기』·『만엽집』 이하 수종의 서적에서 수십 예의 속담을 뽑아 게재한 것. 같은 호의 잡보기사 「속담의 수집과 그 연구(俚諺の蒐集と其研究)」(무서명)는 이에 찬성하여 "우리는 속담이 다른 속요와 함께 문학 연구의 보조가 되어야 함을 확신한다"고 기술한다. 후지이가 첫 속담론을 기고한 것은 그 두 달 후로, 무카사의 논을 의식해서였다. 후지이의 수집 작업은 전년부터 개시되고 있었는데, 그가 이 해 9월 카나자와(金澤)의 제4고등학교에 부임하여, 무카사의 동료가 되고 나서는 서로 작업을 분담한 시기도 있다고 한다.[69]

---

69) 시다 기슈우는 1899(명치 32)년 7월에 제4고등학교 대학예과를 졸업한다. 재학중에 후지이에게 사사하여 하이쿠나 단가(短歌)의 지도도 받았다고 한다[『근대문학연구총서(近代文學研究叢書)』 60, 소화(昭和)여자대학, 1987]. 마지막 학년의 1년 간이기는 하지만 시다는 후지이 등의 속담 수집이 진척되는 모습을 한 눈에 보고 있었던 것이다.

속담에 관한 글은 이외에도 오오타니 마사노부(大谷正信, 1875~1933)의 「종교에 관한 속담에 대해(宗教に關する俗諺に就き)」(『제국문학』 4-8, 잡록), 키노시타 네노키치(木下子之吉)의 「인사에 관한 속담(人事に關する諺)」[『제국문학』 6-4, 잡록(투고)], 홋타 하루오(堀田治郎)의 「원본에 보이는 속담(院本70)に見えたる諺)」[『제국문학』 7-1・2・3・4・5・7・8・9, 잡록(투고)], 토라이시 에지츠(虎石惠實 : 철학자)의 「속담에 대해(諺に就いて)」(『제국문학』 10-8・9, 논설)가 이어져, 이 건이 공동의 테마로 중시되었던 모습을 엿볼 수 있다. 게다가 속담의 경우 회원의 손에 의한 수집이 일정한 성과를 낳았기 때문에 〈속요〉의 경우보다는 훨씬 순조롭게 일이 진행되었던 것이기도 했다.71)

이에 대해 서양의 문예사조를 이식하는 측의 작업으로는 후지시로 테이스케(藤代禎輔 : 1868~1927. 독일문학자)의 「레싱을 논함(レッシングを論ず)」(『제국문학』 1-1・2・3・4・5), 토바리 싱이치로오(登張信一郎 : 1873~1955. 독일문학자. 평론가)의 「독일의 최근문학을 논함(獨逸の輓近文學を論ず)」(『제국문학』 6-5・6・7), 「게르하르트 하우프트만(ゲルハルト・ハウプトマン)」(『제국문학』 6-10・12), 야마기시 미츠노부(山岸光宣 : 1879~1943. 독일문학자)의 「시인 노발리스를 논함(詩人ノワーリスを論ず)」(『제국문학』 11-5・7・10), 노가미 토요이치로오[野上豊一郎 : 1883~1950. 영문학자. 노오가쿠(能樂 → 중세에 성립한 가무극) 연구자]의 「스티븐슨을 논함(スチーヴンソンを論ず)」(『제국문학』 12-6・7), 사쿠라이 마사타카의 「뮌헨시파의 시가」(『제국문학』 13-7・8) 등이 있고(이상 모두 논설), 10주년에는 「실러 기념호(シルレル記念號)」(『제국문학』 11, 임시증간)도 나왔는데, 그 중에서도 우에다 빙의 활약이 눈부셨다.

우에다는 이미 언급했듯이 본고에 등장하는 문필가 중 가장 중요한 인물이다. 그는 문과대학 입학 직후에, 교관이나 선배에 섞여 제국문학

---

70) 죠오루리의 대본. 죠오루리에 대해서는 각주 110 참조. (역주)

71) 『제국문학』 이외에는 코니시 마스타로오(小西增太郎 : 1862~1940. 신학, 러시아사상 연구가) 「러시아 국민의 이상(露西亞國民の理想)」[『철학잡지(哲學雜誌)』 113, 1896.7] 이 속담을 통해 러시아의 국민성을 탐구한다. 그밖에 오오니시 하지메(大西祝), 「이언론(俚諺論)」, 『태양』 3-2・3, 1897.1・2.

회의 발기인 중에 이름을 올리고, 초대. 편집위원 중 한사람이 되어 회의 활동을 뒷받침했다. 전공은 영문학이었지만, 당시 거의 알려지지 않았던 벨기에의 문학을 다룬다든지, 그다지 중요시되지 않았던 프랑스문학의 의의를 논하는 등 서구예술 전반에 걸친 해박한 지식에 의해 당초부터 주위를 압도했다. 특히 「해외소단」란은 발행 후 수 년 간은 거의 그의 독무대였다.72) 우에다가 『제국문학』에 기고한 많은 글 중에, 논고는 『문예논집(文藝論集)』(춘양당, 1901)에, 외국문학의 소개는 『최근해외문학(最近海外文學)』[문우관(文友館), 1901]과 『최근해외문학속편(最近海外文學續篇)』(문우관, 1902)에, 단편의 번역은 『미오츠쿠시(みおつくし)』(문우관, 1901)에 수록되어, 더욱 더 많은 독자를 얻게 되었다.

『해조음』의 저자가 내셔널리스트였다고 한다면, 사람들은 아마 고개를 내저을 것이다. 물론 그의 전체상을 내셔널리스트에 관한 통상적 이미지로 완전히 파악하기는 곤란하다. 하지만 이 무렵의 우에다가 국민문학운동의 호프로 자임(自任)하고 있었던 것, 적어도 그러한 일면을 가지고 있었던 것은 우선 의심할 여지가 없다고 생각된다.

「불란서문학의 연구(佛蘭西文學の研究)」(『제국문학』 3-8, 논설; 『문예논집』)에서 그는

> 서구문예의 취미를 우리 문단에 수입 이식하여 국민문학의 대성에 공헌하기를 바라는 것은 그 나라의 시문을 감상 이해할 수 있는 자가 다같이 열망하는 바이다.

라고 주장하고,

> 최고(最古)의 서계(書契)인 기원 842년 스트라스부르의 서약에서 피에르 로티의 근저 『라문초(Ramuntcho)』(1897)에 이르기까지, 전통 거의 이천 년73)의 불란

---

72) 야스다 야스오, 앞의 책 참조
73) 『문예논집』에서는 "전통 일천 년"으로 정정되어 있다.

서문학은 청신 웅대한 국민문학을 만들려는 우리 문단이 정치한 연구를 쏟아야
하지 않을까.

라고 끝맺는다. 자신이 뜻을 두는 곳을 운동의 목표와 노선에 맞춰 정립
하고 있다. 미리 말해 두지만, 프랑스문학에 배우자는 주장은 프랑스문
학 같은 것을 만들자는 것과는 의미가 다르다. 지향하는 바는 어디까지
나 국민문학의 창출이고, 프랑스문학 연구는 거기에 '청신 웅대한' 성격
을 부여하기 위한 수단인 것이다.

　「문예세운의 연관(文藝世運の連關)」(『제국문학』 5-1, 논설; 『문예논집』)과 대
조해보자. 이 논문은 "민중의 소리를 배후로 하여 자연스러운 발전을 이
룩"한 예술만이 "국민의 예술로서 영원하다"고 하여 민중의 예술에 대한
'취미'(감수성이나 이해력)를 배양할 수 없는 현실의 타개를 호소한 것이
다.74) 서두에

　　문예의 발흥은 국운의 융성에서 생겨나고, 그 고조(高潮)는 늘 민중의 영화의
　날에 이루어진다는 것은 역사에 두드러진 현상이다. 한데 현금(現今)의 우리나
　라의 발달은 식산(殖産)에서 법정에서 병비에서 따라갈 수 없는 진척이 있음에
　도 불구하고, 국민의 정화이자 광영인 문예에서, 결국 아무런 자랑할 만한 장거
　(壯擧)가 없음은 어찌된 일인가.75)

---

74) 「예술의 취미(藝術の趣味)」(『제국문학』 6-1, 논설; 『문예논집』) 및 「예술가의 임무(藝
　術家の任務)」(같은 책, 초출 미상)에도 같은 취지의 발언이 보인다.
75) 이 논문에는 "19세기의 문학은 심히 국민적임과 동시에, 또한 대단히 세계적"이라는
　발언도 있다. 국민주의와 세계주의의 상호매개라는 사고는 「최근 영국의 산문(近英の
　散文)」(『제국문학』 3-9, 논설; 『문예논집』)에도 보이고, 더욱이 앞의 『문예강화』(각주
　24)의 「전후의 사상계(戰後の思想界)」(초출, 1905)에서는 러일전쟁 후의 사상계의 과제
　로, 생존경쟁의 격화에 따른 도덕상의 위기를 어떻게 극복할 것인가라는 점과, "크게는
　세계주의 국가주의의 표면으로 나타난 모순 충돌을 어떻게 조화시켜야 하는가"라는 점
　을 든다. 같은 책, 「전후의 문단(戰後の文壇)」(초출, 1905)에서는 '세계주의'와 '국민주
　의'를 함께 프랑스혁명의 유산으로 규정한 후에, "양자의 떨어질 듯 만날 듯, 쌍룡이 구
　슬을 다투는 식으로" 전개되는 것이 역사의 실상이기 때문에, 전승(戰勝)에 의해 국민
　의 자각심이 고양되기만 하면 국민문학이 성립될 듯이 생각하는 것은 단락적이라고 하
　며, 일본과 같은 후진국으로서는 오히려 선진국 문학의 과감한 모방에 진로를 찾아야

라고 기술하여, 이노우에 테츠지로오의 「일본문학의 과거 및 장래」와 공통의 인식에서 출발한다.

그는 또한 전대의 민중예술, 예를 들면 카부키(歌舞伎)나 삼현악(三絃樂)이나 우키요에(浮世繪) 등의 흥취[76]를 이해하지 못하는 자에게 예술의 쇄신을 논할 자격이 없다고 하며,

> 이에 비단 문예에 한해서 말하면, 수양아치(修養雅致)란 추호도 없고, 유년기에는 협량한 가정에서 불완전한 교육을 받고, 성장해서는 멀리 해외에서 놀며 학술방식만을 배우고, 조국의 인문의 혜택을 받지 못하여, 전통 있는 예술에 대한 호상(好尚) 없는 자가, 국민의 자각이 점차 일어나려 하는 시하에 이르러 서둘러 국민 미술의 성립을 장려하고, 동서문예의 조화를 입에 담아 아무리 장중한 말을 내뱉어도, 우리나라 예술의 진보에 무슨 이익이 있으며, 무슨 공헌이 있겠는가.

라고 내뱉는다. 생각건대 이것은 당시 '일본주의'를 고취했던 이노우에를 암암리에 야유한 것이겠다. 그도 그럴 것이, 일 년 반 전에 오오마치 케이게츠(大町桂月 : 1869~1925. 시인. 수필가. 평론가)가 이와 똑같은 논법으로 이노우에를 공격한 적이 있는데(후술), 우에다가 그것을 읽지 않았을 리가 없고, 실은 위의 우에다의 논문은 같은 호에 실린 이노우에의 「문학계의 근황에 대한 소감을 서술함(文學界の近況に就きて所感を述ふ)」의 바로 다음에 이어진다. 이렇게 생각하면,

---

할 것이라고 한다. 일본인이 "신기한 문명에 압도당해도, 그것을 견디고 그 이익을 얻고 손해를 완화하는 내항력(耐抗力), 소화력이 탁월하다는 것"은 "이번 전쟁에서 충분히 증명되"었으며, 본래 "국민의 자각심이 보수(保守)라는 것은 아니다." 이상의 견해는 우에다의 내셔널리스트로서의 불철저함보다도, 내셔널리즘에 대한 그의 깊은 통찰을 말하는 것처럼 느껴진다. F. 마이네케, 『세계시민주의와 국민국가』, 이와나미서점, 1968 (원전 1928) 참조

76) 카부키는 근세 초(16세기 말)에 유행한 춤에서 비롯된 일본의 대표적 연극, 삼현악은 16세기 말 류우큐우(琉球)를 통해 전래되어 샤미센을 반주로 하여 주로 유곽을 중심으로 발전한 음악, 우키요에는 에도시대에 발달한 풍속화(회화, 판화)를 각각 의미하여, 근세 도시서민의 예술의 대표격이라 할 수 있는 것들이다. (역주)

우리들은 본래의 일본예술의 보존에 힘씀과 동시에 서구예술의 이식을 크게 장려한다. 단지 그 일시적인 효과에 급급한 나머지 무잡한 절충을 설파하는 자에게는 단호한 반대가 있을 뿐이다. 봉건의 와해와 함께 국민의 자각이 생기고, 식산공업의 발달과 함께 민중의 세력이 크게 뻗어, 헌정(憲政)하에 이 다재다능한 민족이 처음으로 세계의 대 조류에 열강과 나란히 겨루는 오늘날, 예술의 쇄신을 도모하는 것 또한 훌륭하지 않겠는가.77)

라는 것은 아마도 함의가 있는 말이겠다. '예술의 쇄신'에 나서는 것은 이노우에 같은 몰취미한 무리가 아니라, 바로 자신이다. 그러한 자부를 담아, 우에다는 이 문장을 쓴 것은 아닐까. 그가 서양문예의 이식에 몰두하는 한편으로, 일찍부터 민중문화에 대한 강한 관심을 나타낸 것78) — '민요'에 대한 관심이 그 일환을 이루는 것은 언급할 필요도 없다 — 도, 이러한 문맥에서 비로소 이해할 수 있다고 생각한다. 도래할 국민문학은 민중의 감성에 호소하는 것을 중핵으로 삼아야만 국민적 일체감 창출의 도구가 될 수 있고, 따라서 또한 "국민의 예술로서 영원"할 수도 있다. 우에다의 노력에는 운동을 탁상공론으로 끝내지 않을 만큼의 장기적인 시야가 겸비되어 있었다.

국민문학운동이 단순히 두 번의 전쟁에 고무된 열광에 지나지 않았다고 한다면, 우에다 같은 인재가 어중간하게 성장하거나 하지 않았을 것이다. 청일전쟁의 승리가 계기가 되었다는 것은 인정되더라도, 운동의 원동력은 따로 있었다고 보지 않으면 안 된다.

이노우에의 발언을 들어보자.

---

77) 우에다는 '국민의 자각'에 의하여 '민중의 세력'의 신장이나 '헌정'의 시행이 초래되었다고 하기도 하지만, 한편으로는 그 '국민의 자각'을 '봉건의 와해'의 원인이 아니라 결과로 파악하고 있다. '국민'은 '민중'을 주체로 하면서도, 그 대극에 위치하는 것은 자본가나 관료가 아니라, 다른 '국민', 구체적으로는 '열강'이다(각주 99).

78) 「레스보스섬의 전설구비(レスボス島の傳說口碑)」(『제국문학』 1-7, 해외소단;『최근해외문학』)나 「하고로모전설 수종(羽衣傳說數種)」(『제국문학』 6-6, 잡록;『문예논집』) 외에, 앞의 「민속전설(民俗傳說)」 및 『코우타』(모두 각주 34) 등.

근래 우리나라의 경황을 고찰하니, 번역 혹은 찬집의 시대는 서서히 경과하고, 대부분은 서로 우연히도, 똑같이 우리나라에 특이한 국민문학의 발흥을 맞이하려 하는 것과 같았다. 그런데 마침 이 시기에 맞춰 다른 방면에서 **국민문학의 발흥을 재촉하는 일대 현상이 일어났다.** 무엇이 일대 현상인가 하면, 청일전쟁이 바로 그것이니, …… 이 같은 《전쟁에 의해서 환기되는》 자각심은 국민문학의 발달을 재촉하기에 가장 유력한 요소라. 과연 그렇다면 이제야말로 시기도 경우도 모두 국민문학의 기초를 건설해야 하는 방향을 가리키고 있나니, 세상의 문학자라면, 마땅히 이 기회를 타서 힘을 내어 그 성공을 이루어야 하겠다.
— 이노우에 테츠지로오, 「일본문학의 과거 및 장래」

국민문학이 발흥하는 기운은 이미 무르익고 있었다. 거기에, 뜻하지 않게도 "다른 방면에서" 전쟁이라는 절호의 사건이 굴러들어 왔다. 그러므로 이제야말로 "시기도 경우도 모두" 국민문학의 건설에 유리하게 전개되고 있다는 것이다. '시기'와 '경우'는 각각 다른 조건이고, 게다가 전쟁의 발발을 가리키는 후자는 다분히 우발적인 사건이라 여겨졌다.

그렇다면 그 '시기'는 어떻게 해서 무르익었는가. 이노우에 자신은 유럽문학 직수입의 시대가 '경과'한 것을 들지만, '경과'하는 중에 축적되어 온 것을 무시하면 안 될 것이다. 명치의 문학사를 기술하는 것이 본고의 목적이 아니므로, 일일이 나열하지는 않지만, 운동을 지탱한 가장 기본적인 발상, 즉 문학을 '국민의 꽃'으로 보거나, 국민정신의 발양에 동원하려 한다든지 하는 발상 자체는 명백히 서구 문학사의 번독(繙讀)을 경유해서 수용되었던 것이다. 그러한 발상의 일정한 침투라는 의미에서는 10여 년 간의 "번역 혹은 찬집의 시대" 그 자체가 운동의 전제를 준비한 것이겠다.79)

---

79) 이 시대의 후반을 리드한 모리 오오가이는 최근 발견된 독일어 논문(1889년 3월 발표)에서, 야마다 비묘오(山田美妙)의 언문일치체를 평가하는 한편, 동시대의 일본 시가를 고대 일본어의 빛바랜 형해라고 비난하고, "독일의 실러처럼 대중적 인기를 끌지 못하고, 민족이 고유한 국민문학을 갖지 못한 채로 있는 상태만큼 슬픈 광경은 없다"는 취지의 글을 썼다고 한다[《토오쿄오본사판》『후쿠오카(福岡)일일신문』, 1995.9.20, 석간]. 모리

또한 운동을 담당했던 젊은 세대가 근대적인 학교교육을 일관해서 받은 첫 세대에 해당한다는 사실에도, 여기에서 주의할 필요가 있다고 생각한다. 그들은 더욱이 그 교육체계의 최고수준을 향수할 수 있었던 사람들이다. 인간은 국민으로서 태어나는 것이 아니다. 교육이 인간을 국민으로 만드는 것이다. 국민으로서 이룩해야 할 것을 처음으로, 게다가 가장 체계적으로 주입받고 자라난 사람들, 그것이 『제국문학』의 "신문학사 제선생(新文學士の諸先生)"(오오가이)인 것이다.

오오마치 케이게츠[80]의 과격한 발언에 이러한 사정이 의도치 않게 노정되어 있다.

오오마치 및 시오이 마사오(鹽井正男), 타케시마 하고로모(武島羽衣 : 1872

오오가이가 주도한 역시집 「옛 모습」의 발표는 불과 2개월 후의 일이다(『국민지우』 58, 1889). 이 경우, 「옛 모습」의 공동 작업이 "일본어의 정련과 서양시의 발상의 융합 가능성"의 시도였다는 지적[노야마 카쇼오(野山嘉正), 『일본근대시가사(日本近代詩歌史)』, 토오쿄오대학출판회, 1985]도 고려해 보면, 국민문학 창출로 향한 실험이라는 의도가 거기에 엿보인다고 해도 전혀 틀린 것은 아닐 것이다. 모리 오오가이 자신도, 나중에 이 작업을 회고하며 "작은 스투름 운트 드랭(Sturm und Drang)"이라 불렀다[개정판 『수말집(水沫集)』 「서(序)」, 춘양당, 1906].

단 모리 오오가이는 『제국문학』 창간 후 바로 입회는 했지만, 본고에서 다루는 국민문학운동에는 전혀 관여하지 않았다. 이러한 태도가 무엇을 의미하는지, 지금은 충분히 대답할 준비가 되어 있지 않다. 단, 문과대학 서클의 결속이 의과 출신인 모리 오오가이에게 위화감을 갖게 한 것은 쉽게 상상할 수 있다. 실제로 그가 주재한 『메사마시구사(めざまし草)』(1896년 1월 발간)의 기사를 『제국문학』의 혈기왕성한 편집위원들이 표적으로 삼아, 세세한 부분까지 간섭하는 식으로 공격을 가한 것에 대해 모리 오오가이가 일일이 응전해서는 계속 패했다는 경위도 있었다. 그는 오구라(小倉)에 은거해 있을 무렵(→ 좌천에 의함. 1899~1902) 「어부 오오가이는 누군가(鷗外漁史とは誰ぞ)」(『후쿠오카일일신문』, 1900.1.1; 『오오가이전집』 25)를 써서, 당시의 문단을 장악했던 신세력을 모두 말류(末流)라고 규정하여 파문을 일으켰는데, 글 중에 『제국문학』과의 논전을 씁쓸하게 회고하면서, "신문학사 제선생"의 권위주의를 야유했다. 단, 회원 중에도 우에다 빙이 모리 오오가이와 합동으로 『예문(藝文)』(1902년 7월 발간. 2호로 폐간)을 낸 것처럼, 개인 자격으로 제휴하려는 자는 있었다.

80) 1893년 토오쿄오제대 국문과 입학. 시는 의고적이고 우아하며, 미문은 수려함과 함께 대상에 대한 열렬한 애정과 명치적 국민정신의 분출이 감동을 부르는 것이라고 평해진다. 1899년 박문관의 초빙에 의해 『태양』・『문예구락부』 등에 문예시평, 평론, 기행문 등을 집필. (역주)

~1967. 가인)는 『제국문학』 창간 이래로 신체시나 미문(美文)을 자주 기고
했으며, 고어를 다용하는 그 작풍을 둘러싸고, 그들을 '몽롱파(朦朧派)'
내지 '의고파(擬古派)'라 부르며 비난하는 주류파 — 토야마, 타카야마, 이
노우에 등 — 와 대립했다.81) 「시가상의 고어 및 속어(詩歌に於ける古語及
び俗語)」(『제국문학』 3-4·5·6)도 그 와중에서 직접적으로는 이노우에의 「신
체시론(新體詩論)」(『제국문학』 3-1·2)에 대한 반론으로 쓰여졌다. 이노우에
에 의하면, 신체시의 용어는 사회일반에 통용되는 것이 아니면 안 되며,
"무수한 사어를 나열"한 오오마치 등의 작품은 "오히려 구체시(舊體詩)라
칭하여, 신체시와 구별할 필요가 있다." 한편 오오마치의 말을 들어보면,
이것은 시가의 언어와 일상회화의 언어를 혼동하는 견해로, 원래 "보통
교육이 아직 널리 행해지지 않는 우리나라에서는 도저히 사회일반에 읽
히는 시를 만드는 것은 불가능"하다. 문제의 발언은 이것을 잇는 글이다.

　시인이란 국민의 자격이 있는 자를 독자로 삼아야 한다. 국민의 자격이 있는
자란 보통교육을 받은 자, 또는 그에 상당한 교육 있는 자를 말한다. 예를 들면
나와 같이 소득세조차 납부할 수 없는 초망(草莽)의 궁조대(窮措大)는 워낙에
국민의 자격이 없는 자이지만, 다행히도 보통교육을 받았기에, 되든 않던, 우선
이를 국민의 자격 있는 자로 간주하지 않을 수 없다. 오늘날 36세 이상은 설령
학자라 해도 문호라 해도, 실은 완전한 보통교육을 받은 자가 아니다. 즉 정신
상, 충분한 국민의 자격 있는 자가 아니다. 그들은 전문 학술에 정통하고 서양
어에 정통하여도, 한학에 정통하지 않은 자가 있다. 한학에 정통해도, 국문국어
에 정통하지 않은 자가 있다. 이들은 일종의 국민의 불구자이다. 우리는 이러한
불구자에게 아부하며 시를 짓지 않는다.

애당초 폭언이다.82) 거기에 필자의 자아 도취를 지적하는 것도 쉽겠

---

81) 그들의 논전 양상은 아카츠카 유키오(赤塚行雄), 『『신체시초』 전후(『新體詩抄』前後)』
　　(학예서림, 1991)에 상세하다.
82) 타카야마 쵸규우는 이를 나무라며 "신체시가가 그렇게 해서 만든 시의 독자가 신체시
　　가만이라고 한다면, 일본 국민은 신체시가를 제외하고 모두 불구자 무자격자라고 하지

지만 주의해야 할 것은 '보통교육'에 의해 일한양(日漢洋)의 지식을 겸비하고 있다는 자부가 그 자아 도취를 정당화하는 점이다. 그들의 왕성한 의욕, 확립되고 있던 관학 아카데미즘의 세례를 받는 한편으로, 그 껍질 속에 갇혀 있지 않고, 언론이나 — 반드시 질적인 충실을 기하지 못했음에도 불구하고, 태만했던 적이 없었던 — 창작을 통해 적극적으로 사회에 관여하려 했던, 그 열린 정신의 비밀을 푸는 열쇠가 여기에 있지는 않을까. 최초의 완전한 국민, 그것이 그들의 자화상이었던 것이다. 앞에서 언급한 시다의 사명감이나 우에다의 자부도 마찬가지로 이와 같은 자의식에 기초하고 있다고 할 수 있겠다. 그들은 국민으로서의 아이덴티티가 그대로 자기의 아이덴티티와 겹치고 마는 지점에 서 있었다. 무조건 세워졌던 것이다. 부지불식간에 어슬렁어슬렁 거기에 빠져 들어간 것이 아니다.

오오마치는 반 주류파가 아닌가 하고 말하는 사람이 있을지도 모른다. 하지만 그들 몽롱파와 이노우에, 타카야마 등과의 대립은 국민문학이라는 것의 구체상을 둘러싼 대립이었고, 국민문학의 창출 그 자체는 오오마치가 신봉하는 길이기도 했다. 1898(명치 31)년 11월에 "나는 더더욱 완전한 국민문학의 필요를 느낀다"고 기술한 것도 그이거니와[「시문(時文)《무제》」, 『문예구락부(文藝俱樂部)』 4-14], 1904년 12월에 "국민문학으로서, 널리 국민에게 읽히려면, 능히 국민성을 발휘한 것이라야 한다", "국민문학을 일으키기 전에 서둘러 선결되어야 하는 것은 실로 전설의 연구"라고 쓴 것도 그였다[「전설 연구의 필요(傳說研究の必要)」, 『태양』 10-16].

혹은 국민적인 것의 자각은 이미 모토오리 노리나가(本居宣長 : 1730~1801. 에도 중기의 국학자)[83] 등에 보이지 않는가 하고 말하는 사람이 있을

않을 수 없다"고 썼다. 타카야마 쵸규우, 「오오마치 케이게츠에게 전함(大町桂月に與ふ)」, 『태양』 3-15, 1897.7.

[83] 당대의 국학자인 카모노 마부치(賀茂眞淵)에게 입문하여 고도(古道) 연구. 30여 년을 들여 『고사기전(古事記傳)』을 완성. 유불(儒佛)을 배척하고 고도로 회귀할 것을 설파. (역주)

지도 모른다. 하지만 그들 근세의 국학자는 막번체제의 쇄국하에, 오로지 중국—그것도 고전을 통해서 안 중국—과의 대비 속에서 '황국(皇國)'의 가치에 눈뜬 것이고, 이에 대해 명치의 지식인들은 세계가 대소의 국민국가와 열강의 식민지로 분할되어 가는 상황에 서면서, 그 때문에 주로 구미 제민족과의 대비 속에서, 자신들의 '국민성'에 눈뜬 것이다. 배외(排外)주의와 동화주의의 차이도 놓쳐서는 안 될 것이다. 양자가 발견한 일본은 다른 일본이었다고 하지 않을 수 없다.

일본인의 '국민적 자각'의 특징을 단적으로 표출한 예로 하가 야이치(芳賀矢一)[84]의 『국문학사십강(國文學史十講)』(부산방, 1899) 한 구절을 인용한다.

응대한 국민으로서 반드시 응대한 국문학을 가지지 않으면 안 됩니다. 옛날 지나와 교통이 시작되고부터는 유불의 영향에 의해 문학의 발달을 도운 일이 적지 않습니다. 금후의 국문학은 구주문학의 장점 내지는 아메리카든 아프리카든 세계 문학의 장점을 취해, 한층 응대하게 또한 고상하게 건설하지 않으면 안 됩니다. …… 동서 문명의 조화라는 것은 일본인이 이룩해야 할 사업입니다. 서양인이 동양의 문화를 소화하는 것은 급히 이루어지지는 못합니다.

중국과의 관계는 명확히 언급되어 있다. 하지만 그것은 이미 국민성에 동화되어 버린 과거의 문화적 영향에 대해서이고, 장래의 관계에 대해서는 아무 것도 언급되어 있지 않다. 강조된 '세계문학'에 포함되어 있나 하고 생각해 보아도, 아프리카의 문학이라는 착상이 후반에는 사라져 버린 것으로 알 수 있듯이, 그 '세계' 자체가 사실상 '서양'과 동의어였다.[85]

---

84) 1892년 토오쿄오제대 국문과 졸업. 1899년부터 1902년까지 문학사 연구법을 배우기 위해 독일에 유학, 문헌학의 이론을 배워 와서는 새롭게 일본의 근세 국학을 일본문헌학으로 재인식하고, 근대적 학문체계로서의 국문학을 그 발전으로 보려 했다. 한편 국어정책에 힘을 기울임과 동시에 국정교과서나 각종 중등교과서를 편찬, 국민정신의 진흥에 매진. 각주 86 참조 (역주)

이것은 비단 하가에 한한 이야기는 아니다. 이러한 의식은 근대 일본인에게 일반적인 것이기도 하며, 실제로 100년 후인 지금도, 우리들은 '외국인'이라는 말을 오로지 서구인에 대해 쓰고 있다. '서양'에 맞설 때에는 '동양' 전체를 대표하는 듯한 자세로 임하면서, 실제로는 '동양'의 다른 나라들에 관한 것은 안중에 없다. 이러한 서양문명에 대한 콤플렉스에 기초한 굴절된 '국민'의식이야말로 과거의 침략이나 현재의 차별을 근저에서 뒷받침해온 것이다.

국민문학운동이란 그러한 의식이 자기를 확립하기 위한 운동이기도 했다.

4. 국민의 문화로서의 민족의 가요

국민문학운동에 있어서 〈속요〉 논의에는 몇 가지 논점이 있었다.[86]

85) 타카야마 린타로오(高山林太郎)의 「지나문학의 가치(支那文學の價値)」(『태양』 3-19, 1897.9)는 "우리 국민문학의 발달에 공헌하기를 바라"는 입장에서 '공정한 비판'을 시도하여, "지나문학의 사상≪정체적인 유교사상≫은 우리 국민문학의 진보에 유익하지 않다. 역사적 의의를 떠나서 그 가치를 칭양할 것이 심히 적다"는 결론을 도출했다.

86) 〈속요〉에 관한 회원의 언동 중에 『제국문학』과 『시라유리』 이외에 보도된 것을 살펴보자. 우선 사카이가와 논고의 2개월 전에 오오니시 하지메(大西祝)의 「문학상의 신사업(文學上の新事業)」(『태양』 1-3, 1895.3)은 재래의 단시형은 웅편대작에 적당하지 않으며, 금후의 '국시'는 신체시를 기축으로 발전하지 않으면 안 된다고 서술했다. 이노우에의 논조에 가까우나, 와카·하이카이와 함께 '속가(俗歌)'에도 고유한 가치가 있다고 한 점이 주목된다. 오오니시는 「이언론(俚諺論)」(각주 71) 중에서도, '속담(俚諺)'의 가치를 설명하기 위해 '이요(俚謠)'를 참고로 든다. 한편 하가 야이치는 일찍이 1892(명치 25)년 6월의 「일본운문의 형태에 대해(日本韻文の形體に就きて)」(『철학잡지』 65)에서, 일본 시가의 기본적 리듬이 5언·7언으로 이루어진 점을 '후세의 속요, 정가(情歌) 등'에도 해당되는 일관된 규칙이라고 기술했다. 그는 또한『제국문학』 창간 해에 우에다 카즈토시·시오이 마사오(우코오)와 함께 '속요' 수집 계획을 세워 전국의 독지가에게 기송(寄送)을 요청했던 것 같다[미확인. 『국학원잡지(國學院雜誌)』 1-12(1895.10)에 보도되어

시다 「개론」을 실마리로 그것을 정리해 보자.

> 나는 목하의 국정(國情)에 비추어, 적어도 세 방면에서 민요의 연구를 필요로 하는 것이다. 첫 번째는 국시(國詩) 혁신의 기초로, 두 번째는 국어 개량의 기초로, 세 번째는 국악 개량의 기초로, 즉 이것이다. 그것을 과학의 방면에서 말하면, 장래 일본 고유의 시학(詩學), 국어학, 음악 등을 조직하는 재료로 삼고, 혹은 언어학, 민족심리학 등을 연구하는 대상으로 삼을 수 있다. 기타 국민 도덕을 염매(鹽梅)하고, 사회 여론을 추찰하는 목적에 사용하는 것도 뺄 수 없다.

첫 번째는 운동이 제시한 비전을 시가의 문제로 구체화한 것, 세 번째는 그것을 음악 분야에 부연한 것이라 할 수 있다. '민요'를 연구하여 그 성과를 기초로 삼아, 새 시대의 국민적 예술을 창조하자는 것이다.

두 번째도 장래의 국민문화와 연관되어 있다는 의미에서는 앞의 두 가지와 공통되지만, 이 점에 관한 시다의 설명은 상당히 우회적이다. 그에 따르면 '표준어의 제정'이나 '신국자(新國字)의 제작'을 실시하려면, 그 전제로서 일본어의 음운체계나 그 변화의 흔적을 파악할 필요가 있고, 또한 그를 위해서는 방언의 연구가 필수적이며, 특히 과거의 방언에 대해서는 과거의 '민요'가 중요한 자료가 된다고 한다.

위의 세 가지에 더하여, 시다는 "과거의 민요를 모"아서 "역사적 민요집(히스토리쉐, 폴크스리델)"을 편찬해야 한다고도 제창했다.

있고, 각주 61의 시다 논문에도 언급이 보인다]. 더욱이 1년 반 동안의 독일 유학 직후, 1902(명치 35)년 9월 ─ 당시의 신학기 ─ 부터, 문과대학에서 실시된 하가의 강의 「일본시가학」은 명확한 조직과 체계를 세운 점에서 수강생에게 감명을 주었다고 하는데, 자연 발생적인 '국민시(Volkspoesie)'와 예술가의 창작에 의한 '기술시(Kunstpoesie)'의 구별도 그 체계의 일환으로 강조되었던 것 같다[시다 기슈우, 「하가박사와 일본시가학(芳賀博士と日本詩歌學)」, 『국어와 국문학』 14-4, 1937. 시다 「개론」에도 간단한 언급이 있다]. 아울러 우에다에 대해서는 1897(명치 30)년 5월의 『국민지우』에 "문학사 우에다 카즈토시 씨는 속요조의 신체시를 세상에 내어, 한편으로는 항간의 속요를 바르게 하고, 한편으로는 세상에 어두운, 소위 신체시인들을 가르치려고 근래 고심 중이라고 한다"는 보도도 있다[미타카시(三鷹子), 「항간의 소문(巷の噂)」]. 오오마치 케이게츠에 대해서는 본문 참조.

현재의 민요를 통해서 보이는 국민성이 어떻게 양성되었는가를 알려면, 반드시 그보다 이전의 민요로 거슬러 올라가지 않을 수 없을 것이다. 그리하여 이렇게 얻어진 시대정신이, 또한 어떻게 형성되었는지 알려면, 다시 그보다 이전의 민요로 소급하지 않으면 안 될 것이다. 이같이 볼 때, 이들 시대정신을 따라 국민성의 흐름을 확인하려면, 반드시 태고 이래의 각 시대의 민요를 조사하지 않으면 안 될 것이다.

과거의 '민요'를 통해 "국민성의 흐름을 확인하"려 할 때, 지향된 것은 일종의 문학사였던 것이다. 게다가 '민요'는 "국민의 내부생명을 가장 적나라하게 표출한 서정시, 국민성의 천진(天眞)을 가장 솔직히 토로한 서정시곡"(같은 논문)으로 보였기 때문에, 일부의 예술가가 작위한 시가보다도 국민성의 거처를 순수하게 전하고 있어 마땅했다. 국민의 문학사의 중요한 구성요소라는 점, 이것이 〈속요〉 논의에 있어서의 네 번째 논점으로, 본고의 주제에 가장 밀접하게 연결되는 것도 이 점이다.

시다 「개론」에는 명시되어 있지 않지만, 다섯 번째의 논점이 하나 더 있었다. 〈속요〉가 주목을 모은 배경에는 일본의 지리나 풍속 그 자체가 당시의 국민에게 호기심의 눈으로 보였다는 사정이 존재했다. 그들은 국민으로 편성되어 공통의 경험을 거듭하는 과정에서, 지금까지 간과해왔던 지리·풍속의 다양성에 눈을 떴던 것이었다. 이러한 관심은 운동 이전부터 이미 일정한 고조를 보았기 때문에, 운동 그 자체의 과정에서는 그다지 강조되지 않았지만,[87] 〈속요〉의 칭양이 제국문학회 밖으로 파급

---

87) 이러한 관심은 당시의 개량주의와 결부된 경우, 종종 비속한 〈속요〉를 구축하자는 주장으로 표출되었다. 『국민지우』 152호(1892.4)의 「항간의 가요(俗間の歌謠)」(무서명)는 『시경』적 정치윤리주의의 원칙에 서서, "오늘날의 시인이 구구하게 자의론(字義論)에 얽매이지 말고, 크게 발분하여 민간의 가요에 대개혁을 가하여 그 가락을 높이고 그 음을 우아하게 만들어, 당당히 대국의 풍모를 만들 것"을 요청한다. 이런 종류의 주장은 『제국문학』에도 보인다[「음악의 취미(音樂の趣味)」, 『제국문학』 6-11, 무서명, 잡보; 「열등한 국민기풍(陋劣なる國民氣風)」, 『제국문학』 7-3, 필명 'T. K', 잡보]. 후자의 필자는 당시 한문과에 있었던 쿠보 토쿠지(久保得二 : 1875~1934. 한학자)일 것이다. 파업타령(ストライキ節) 등의 유행에 분개하여, 국민적 대시인의 손으로 조국의 노래가 만들어질

되어 가는 데는 그 광범위한 지반이 되었다.

다섯 가지를 다시 정리해 보자.

> ㉠ <속요>는 국민적 시가의 기초가 되어야 한다.
> ㉡ <속요>는 국어 개량을 위한 방언 연구에 도움을 준다.
> ㉢ <속요>는 국민적 음악의 기초가 되어야 한다.
> ㉣ <속요>는 국민의 문학사에 중요한 위치를 점한다.
> ㉤ 일본에는 실로 다양한 <속요>가 있다.

단, ㉡은 실제로는 시다 「개론」 이외에 거의 이것을 언급한 사람이 없고, 겨우 마츠다이라 엔지로오(松平圓次郎)의 「츠가루방언고(津輕方言考)」(『제국문학』 7-1 · 2 · 4 · 5, 논설)가 말미에 츠가루 지방의 '속요'를 첨부한 정도이다. 이하, 개개의 논설을 다룰 경우에는 ㉡을 도외시해도 특별히 지장은 없을 것이다.

㉠, ㉢, ㉣의 각 논점에 대해 공통적으로 말할 수 있는 것은 유럽의 사례를 선례로 받드는 태도가 일관해서 보이며, <속요>의 개념에도 독일어인 Volkslied나 영어인 folk song과의 대응의식이 엿보이는 점 및 논의가 거듭됨에 따라 실천을 주장하는 소리가 점차 높아져가는 점이다.

편의상 ㉢부터 보자. 이 점에 관한 유럽의 사례의 소개로는 제2절에서 일별한 우에다 빙의 「19세기의 음악을 논함」(『제국문학』 6-7, 논설)이 비교적 정돈되어 있어, '민요'의 선율을 채용한 국민악파의 작곡가에 대한 언급 등이 보인다. 단, 음악회에서 그러한 종류의 곡목이 연주되었던 모양은 일찍이 창간호의 잡보기사 「악극의 여향(樂劇の餘饗)」(『제국문학』 1-1, 무서명《우에다 빙?》[88])이 이것에 대해 다루어 "홀연히 등 뒤에 농민의 이가(俚歌)가 들리고 유유히 춘교(春郊)가 끝없이 펼쳐진 것과 같다"고 하며, 같은 해의 「악계 소식(樂界の消息)」(『제국문학』 1-6, 무서명《우에다 빙?》, 잡보 제2절의

날을 대망한다.

88) 『정본 우에다빙전집』에서 제2절의 ①과 마찬가지로 취급되고 있다. (→ 각주 26)

①이 "리스트 작곡에 의한 러시아민요 꾀꼬리의 노래 〈바리아시온〉"이라는 이름을 드는 등, 단발적으로는 이전부터 보고되고 있었다. 제2절의 ⑤, ⑬도 같은 기사이다.

이 같은 흐름을 이은 것으로 제2절에서 들었던 우에다의 「악화」가 1904(명치 37)년에 게재되어 "우리나라 음악계의 급무"로 '민요악의 수집'을 제창하여, 회 내외의 주목을 끌었던 것이다(『제국문학』 10-1, 논설).

우에다는 "적어도 국민의 소리가 될 만한 대음악은 건전한 기초 위에 서지 않으면 안 된다. 그래서 재래의 일본음악 중 어떤 것이 이 자격을 갖추고 있는가"라고 묻고, 그 후보를 음미해서는 기각시키고, '민요악' 이외에 없다는 견해를 도출해낸 것이다. "아악(雅樂)89)은 일종의 외국음악으로, 우미하기는 하나 유약한 궁정의 악"이기 때문에, "소위, 편협한 미술에 지나지 않는다." '거문고(琴) 음악'도 "아악 등의 유사 외국악에서 전화한 것"으로, 작곡자는 "사회사상의 본류를 멀리 한" 맹인 예능자, "이것을 즐기는 이는 인생의 풍파를 모르는 심처의 소녀"에 국한된다. '요오쿄쿠[謠曲 → 노오(能)의 대본] 음악'은 '웅건' '장중'한 취미는 있으나, "무인(武人)이 전유한 예술"이기에 "사회의 일부의 소리"밖에 대표할 수 없다. 역으로 '토쿠가와 삼현악(德川三絃樂)'90)에는 민중적 요소가 인정되지만, "주로 유곽의 땅에 양성 발달되었"기 때문에 "극히 굴절되고 극히 편중된 하층사회의 일부를 대표하여" "소위 츠(通)나 스이(粹) 같은 소극적 사상91)을 나타내"고 있다.

---

89) 일본 궁정무악의 총칭. 국풍가무(國風歌舞) · 외래무악(外來樂舞) · 가창(歌物)으로 대별된다. 국풍가무에는 카구라(神樂) · 아즈마놀이(東遊) · 쿠메춤(久米舞) 등 일본 고래의 황실이나 신도(神道) 관련의 제사용 가무. 외래무악은 당악(唐樂)과 코마악(高麗樂 → 고구려 기원의 무악)으로 이루어진 궁정의 향연용 무악으로, 헤이안시대 초기까지 전래된 무악에 기초를 둔다. 가창은 헤이안 중기에 성립한 성악곡으로, 사이바라(催馬樂)와 낭영(朗詠). 협의의 아악은 외래무악을 가리킴. (역주)

90) 오키나와를 통해 중세에 들어온 샤미센(三絃)은 에도시대에는 거의 모든 분야에서 활용되었다. 그 중에도 카부키의 융성과 함께 나가우타나 각종 죠오루리 등 샤미센 없이는 성립하지 못하는 음악이 연이어 탄생했다. (역주)

우에다가 이들 후보를 차례로 배제해가는 수완에는 흡사 명치기의 '국
악' 창조를 둘러싼 시행착오의 과정을 단숨에 재현하는 듯한 느낌마저
든다. 1874(명치 7)년의 칸다 타카히라(神田孝平 : 1830~1898. 양학자)의 「국악
을 진흥시켜야 한다는 주장(國樂ヲ振興スヘキノ說)」[『명륙잡지(明六雜誌)』 18;
『명치계몽가집』(『명치문학전집』 3), 치쿠마(筑摩)서방, 1967]으로 단을 발하여, 식
부료 아악과(式部寮92)雅樂課)의 재래음악 조사, 이자와 슈우지(伊澤修二 :
1851~1917. 교육자)93)의 창가교육 중의 '속곡'[쟁곡이나 나가우타(長唄)94)]에
대한 주목을 거쳐, 개악사(皆樂社) 등에 의한 노오가쿠(能樂)부흥운동이
나,95) 타나카 쇼오헤이(田中正平 : 1862~1945. 음향학자) 등에 의한 삼현악의
음계 연구96) 등등에 이르는 각파가 뒤섞인 모색의 과정이다.97) 우에다에

91) 츠는 남녀의 정리(情理)나 화류계의 사정 등에 밝고 촌스럽지 않은 것, 또는 그런 사
    람. 스이도 정리나 화류계, 예능인 사회 등의 사정에 정통하여, 행동거지가 그러한 세계
    에 어울리는 사람. (역주)
92) 궁내청의 부국 중 하나. 지금의 식부직(式部職). 황실의 제전·의식·아악 등을 관장.
    (역주)
93) 1875년부터 3년 간 미국 유학. 귀국 후 음악교육의 필요성을 설파, 문부성에 음악조사
    부(音樂取調掛) 설치에 힘씀. 설치시의 의견서에 동서의 음악을 절충하여 신곡을 만들
    것 등을 기술해 이후의 일본 음악교육의 틀을 마련함. 이자와 슈우지, 『양악입문―음악
    조사성적신보서(洋樂事始 音樂取調成績申報書)』, 평범사(平凡社), 1971.6 참조. (역주)
94) 주로 맹인 예능자가 연주하는 쟁을 주 악기로 하는 기악곡·성악곡을 쟁곡이라 함.
    근세 이후 발달. 나가우타는 샤미센 가곡의 대표적인 것. 카부키 반주의 코우타(小唄)
    가 발전한 형태로, 카부키와 함께 발달. 둘 다 명치 이후 서양악이나 신체시와의 교류
    가 있었다. (역주)
95) 오사 시즈에(長志珠繪), 「국가와 국악의 위상(國歌と國樂の位相)」 및 타케모토 유우
    이치(竹本裕一), 「쿠메 쿠니타케와 노오가쿠부흥(久米邦武と能樂復興)」[모두 니시카
    와 나가오(西川長夫)·마츠미야 히데하루(松宮秀治) 편, 『막말·명치기의 국민국가 형
    성과 문화 변용(幕末·明治期の國民文化形成と文化變容)』, 신요사, 1995] 참조.
96) 우에다의 「악화」 자체에도 언급이 보이지만, 이전부터 주목을 모으고 있었다. 「명치
    32년의 문예계 개평·음악계(明治三二年の文藝界概評·音樂界)」(『제국문학』 6-1, 무
    서명, 잡보)에서는 부정적으로, 「음악계(音樂界)」(『제국문학』 6-5, 무서명, 잡보)에서는
    긍정적으로 다루고 있다.
97) 미야지마 하루마츠[宮島春松 : 1848~1904. 번역관으로 일하면서 아악 연구. 宮內省의
    아악연주자(伶人)들을 망라하여 서양을 참고로 통일적인 일본 음악장 건설안을 제출, 받
    아들여지지 않자 토오쿄오에 아악협회를 조직] 등의 아악협회도, 정교사(政敎社)와 연
    계하여 독자적인 활동을 전개했다. 아악협회, 「국악제정의견개안(國樂制定意見槪案)」

따르면, 그 어느 것도 일부 계층의 특수한 취미에 부합할 뿐이어서, 국민 전체의 음악으로서는 부적격했던 것이다.98) 민중의 문화에 국민성의 기초를 구하는 자세는 이전의 우에다에게도 보이며, 여기에서는 그것이 전면에 나와 있기도 하지만, 보다 주의해야 할 것은 그 민중이 단순히 하층 사람들을 의미하지 않는다는 점이다.99) 민중성은 한편으로 민족성과 결부되고 그 때문에, 국민 내부에 현존하는 계층 차나 "비탄해야 할 예술의 분열"(같은 논문)을 극복하는 계기로 주목되었던 것이다(후술).100)

이러한 우에다의 제창을 의심 없이 계승한 것으로, 요시다 토요키치의 「성악을 기초한 시형과 신악식(聲樂を藉る詩形と新樂式)」(『제국문학』 11-4, 논설)은 국민적 오페라의 완성을 위해 '순례가·속요 등'을 삽입하는 방법을 제안하고, 레이슈우(荔舟)≪야스기 사다토시(八杉貞利 : 1876~1966. 러시아어학자)≫ 「민요의 채록에 대해」(제2절의 ⑪, 잡보)는 '민요'의 선율을 악보에 담아야 한다고 주장한다.101)

한편 ㉠과 ㉣의 논점은 『제국문학』지상에서 처음으로 〈속요〉의 의의를 설명한 사카이가와의 「문학사 편찬 방법에 대해」에 이미 둘 다 나와 있었다(『제국문학』 1-5). 이 논문은 '속요'는 천연의 진정(眞情)이 그대로 말

(『일본인』 9, 1895.11); 나카무라 목코오(中村木公), 「미야지마 하루마츠군(宮島春松君)」 (『일본인』 214, 1904.7); 오오사토 카이헤이(大里海平), 「아악과 미야지마 하루마츠 선생(雅樂と宮島春松先生)」(『일본인』 215, 1904.7) 참조. 「국악제정과 아악협회(國樂制定と雅樂協會)」(『제국문학』 1-3, 무서명, 잡보)는 그 노선을 비판한 것이다.

98) 5년 전의 「문예세운의 연관」(『제국문학』 5-1, 논설)에서는 "카부키, 삼현악의 발흥"은 "일본 민중이 외래의 미술에 구속되지 않고, 항간에 잠긴지 수천 년 된 민족의 선율"이 새로이 꽃핀 결과라고 했다. 이 시점에서는 삼현악의 가능성에 아직 상당히 기대를 걸고 있었던 것이다.

99) 이노우에 테츠지로오도 '국민문학'이란 '평민문학'이라는 뜻이 아니라고 명언했다(이노우에 테츠지로오, 「일본문학의 과거 및 장래」). '국민'이란 그에게 있어 귀족과 평민의 대립을 소거하는 개념인 것이다.

100) '국민음악의 기초'가 될 만한 '민요의 소박한 곡'으로 우에다의 염두에 있었던 것은 "우리나라의 켈트인종이라고도 할 수 있는 아이누의 멜로디일지도 모르는 오이와케부시(追分節) 같은 것"이었다.

101) 우에다의 「악화」는 시다 「개론」에도 인용되며, 시다 논문은 또한 우에다의 논평하는 바가 되었다(각주 34).

로 표현된 것이라 하여, 그 조형의 소박함·건강함이나 시대의 기호에 응해서 널리 유행하는 점은 "미술시를 훨씬 능가하기에 족하다"고 찬탄하고, 이어서 다음과 같이 말한다.

> 고로 시인은 이것에 의해 천뢰(天籟)를 듣고 그 소건(疎健)한 기풍을 배우고 인민의 이상을 엿보아 스스로의 이상에 참고한다. 문학사가는 이것을 모아 인민의 사상의 발달 소장을 명확히 하여 그 미술시와의 관계를 논한다. 괴테는 그 서정시에 속요의 미조(美調)를 담고, 뷰르겔은 발라드에 전설을 섞고, 아르님, 브렌타노가 반생을 속요 채록과 그 개찬(改竄)에 보낸 것을 보면 독일문학사상에서의 속요의 위치가 어떤가를 가늠하기에 충분할 것이다.

두 가지의 논점이 독일문학사의 지식에 기초했던 것은 위의 후반부에서 확인할 수 있을 것이다.

㉠을 주장한 논고로 위를 잇는 것은 같은 1895(명치 28)년 12월에 나온 아오키 쇼오키치(靑木昌吉 : 1872~1939. 독문학자)의 「속요를 논함(俗謠を論す)」(『제국문학』 1-12)이다.[102] 이 글도 오로지 독일의 사례를 화제로 삼고 있어, 126행 중 120행까지를 독일에서의 '속요'의 전개, 그 특징, 또한 헤르더 이하 울란트에 이르는 수집사업 등등의 소개에 할애하고 있는데, 마지막에 다음과 같이 기술한다.

> 독일의 시림(詩林)에 수립(樹立)하여, 능히 이채를 발하는 서정시가는 다소라도 소양을 속요에서 취하지 않은 자는 없다. 뒤돌아서 우리나라 현시의 시림을 보아하니, 한 둘 탁식한 시인이 있어서, 조금이나마 속요에서 배운 흔적이 있으면, 온 세상의 비평가는 비속하다고 이것을 조롱한다. 우리 시가로 하여금 7·5, 5·7의 구체(舊體)를 고수하게 하고,[103] 시인인 나는 시를 쓰는 특권을 가진

---

102) 같은 달에 나온 『국민지우』 274호에 「독일의 속요를 논함(獨逸の俗謠を論ず)」[필명 '사카이가와생(境河生)']이 실려 있다. 아오키 논문과 완전히 똑같은 글로, 자구의 이동도 조금밖에 없다. 표절인지 본인이 한 것인지 불분명하다.
103) "7·5, 5·7의 구체를 고수"하지 않는 시형의 시도로, 이 무렵 토야마 마사카즈에 의

자라는 교만한 발언을 묵묵히 듣고 있으면 되는가, 적어도 국민문학을 설립하여, 민(民)과 함께 기뻐하며 민과 함께 슬퍼하기를 바라는 자라면 어찌 속요를 접하는데 그렇게 냉담할 수 있는가.

'속요'에 배우자는 주장을 뒷받침하는 것은 일찍이 독일에서 성공을 보았기 때문에 일본에서도 잘 될 것임에 틀림없다고 하는 믿음이다. 그 이외에는 없다고까지 할 수 있다. 계통적인 수집이 아직 이루어지지 않은 탓도 있어서, 일본의 〈속요〉란 어떤 것인가라는 점에 대해 논자에게는 확실한 이미지가 없다. 구체적으로 모르는 것의 가치를 논리적으로 확신한다는 인식의 전도가 여기에 있다.104)

실제로 "한 둘 탁식한 시인"으로 시사된 우에다 카즈토시(上田萬年)105) 에게, 배울 만한 〈속요〉란 도도이츠(都々逸)106) 같은 것이었다. 다음에 인용하는 것은 그가 「고삐 풀린 망아지(はなれ駒)」라는 표제로 발표한 11편 중의 1편 「학자(學者)」로, 역시(譯詩) 「미뇽」 등과 나란히 실려 있다(『제국

한 연술체(演術體 → 낭독체) 실험이 있었다. 「여순의 영웅 카니대위(旅順の英雄可兒大尉)」(『제국문학』 1-2, 사조), 「윤졸(輪卒)」(『제국문학』 1-6, 사조), 「잊지 마라 이날을(忘ゝるな此の日を)」(『제국문학』 1-7, 사조) 등이 그것이나 발표될 때마다 여기저기에서 불평을 들었기 때문에, 토야마는 「신체시 및 낭독법(新體詩及び朗讀法)」(『제국문학』 2-3・4, 논설)에서 자기 변호에 열중하게 된다. 우에다 카즈토시의 '속요조'에 대해서는 본문 참조. 이들 작품은 토야마・우에다와 나카무라 아키카(中村秋香 : 1841~1910. 일본문학자, 가인)・반 마사오미(坂正臣 : 1855~1931. 가인)와의 공저 『신체시가집(新體詩歌集)』(대일본도서)에 수록되어, 이미 1895(명치 28)년 8월에 출판되었다.

104) 유럽의 최신의 〈속요〉 수집이 소개된 적도 있다. 「독일의 신간시편(獨逸の新刊詩篇)」(『제국문학』 2-12, 무서명, 해외소단)은 "「신 희랍의 속요 및 연가」≪작자 미상≫"를 다루고, 「독일의 외국시가 번역(獨乙に於ける外國詩歌の翻譯)」(『제국문학』 11-2, 무서명, 해외소단)은 "에드거 쿠르츠(Edgar Kurz) 씨의 『토스카나민요집(Volkslieder aus der Toscana)』"을 추천한다.

105) 1888년 토오쿄오제대 문과대학 졸업. 졸업 후 독일 등에 유학하여 언어학을 배움. 귀국 후 문과대학에서 유럽의 언어학을 소개. 근대국어학의 기초를 다짐. 국어국자의 개선을 도모하고, 국어의 애호・존중을 주장. (역주)

106) 주로 남녀간의 애정을 구어로 불러, 7・7・7・5의 근세가요 형식을 중복시키는 소품으로, 속곡 중 대표적인 가곡. 천보(天保 → 1830~1844) 년간, 에도의 요세(寄席 → 에도에서 시작된 대중연예의 흥행장)에서 특히 유행. (역주)

문학』 1-3, 사조; 『신체시가집』).

> 기껏 즐거운 이 세상을
> 답답한 도리로 허송세월을 보내는
> 풍류도 모르는 선생님 좀 고개를 돌려
> 이쪽에 있는 꽃도 봐 주시라니까요
>
> せつかくたのしい此世の中を
> かたい理屈でむがむにきざむ
> 野暮じや先生ちよとふりむいて
> こちらの花をも見やしやんせ

위대한 국민문학의 탄생을 예고할 터인 작품이 실로 이 같은 물건이었으니 송구스럽다.[107] 물론 세평은 혹독했고, 회원 중에도 이러한 무잡(蕪雜)함을 비웃는 사람은 있었다. 혼란은 왜 생겼는가. 폴크스리트의 개념이 이해되지 않았기 때문이라기보다도, 오히려 개념의 이해가 실체와 무관하게 이루어졌기 때문이라고 생각해야 할 것이다. 세인(世人)들이 그 '비속'함을 조소해도, 논자들의 인식이 그다지 위협받지 않았던 것은 그 때문이라 생각한다. 이론을 모르는 자가 끼어 들 자리가 아니었던 것이다. 거꾸로 선 두뇌를 설복시킬 수는 없다.[108]

---

107) 아카츠카 유키오, 『『신체시초』 전후』(학예서림, 1991)에 "서양 갔다 돌아온 젊은 우에다 카즈토시 선생님, 어떤 요정에서 어여쁜 기생들에게 놀림을 당하고, 허탈해서 이런 작품을 지었나라고 생각하고 싶어진다"고 평한다. 거의 동감이지만, 허탈해서가 아니라 진지하게 추구한 결과였다고 생각한다.

108) 「문체의 간결과 속요의 연구(文體の簡潔と俗謠の研究)」(『제국문학』 3-6, 무서명, 잡보)에도 같은 지적을 할 수 있다. 이 문장은 '속요'의 "교결(皎潔)하고 간소한 구법"을 숭상해야 한다고 하며, "말하지 마라 우리나라의 속요가 비속하다고, 어느 국민의 어느 시절에 능히 교결한 시가만을 만들었는가"라고 (오오마치 케이게츠 등에게) 못을 박고, "교결한 속요의 풍요함으로 세계에 자랑하는 독일"조차, 아르님 등의 수집 이전에는 "자국의 속요는 비속해서 도저히 영국에 미치"지 못한다고 보는 것이 상식이었기 때문에, "세상의 속요를 채집하는 사람은 마음을 편히 하여 종사하기를 바란다"고 맺는다. '채집'이 진전되지 않고 있는 것이 실상인데도, "교결하고 간소"하다는 평가는 이미 기

아오키 논문에도 있듯이, 한때 왕성하게 주장된 것으로 일본의 〈속요〉에는 5·7의 음수율을 깬 형식이 풍부하게 존재한다는 점이 있었다. 이 생각은 사실과 어느 정도 합치한다는 의미에서는 '청신한 가락', '간결한 구법' 등등의 주관적 평가와 일단 구별되지만, 결코 실례를 통해 귀납된 것이 아니라, 다분히 과장을 포함하고 있었다. 신체시에 장대한 시편이 요구되고, 전통적인 정형의 단조로움을 타파해야 한다고 주장되었던 것, 〈속요〉의 가치에 대한 애매한 확신이 관념적으로 결부되어 탄생한 생각이다. 이 논조의 자의적 성격은 「시형의 합용과 신시형(詩形の合用と新詩形)」(『제국문학』 3-7, 필명 'K. S', 잡보)에도 인정된다. "속요는 시형을 가장 취해야 하며 더욱이 외국의 시가 형식의 길이를 취하면 신시형의 성립은 기대할 만 하다"는 주장은 '활용할 필요가 있으니까, 도움이 됨에 틀림없다'는 그들의 독특한 발상에 입각해 있다.109)

단, 그들의 두뇌에 찬물을 끼얹은 인물이 있었다. 오오마치 케이게츠이다. 오오마치는 「시가상의 고어 및 속어」(『제국문학』 3-4·5·6, 논설)에서, 괴테나 하이네가 '속요'를 응용한 것은 서정시의 일부에 지나지 않는다고 지적하고,

> 괴테는 속요를 적용시켜야 할 곳에 적용했을 뿐. 속요를 응용한 것만이 괴테의 본령이 아니다. 예를 들면 연극에서도 단쥬우로오[團十郎 → 카부키의 유명한 남자 역 배우인 이치카와 단쥬우로오(市川團十郎)] 같은 명배우가 없으면 안 되지만, 말 다리도 또한 뺄 수 없다. 하지만 말 다리가 연극에 필수라고 큰 소리치는 자가 있다면, 누가 그 어리석음을 비웃지 않겠는가.

라고 탁월한 비유를 써서 논의의 일면성을 찔렀던 것이다. 오오마치가

정사실이 되어 있었다.
109) 회원들의 〈속요〉열을 외부에서 냉소한 기사를 들어보자. "바이런이나 실러의 작품을 애송했던 대학생이 어젯밤부터 이상한 핑계를 대어 요시와라(吉原 → 에도의 유곽)로 속요 연구차 출마하여, …… 이것 참 놀랄 일이다." 담수생(淡水生), 「소하법(消夏法)≪분담집필≫」, 『일본인』 118, 1900.7.

보기엔 독일 '속요'의 "음조 좋고 시취(詩趣) 진진(津津)한" 점은 "우리나라 보통의 속요"가 훨씬 미치지 못한 점으로, 이 차이를 도외시하고 "우리나라의 저속한 속요의 격조를 흉내내는 것은 원숭이와 같"은 것이 되는 것이기도 하다.

더욱이 「일본 시형을 논함(日本の詩形を論ず)」(『제국문학』 4-5, 논설)에 따르면, 일본의 시가에 원래 압운이나 평측이 존재하지 않고, 음수율도 5음·7음의 조합뿐인 것은 '국어의 성질'에 기인한 것으로, '속요'의 가사도 그 예외는 아니라고 한다. 5·7음수율은 일본 시가에 있어서 일종의 숙명적인 운율이고, 이외의 원리를 도입하려는 따위의 시도는 "헛되이 서양시형의 미에 황홀"해진 자가 품는 '공상'에 지나지 않는다. 애초부터, 장대한 시편을 갈구하는 소리 앞에서 단시형의 고유한 장점을 상실해 버린다면, 그것이야말로 우려해야 할 풍조가 아닐 수 없다. 오오마치는 이렇게 기술하여 자신의 입장을 보강한다.

이 오오마치의 논이 어느 정도 영향력을 가졌는지, 쉽게 판정을 내리기는 어렵다. 단, 신체시의 시형이 여전히 논의의 중심을 이루는 한편으로, 〈속요〉의 시형에 배우자는 목소리가 한때 잠잠해진 것은 확실하다. 그러나 오오마치 본인은 후에 『태양』의 문예시평란을 담당할 무렵에는 〈속요〉에 대한 평가를 일변시켜 버린다.

> 나는 자주 민요에서 진정한 시를 본다. 민요와 시인의 시를 비교하면, 전자는 생명력 넘치는 아이이고, 후자는 잘 만들어진 인형이다. 인형이 아무리 아름답다 해도, 생명력 있는 아이 만 못하다. 나는 시인의 시를 기뻐하지 않고, 오히려 민요 혹은 민요취미를 획득한 것을 기뻐한다.
> ─「민요와 시인의 시(民謠と詩人の詩)」, 『태양』 11-1, 1905.1

신체시가 국민의 문학이 되기 위해서는 국민 일반의 귀에 익고, 국민 일반의 마음을 울릴 수 있는 것이 많아야 가능하다. 속(俗)에 아부하라는 것이 아니다. 진정한 명시는 반드시 다수의 국민의 배 속에 들어가기 쉬운 것이다. 전문가끼

리 멋을 내는 것이 반드시 진정한 명시는 아니다. 지금의 신체시는 멋 내는 것
에 치우쳐, 속요적 진취(眞趣)를 얻은 것을 거의 볼 수 없다.

— 「망언 66칙(放言六十六則)」, 『태양』 11-8, 1905.6

위의 첫 번째 인용문 말미에는 "나는 믿는다. 안식 있는 자가 상하 삼
천 년을 통해, 시인의 시 중 좋은 것 혹은 민요 중 좋은 것을 모으는 것
은 지금 시단의 급무"라고도 쓰여 있다. 여기에는 일년 전에 '민요악의
수집'을 "우리나라 음악계의 급무"라 했던 우에다 빙의 말(「악화」)이, 조금
시간을 두고, 하지만 확실하게 메아리치고 있다고 생각한다. 용어가 '속
요'에서 '민요'로 바뀌어 있는 점도 그것을 뒷받침한다.

좀더 정확히 말하자. 「시가상의 고어 및 속어」에도 "토쿠가와시대(→
에도시대)의 옛 속요에는 서정시인이 참고해야 할 것이 상당히 많다"고 한
부분이 있었다. 이 같은 일면이 인정되면서도 '속요'가 전체적으로 부정
적으로 다뤄진 것은 "요즘 유행하는 신속요에는 거의 볼 만한 것"이 없다
는 판단에 기초하고 있었다. '속요'는 오오마치에게 도시의 유행가를 포
함하는 용어였는데, 그렇다면 '토쿠가와시대의 옛 속요'의 범위에도 「일
본 시형을 논함」에서 말하는 "삼현(三絃 → 샤미셴)을 동반한 가요"[〈나가우
타(長唄)〉, 〈죠오루리(淨瑠璃)〉, 〈키요모토(淸元)〉, 〈신나이(新內)〉, 〈토키와즈(常磐津)〉,
〈하우타(端唄)〉, 〈도도이츠〉]110)가 포함되어 있었다고 생각된다. 이 이미지는
앞의 우에다 카즈토시의 경우와 가깝다. 한편 오오마치가 후에 '민요'라
는 말을 사용했을 때는 이들 유행가·예요(藝謠) 같은 종류는 염두에서
사라졌던 것 같다. 글 속에 츠보우치 쇼오요오(坪內逍遙 : 1859~1935. 소설가.
극작가. 평론가. 번역가)의 〈신곡 우라시마(新曲浦島)〉111)(1904)에 삽입된 '민

---

110) 〈죠오루리〉는 샤미셴 반주의 이야기 음악. 〈키요모토〉·〈신나이〉·〈토키와즈〉는 각
　　각 〈죠오루리〉의 유파. 각 예능은 내적인 차이보다도 유명 예능인들의 독특한 달성이
　　전승된 형태로 볼 수 있는 면이 크다. (역주)
111) 츠보우치는 1883년 토오쿄오대학 경제과 졸업. 와세다대학 교수. 1885년 근대 최초의
　　소설이론서인 『소설신수(小說神髓)』를 발표하여 문학개량운동의 중심이 된다. 1891년
　　『와세다문학(早稻田文學)』 창간. 이후 현대연극에 주목하여 연극개량운동에 참가. 1904

요’를 다루면서, 온도(邑戶 → 히로시마현)의 뱃노래(舟唄) 등 재래의 것을 그대로 사용한 케이스가 개작이나 신작을 사용한 경우보다 “민요적 정취를 획득”했다고 한다. 위의 두 번째 인용문에서는 다시 ‘속요’라는 말을 사용했지만, “속요적 진취”는 “멋 내는” 것이 아니라는 취지에 비추어, 그 ‘속요’는 이미, 예전에 그가 ‘속요’라고 불렀던 것과 동일하지 않았을 것이다.

오오마치는 단순히 우에다 빙에 영합한 것은 아니다. ‘민요’라는 용어를 받아들임으로써 그때까지 〈속요〉에 품고 있었던 이미지를 떨쳐 버렸다.

오오마치의 변화와 거의 같은 시기에, 논점 ㉠을 긍정적으로 다루는 움직임도 다시 활발해졌다. 우에다의 「악화」가 실린 것과 같은 호에, ‘우케우리 코조오(受賣小僧)’라는[112] 이명으로 「문예잡담(文藝雜談)」을 기고한 인물이 있다(『제국문학』 10-1, 논설).[113] 라쿠고(落語)[114]를 흉내 낸 표일(飄逸)한 어조로 운동을 격려하는데, 그 한 구절에

농꾼 중에도 기교 있는 자가 있어, 소위 하층사회에서 때때로 하늘의 소리가

년 『신악극론(新樂劇論)』에서 신무용극론을 제창하여 연극혁신론을 전개. 바그너의 가극이나 전통연극 등을 흡수·통합한 장대한 악극 〈신곡 우라시마〉를 발표하여 논의 구상화를 꾀함. 이것은 제재를 우라시마전설에서 취한 신무용극으로, 우라시마전설은 『일본서기』·『만엽집』 등에도 보이는 용궁방문담. 우라시마가 용궁을 방문하여 3년 간 환대를 받고 인간세계에 돌아오자 갑자기 노인이 되었다는 이야기. 쇼오요오는 말년까지 셰익스피어 번역을 계속. 1928년 그를 기념하는 연극박물관이 와세다대학 구내에 건립됨. (역주)

112) 타인의 의견이나 학설을 자신의 설인 양 말하는 애송이라는 함의를 가진 이름. (역주)
113) 미상. 시다, 「개론」에 “복면(覆面)의 모 대가”로 되어 있어, 시다는 집필자를 알고 있었던 것 같기도 하다. 문두에 “뭔가 좀 써 달라는 청을 받고”라고 하니까, 편집위원으로부터 의뢰가 있었던 것도 알 수 있다. 같은 호에는 우에다 빙 외에도 이노우에 테츠지로오, 도이 반스이, 하가 야이치, 후지이 시에이, 우에다 카즈토시와 같은 사람들의 이름이 보이며, 이 인물들과 어깨를 나란히 하는 ‘대가’가 후보가 될 것이다. 더욱이 이런 식의 기발한 문장을 쓸법한 인물이라면, 의외로 오오마치 케이게츠가 아닐까. 토바리 싱이치로오일 가능성도 버릴 수 없다.
114) 한 사람의 연기자가 등장인물의 대사 등을 말하다가 말미에 관객을 웃기는 골계담. 에도시대 초기에 성립하여 지금까지 인기를 모음. (역주)

들린다고들 합니다. …… ≪〈캇포레부시(カッポレ節)〉나 〈토코톤야레(トコトンヤレ)〉나 〈춍키나부시(ちょんきな節)〉≫115)뿐만 아니라≫ 마부의 노래(馬子唄), 뱃사공의 노래(船頭唄), 제기차기노래(鞠唄), 자장가(子守唄), 베틀가(機織唄), 방적가(絲引歌) 등에 아직 진귀한 물건이 무진장 있을지도 모릅니다. 요로즈조보(萬朝報 → 1892년 토오쿄오에서 창간된 일간신문)의 보물찾기와 같은 방식으로 뒤지기에 착수하면 어떻겠습니까. 괴테나 하이네조차도 이러한 민(民)의 소리를 흘려듣지 않았기 때문에, 읊는 노래에 일종의 말할 수 없는 묘미가 있는 것같이 느껴집니다.

라고 되어 있다. 이 문장은 〈속요〉에 해당하는 말을 사용하지 않았지만, 주의해야 할 것은 강조 부분의 서술이 노동 또는 유희에 따르는 전통가요를 나열한 점이다. 시다나 훗날의 야나기타 쿠니오가 제시한 '민요'의 범위에, 이것들은 모두 포함된다(후술).116)

또한 시다 「개론」이 『제국문학』에 연재되어 세인을 계발하고 있던 와중에 사쿠라이 마사타카는 『시라유리』에 「서정시에 있어서의 자연에 대해(抒情詩に於ける自然に就て)」를 연재하여(『시라유리』 3-7·8, 1906.5·6), 울란트나 뫼리케의 작풍을 "민요풍의 소박한 모습", "민요풍의 간소한 노래"라고 평했다. 그는 『시라유리』의 「민요호」(『시라유리』 4-1, 1906.11)에도, 시다나 후지이 오토오의 논고와 나란히 「근세 독일시가와 민요의 관계(近世獨逸詩歌と民謠の關係)」를 기고, "괴테와 민요의 관계는 이제 와서 언급할 필요도 없다"고 간략하게 끝내고, 후기낭만파나 슈바벤시파에 대해 중점적으로 해설했다. 더욱이 1907(명치 40)년에는 『제국문학』에 「괴테의

---

115) 전부 19세기 중엽 이후에 유행한 유행가. (역주)
116) 시다는 연재의 제3회(『제국문학』 12-5)를 「민요의 기원」과 「민요의 종류」에 할애하여, 전자에 대해서는 주로 하가 야이치의 강의에서 얻은 지식에 의하여(각주 86) 노동과 무도라는 두 가지 경로로 설명하고, 후자에 대해서는 이 기원설에 적합한 분류안을 제시한다. "노동에 수반되는 것"과 "무도에 수반되는 것"의 두 부분을 기본으로 하여, 노동 내지 무도의 종류·기회에 따라 다시 하위의 분류를 행한다는 정연한 체계이다. 야나기타 쿠니오의 분류는 이 이원적 체계를 일원화한 것이라 할 수 있다. 『민요각서』(창원사, 1940)에 정리된 야나기타의 안은 유행가를 배제해야 한다는 것이 강조된 점과, 놀이가 작업의 일종으로 간주된 점에 특징이 있다.

민요시의 연원 연구 일반(ゲエテが民謠詩の遡源研究一斑)」(『시라유리』 13-3, 논설)을 실어, "근래 문단의 일부에서 민요 연구의 소리가 심히 커지는 시절을 만나, 괴테의 민요시에 대해 그 연원 연구를 시도하는 것도 전혀 헛된 일이 아니라는 것을 믿는다"고 전제하고, 십여 편에 대해 원가(原歌)와의 관계를 검토했다. 여기에서 말하는 '민요시'란 '민요 그 자체'와 '민요풍의 시가'를 포함하는 용어로, "괴테의 민요시는 엄격히 말해서 실은 민요풍의 기교시가 아닌 것이 없다"고도 쓰여 있다.

우에다 빙은 1874(명치 7)년생, 시다는 그 2년 후, 사쿠라이는 그 3년 후에 태어났다. 〈속요〉 논의는 점차 초기의 혼란을 탈피해, 실증적인 엄밀함을 갖추게까지 되었다. 그것은 역으로 말하면, 근저에 가로놓인 환상이 점차 보이지 않게 되었다는 것이기도 하다.

'환상'이라고 지금 썼다. 있지도 않는 일을 있는 것처럼 느끼는 것이 통상의 환상이라면, 이 경우의 환상에는 좀더 복잡한 면이 있었다. 왜냐하면, 운동의 담당자들은 국민문학을 한편으로는 장래의 목표로 삼고 현재에 있어서의 부재에 노골적인 짜증을 내기조차 하면서도, 한편으로는 그러한 과거의 영광을 자랑스럽게 말하는 모순된 태도를 취하고 있었기 때문이다. 국민문학이란, 즉 아직 존재하지 않는 대신에 태고부터 존재한 문학인 것이다. 태어나기 전에 이미 수천 년의 세월을 거듭했다는 너무나도 이상한 요괴를 상대로, 그들은 정열적인 언론이나 착실한 연구를 쌓아 올리고 있었던 것이다. 논점 ㉣에 입각해서 확인해 보자.

원래 민요가 국민문학의 중요한 산물로서 문학·사학·어학 등에 다대한 가치를 가지는 것이 알려지고 나서, 그 채집은 독실한 학자에 의해 진척되고 있으면서도, 불행히도 지금까지는 아직 문구(文句)의 채록에 그치고, 그 악보를 제시하는 경우는 극히 소수의 예외를 제외하고는 거의 없다고 말해도 과언이 아니다.
— 레이슈우≪아스기 사다토시≫, 「민요의 채록에 대해」, 『제국문학』 13-5, 잡보

‘민요’가 국민문학의 ‘산물’이기 위해서는 ‘국민문학’이라는 것이 이미 존재해 있지 않으면 안 된다. 야스기가 그 점을 자각하고 있었던 것은 같은 필자의 「러시아문학 중의 국민서사시(露西亞文學に於ける國民敍事詩)」(『제국문학』 13-1·2, 논설)에서 확인할 수 있다. 이 논문에는 “‘슬라브’ 민족은 원래 민요리가의 국민문학적 산물이 풍부한 인종이어서”라고 운운하면서,

> 러시아의 국민문학은 다른 국민문학에서와 마찬가지로, 서정적인 것과 서사적인 것으로 대별된다. 민요 중의 서정시는 관혼상제의 사기(四期) 전환 시절 등에 부르는 것으로 러시아 국민은 특히 이것이 풍부하여, 지금까지 이미 상당히 많은 수가 채집되었고, 현재에도 여전히 채집되고 있다.

고도 했다. 러시아에 ‘국민문학’이 있는 이상, 일본에도 그것이 있어서 당연하다는 것이 야스기의 주장이었을 것이다. 창간호의 「서사」에 타카야마 쵸규우 등이 “아아, 국민문학. 이것은 이미 마땅히 있어야 함에도 불구하고, 여전히 아직까지 보이지 않는 것은 아닐까”라는 절규에 비해 얼마나 큰 차이인가.

더욱이 야스기만이 특수한 견해를 가지고 있었던 것은 아니다.

예를 들면 일본에서 처음으로 ‘문학사’를 내건 서적인 미카미 산지·타카츠 스키사부로오의 『일본문학사(日本文學史)』[금항당(金港堂), 1890][117]는 “서양 각국에 존재하는 문학사”를 모방해서, “국민으로 하여금, 자국을 애모하는 관념을 심화하”기 위해 “자국문학의 광휘를 발양”할 것을 주 동기로 쓰였다. 이같이 과거의 ‘자국’문학을 국민의 공유재산으로 간주하는 것은 대개 문학사라는 것이 기술될 때의 자명한 출발점이었다.

---

117) 미카미, 타카츠는 화문과(和文科 → 1889년 국사학과와 국문학과로 나뉨) 졸업. 미카미는 후에 『대일본사료(大日本史料)』·『대일본고문서(大日本古文書)』의 편찬을 주도한 인물. 테느, 막스 밀러 등의 제설을 인용하는 등 서양문학사의 체제, 서술을 모방하여 과학적인 연구를 목표로 삼았다. (역주)

반대로 말하면, 그러한 입장에서 쓴 '일본문학사'가 계속 출판되었던 1890년대란,[118] 고대의 귀족들의 문학과 근세의 쵸오닌(町人 → 에도시대의 도시 상공인)들의 문학이 비로소 동일한 시점에서 조감되어, 둘 다 일본 국민의 문학으로 공통의 가치를 부여받아 가는 시기였던 것이다. 하가 야이치의 『국문학사십강』에는 다음과 같이 쓰여 있다.

> 역대 각종의 문학은 각각 그 시세(時世)를 반영하여, 오늘에 이르기까지 아직 살아 있습니다. 카키노모토노 히토마로(柿本人丸 → 『만엽집』의 대표가인)나 키노 츠라유키(紀貫之 → 『고금집』의 대표가인 및 편찬자), 무라사키 시키부[紫式部 → 『겐지 이야기(源氏物語)』의 작자], 세이쇼오 나곤[淸少納言 → 『베개책(枕草子)』의 작자], 치카마츠 몬자에몽(近松門左衛門 → 대표적인 죠오루리, 카부키 각본가), 쿄쿠테이 바킹[曲亭馬琴 → 에도시대 대표적인 대중소설인 게사쿠(戲作)의 작자] 등 역대의 문학자는 결코 아직 죽은 것이 아닙니다. 그 남긴 노래나 글은 국어가 존재하는 한 생명을 유지하여, 언제까지나 사람들의 마음을 움직이고 언제까지나 후대의 문학에 영향을 끼칩니다. 역대의 문학은 실로 국민의 문화의 꽃으로 국민의 보물입니다. 우리들이 삼천 년 전에 전래된 이 보물을 가지고 있는 것은 동양의 고국(古國)다운 증거로 콧대가 높은 바입니다.

다 아는 사실을 굳이 쓰자면, 나라(奈良)시대의 농민 중에 『만엽집』을 읽은 자는 한 사람도 없다. 설령 어떤 계기로 그 두루마리를 손에 든 자가 있었다 하더라도, 그들은 애당초 문자를 해독할 수 없었다. 『고금집(古今集)』이나 『겐지 이야기(源氏物語)』라 해도, 열도의 주민 대다수로부터 오래도록 무관한 상태로 있었던 사정은 거의 똑같은 것이라고 해도 좋

---

118) 마츠우라 사다토시(松浦貞俊), 「명치 20년대의 국문학사에 대해(明治二十年代の國文學史に就て)」, 『국어와 국문학』 19-10, 1942.10 참조. 1892(명치 25)년에 "사범학교령이 개정되어 국어과 안에 문학사가 부과되었"기 때문에 "이 이후 많은 중학교과서용 문학사가 기술되었다"는 주목할 만한 지적이 있다. 「명치 30~40년 간행 국문학사서 약목록(明治三十年—四十年刊行國文學史書略目錄)」도 부록으로 실려 있다. 그런데 이 지적은 실은 정확한 것이 아니며, 이때의 개정은 칙령이 아니라, 문부성령에 의한 것이다. 문학사와 교육제도의 관련에 대해서는 각주 133의 별고를 참조하기 바람.

을 것이다. 단, 치카마츠 쯤부터는 동시대에 상당히 많은 향수자를 가졌지만, 그 대신 그의 심중물(心中物→사랑하는 남녀의 동반 자살을 주제로 한 죠오루리, 카부키)은 당시의 위정자의 눈에 풍속 문란으로 비쳐 통제의 대상이 되기조차 했다.

이것들이 '국민의 보물'이 된 것은 말할 나위도 없이 근대의 사항에 속하며, 그를 위해서는 교육제도와 출판 산업의 근대화가 불가결한 전제를 이루었다.119) 그뿐 아니다. '국민의 보물'을 기꺼이 받아들이게 하려면, 그것이 정말로 '보물'이라 부르기에 합당한 것이며 절대로 낡은 잡동사니 따위가 아니라는 것을 상대에게 납득시킬 필요가 있다. 하가로 대표되는 당시의 문학사가들은·이 사업에 가장 정력적으로 몰두한 사람들이다. 더구나 그들의 담론에서는 '보물'을 받아들이는 것도 '국민'이거니와, 일찍이 그것을 만든 것도 '국민'이라고 여겨졌다. 위의 "다 아는 사실", 우에다가 말하는 "비탄해야 할 예술의 분열"을 한편으로 인정함에도 불구하고, 글쓴이는 이 용어법을 포기하지 않았던 것이다.

국민문학운동의 첫 번째 측면, 즉 고유한 국민성 내지 민족성의 탐구 (㈎)는 이러한 문학사에 대한 지향과 본래 밀접히 연결되어 있었다. 국민문학을 "아직까지 보이지 않는 것"이라 한 타카야마 자신만 해도 「치카마츠 소오린시의 인생관」(『제국문학』1-2) 등을 집필한 것은 치카마츠의 문학에 국민사상의 일단을 추구해서였다. 보다 단적인 논고로는 자주 드는 사카이가와의 「문학사 편찬 방법에 대해」가 있는데, 종래의 문학사 기술이 "시문의 변천"과 "문호의 열전"으로 일관해온 점에 불만을 나타내고, '일본문학'이 아니라 '일본 국민문학'을 대상으로 하는 문학사를 요구하고 있었다. 글 중에 '일본 국민문학'은 "정신으로나 형체로나 일종의 고유한 특징을 가지고 있어서, 이것에 비추어 보면 쉽게 다른 국민문

---

119) B. 앤더슨, 『상상의 공동체(想像の共同體)』, 리브로포트(リブロポート), 1987《원서 1983》 참조. 이 책에서는 출판어(出版語), 국민의식, 국민국가의 관계에 관한 세계사적인 제유형의 정리가 보인다.

학과 식별할 수 있는 것"을 가리킨다고 하고,[120] 이어 '전설, 찬가(讚歌), 속담, 속요'도 "국민문학의 범위에 들어갈 만한 것"이라 주장한다(제3절에 인용).[121] 이들 민간전승이 풍부한 "한촌벽읍(寒村僻邑)은 국민문학사 편찬의 절호의 도서관"으로, "문학사가(家)이고자 하는 자는 문학사의 반을 문헌에서 생각한 후, 표연히 시낭을 메고" 채집에 나서야 한다고 하기도 한다.

국민문학이, 적어도 잠재적으로는 이미 존재하는 것, 하지만 그 존재는 국민의 문학사가 마땅히 기술되어야 비로소 인지되는 것, 그리고 그

---

120) 역으로 테이호생(鼎浦生)≪오야마 토오스케(小山東助 : 1879~1919. 평론가)≫, 「국민문학사의 편술에 대해(國民文學史の編術に就て)」(『제국문학』 11-4, 잡보)는 '일본문학사'와 '국민문학사'를 등가로 보고, '국어문학사'는 그 일부를 이루는 것에 지나지 않으며, 한문학이 '국민문학사' 중에 점하는 지위에 대해 주위를 환기한다.

121) '속담'의 수집이 재빨리 실천에 옮겨진 것에 대해서는 이미 언급했다. '전설' 내지 신화에 관해서는 일찍이 쿠메 케이이치로오(久米桂一郎 : 1866~1934. 명치 후기의 서양화가), 「'미톨로지(mythology)'는 서양 미술의 연원('ミトロジー'は西洋美術の淵源)」(『제국문학』 2-5·6·7·8·9, 논설)이 있다. 3년 후에 아네사키 마사하루, 「스사노오노미코토의 신화전설(素盞嗚尊の神話傳說)」(『제국문학』 5-8·9·11·12, 논설)이 연재되자, 이어서 타카기 토시오(高木敏雄), 「스사노오노미코토 폭풍신론(素尊嵐神論)」(『제국문학』 5-11·12, 논설)이 나타나, 양자 사이에 응수도 오고 갔다[아네사키, 「언어학파 신화학을 평하며 타카기군의 스사노오노미코토 폭풍신론에 이름(言語學派神話學を評して高木君の素尊嵐神論に及ぶ)」(『제국문학』 6-1, 논설), 타카기, 「폭풍신론 불가능설에 답하여 필자의 입각지를 명확히 함(嵐神論不可能說に答へて自己の立脚地を明にす)」(『제국문학』 6-2, 논설)]. 타카기의 신화론은 다시 「하고로모전설 연구(羽衣傳說の研究)」(『제국문학』 6-3), 「우라시마전설 연구(浦島傳說の研究)」(『제국문학』 6-6), 「일본설화의 인도 기원에 관한 의문(日本說話の印度起源に關する疑問)」(『제국문학』 7-3), 「오오쿠니누시신의 신화(大國主神の神話)」(『제국문학』 7-5·6·7)로 이어져 「일본신화학의 역사적 개관(日本神話學の歷史的槪觀)」(『제국문학』 8-5)이나 「일본신화학이 건설(日本神話學の建設)」(『제국문학』 8-9·10·11, 9-2·5·7)로 체계화되고(이상 모두 논설), 『비교신화학(比較神話學)』(박문관, 1904)으로 정리되어, 일본의 근대적 신화학의 출발점이 되었다. 그뿐만이 아니다. 타카기의 하고로모전설은 곧바로 반향을 불러 우에다 빙의 「하고로모전설 수종(羽衣傳說數種)」(『제국문학』 6-6), 오카쿠라 요시사부로오(岡倉由三郎 : 1868~1936. 영문학자. 어학자)의 「류우큐우에 전해지는 하고로모전설(琉球に傳はれる羽衣傳說)」(『제국문학』 6-7), 신무라 이즈루(新村出 : 1876~1967. 언어학자. 일본어학자)의 「하고로모전설 습유(羽衣傳說拾遺)」(『제국문학』 6-8)가 뒤를 이었다(모두 잡록). 이 같은 조류의 배후에 일본민족의 기원에 대한 관심이 존재한 것은 재언할 필요도 없지만, 거기에는 또한 국민적 연극 내지 오페라 창출에 대한 기대도 따른 것 같다.

기술이 적절한 내용을 갖추기 위해서는 〈속요〉 등에 무게를 둘 필요가 있는 것, 이러한 점들은 국민문학의 부재라는 운동에 동기를 부여한 인식과는 반대로, 실은 초창기부터 의식되어 온 사항인 것이다.

모순이나 혼란은 결국 운동의 기본방침 그 자체에서 단을 발한 것이 될 것이다. 회원들은 국민문학의 창출이 가능하다는 것을 보증하기 위해, 그 근거를 과거의 문학이나 사상에서 찾았다. 그러자 그것은 발견되었다. 노력이 결실을 맺었기 때문이 아니라, 발견될 필요가 있었던 것이다. '용주'되지 않으면 도저히 쓸만한 것이 못 되는 우리의 '국민성'은 이리하여 동시에 위대한 활력을 감추고 있는 것이 '증명'되었다. "심원 고대한 사상을 읊은 시편이나, 국민을 대표할 만한 훌륭한 희곡 등은 아직 우리들은 가지지 못"하며, "국가(國歌) 같은 것은 단지 꽃꽂이라든지, 향을 피우는 등의 놀이와 큰 차이가 없는 것"이었음에도 불구하고, 국민은 동시에 삼천 년이나 된 '국민의 문화의 꽃', '국민의 보물'을 가지고 있다고 여겨져 "콧대가 높은 바"가 되었다.122)

회원들은 미래의 '국민성'에 대한 꿈을 과거로 향해 투사하고 거기에 상을 맺은 환영에 격려되어, 더더욱 확신을 가지고 임했다. '국민'이나 '국민문학'이 양의적인 용어가 되지 않을 수 없었던 것은 거기에 그들의 현상 인식과 사명감이 이중으로 담겨져 있었기 때문이다.

시다의 「개론」을 다시 보자. 그는 독일의 문학자들의 사적을 회고하는 정해진 절차를 밟은 후 일본과 중국에서도 일찍이 이것과 유사한 시도는 행해졌다고 하면서 『제국 봉춤 창가(諸國盆踊唱歌)』(山家鳥蟲歌) 등을 드는

---

122) 단 이 책의 하가의 용어법으로는 '국민문학'은 명치의 현대에 창시되어야 할 문학만을 가리키고, 과거의 일본문학에는 적용되지 않는다. 그 '국민문학'을 포함하는 일본의 문학의 총칭으로는 표제에도 있는 '국문학'이 일관해서 사용된다. 그렇다고는 해도 하가는 과거의 '국문학'에 나타난 '국민'의 성질이나 사상 감정에 대해서는 자주 언급하고 있으며, '국민'을 몰역사적인 개념으로 사용하는 점에 있어서는 다른 논자와 마찬가지이다. 역으로 일본의 과거의 문학에 '국민문학' 개념을 적용시킨 저작으로는 후지오카 사쿠타로오(藤岡作太郎)의 『국문학사강화(國文學史講話)』(부산방, 1908), 사사키 노부츠나의 『와카사의 연구』(각주 133 참조) 등이 있다.

한편, 종래의 성과는 주로 "지나류의 윤리사상"이 악 영향을 미쳐 "민요
와 기교시의 구별을 소홀히" 했던 불완전한 것이 되어 버렸다고 하며,

> 그렇다면 우리들은 우리의 신의의(新意義)를 가지고 재료의 조사를 시도해,
> 진정한 의미의 역사적 민요집의 완성을 기하지 않으면 안 된다. 이하 약간 이
> 에 대한 사전조사를 해 보자.

라고 선언하고는 종래의 가요집에 미수록된 "다소 정리된 자료"를 열거
해간다.

> 첫 번째로 취해야 할 것은 『만엽집』 권14의 아즈마노래(東歌)일 것이다. 이것
> 은 『만엽고(萬葉考)』[123]에도, "권14는 국풍(國風)인 아즈마노래"라고 하듯이,
> 지나(支那)에서 말하는 국풍 즉 토오고쿠(東國) 지방의 민요였을 것이라고 생각
> 한다. 그러나 해당 권 중의 노래가 그 풍체에 있어서 대부분 다른 권들과 다르지
> 않은 것은 아마도 이 가집의 편자가 다른 권과의 균형상, 애초부터 그 같은 우
> 아한 것을 뽑았기 때문일 것이다. 예를 들면 『고금집』 중의 아즈마노래가 모두
> 서른한 자의 노래이며, 게다가 그 풍체가 거의 가집 안의 다른 것과 다르지 않
> 다는 동일한 이유에 기초한 것이라 생각한다. 물론 해당 권 중의 노래에는 고
> 금집의 아즈마노래와 마찬가지로, 지방의 민요가 아니라 실은 가인이 읊은 것도
> 있겠지만, 대체로 민요로 보아 무방할 것이라 생각한다.

이같이 시다는 우선 『만엽집』의 「아즈마노래」에 주목했다. 위에 인용
한 부분이 「아즈마노래」에 관한 그의 기술의 전부이다. 이것은 또한 「아
즈마노래」 연구사상, 그 본질을 '민요'로 규정한 첫 번째 기술이기도 했
다.[124]

---

123) 『만엽집』의 주석서. 카모노 마부치(賀茂眞淵) 지음. 『만엽집』의 가풍[진솔, 웅건(남성
   미) 등]의 부활에 몰두한 저자의 성과물 중 하나로, 근세 국학의 발흥을 재촉한 기념비
   적 저작. (역주)

124) 이보다 일찍 이케타니《나중에 나가이(永井)》 히데노리(池谷一孝)의 강술(講述)에 의한 토
   오쿄오전문학교(東京專門學校)의 강의록 『일본문학사(日本文學史)』(1897)는 「사키모리

「아즈마노래」의 연구사는 그 후 약 반세기에 걸쳐, '민요인가 아닌가'
라는 단순한 양자택일 앞에서 사실상 정체에 만족하게 된다. 많은 논자
가 '민요'설에 섰지만, 그들은 '민요'와 비'민요'를 분간할 지표를 명시
하지 못했고, 그들을 비판한 소수의 논자도 이 점에서는 큰 차가 없었기
때문에, 요컨대 쌍방이 주관적인 주장을 반복한 것에 지나지 않았으며,
그 사이 「아즈마노래」에 관한 인식은 전혀 깊어지지 않았다.125) 이 정체
의 싹은 게다가 논의의 발단이 된 시다의 발언 그 자체에 이미 배태되
어 있었다.

실제로 시다의 기술은 「아즈마노래」를 '민요'로 파악할 만한 적극적인
근거를 무엇 하나 제시하지 못했다. "토오고쿠 지방의 민요였을 것이라고
생각한다"는 판단에는 과연 카모노 마부치의 발언이 참조되어 있기는 하
지만, 자기가 바로 전에 행했던 지적, 종래의 『시경』적 가요관이 선인의
'민요' 이해를 자주 저해해왔다는 지적이, 여기에서는 일변해서 파기되고,
앞의 지적에 비추어 보면 불완전하기 짝이 없는 마부치의 견해만을 근거
로 위의 판단이 도출된 것이다. 게다가 이어서 음미되는 것은 두 가지 다
위의 판단에 있어서는 불리한 재료가 아닐 수 없다.

첫 번째 것으로 드는 '풍체'는 다소 알기 어렵지만, 가풍이 정형단가

노래」·「아즈마노래」의 언어의 "약간 이상한 스타일"을 "속요가 그렇게 만든 것"이라
고 했는데, 그 가풍에 대해서는 "고아함은 도인사(都人士)의 작품에 뒤쳐지지 않는 노
래가 있다"고 하여, 이후의 '민요'설과는 대조적인 파악을 나타내고 있었다. 같은 기술
은 다수 존재하는 같은 책의 개정판이나, 와다 망키치(和田萬吉)·나가이 히데노리 편,
『국문학소사(國文學小史)』, 교육서방(教育書房), 1899에도 보인다.
125) 「아즈마노래」의 연구사에 대해서는 시나다 요시카즈, 「아즈마노래의 문학사적 위치
정립은 어떠한 시야를 여는가(東歌の文學史的位置づけはどのような視野をひらくか)」,
『국문학(國文學)』 35-5, 1990.5 참조. 단, 이 논문의 일부 "'민요' 개념의 도입이 본래 동
시대의 '민요창작운동' …… 에 촉발된 듯하다는 것, 그러한 공기를 반영하여 다분히 낭
만적인 편향을 동반한 것"은 선행 연구를 그대로 받아들인 기술로 명백한 오류이다. 이
에 철회하고 "'민요' 개념이 본래 명치 후기의 내셔널리스틱한 운동의 와중에 이식되어,
당초부터 '국민' 내지 '민족'에 대한 희망이나 몽상을 짊어졌던 것, 게다가 이것을 이어
받은 대정(大正)기의 '민요창작운동'이 그 희망이나 몽상을 한층 낭만적인 색채로 물들
여갔던 것"으로 정정한다.

라는 형식에 의해 규정되고 있는 점을 가리킨다고 보아 틀림이 없을 것이다. 「아즈마노래」가 전부 다른 권의 귀족의 노래들과 같은 형식으로 되어 있다는 사실은 10년쯤 후에 일부의 학자가 「아즈마노래」 비'민요' 설을 제창했을 때에는 가장 중요한 증거로 여겨진 사항이다.[126]

시다는 정직하게도 자신의 판단이 이 사실에 의해 번복될 가능성을 묵살하지 않았다. 하지만 동시에 이것을 정당하게 기각시킬 수는 없었다. 그가 제시할 수 있었던 것은, 다른 권과의 밸런스를 고려한 편집자가 단가(短歌)만 선택했을 것이라는 근거가 없는 착상에 지나지 않는다. 시다는 여기에서 불식간에 『고금집』의 「아즈마노래」를 비유로 내걸었기 때문에, 억측을 더하는 결과가 되었지만, 『고금집』에 대한 문제는 오히려 옆길로 쳐서 너그러이 보아야 하겠다. 핵심은 이렇다. 정형단가만이 선택되었다는 가정에 선다면, 채에 걸러지기 이전의 노래들에 대해 거기에 이러한 형식의 노래가 일정 비율로 존재했다는 것을 승인하지 않으면 안 된다. 그러면, 그러한 본래의 정형단가는 도대체 '민요'였던가. 시다의 착상은 이론상 이러한 새로운 의심을 불러일으킬 성질을 띠고 있었을 터이다. 게다가 시다는 표현 내용에 비추어 "지방의 민요가 아니라 실은 가인이 읊은 것도 있을 것"이라는 것을 인정하고 있기도 하다.[127]

---

126) 츠다 소오키치(津田左右吉 : 1873~1961. 역사가. 사상사가), 『문학에 나타난 우리 국민사상의 연구―귀족문학의 시대(文學に現はれたる我が國民思想の研究 貴族文學の時代)』, 토오쿄오낙양당(洛陽堂), 1916; 타케다 유우키치(武田祐吉 : 1886~1958. 일본문학자), 『상대국문학의 연구(上代國文學の研究)』, 박문관, 1921. 단, 나 자신은 '민요'성뿐만 아니라 재지(在地)성 자체도 원칙적으로 부인하는 입장에 서서, 「아즈마노래」를 8세기에 고유한 '귀족문학의 지류'로 규정한다. 이것은 종래의 '민요'설·비'민요'설, 또는 그 수정으로 '민요'적 집단가요설·재지창작가설 중 어느 것과도 무관한 입장이다. 시나다 요시카즈, 「아즈마노래의 문학사적 위치 정립은 어떠한 시야를 여는가」, 『국문학』 35-5, 1990.5 참조.

127) 『만엽고』는 「아즈마노래」 첫머리의 5수에 대해 "여기에 실린 5수 중에, 처음 2수와 마지막 1수는 아즈마풍이 아니라, 도읍에서 오랜 동안 근무하고 돌아온 사람이 아즈마에서 부른 노래인 고로 여기에 넣은 것이다. 이러한 예는 아래에 많다"고 한다. 이러한 선구적 발언도 시다가 의식하는 바였을 것이다.

하지만 그는 이러한 점들에 대해서는 이미 어떠한 검토도 더하려 하지 않고, "이지만, 그러나 대체로"라는 억지 어법과 함께, 또다시 첫 번째 판단으로 뒷걸음쳐 버린다.

즉, 시다는 확증이 없는 것을 어렴풋이 깨달으면서도 자기의 판단이 무너지는 것을 기피해서, 집 위에 쓸데없이 다시 집을 짓는 식으로 자의적인 변명을 늘어놓은 것에 지나지 않는다. 「아즈마노래」는 '민요'라고 판단한 것이 아니라 애당초 그렇게 정해져 있었던 것이다. 왜냐하면 "역사적 민요집"의 "다소 정리된 자료"를 제시할 필요가 있었기 때문이었고, 또한 그것이 그의 사명이었기 때문이다. 이유는 그 외에 없다.

시다는 과거의 문헌, 그것도 가능한 한 오래된 문헌에서 가능한 한 다량의 '민요'를 발견해야 하는 입장에 있었다. 그래서 그는 그대로 했고, 곧바로 결실을 거뒀다. 이어서 『만엽집』의 다른 권에서도 11수의 '민요'가 발견되고, 헤이안(平安)시대[128]의 궁정에서는 사이바라(催馬樂 → 헤이안시대에 번성한 궁정가요. 당시의 민요에 당악의 멜로디를 붙인 것으로 파악함), 아즈마놀이(東遊 → 토오고쿠 지방의 민간 가무가 궁정에 채용되어 헤이안시대에 행해진 가무로 해석), 풍속가(風俗歌 → 제지방의 민요가 궁정 및 귀족사회에 받아들여져 연회 등에서 불린 것이라 함), 그리고 『고금집』의 「아즈마노래」 등등이 나타났다. 천우(天佑)는 이다지도 눈부셨으므로, 섣불리 의심해서는 안 되었다. 확신에 찬 그의 논법은 어떤 '민요'에 대해서도 대동소이하게 되었다. 불충분했을 터인 과거의 가요집에서 '민요'의 실례가 쉽게 석출되는 것도 당연한 결과였다. 과거의 '민요'는 이렇게 해서 '발견'되고, 정확히는 '발명'되었다.[129] 필요야말로 발명의 어머니였던 것이다.

주의해야 할 것은 이전부터 『만엽집』에 부여되어 온 특별한 지위가

---

128) 캄무(桓武) 천황의 헤이안(平安 → 쿄오토) 천도(794)에서 카마쿠라(鎌倉 → 지금의 토오쿄오 부근) 막부의 성립(1191)까지의 약 400년 간의 귀족문화가 발달했던 시대. (역주)
129) E. 홉스보움·T. 렌져 편, 『만들어진 전통(創られた傳統)』, 키노쿠나야서점, 1992(원서 1983) 참조. 부기도 참조 바람.

이 발명에 의해 이제 굳건한 것이 되었다는 점이다. 특별한 지위란 다음
과 같은 것이다.

> 나라죠(奈良朝)는 와카의 시대. 위로는 천자에서 아래로는 필부에 이르기까지,
> 모두 노래 부르지 않는 자가 없었다. 이에 그 정수(精粹)는 『만엽집』에 실려 있는
> 것이 바로 그것이다. 무릇 고사기, 일본서기의 찬정(撰定)은 우리 국사의 효시요,
> 『만엽집』은 국문의 교초(翹楚)이니, 나라죠야말로 진정 우리 국문학사의 여명
> 이라고 해야 할 것이다.
>
> — 미카미 · 타카츠, 『일본문학사』, 1890

"위로는 천황에서 아래로는 이름도 없는 서민에 이르기까지"라는 문
구는 『만엽집』에 관해, 과거 백 년 간 과연 몇 번 정도 외쳐졌을까. 각지
의 학교에서 이 가집의 가치가 설파되었던 기회를 생각해 보는 것만으
로도, 상상도 할 수 없을 정도로 방대한 횟수였던 것을 알 수 있다. 대다
수의 사람들 — 나 자신을 포함해서 — 은 실제로 원전을 손에 쥐기 전에
이 상투구를 입력당해 버렸고, 그 결과, 두 가지의 선택지를 강요당해왔
다. 하나는 미리 '국민적 가집'이라는 고정관념을 가지고 이 서적과 사
귀는 것, 또 하나는 스스로 읽어 본 적은 없어도, 『만엽집』이 '일본인의
마음의 고향'이라는 것만을 인지하고 있는 상태를 계속하는 것이다. 『소
화만엽집(昭和萬葉集)』[강담사(講談社), 1980]의 성공130)은 이 환상이 최근까
지 효력을 발휘하고 있었던 것을 나타내고 있다.

확실히 『만엽집』에는 「아즈마노래」나 「사키모리노래」가 있다. 「치쿠
젠국(筑前國) 백수랑(白水郎 → 어부)의 노래」라든지, 「걸식자(乞食者)의 노래」
등도 있다. 이것들의 존재를 염두에 둘 때, 위의 문구는 사실을 소박하

---

130) 소화가 시작된 1926년부터 75년 간에 가집이나 동인지에 발표된 단가를 모은 가집.
  국민적인 앤솔러지로 강조됨. 특히 출정 병사들의 단가는 때마다 신문 칼럼 등에 등장
  하여, 소화를 함께 살았던 일본인, 운명공동체로서의 일본 국민이라는 의식을 환기시켜
  왔다. (역주)

게 귀납해서 얻어진 것 같은 인상을 준다. 하지만 사정은 그렇게 단순하
지 않았다.

사카이가와의 「문학사 편찬 방법에 대해」는 논점 ㉠, ㉣에 관한 앞의
인용 부분 "고로 시인은 …… 충분할 것이다"를 받아서 다음과 같이 말
한다.

> 반대로 우리 근세의 시인을 보면, 초연고거(超然高擧)하고 아순(雅醇)을 받들
> 어 고결(高潔)을 다투며 평민을 멸시하여 함께 이상을 나누기에 부족하다고 하
> 니 …… 그 시문은 고묘(高妙)하지만 막연하여 세상과 어울리지 않고 혜택을 생
> 민(生民)에게 나누는 것이 크지 않음은 상고(上古)의, 위로는 고귀한 천자로부
> 터 아래로는 미천한 필부에 이르기까지 정을 읊고 의(意)를 통함에 완곡화려(婉
> 曲華麗)한 언어로 하고, 융마초졸(戎馬草卒)할 때에도 노래로 응답하고 노래로
> 전장에 임하는 풍모가 있었음에 비해, 그 풍속의 추이에 있어서 고금의 단절이
> 심함은 실로 천양지차라고 해야 할 것이다. 우리들은 독일의 문학서를 읽고 청건
> 호걸(淸健豪傑)한 속요가 풍부한 것을 보았고, 또한 우리 상대(上代)의 미풍이
> 이와 같았던 것을 떠올릴 때마다, 일찍이 근세시인의 누(陋)를 비웃어 빨리 이
> 누습에서 탈피해 민(民)과 함께 노래하는 시기의 도래를 바래 마지않는다.

독일의 '속요'가 "민과 함께 노래하는 시기"의 도래를 한 발 앞서 실
현하여 국민문학건설의 모범을 제시하고 있는 데 대해, 일본에서는 '근
세 시인'의 '누습' — 우에다 빙의 "비탄해야 할 예술의 분열" — 이 남아
있어, 이 사업의 행보를 저해하고 있다. 하지만 '우리 상대의 미풍'을 떠
올리면 우리 국민에게 이 장애를 제거할 능력이 없을 리가 없다고 인식
되었다. 상투어구 "위로는 고귀한 천자로부터 아래로는 미천한 필부에
이르기까지"의 이면에는 국민문학을 이미 소유하는 (것처럼 보이는) 독
일이나, 다른 유럽 제국에 대한 콤플렉스가 잠재되어 있었던 것이다. 이
것을 하가 야이치의 독일 유학중에 쓴 글에서도 확인할 수 있다.[131]

---

131) 아오키 쇼오키치의 앞에 든 「속요를 논함」에도, "동서(東西)가 그 추세를 달리 하고

이 땅에 들어와서 감동한 바는 위로는 왕후에서 아래로는 백성에 이르기까지 동일한 문학, 동일한 음악을 즐길 수 있는 것에 있습니다.
— 1901년 9월 5일부, 세키네 마사나오(關根正直)에게 보낸 서간, 『하가야이치선집(芳賀矢一選集)』7, 국학원(國學院)대학, 1992

국민문학에 대한 꿈의 중핵에 독일의 〈속요〉가 있고, 그 과거로의 투영으로, 국민문학사에 있어서의 '상대의 미풍'이 있었다. 단, 운동의 초기단계에서는 일본의 〈속요〉의 구체상 자체가 불명확했기 때문에, '상대의 미풍'을 과거의 〈속요〉와 결부시키려는 생각도 아직 확실히 주장되지는 않았다. 사카이가와가 상투어구에 이은 문구 "정을 읊고 의를 통함에 완곡화려한 언어로 하고"는 민중적인 문화의 칭찬으로는 어울리지 않다고 할 수밖에 없고, "융마초졸할 때에도 노래로 응답하고 노래로 전장에 임하는 풍모가 있었음"132)에 이르러서는 『만엽집』의 노래와 『고사기』·『일본서기』의 가요를 동렬에서 바라보는 성급함조차 지적된다.

『만엽집』의 내부에 '민요'가 발견된 것은 이 맥락에서 정말로 획기적인 의의를 가졌음에 틀림없다. 이제야 문학사의 구멍은 메워졌다. 고대의 귀족들이 편찬한 이 가집은 국민 각층의 노래들을 결집했을 뿐만 아니라, 자연발생적인 민중의 가요까지 수록하고 있었던 것이다. 그 가요들은 '미천한 필부'의 어두운 중얼거림의 흔적이기는커녕, 국민문학의 기초가 될 만한 민족의 가성(歌聲)의 실례이며, 그것이 고대의 마을마다 살아서 울려퍼지고 있었던 증거였던 것이다. 게다가 귀족들의 창작가조차, 이 '민요'와 동일 형식을 공유하고 있지 않은가. 이렇게 『만엽집』은

고금이 필히 성쇠(盛衰)한다고 해도, 위로는 고귀한 왕후귀인부터 아래로는 비천한 농부에 이르기까지, 각기 계층에 적당한 언어로 다양한 시재(詩才)를 발휘하여, 이로써 국민문학의 미를 이룩하는 것은 궤를 같이 한다"고 되어 있다.

132) 『일본서기』 및 『고사기』에 실린 가요인 「쿠메가(來目歌)」에 대한 설명. 「쿠메가」는 짐무(神武) 천황의 야마토[大和 → 지금의 나라(奈良)현] 평정시에 저항 세력과의 전투에서 불린 노래. 명치기에 부활되어 지금은 궁내청(宮內廳) 악사에 의해 아악의 가곡으로 연주되고 있다. (역주)

고대의 국민적 가집이라는 가치에 더해, 민중문화에 기초한 민족의 기념비라는 가치까지 부여되어, 한층 역사의 저편으로 몰고 가게 된다.[133]

이후의 연구자가 오랫동안 시다의 「아즈마노래」 파악에 얽매일 수밖에 없었던 것은 여기에 의심을 품는 것이 문학사상의 『만엽집』의 가치나 그것을 포함함으로써 이룩된 문학사의 틀 자체를 위협하는 것이기 때문이 아니었을까.

이상의 논점 ㉠, ㉢, ㉣에 관해서 기술해온 사항을 회고하면서, 그것들을 다른 각도에서 정리해 보자.

운동의 과정을 통해 〈속요〉 논의를 리드해온 것은 우에다 빙이었다. 우에다는 국민적 예술 창출의 전제에 '예술의 분열'의 극복을 두며, 이 과제에 대응하는 길은 '민중'의 '취미'를 존중하는 방향에 있다고 생각했다. 새 시대의 예술은 '민중'의 감성에 의거함으로써 비로소 국민에 대해 상호의 일체감을 환기할 수 있다. 이 전망에 선 우에다에게 '민중'이라는 개념은 국민 중의 다수파로서의 '평민'과 겹치는 것 이상으로,

---

133) 『만엽집』의 폭넓은 작자층이라는 관념은 원래 '(신들이나) 황족·귀족으로부터 발한 풍아의 도(道)가 일반서민에게도 확대되어 갔다'는 이미지로 받아들여졌다. 이러한 이미지는 본고에서 문제삼은 '민요' 개념이 아카데미즘의 세계에서 공인됨에 따라 역전되어, '민중적 민족적인 가요의 문화를 기반으로 하면서, 거기에 외래의 문명을 섭취·융합시킴으로써, 보다 고차원적인 노래들이 꽃 피었다'는 형태를 취하게 되었다. 이 점에 대해서는 예를 들면 하가 야이치의 『국문학사십강』의 기술을, 같은 저자의 『국문학사개론(國文學史槪論)』(『하가야이치선집』 2, 국학원대학, 1983; 초판, 1913)이나 「나라조시대의 문학(奈良朝時代の文學)」(『하가야이치선집』 2; 초출, 1914)과 비교해 보면 명확해진다. 또한 사사키 노부츠나(佐佐木信綱)의 『와카사의 연구(和歌史の研究)』[대일본학술협회(大日本學術協會), 1915]에서는 시다가 「아즈마노래」와 권16의 일부에 한정해서 적용했던 '민요' 개념이 재빨리 권11 이하 6권의 작자 미상가 전체로 확대 적용되고 있다. 주의해야 할 점은 이 새로운 이미지가 국민문학운동의 노선 그 자체와 유사하다는 점이다. 귀족들이 편찬한 가집이 동시에 국민의 문화이기도 하다는 신념은 이렇게 하여 완성되었다. 이 신념은 더욱이 일견 전위적인 수법에 입각한 요즘의 모든 조류도 포함해서, 근대의 『만엽집』 연구사에 있어서의 통념이 되었다. 이상의 점은 본고 탈고 후에 기초한 다른 글 「국민가집의 발명·서설(國民歌集の發明·序說)」(『국어와 국문학』 73-11, 1996.11)에서도 언급한 바이다. 이 논문에서는 문학사서의 편찬에 초점을 맞추어, 도래할 국민적 시가의 '대체물(形代)'로서 『만엽집』이 숭배되어 갔던 과정을 논했다.

'민족'이라는 국민내부에 가로놓인 각종의 대립이나 분열을 소거한 개념과 겹쳐 있었다. 예를 들면 「문예세운의 연관」(『제국문학』 5-1, 논설)은 헤이안시대의 소위 국풍문화[134]에 대하여, "하지만 이 시기의 예술은 대부분 궁정의 그것으로, 민중의 소리가 아니다", "왕조의 악(樂)은 인도악, 코마악(高麗樂)의 계통을 잇는 것으로, 일본민족의 특수한 시행이 아니"라고 하여,

> ≪회화도 건축도 조각도≫모두 기원을 외국에 두지만, 유일하게 노래만은 고래의 전승이다. 하지만 이것이 이윽고 궁정의 가락으로 민족 사이에 전창영화(傳唱詠和)하여 신화나 전설이나 서사시가 되지 못하고, 왕조의 문예는 점점 민중으로부터 멀어져, 혹은 진신(縉紳)의 소한(消閑)의 도구가 되고 혹은 귀인의 차탄의 방도가 되었다.

고 기술한다. 일부의 특권계층은 외래의 '문명'을 향수하고 특수한 문화를 쌓아, 그 결과 '민족'의 문화를 망각해 버렸다. 이에 비해, '민중'은 그 은혜를 입을 기회가 적었기 때문에 오히려 '민족'문화의 탄생지(誕生地)라는 부분을 담당해왔다는 것이다.

우에다가 민중의 가요를 '민요'라 불렀을 때, 그 '민요'는 동시에 민족의 가요도 의미했던 것이다. 이 용어는 원어 Volkslied의 Volk가 '민중'과 '민족'을 통일적으로 파악하는 점에 입각해서, 이것을 '민'이라는 한 글자에 담은 것이었다. 오오가이는 몰라도 우에다는 그것을 명확히 의식하고 있었다고 생각한다.

애초에 '민요' 이전에 일반적이었던 '속요'만 해도, 원어가 동일한 이상, '민요'와 같은 이해 위에서 사용될 가능성은 있었다. 실제로 운동의 초기에 쓰인 사카이가와나 아오키 쇼오키치의 문장에서도, '속요'와 폴크스리트와의 대응 그 자체는 일목요연하다. 하지만 그들의 논의에는

---

134) 견당사 폐지(894년) 후 당 문화의 영향이 약해지자, 헤이안시대에 가나문자·여류문학·정토교예술 등으로 개화한 귀족문화. 당풍문화에 대비되는 개념. (역주)

'국민'은 자주 등장하는 반면, '민중'이나 '민족'은 전혀 모습을 보이지 않는다. Nation에도 Volk에도 동일한 '국민'을 적용시키는 그들의 용어법에는 '국민'의 내부에 '민족'성을 망각한 특수한 집단이 존재할 수 있는 것이나, '국민'의 실태는 오히려 그러한 집단을 모아 놓은 것에 가깝다는 것이 애매해질 수밖에 없고, 따라서 '속요'는 왜, 어째서 — 특수한 집단의 고도한 예술을 재치고 — '국민'의 예술의 기초가 될 수 있는가라는 점에 대해서도, 거기에 '국민성'이 존재하기 때문이라는 동어반복으로 헤쳐나갈 수밖에 없는 것이다. 즉, 폴크스리트의 개념 자체는 이해하고 있지만, 그 이해는 앞에서 본 바와 같은 전도된 인식에 얽매어 있어서, 그 때문에 개념의 사상적 배경을 대상화할 수 없었고, 따라서 우에다가 가질 수 있었던 만큼의 전망을 제시하는 것으로 이어지지도 않았던 것이다.

하지만 보다 중요한 점은 우에다가 생각한 '일본민족'이라는 것은 일찍이 존재한 적이 없다는 점이다. 그의 사색의 출발점에 있었던 것은 어디까지나 구미 제'국민'과 대비되는 의미로의 일본'국민'이었다. 일본의 '민중'이나 '민족'은 일본'국민'의 예술을 대성시킨다는 과제가 끌어들인 것이지, 사태는 결코 그 반대가 아니다. 헤이안시대 이전부터 존재했다고 하는 '일본민족'은 설령 실재했다고 해도, 결코 스스로를 유럽의 제'민족'과의 대비하에 의식하고 있었던 것은 아니었다. 우에다가 말하는 '민족'도 또한 마땅히 존재해야 하는 '국민'에 대한 꿈을 과거로 투사한 존재라는 성격을 띠고 있기 때문에, '민요'에 함의된 '민족'에도 여전히 '국민'이 부착되어 있다. 환영은 불식되지 않기는커녕, 오히려 한층 정치한 상을 맺고 있는 것이다.

우에다는 유럽 문예사조의 소양에 있어서 탁월한 인재였던 만큼, 이 용어를 받아들인 회원들이 그의 '민요' 이해의 수준에 곧바로 도달하지 않았다고 해도 결코 이상하게 생각하지는 않았을 것이다. 우에다 스스로가 '민중의 가요'가 동시에 '민족의 가요'이기도 하다는 사상을 명시적으로 언급한 것은 아니었다.

시다 「개론」을 보아도, ‘민중’이나 ‘민족’의 사용이 보이지 않는 점에 있어서는 사카이가와나 아오키의 용어법을 벗어나지 않는다. ‘민요’의 본질에 관한 발언도, “국민의 내부생명을 가장 적나라하게 표출한 서정시, 국민성의 천진(天眞)을 가장 솔직히 토로한 서정시곡”(앞에서 인용)이라 하여, ‘속요’에 관하여 반복해서 끊임없이 외쳐온 언사의 반복에 머물고 있다. 하지만 무시할 수 없는 것은 시다가 ‘민요’를 ‘국민시’로 이해하고 ‘일본민요’의 총체를 문제삼았다는 바로 그 점이다.

번역어 ‘민요’가 회원들의 지지를 얻은 것도, 이 용어가 ‘속요’ ‘이가’ 등과는 달리, ‘민요’의 소유자는 ‘국민’이다라는 이해와 부합되기 쉽기 때문이었을 것이다. ‘속요’의 ‘속’은 와카나 아악 등의 지배계층의 문화와의 대비를 포함하고, ‘이가’의 ‘이(俚)’는 도시의 예술이나 문화와의 대비를 포함한다. “예술의 분열”이 오히려 강조되어 버리는 것이다. ‘민요’의 ‘민’은 이들의 대비를 넘어, 다른 국민과의 대비도 포함한다. 적어도 그러한 것으로 받아들이는 것이 가능한 어구성으로 되어 있다.

구체적으로 확인해 두자. ‘민요’의 용례의 초출은 오오가이의 「희랍의 민요」였다. 마찬가지로 『제국문학』의 용례에서도 국명 내지 지역명을 받아 ‘~(의) 민요’의 형태가 많은데, “노국(魯國)민요”(제2절 ①), “러시아의 민요”(같은 곳 ③), “북방《북구 제국》의 민요”(같은 곳 ④), “노국민요”(같은 곳 ⑤), “러시아의 민요”(우에다 「악화」), “토스카나민요집” “독일의 민요”(같은 곳 ⑥), “일본민요”(같은 곳 ⑧·시다 「개론」), “러시아민요”(같은 곳 ⑨) 등 15건 중 8건에 이 용법이 보인다. 이 용법은 이 잡지의 ‘속요’·‘이가’ 등의 초기의 용례에도 있는데, 예를 들면 아오키 논문에는 “독일의 속요”라고 한 부분이 보이지만, ‘의’를 넣지 않고 ‘러시아속요’·‘일본이요’ 같이 쓴 예는 내가 모은 자료 중에는 전무하다.

‘민요’와 ‘속요’·‘이가’ 등을 혼용한 문장에, 둘을 구분하는 의식이 엿보이는 것도, 이러한 현상과 아마 궤를 같이 하는 사항이었을 것이다.

민요를 기재하는 데에 가장 필요한 조건은 그 악률(樂律)을 나타내는 것에 있다. 지금까지 채집되고 지금도 여전히 채집되고 있는 우리나라 각지의 속요는 반드시 이것을 악률로 남기지 않으면 안 된다. 본래 민요가 국민문학의 중요한 산물로서 문학·사학·어학 등에 다대한 가치를 갖는 것이 알려지고 나서……

　　　　　　　　　　— 야스기, 「민요의 채집에 대해」(같은 곳 ⑪)

우에다 「악화」에도, "우리나라 음악계의 급무로서" 실행되어야 할 사업을 '민요악의 수집'이라 하고, 또한 "고래로부터 불러온 민요도 완전히 멸망할 것 같다"고 말하지만, 한편으로 "문학 방면에서 보아도, 속요를 채록하여 이것을 시가의 재료로 삼는 것은 극히 흥미 있고 또한 유익한 일"이라고 하거나, "일본에서도 삼현악 중 뛰어난 것은 여러 지방의 정취 깊은 속요에서 취한 것이 많다"고 하기도 한다. 그 4행 정도 뒤에는 다시 "러시아의 민요를 부르고" 등등이라 한다. 두 가지의 용어는 일견 무의미하게 혼용되어 있는 것 같지만, 잘 보면, 한 나라의 〈속요〉를 집합적으로 파악할 때는 '민요'를 쓰고, 개개의 노래에 관해서는 '속요'라고 부르는 것을 알 수 있다.135) 구체적으로 존재하는 가요로서의 '속요'가 러시아인이나 독일인이나 일본인 각각의 고유한 소유물로 간주될 때는 각각의 '민요'로 취급되어 있는 것이다.

그렇다면 번역어 '민요'의 급속한 침투를 우에다의 명성에만 돌릴 수는 없겠다. '민요'는 국민문학으로서의 또는 그 기초로서의 〈속요〉라는

---

135) 이스이(衣水), 「일본민요전집(日本民謠全集)」(비평, 제2절 ⑫)에도, "민요는 국민서사시나 신화전설 등과 마찬가지로 국민의 성정이 스스로 발해서 생긴 것이다", "민요 쪽은 세상 사람들이 주목을 끌 만한 통일된 연구 결과가 아직 발표되지 않은 듯하다"고 하는 한편으로, "이요 중에 십중팔구는 구비로 전해지고 있다", "아동들은 모두 이요 대신에 군가나 창가를 부른다. 따라서 종래의 이요는 점차 감소하는 경향이 있다"고 한다. 같은 식의 분리 사용은 회원 외에도 보이는데, 『시라유리』 4권 3호(1907.1)의 코스기 노보루(小杉乃帆流), 「민요의 수집(民謠の蒐集)」에는 "민요란 무엇인가, 우리들이 말하는 민요란 속중(俗衆)들 사이에서 태어난 일종의 시곡이라는 것은 논할 필요도 없다. 자장가, 봉춤노래, 마부의 노래, 뱃사공의 노래, 또는 방적가, 테마리노래 같은 것부터 모든 지방에서 불리는 이가 속요 전부를 포함하는 것"이라고 되어 있다.

회원들의 꿈을 싣는데 어울리는 용어로서 환영받았던 것이다. 그들은 이 용어를 주체적으로 선택한 것이며, 오오마치 케이게츠가 태도를 일신한 것도 그 과정에 있어서의 상징적인 한 막이었다.

시다가 '일본민요'를 논제로 한 전제에는 이만큼의 사정이 있었다. 더욱이 그는 운동 초기의 논자들과는 달리, 〈속요〉의 수집이 어느 정도의 성과를 거둔 시점에 서 있었다. 그 결과 그의 논의는 '민중'이나 '민족'으로 연결되는 계기를 우에다의 사색과는 다른 각도에서 내걸게 되기도 했다.

논점 ⓜ이 여기에 관련된다. 그의 '민요' 분류는 전체를 "노동에 수반된 것"과 "무용에 수반된 것"으로 이분한 뒤에, 전자를 '농사가(農事唄)', '고기잡이노래(漁唄)', '나무꾼의 노래(樵唄)', '공사가(工事唄)', '마부가(馬子唄)', '차따기노래(茶摘唄)'로 육분하고, 후자를 '신사가(神事唄)', '축사가(祝事唄)', '봉노래(盆唄)', '무용가(踊唄)', '아동가(兒童唄)', '동요(童謠)', '풍토가(風土唄)'로 칠분하여, 그 각각의 항목에 다시 하위 항목을 설정하는 것이었다. 그들 수십 항목은 '공사가'의 하위에 '직공가(職工唄)'가 보이는 이 외에, 거의 전부가 전대 이래의 농·어촌의 생활 속에서 때마다의 작업이나 행사, 유희와 함께 불렀던 가요를 가리킨다. '민요'에 관해서 현대의 우리들이 품는 일반적인 이미지, 마을마다의 전통적인 생활에서 발생한 노래들이라는 이미지의 원형이라고도 할 수 있는 것이 여기에 보인다. 시다의 시선은 요컨대 민속적인 것으로의 지향을 동반하고 있었다.

마을마다의 생활에서 자라난 노래들은 더욱이 학교나 군대나 회사나 공장의 출현에 의해 지금 사라져가고 있는 노래들이기도 했다. 그들 옛 모습 그대로의 노래들의 운명에 대한 동시대의 보고를 인용해 보자. 아래의 기사는 「개론」의 이듬해에 발표된 것이다.

《타지마(但馬) 중앙부의 가요는》십여 년 간에 세 구획을 이루며 변천하고 있다. 우선 청일전쟁에 의해 …… 회고의 정을 야기하는 오래된 자장가, 방적가(絲引唄), 뽕

따기노래(桑摘唄) 등은 〈찬찬(チヤンチヤン)〉이나 〈이홍장(李鴻章)〉 같은 유행가에 압도되어 버렸다. 그러나 2~3년 후에 이르러 …… 제사장(製絲場)이 한창 설립되었다. …… 거기에 있는 여직공은 가요계를 장악하고 있다고 해도 좋다. 실로 그 세력은 위대한 것으로, 이후로 어떤 종류의 가요도 모두 그들이 좌우하는 바가 되었다. 실제로 '기계가(機械唄)'라 불리는 그들 특유의 노래가 발명된 것을 보아도 분명하다. 한데 이번 러일전쟁이다. …… 저 〈피투사(フイトサ)〉에 〈로스코이(ロスコイ)〉 따위의 유행가에 의해 훨씬 옛날 것은 거의 흔적도 없을 정도로 구축되었다. …… 그래서 목하의 형세로는 여직공들의 창작(?)에 의한 것과 러일 유행가와의 혼돈시대이다.136)

— 츠쿠라 슌요오(津倉春洋), 「타지마의 민요에 대해(但馬の民謠に就いて)」,
『시라유리』 4-5, 1907.3

사라져가는 노래들이 "회고의 정을 야기하는" 것은 당연하나, 여기에서 생각해 보고자 하는 것은 그 '회고의 정'의 구조에 대해서이다.

일찍이 존재했던 것은 타지마[但馬 → 지금의 효오고(兵庫)현 북부] 지방의 '자장가, 방적가, 뽕따기노래' 따위였지, '민요'는 아니었다. 혹은 타지마 지방의 '민요'라 부르는 것을 군이 인정한다고 해도, 그것은 결코 '일본민요'라고 부를 수는 없는 것이었다. 왜냐하면 그 타지마의 자장가는 히타치[常陸 → 지금의 이바라키(茨城)현] 사람들에게는 알려져 있지 않았을 것이고, 역으로 히타치의 방적가나 사누키[讚岐 → 지금의 카가와(香川)현]의 뽕따기노래를 타지마 사람들은 몰랐던 것으로 보이기 때문이다. 이것은 가요가 전파되지 않았다는 의미가 아니다. 설령 히타치와 사누키와 타지마에 동일한 혹은 유사한 가요가 분포해 있었다고 해도, 그것을 알거나 더욱이 거기에 심원한 의미를 발견하거나 하는 사람은 드물었다는 것이

---

136) 같은 사정은 제2절에 인용한 요사노 텟캉의 문장(우에다·시다의 '민요'론에 대한 비평)에도 언급되어 있었다. 마사오카 시키[正岡子規 : 1867~1902. 하이쿠 작자. 가인. 호는 타케노사토비토(竹の里人 → 댓마을 사람)]도 또한 이미 1897(명치 30)년 3월의 시점에 "이가 중에 자장가 및 아이가 부른 노래는 말이 촌스러워도 재미있는 소절이 적지 않건만, 소학교에서 창가를 가르친 뒤부터 점점 창가가 행해지고 이가는 자취를 감추려 한다"고 기술했다. 타케노사토비토, 「이가를 흉내 냄(俚歌に擬す)」, 『일본인』 38.

다. 열도의 주민 전체가 가요의 공유를 근거로 상호의 일체감을 인식한
다는 사태는 이 단계에서는 성립할 수 없었다고 생각하지 않을 수 없다.
타지마의 '자장가, 방적가, 뽕따기노래' 따위가 '민요'라 불리고,137) 국민
의 재산으로 다뤄지는 것은 이것들이 '구축된' 현재에 서서 필자가 '회
고'하고 있기 때문인 것이다.

좀더 자세히 말하자. 위의 문장에 묘사된 근대화의 광경은 두 번의 전
쟁과, 그간에 설립되어 활황을 띠기에 이른 제사공장과, 거기에 동원된
여성노동자들과, 그녀들이 부르는 신종 유행가로 이루어진다. 이것들은
당시 열도의 전역에서 동시에 경험하고 있었던 사항이므로, 타지마의 주
민도 히타치나 사누키 사람들도, 바로 이 경험과 교환 조건으로 오래된
가요의 상실을 피할 수 없었다. 같은 일본인이 동일한 경험을 통해 상실
한 노래들, 그것은 일본인의 노래임에 틀림없다. 이리하여 본래 타지마
의 주민들의 것에 지나지 않았던 가요가 잃는다는 경험의 공통성을 매
개로 히타치나 사누키 등등의 노래와 일괄되어, 새로운 또한 퇴행적인
시선으로 조감되게 된다.

시다 「개론」에는 오오와다 타케키(大和田建樹 : 1857~1910. 일본문학자. 시
인)의 『일본가요유취(日本歌謠類聚)』 상·하[박문관·속(續)제국문고, 1898]에 대
한 언급이 있다. 그의 다른 글 「일본시학상의 민요의 위치」(『시라유리』 4-1,
1906.11)에는 『풍속화보(風俗畵報)』[동양당(東陽堂), 1889년 11월 발간]나 『문예
구락부』(박문관, 1895년 1월 발간) 등의 〈속요〉 수집도 소개되어 있다. 이들
상업출판 사업에 대해서는 나의 조사가 아직 극히 불충분한 상태이지만,
일단 현시점에서의 전망을 적어 두고자 한다.

오오와다의 『일본가요유취』는 시다가 말하는 '역사적 민요집'의 선구
라고 할 만한 것으로,138) 상권에는 상대에서 근세까지의 각종 가요를 모

---

137) 『시라유리』의 「민요호」에 기고된 문장은 본문에 '속요' 등을 사용한 것도 포함해서,
　　　표제의 용어가 모두 '민요'로 통일되어 있다. 본래 '속요' '이가' 따위로 되어 있었던 것
　　　을 마에다 링가이가 바꿨을 경우도 있지 않았을까.

으고, 하권에는 '근세'의 속편으로 '죠오루리'와 '지방가(地方唄)'를 수록하고 있다. 그 '지방가'는 "편집이 다년 간 보고 들었던 그대로 필기한" 것과 "이번에 새롭게 박문관에서 광고해서 모집한" 것이 있다고 한다[『일본가요유취』 하권 「서(序)」]. '박문관의 광고'라고 한 것은 전년 7~8월 『태양』이나 『문예구락부』에 실린 사고(社告) 「지방가요의 모집」을 가리킨다. "고금 각지의 인정풍속을 알려면, 각 시대의 가요를 아는 것이 빠르다"고 하여, 독자들에게 가요의 가사와 그 해설의 투고를 요청한 것이다. 그 종류는 '농사가(農事唄)', '공사가(工事唄)', '풍토가(風土唄)', '유희가(遊戱唄)', '자장가(子守唄)', '봉춤노래(盆踊唄)', '신사가(神事唄)', '축의가(祝儀唄)', '나무꾼의 노래(樵唄)', '뱃노래(舟歌)', '마부가(馬士唄)' 등 11종으로 나뉘고, '농사가'에 "모심기, 보리찧기, 벼베기, 방아찧기, 실짜기, 차따기, 제초 등 전부 농사에 사용하는 모든 속요"라고 하는 등의 설명이 각 종목에 첨부되어 있었다[『태양』 3-14, 1897.7). 오오와다의 저서에 보이는 '지방가'의 분류 항목도 이것과 유사하여 '신사가', '농사가', '마부가', '공사가', '뱃노래', '어업가', '축사가', '무용가', '봉노래', '아동노래(子供歌)', '유행가', '잡'의 11종으로 되어 있다.

또한 이 기획의 성공에 촉발되었는지, 1898(명치 31)년 12월의 『문예구락부』 4권 16호는 사고 「제지방 풍속의 투서를 모집함」에서 "신사, 제례, 혼례, 봉춤, 각종 집회, 시골 사계절의 식례(式例), **고래의 지방가**, 각

---

138) 〈철도창가(鐵道唱歌)〉(1900)의 작사자로도 알려진 오오와다는 국민문화의 형성을 민간 측에서 추진한 중심인물 중의 한 사람이다. 1883(명치 16)년부터 3년 간, 당시 토오쿄오대학 문학부에 부설되어 있었던 고전강습과에서 교편을 잡은 경력을 갖고 있지만, 제국문학회와 직접적인 관계는 없다. 1891년 이래 기본적으로는 재야의 저술가로서 활동하며, 이후 20여 년 동안, 실로 백 수십 편의 저서·편저를 세상에 내었다. 그 수비범위는 극히 넓어, 국어사전, 문학사, 요오쿄쿠의 평석(評釋), 신체시, 신체시론, 가집, 미문, 작문입문서, 지리, 기행, 역사, 전기, 군가 등등에 이르고, 이것들을 창가로 한 것도 십여 편에 이른다[『근대문학연구총서』 11, 소화여자대학, 1959 참조). 그 대부분이 시대의 수요를 재빨리 파악한 기획으로 출판된 것으로, 유사서의 선구가 되어 다수의 독자를 획득했다. 그의 활동은 국문학의 틀을 크게 벗어나는 한편, 국민생활의 기초가 될만한 지식과 교양의 제공이라고 하는 일관된 테마를 동반했다.

지의 화류풍속 등"을 모집한다. 「제국풍속(諸國風俗)」란은 바로 다음 호부터 설치되어, 그 속에서 각지의 '풍속'이 소개되어 갔다. 박문관의 출판물에 대해 하나 더 주목되는 것은 『태양』의 사진동판이 당시의 황족이나 각계 저명인의 초상과 나란히 내외의 풍속이나 경승지의 모습을 전하고 있었던 것, 또한 『문예구락부』 5권 7~10호(1899년 5~8월)의 투고란 「피서지 안내」가 다음달 9월의 12호부터 「경승지 안내」로 발전해, 각지의 경승지나 온천을 매월 몇 건씩 보고했던 것이다.

어떻든 텔레비전도 라디오도 없었던 때의 일이다. 도로나 철도가 정비되고 있었다고 해도, 이들 간행물의 보도가 얼마나 독자의 흥미를 불러일으켰나를 생각해야 하고, 더욱이 이 경우, 때로 삽화나 사진을 섞으면서 보도되어 갔던 전국 각지의 풍속이나 경승지는 대부분이 독자가 아직 모르는 일본의 모습이었던 것이다. 에도시대에 태어났다면 보지도 듣지도 못하고 끝나 버렸을 것이다. 미지의 땅의 지리·풍속이—미지라는 점에 있어서는 해외의 지리·풍속과 같으면서—실은 자신들의 나라의 지리·풍속이기도 하다. 미지의 땅에서 지금 사라져 가고 있는 가요도 또한 그러한 것 중의 하나라는 것을 이들 출판물은 독자들에게 느끼게 했음에 틀림없다.

근대의 뒤편을 바라보고 공유된 '회고의 정'이란, 일면 근대적인 출판 시스템 그 자체에 의해 실제로 파헤쳐지고 있는 '회고의 정'이기도 했다. 그것은 나이든 호사가의 정 같이 보이면서도, 실은 호기심에 찬 소년의 심정이기도 했다. 근대 이전에는 알려지지 않았던 것이 '회고'의 대상이 되고, 국민국가의 틀이 그것을 준비하는 것이다.

시다 「개론」으로 돌아가자. 그의 '민요' 분류는 그 항목이 『문예구락부』나 오오와다의 저서와 거의 일치하는 점에서도, 위의 '회고'를 확실히 받아들이고 있었다고 할 수 있다. 이것은 시다의 논조 자체가 회고나 향수를 풍기고 있었다는 의미가 아니다. 그의 담론이 국민의 전통의 창출에 참여했다는 의미이다.

그는 그것들에 '일본민요'라는 이름을 부여하고, 스스로가 발명한 문학사 중의 제'민요'와 동일한 범위에 포함시켰다. 일본 국민의 공유재산으로의 '민요'는 바로 그때에 성립한 것이며, 더욱이 여기에 이르는 모든 과정은 '민요'로 간주된 노래들의 실제 담당자가 전혀 모르는 사건이었다.

내 염두에는 이미 명백해졌듯이, 홉스보움이나 앤더슨 등의 논의가 있다(『만들어진 전통』·『상상의 공동체』). 근대의 일본이 발명한 전통은 특히 '민요'에 한정되지는 않는다. 『만엽집』도 '국문학'도, 또한 본고에서 굳이 빠져나갔다고 누군가가 항의할 듯한 '천황'도, 보통 우리들이 고풍스럽게 느끼는 사물은 대개의 경우, 국민국가의 틀을 매개로 퇴행적으로 '용주'된 산물이라고 해도 과언이 아니다.

문제는 오히려 다음 건에 있다. 국민국가 형성 과정에서 수많은 '전통'이 발명되고, 국민의 일체감을 연출하기 위해 동원되었다는 그러한 세계사적인 사태에서 각각의 사항은 어떠한 역할을 연기했는가. 또한 각각의 국가 형성의 특수성은 그러한 사항에 어떠한 특수한 각인을 남겼는가.

'민요'는 민족의 가요로서 국민문화의 기저에 정립되어, 음악·문학의 양 방면에서도, 비할 바 없는 '전통'을 인정받게 되었다. '민요'가 아악이나 노오가쿠나 쟁(箏)·삼현의 악곡 등등을 제치고 부상하는 모습이나, 문학사의 중추로 지위를 획득해가는 모습에 대해서는 본고의 논술이 이미 개관해온 바이다. 『만엽집』이 '민요'를 가진다고 간주된 것, 그로 인해 '국민' 내지 '민족'의 문화재로서의 지위가 확보되었던 것, 이들 모든 점이, 이 서적의 중심에 고대의 천황이 존재한다는 사실과 결부되었을 때, 일본 국민의 이력서가 어떠한 형태를 취할지, 또한 실제로 취했는가라는 점에 대해서도, 이미 많은 부분을 언급할 필요가 없을 것이다.

또한 일본어 '민요'의 성립 사정은 이 단어의 극히 복잡한 어감에도 영향을 미치고 있다. '러시아민요'나 '스코틀랜드민요'에 대한 긍정적인 이미지는 번역어 일반의 경향으로,139) 원어 폴크스리트를 관념적으로 수용한 경위를 반영한다고 할 수 있겠다. 한편 '~부시(節 → 곡절. 선율. 한국어 '~타령' 같은 의미)'나 '~온도(音頭 → 봉노래처럼 단체가무에서 부르는 노래)'에 대한 뒤틀린 이미지 — 가족이 사람들 앞에서 창피를 당하는 것을 좌시할 때와 같은— 부끄러움과 미안함이 뒤섞인 감정은 제3절 말미에서 언급한 국민의식의 굴절이나, 본 절에서 언급한 '회고'의 구조와 무관하지는 않을 것이다. 뒤틀림은 가요의 실태가 아니라, 그것을 '일본'의 '민요'로 간주하는 발상 속에 존재하는 것이다. 이 측면은 15년 전쟁(1931년부터 1945년 항복까지 일본이 15년에 걸쳐 행한 전쟁)의 패배에 의해 한층 부정적인 방향으로 경사되었다고 보이지만, 그래도 '민요'에 대한 관심은 근절되지 않고, 각종 '민요교실'이나 직업적 '민요가수'의 활약도 착실히 이어져 왔다. 전후의 대중은 '민요'에, 명치의 지식인과는 다른 형태로, 하지만 동일한 '국민'의 꿈을 계속해서 꾼 것이다. 그것은 민속적인 문화의 이미지에 겹쳐진 '근면한 평화애호가'의 꿈이었을지 모른다.

그 점에 관해서, 국민문학운동의 거의 반세기 후에 또 하나의 국민문학운동이 일어나, 이번에는 좌익계의 문화인을 중심으로 '국민적' 문화의 재발양(再發揚)이 행해졌을 때에는 위의 굴절 따위 아랑곳 않는 채, 다시금 "민요에 배우자"고 소리 높이 외치는 사람이 실제로 나타난 것이다.140) 이 같은 사태가 왜 생겼는가 하면, 그것은 사람들이 '민요'를

---

139) 야나부 아키라(柳父章), 『번역어 성립 사정(飜譯語成立事情)』, 이와나미신서, 1982 참조.

140) 일본의 패전 처리를 위해 1951년 9월에 샌프란시스코강화조약과 미일안전보장조약이 조인되자, 1952~53년에 민족적 독립에 대한 위기감 속에서 진보적 지식인들에 의해 '국민문학론'이 제창된다. '국민문학론' 혹은 '국민문학운동'하면, 일반적으로 이 시기를 전후해서 일어난 일련의 움직임을 말한다. 한편 시나다 씨는 '국민문학론'이라고 할 만한 주장이 일본문학사상 세 차례 있었다고 보고 있다. 즉, 명치 후기의 『제국문학』을 중심으로 일어난 문학적 움직임, 소화 10(1935)년대의 일본낭만파의 주장, 전후의 민주주의혁명을 외치며 일어난 문학운동이 그것이다(역자와의 인터뷰 중에 행한 발언). 하

안다고 하면서 실은 잘 모르기 때문이라고 생각한다. 그것은 또한 내가 때로 희화적으로 묘사한 것 같은 모든 사정으로부터, 이 말이 아직 완전히 해방되지 않은 것도 의미할 것이다. '민요'라는 말은 보통 통용되고 있는데도, '민요'란 누구의 것인가라는 간단한 질문에조차 명쾌한 대답을 제시할 수 있는 사람은 하나도 없을 것이다.

'민요'는 민중의 가요 같기도 하고, 민족의 가요 같기도 하고, 농촌의 노래 같기도 하고, 더 넓은 지역의 노래 같기도 하고, 또한 자연발생적인 가요 같기도 하고, 가요곡 같기조차 하다. 그 어느 것도 사실인 것 같이 보이면서, 동시에 어느 것도 사실일 수 없다. 그것은 '민요' 개념이 원래 '국민의 전통'이라는 모순된 관념을 안고 성립되었기 때문이다.

반복하지만, 나는 '민요'의 개념을 일의적으로 정하려 하는 것에는 그다지 의미를 인정하지 않는다. 따라서 야나기타 쿠니오 등이 종래의 오해를 풀었다고도 결코 생각하지 않는다. 야나기타의 '민요'관은 그의 담론 속에서 고유한 의미를 가진다고 생각한다. 내게 있어 중요한 점은 '민요'를 국민의 것으로 보는 꿈이 야나기타에게도 확실히 흐르고 있다는

지만 내셔널리즘을 지향한다는 점에서는 삼자가 공통점을 갖지만, 그 내실은 각각 다르다는 점도 소홀히 해서는 안 될 것이다. 특히 1950년대의 '국민문학론'에 있어서의 내셔널리즘은 배외(排外)와 침략을 위해서가 아니라, 반동적인 부르주아적 내셔널리즘에 대항하면서 내셔널리즘에서 독립과 해방의 부분만을 순화하려고 했던 시도였다고 한다. '민족' 개념도, 일하는 노동자를 중심으로 한 민중과 거의 동의어였으며, 사회주의혁명의 승리와 계급의 대립의 소멸에 의해 억압받던 민중의 문화가 민족의 이데올로기에 반영될 것으로 기대되었다. '민요' 개념 또한 노동요를 중심으로 한 '향토민요'를 의미했다는 점에서, 전대의 '국민문학론'의 '민요' 개념과 구별된다. 운동의 선례를 어디에서 찾았는가에 대해서도 차이가 보인다. 즉, 명치기의 그것이 독일의 낭만주의의 영향하에 있었다고 한다면, 전후의 그것은 러시아(소비에트)의 문예운동을 모범으로 삼았다. 하지만 전후의 '국민문학운동'은 결과적으로 전대의 그것과의 차이점을 선명하게 제시하지 못 했으며, 그로 인해 후세에 차가운 평가를 받아 왔다.

"민요에 배우자"는 슬로건 자체의 발단은 이시모다 쇼오(石母田正)가『역사와 민족의 발견―역사학의 과제와 방법(歷史と民族の發見―歷史學の課題と方法)』(토오쿄오대학 출판회, 1952.3)에서, 고리키(Maksim Gorkii)가 1934년 8월에 열린 소비에트작가동맹 제1회 대회에서 행한『소비에트문학에 대해』라는 보고연설을 인용한 것. (역주)

점이고—그는 국민문학운동이 활발했을 즈음, 신진 신체시가로 활동하며,『제국문학』에도 몇 번 기고했다—, 이러한 점에서는 재래의 가요에 그것을 찾았던 야나기타나, 스스로 그것을 창조하려 했던 키타하라 학슈우나 노구치 우죠오도, 거의 똑같다. 그가 "민족의 가요"(『민요각서』, 창원사, 1940)라고 하고, "우리들의 민요", "인민의 가요"[『민요의 현재와 과거(民謠の今と昔)』, 지평사(地平社)서방, 1929]라고 한 것이 서로 어떠한 관계에 있는가, 이러한 점의 검토는 학슈우나 우죠오에게 있어 '민요'란 무엇이었나라는 문제나, 나아가서 아라라기(アララギ →「본서를 읽기 전에」참조)파의 가인들이『만엽집』에 '민요'를 발견하면서도, 그것을 부정적으로 평가한 것은 왜일까라는 문제와 함께 나의 금후의 과제로 남겨져 있다.

5. 부기

나는 본고에서 홉스보움 등이 말하는 invention(창출, 창조, 날조)의 번역어로, 굳이 '발명'을 사용했다(각주 129 참조). 이것은 실제로 그렇게 번역하는 사람이 있기 때문이기도 하지만, 일면에서는 자기가 '창출'한 것을 당사자가 '발견'이라고 믿어 버리는 의제(擬制)를 중시하고자 했기 때문이기도 하다. '발명'이 일찍이 '발견'의 뜻으로도 사용된 것은 제2절에 인용한 이와야 사자나미의 문장에도 예가 있다. 이렇게 써 보니, 왠지 서두에 인용한 시다「개론」의 머리말 같다. 백년 후에 누군가가 '발명의 발명' 같은 논에 인용해 준다면 다행이다.

제2장

국민의 소리로서의 민요

츠보이 히데토(坪井秀人)

1. 노래의 상실—야나기타 쿠니오의 민요론

근대 이전에는 사람들의 생활 방법이나 행동 양식이 다양한 의례나 관습에 의해 규제되었으며 유형화되었다고 보는 것이 통례라고 생각된다. 농어업 등의 작업과 그것에 수반되는 노래나 춤 등의 관계에 대해서도, 개인의 자유 선택의 폭이 좁은 형식이 기초가 되었다고 우리들은 당연한 것처럼 생각하고 있지는 않은가. 하지만 야나기타 쿠니오(柳田國男 : 1875~1962. 제1장 각주 52 참조)의 견해는 그와 반대이다. 「산노래에 관한 것 등(山歌のことなど)」[『민요각서(民謠覺書)』]에서 야나기타는 우타가키(歌垣)[1]의

---

1) 청년 남녀가 산이나 시장, 다리 기슭과 같은 경계 지역에 모여 사랑의 노래를 부르면서 성적 관계의 상대를 찾는 모임으로, 고대문헌에 많이 보인다. 나라(奈良)시대에는 궁정 행사에 도입되어 중국의 답가(踏歌)와 교류한다. 일반적으로 농경과 관련하여 풍

흔적이 남아 있는 지방의 혼인 습속을 소개하며, 신부의 혼인 행렬에 수반된 짐꾼이 궷노래(長持唄)를 부른 것은 단순한 축언이 아니라, 신랑측을 비꼰다거나 상대의 본심을 시험해 보는 등의 (신부의 기분을 대변하는) "자유의사의 선언"이었던 점을 강조하고 있다. 한데 현대가 되면 피로연에서도 "정해진 노래의 한 구절"을 빼는 일도 없으며, 중매자의 인사도 "불과 이 삼십 년 사이에 틀에 박혀 버렸다"고 한다.2) 의례나 관습에서 자유로워진 듯이 보이는 근대 쪽이 실은 정해진 틀에 얽매어 있다는 지적에는 허를 찌르는 곳이 있다.

근대에 있어서의 노래의 상실이라는 주제를 이와 같이 유형화나 일원화라는 관점에서 생각하는 것은 야나기타 쿠니오의 경우, 생활 속에서 가변적으로 숨쉬고 있던 노래가 미디어에 의해 평준화되고 변질되었다는 것과 연결되는 문제였다. 레코드나 라디오와 같은 새로운 미디어를 매개로 생활의 '작업' 속에 있던 노래(민요)를 침식한 것의 대표를 야나기타는 '유행가'로 파악한다.

노래가 담화보다 자유로운 표현 방법이었다는 것은 민요의 쇠퇴로 점점 잊혀지려 하고 있다. 특히 말을 삼가고 내부에 넘치는 감정을 품고 있던 사람들이 남한테 빌린 물건인 유행가만을 읊조리게 되면, 좀체 자신의 심경을 피력할 문구가 없이 단지 마구 새된 소리로 기껏해야 마음의 애절함을 내뱉는 정도라, 문예의 하나의 중요한 사회적 용도는 점점 막혀버릴 수밖에 없는 것이다.3)

여기에서 말하는 "문예의 …… 사회적 용도"라는 인식은 독자적인 것이라 할 수 있겠다. 야나기타는 우타가키에서 주고받는 노래를 예시하며

작 기원의 일종의 의례로 파악되어 왔는데, 한편으로 공동체의 행사가 아니라, 복수의 공동체를 잇는 사회적 교환의 일환으로 보는 설도 유력하다. 또한 이러한 풍습은 아시아지역에 널리 분포되어 있던 것으로 보인다. (역주)
2) 야나기타 쿠니오, 「산노래에 관한 것 등」(초출 1932; 『민요각서』). 인용은 『야나기타 쿠니오전집』 제11권, 치쿠마(筑摩)서방, 1998, 64면.
3) 야나기타 쿠니오, 위의 글, 64면.

"우리나라에서는 인생의 실제적인 필요가 문학의 발달을 촉진시키고 있다. 남녀가 일생의 행복을 계획하는 수단으로 극도로 언어예술을 이용했다"고 기술한다.[4] 노래를 필요예술로 정의하는 데 집착하는 그의 '실용주의'는 미디어에 의해 유포된 유행가나 샤미센에 맞춰 연회석예능이 된 가요를 엄격히 배제하는 자세를 뒷받침하고 있다. 그러한 유행가나 연회석가요가 민요한테서 노래를, 소리를 빼앗아 버렸다고 야나기타는 본다. "간단히 말하면, 노래는 많아졌는데 민요는 사라졌다. 노래 부를 경우는 점점 증가하는데, 노래하는 사람은 감소한 것"[5]이라고 한탄하는 야나기타가 만약 오늘날의 카라오케 광경을 본다면 뭐라 할지 흥미 깊은 일이다.

야나기타가 민요에 관한 글을 쓴 것은 1920~30년대의 10년 정도의 기간인데[그 글들은 1929년의 『민요의 오늘날과 옛날(民謠の今と昔)』, 1940년의 『민요각서』에 수록되었다], 그가 민요에 관심을 갖기 시작한 1920년대는 마침 민요운동이 부흥되어[고토오 토오스이(後藤桃水 : 1880~1960. 민요연구가) 등이 1922년에 대일본민요연구회를 결성], 노구치 우죠오, 나카야마 심페이, 후지이 키요미(藤井清水, 1889~1944) 등의 신민요운동에 의하여, 지금도 친숙한 훌륭한 창작민요가 만들어진 시대였을 뿐만 아니라, 그와 관련해서 라디오방송 개시, 빅터・콜롬비아 등 국내 레코드산업의 전개 등, 음성미디어가 발흥・정착하고, 그에 대항한 활자미디어도 엔본(円本)[6]으로 대표되는 거품기를 맞은 시대로, 야나기타의 민요론의 배경에는 그러한 미디어의 영향에 대치하는 자세가 항상 투영되어 있다고 보아도 좋다. 당연한 것이지만 레코드나 라디오도 귀를 기울이게 한다. 활자는 눈에 신경을 집중시킨다(그것은 활자 그 자체의 작용이라기보다 음독문화에서 묵독문

---

4) 야나기타 쿠니오, 위의 글, 62면.

5) 야나기타 쿠니오, 「민요의 오늘날과 옛날(民謠の今日と昔)」(초출 1927; 『민요의 오늘날과 옛날』). 인용은 『야나기타쿠니오전집』 제4권, 477면.

6) 1권당 정가 1엔의 염가 총서본. 1926년 개조사(改造社)가 『현대일본문학전집』을 간행한 것을 시작으로, 한때 출판계에 엔본 붐을 일으켰다. (역주)

화로 활자환경이 교체되어 생긴 작용이지만). 눈과 귀의 감각의 특화와 집중은 결과적으로 입을 다물게 한다. 그리고 실외에서 실내로 개인의 방으로, 그 미디어들은 불러들인다. 야나기타가 생각한, 문자에 선행하여 전승되어 온 커뮤니케이션기술(언어예술)로서의 민요의 본질에 미디어들의 파급이 배치되었다는 것은 말할 필요도 없다.

나카이 코오지로오(仲井幸二郎 : 1926~1998. 민속학자)는 야나기타의 민요관을 오리쿠치 시노부(折口信夫 : 1887~1953. 일본문학자. 가인)[7]와 비교하여, 오리쿠치가 주로 '예요(藝謠 : 예능인이 개재되는 가요)'로서 민요를 다룬 데 대해, 야나기타는 민요의 예술적 예능적 측면을 대상에서 제외했다고 정리했는데,[8] 야나기타의 위와 같은 유행가나 샤미센음악에 대한 반발, 그 속에 민요가 섞이는 것에 대한 한탄도 이것과 무관하지 않을 것이다. 그러한 반발이나 개탄의 원리적 근거는 무엇보다 민요의 자연성에 대한 소박한 애착에 있었다고 생각된다. "남한테 빌린 물건인 유행가만을 읊조리"는 것은 인간의 자기 표현의 필요나 실제성, 즉 '자연'에 가장 반하는 행위이기 때문이다. 야나기타는 '민요'라는 용어에 대해서조차도 반발한다.

우리 채집자들은 우선 처음에 느낀다. 도대체 민요라는 이름과 물건은 과연 우리들이 참새를 참새라 부르고 소나무를 소나무라 부르는 것만큼 굳게 맺어져서 떨어지지 않는 것일까. 마을에는 지금도 많은 노래를 알고 기회만 있으면 부르려는 사람이 있는데, 그들은 반드시 우리들이 수첩을 꺼내는 것을 보고, 민요가 무엇이냐고 눈을 둥그렇게 뜰 것이 분명하다. 항상 당신들이 고운 목소리로 부르는 것은 무엇이냐고 묻는다면, 그것은 노래라고 답할 것이다.[9]

---

7) 민속학을 일본문학에 도입하여 신경지를 개척. 주요 저서 『고대 연구(古代硏究)』(전3권, 1929~1930). 일본문학의 발생점을 구두(口頭)의 사장(詞章)에서 구하여 '신앙기원설'을 주장. (역주)

8) 나카이 코오지로오, 『민요의 여자(民謠の女)』, 실업지일본사(實業之日本社), 1977, 214~245면.

9) 야나기타 쿠니오, 「민요의 오늘날과 옛날」, 『야나기타쿠니오전집』 제4권, 460면.

어떤 용어가 만들어졌을 때, 개념도 동시에 발생하며 장르의 묶음이 새로이 형성된다. 시니피앙(이름) / 시니피에(사물)가 "굳게 맺어져서 떨어지지 않"는 상태가 시간의 경과와 함께 사후(事後)적으로 '자연'화된다. 사후적으로 허구화된 그 융합 상태를 기초로 하여, 그 말에 의해 지시된 개념이나 장르가 마치 자연스럽게(선험적으로) 이미 존재한 것 같은 환상이 구축된다. 그리고 근대일본의 '민요'라는 말(=개념=장르)만큼, 이러한 '전통의 창출'(에릭 홉스보움) 시스템을 훌륭하게 구현한 것은 드물지 않을까. 야나기타는 민요라는 영역이 발명된 것이라는 사실을 정확히 깨닫고 있었다. 민요를 작업가라는 비교적 협소한 틀로 한정해서 파악했던 야나기타에게, 노래의 용도에 따라서 기껏해야 〈밭매기노래〉·〈차따기노래〉라 부르는 일은 있을지언정, '민요'와 같은 초월적 카테고리로 일원화되는 것은 작업가로서의 개별적인 장면이나 지방마다의 고유성이 손상되기 때문에 친숙해지기 어려운 위화감이 감돌았던 것이다. 물론, '노래한다'는 행위가 먼저 있고, 그 행위에서 '노래'라는 호칭(개념)이 생겼다("노래하는 사람의 대부분은 지금도 아직, 노래하기 때문에 노래라고 생각하고 있는 것 같다"10))는 과정을 대체로 자연시하는 야나기타의 '노래'의 인식도, 시니피앙의 작용을 괄호로 묶고 행위의 자연성을 전제해 버리는 위험성을 내포하고 있기 때문에, 그의 민요론이 '전통의 창출' 시스템을 보완은 했을지언정, 거기에서 갈등을 일으키는 일은 없다는 점에는 유의할 필요가 있을 것이다.

---

10) 야나기타 쿠니오, 위의 글, 460면.

2. 민요 개념의 창출—시다 기슈우, 「일본민요개론」 등

‘민요’라는 번역어의 생성과 국민문학운동에 연계된 민요 개념의 구축에 대해 생각할 경우에는 1890년대부터 1900년대에 걸친 ‘민요’ 시발기의 이 문제를 검증한 시나다 요시카즈(品田悅一)의 『만엽집의 발명—국민국가와 문화장치로서의 고전(万葉集の發明—國民國家と文化裝置としての古典)』[신요사(新曜社), 2001]을 간과할 수는 없다.11) 원래 ‘국민가집으로서의 『만엽집』’이라는 근대의 캐논의 형성과정을 검증하는 것을 목적으로 한 연구이기는 하지만, 초창기의 ‘민요’라는 용어와 개념의 창출에 대하여 이만큼 정확히 문제를 파헤친 것은 일찍이 없었다고 해도 좋다. 시나다는 특히 잡지 『제국문학(帝國文學)』에 게재된 평론을 주의 깊게 읽어가면서 우에다 빙(上田敏), 시다 기슈우(志田義秀) 등의 ‘민요’론을 검증하고 있는데, 시나다의 시점을 따르면서, 대상으로 삼는 텍스트가 중복되는 것을 꺼리지 않고, 우에다·시다 이후의 민요운동의 전개까지 논하고자 한다.

시나다에 의하면, 독일어 Volkslied(폴크스리트)의 번역어 확정으로 혼란했던 초기 상황에 일단의 수습역을 한 것은 「악화(樂話)」(『제국문학』, 1904.1) 같은 우에다 빙의 민요론으로, 그 ‘민요’라는 번역어에 ‘속요’의 ‘속(俗)’과도 ‘이요(俚謠)’의 ‘이(俚)’와도 결정적으로 다른 일원적인 국민의식이 가탁(假託)되어, 그것이 이후의 민요 개념에 큰 영향을 주었다고 시나다는 말한다.12) 여기에서는 이 논의에 입각하여, 우에다의 「악화」를 계승

---

11) 시나다에게는 이 저서에 앞서 그 엣센스를 정리한 「국민가집으로서의 『만엽집』(國民歌集としての『万葉集』)」[하루오 시라네·스즈키 토미(鈴木登美) 편, 『창조된 고전—일본문학의 정전 형성과 근대 그리고 젠더(創造された古典—カノン形成·國民國家·日本文學)』, 신요사, 1999]이라는 훌륭한 논고도 있다.

12) 시나다 요시카즈, 『만엽집의 발명—국민국가와 문화장치로서의 고전』, 신요사, 2001.2, 200~203면.

하듯이 같은 『제국문학』에 발표된 최초의 완성된 민요론인 시다 기슈우의 「일본민요개론(日本民謠概論)」(1906.2·3·5·9)을 단서로 하여 다루어 보고자 한다.

　민요는 일종의 서정시이다. 국민의 내부생명을 가장 적나라하게 표현한 서정시, 국민성의 천진함을 가장 솔직하게 토로한 서정시곡이다. 물론 기교시라고 해도 국민성을 떠나서는 성립하지 않지만, 기교시는 예술가의 기교에 의해 작위된 것이기 때문에, 그 제작자의 특수한 사상에 의해 조절된 곳이 많다. 하지만 민요는 언제, 어디서, 누구에 의해서라고 할 것 없이, 자연히 국민들 사이에 빚어져 내려온 것이어서, 새가 노래하고 물이 흐르는 울림과 같이 조금의 허식도 없는 정서의 울림이며, 따라서 그 시형이나 시어나 음절 같은 것도 완전히 자연스러운 발전에 맡긴 것이다. 그러므로 사람들이 만약 '국민적(national)'인 것을 진정 이해하려고 한다면, 적어도 자국의 민요를 소외시킬 수는 없을 것이라고 생각한다.[13]

시다는 이에 앞서, "나는 여기에, 감히 '민요'라는 명칭을 사용했다. 이는 말할 필요도 없이 독일어 Volkslied의 직역"이라고 하듯이, '민요'라는 말을 사용할 것을 서술하며, 4회에 걸쳐 연재된 「일본민요개론」의 서두를 장식했다. 이것을 야나기타의 위의 논의와 관련시켜 보면 노래라고밖에 표현할 수 없는 행위를 '민요'라고 부르는 것의 하나의 기원에 가까운 의미를 담당한 담론이었는데, 'Volkslied'를 '민요'로 번역하는 것과 '노래'를 '민요'라고 호칭(번역)하는 것과는 그 순서상 다른 점이 있을 것이다. 서양음악의 틀에 귀속되는 카테고리나 문제에 대응하는 것이 근대일본에도 틀림없이 있을 것이라는 전제가 준비되어 '일본에서의 Volkslied'의 소재가 탐구된다. 이것은 민요든 속요든 이가·이요든, 번역어의 선택이나 그 옳고 그름의 문제는 물론 아니다. 그러한 선택의 근거 등은 사후적으로밖에 구축될 수 없기 때문이다. 시다에게 그 자각을 요구할 수는 없

---

13) 시다 기슈우, 「일본민요개론」, 『제국문학』 12-2, 1906.2, 2면.

으나, 여기에는 '일본에서의 Volkslied'가 노래의 현장에 초래되어 민요
=Volkslied로 지시되는 것의 불협화음이 피할 수 없이 수반되었다고 생각
된다.

　야나기타가 집착했던 노래 / 민요에 대한 위화감은 이러한 불협화음과
는 질적으로 다르다고는 해도, 그것은 '민요'라는 기원(전통)이 창출되는
시스템에도 당연히 대치할 수 있는 의미를 갖고 있었다. 그럼에도 불구
하고 "언제, 어디서, 누구에 의해서라고 할 것 없이, 자연히 국민들 사이
에 빚어져 내려온 것", "새가 노래하고 물이 흐르는 울림과 같이 조금의
허식도 없는 정서의 울림"이라는 시다의 국민주의적 민요관이 표방하는
'자연'은 야나기타의 민요관에도 저변에 흐르는 것이었다. 민요를 작자
고유의 사상을 반영하는 듯한 '기교시(Kunstpoesie)'와 대립시키는 견해도
야나기타의 발상과 가깝다. 물론 야나기타는 "평민이 스스로 만들고 스
스로 부르는 노래"(그리고 어떠한 작업에 수반되는 노래)라 정의되는 민요에
작자('작자의식')의 존재를 부정하지 않지만, "모두가 똑같이 품고 있는 감
정을 누군가가 표현하겠지 하고 있는 사이에 누군가가 표현한 것"[14]이
라고 하듯이, 개인성을 괄호에 넣은 영기호로서의 '누군가'=공동성에
수렴시키고 있기 때문이다. 그 공동성은 문자 그대로 저절로 태어난다는
'자연'의 개념으로 집약될 수 있는 것이었다.

　시다의 「일본민요개론」도 포함해서 1900년대의 『제국문학』에 발표된
몇 가지(국민문학론이 아닌) '국민음악(국악)론'을 보면, 위에서 본 것과 같은
서구(어)의 민요 개념의 이식에 의해 필연적으로 생기는 불협화음이 완전
히 무시되어 있는 것을 알 수 있다. 우에다 빙의 「악화」도 서구음악의 일
본음악에 대한 압도적인 진화론적 우위를 전제로 하고 있다. 우에다는 서
양음악의 전통을 의식하면서 '민요 수집'을 제창하고, 에도시대 이래의 퇴
폐적인 샤미센음악을 폄하하는데, 그 근거는 다음과 같은 언설에 보인다.

---

14) 야나기타 쿠니오, 「민요의 오늘날과 옛날」, 앞의 책, 464면.

삼현악과 같은 묘하게 한편으로 발달해 버린 것을 국민음악의 기초로 삼는 것
보다 오히려 그 근원으로 거슬러 올라가 민요의 순박한 곡을 수집하여, 예를
들면 우리나라의 켈트인종이라고도 할 수 있는 아이누의 선행(멜로디)일지도
모르는 오이와케부시(追分節)와 같은 것을 참고로 하여 진솔한 보통의 경향을
장래의 음악에 주입하고 싶어, 몇 해 전부터 자주 나는 민요악 채집을 주장하
는 것이다.15)

"묘하게 한편으로 발달해 버린" 샤미센 음악의 세련됨은 그러나 현격
하게 진화한 서양음악의 세련됨에 필적할 수 없다. 그렇다면 차라리 세련
됨을 거치지 않은 민요의 '순박'함을 추구하자는 것이다. 신슈우[信州 →
시나노(信濃)국의 별칭. 지금의 나가노현]의 코모로부시(小諸節)나 시나노오이
와케(信濃追分)에서 발하여 에치고(越後 → 지금의 니이가타현)를 지나 홋카이
도오(北海道)에 전승되었다고 하는 오이와케부시[에사시오이와케(江差追分)]
가 여기에서는 아이누에서 유래한다고 암시하고 있으며,16) 더욱이 아이
누는 '우리나라의 켈트인종'으로 자리매김하고 있다. 켈트가 언급되는 것
은 시다가 민요 창출에 당면하여 의거했던 헤르더가 정열을 쏟은『오시
안(Ossian)』의 시에 관한 것도 의식되었다고 생각되는데, 어떻든, 멸망중인
선주민족(舊土人)의 사라져 가는 전승문예를 바라보는 서구근대의 낭만주
의적인 시선에 동화되면서, 일본 내부에 일종의 오리엔탈리즘적인 욕망
의 대상을 가공하는 구도가 여기에는 지적된다.17) 서구 / 일본, 게르만 /

---

15) 우에다 빙, 「악화」, 『제국문학』 10-1, 1904.1, 53면.
16) 에사시오이와케의 기원을 아이누의 노래나 기케이(義経)전설의 아이누처녀의 비련담
　　에서 찾는 속설에 의거한 것일까.
17) 마침 이 시기에 초창기였던 인류학계에서는 아이누 선주민설을 둘러싼 인종론적인 논
　　쟁이 진행되고 있었다. 키나세 타카츠구(木名瀨高嗣)는 코로폿쿠르[아이누전설에 등장
　　하는 왜인(矮人)] 논쟁 등의 초창기 일본인류학의 사회진화론적 이데올로기를 분석하여,
　　거기에 "아이누를 '고민(古民)'으로 대상화하는 시선"이 보이는 것을 문제화하고, 다음
　　과 같이 지적하고 있다. "거기에서 일어나고 있는 것은 아이누의 '현재'의 '과거'화이며,
　　그것은 요컨대 동시대를 사는 아이누를 고풍의 문화를 그대로 남긴 '석기시대인'으로
　　표상하는 로맨틱한 시선의 표명이 아닐 수 없다. 이러한 언설은 우승열패의 사상에 과학
　　적인 장식을 제공하여, 아이누를 자신의 하위에 두어 지배하는 것뿐만 아니라, 동시에

켈트, 일본/아이누라는 이항 대립의 연쇄를 바탕으로, 서구에 대한 일본은 켈트의 역할을 맡고, 나아가 일본 내부에서는 아이누에 켈트의 이미지가 대입된다. 이러한 계층관계에, '서양음악/일본민요'라는 **극한적인 대조**도 규정되어 있는 것이다.

우에다의 「악화」가 게재된 1904년 1월의 『제국문학』의 권두를 장식하고 있는 것은 이노우에 테츠지로오(井上哲次郎)의 평론 「일본음악의 장래(日本音樂の將來)」인데, 이노우에도 서양음악의 압도적 우위를 전제로, '규모 협소', '단조로움' 또는 '화조(和調)'(화성)가 없다거나, 악보가 없고, 악기가 진화하지 않았다는 등등의 단점을 들어 일본의 전통음악의 절대적 열등을 의심하지 않았다. 그 열등으로 인하여 "구주악(歐州樂)의 수입에 따라 종래의 음악은 날로 달로 소멸일로에 있다." 이러한 현실 인식 하에, 이노우에는 일본의 전통음악을 '개량'하여, 그 '보존'을 강구할 것을 제창한다. 즉 열등종의 소멸을 막는 것에 목적을 한정한 보호주의인 것이다. 미술이나 건축과 달리 일본의 음악은 서양음악과 '절충'하는 것도 곤란하다고 시사하는 이노우에의 보호주의는 그가 일찍이 구미인종에 대한 일본인의 인종적 열등을 이유로 내지잡거(內地雜居)[18]에 이의를 제기한 것을 상기시킨다.[19] 그런 점에서 '태서의 문명'의 모방 번역에

'식민지'라는 외부를 내부의 '과거'로 전화하는 시선에 의하여, 아이누를 '보호'의 대상으로 하는 정책을 추진하는 것에 대한 정당성을 준비해갔던 것이다." 키나세, 「표상과 정치성 : 아이누를 둘러싼 문화인류학적 언설에 관한 소묘(表象と政治性 : アイヌをめぐる文化人類學的言說に關する素描)」, 『민속학연구(民俗學研究)』, 1997.6 참조

18) 막부 말기에 서양제국과 맺은 불평등조약의 개정을 시도하며 수 차례 좌절을 맛본 명치정부는 1894년에 드디어 개정안 체결에 성공하여, 치외법권의 철폐 및 관세자주권의 일부 회복이 실현되었다. 이에 따라 1899년에 외국인의 거류지가 폐지되는 대신에 일본 국내에서 외국인이 자유롭게 거주하는 '내지잡거'가 초래된 것이다. 이 '내지잡거'의 문제는 일본사회에 강한 반향을 불러일으켰으며 다양한 논의가 전개되었다. 또한 이를 계기로 다양한 각도에서 일본인론이 분출한 것도 기억할 만하다. 단, 논의 속의 외국인은 주로 서양인을 의미한다. (역주)

19) 내지잡거논쟁과 한일합방 후의 국체론자로서의 이노우에의 전향에 대해서는 오구마 에이지(小熊英二), 『단일민족신화의 기원─⟨일본인⟩의 자화상의 계보(單一民族神話の起源─⟨日本人⟩の自畫像の系譜)』, 신요사, 1995; 조현설 역, 『일본 단일민족신화의 기

대한 의존은 '국민성의 망멸'을 의미한다고 단정하는 시다 기슈우의 「일본민요개론」의 자세는 이노우에의 그것과 다르다. 이노우에가 대상으로 삼고 있는 전통음악의 중심은 샤미센음악으로, 민요는 언급되어 있지 않다. 시다도 '재래의 아악 및 속곡'이 '장래의 국민악'으로 부적당하다고 기술하지만, '서양악의 수입'을 배제한 후에 '국악의 개량'을 향해 제창되는 것이 다름 아닌 민요의 수집이었다. 시다에게 국민음악(국악·국민악)은 그 조건으로 '국민적'이 아니면 안 되며, '국민적'이라는 것은 '지방적'인 것의 수집과 그 종합 위에 기초가 마련되지 않으면 안 되었던 것이다.

같은 시기의 『제국문학』에는 이쿠타 쵸오코오(生田長江)의 「국민적 서사시로서의 헤이케이야기(國民的叙事詩としての平家物語)」(1906.3~5)라는 논고도 연재되어 있으며,[20] 거기에도 국민성·국민주의·국민시와 같은 용어가 범람하고 있는데, 이쿠타가 동서(東西)에 공통된 요건으로 '구송(口誦)', '작자 미상일 것'을 포함하고 있듯이, '국민서사시(국민시)'의 장르와 관련되는 논의는 민요라는 새로운 장르 형성의 논의에 그대로 접속하는 것이었다. 그리고 이쿠타가 '국민시(Volksdichtung)'를 '예술시(Kunstdichtung)'(개인에 의한 창작시)에 대치시키는 것이, 마치 시다에서 보이는 민요(Volkslied) / 기교시(Kunstpoesie)의 대립관계와 유사하듯이,[21] 양자의 장르 개념은 다

원』, 소명출판, 2003을 참조.

20) 헤이케이야기는 헤이안 말기의 무장(武將)인 타이라(平) 일족인 '헤이케(平家)'의 영화와 그 몰락·멸망을 묘사한 이야기물. 불교의 인과관·무상관을 기조로 하며, 리듬감 있는 일한혼효문(混淆文)으로 되어 있다. 항간에서 비파를 타는 눈먼 승려(琵琶法師)들에 의하여 구승되었는데, 이러한 점 등을 들어 지금까지도 종종 『고사기』와 함께 서사시적 성격을 가진 것으로 파악되고 있다. (역주)

21) 시다도 기획에 협력한 잡지 『시라유리(白百合)』의 「민요호(民謠号)」의 민요 수집을 기초로 간행된 마에다 링가이(前田林外) 편, 『일본민요전집(日本民謠全集)』 속편(1907)의 「범례」에서는 민요 / 이요 / 속요를 구별하여, 민요가 악기나 반주를 수반하지 않고 부르는 "방언시, 즉 지방가", 이요가 민요 중에서도 "전부 사투리의 방언시, 즉 전부 사투리의 지방가"를 가리키는 데 반해, 속요는 악기·악곡을 수반하는 소위 샤미센음악의 총체를 상정하고 있으며, '자연적'인 방언시인 민요와 이요에 비해, 속요는 '기교적'

같이 서구, 특히 시다의 경우에는 독일 낭만주의의 논의에 유래한 것이다. 이쿠타가 『일리어드』나 『롤랑의 노래』·『카레와라』에 대응하는 것을 『헤이케 이야기』에서 찾았듯이, 시다는 요한 고트프리트 헤르더(Johann Gottfried Herder)의 『민요집(*Volkslieder*)』(1778~1779)의 민요 수집과 번역의 실천이나 『오시안론』[정확한 표제는 『오시안 및 고대 제민족의 가요에 관한 왕복서간의 발췌(*Auszug aus einem Briefwechsel über Ossian und die Lieder alter Völker*)』, 1773] 등의 시도에 대응하는 것을 일본 각지의 '지방적 선율'=민요에서 구하려 했던 것이다.

마찬가지로 같은 시기 『제국문학』에 연재된 카타야마 마사오(片山正雄 : 1879~1933. 독문학자)의 「향토예술론(鄕土藝術論)」(1906.4·5)이 프리츠 리엔하르트(Friedrich Lienhard : 1865~1929. 독일의 시인. 비평가) 등에 의한 '향토예술'의 제창을 소개하는 등 20세기를 맞이하는 동시대 독일의 근대에 대한 지방주의적인 '반동'의 기운도 거기에는 수반되어 있었다. 카타야마는 리엔하르트를 인용하여 '모데르네'의 실추를 "신기(Modernität)를 뽐내어, 도회(Grossstadt)를 중시한 나머지, 역사와 국가, 과거와 국민을 잊은 것"에 돌리고 있는데, 이러한 '역사와 국가, 과거와 국민'이라는 가치축은 시다의 민요론의 근간을 이루는 것이기도 했다. 국민이 국가로 과거가 역사로 편성된다는 계층성에 의해 열거된 이 단어들은 도시에 사는 근대 자유인들의 데카당스를 초극할 만한 향토의 야생, 자연성의 소환으로 인도하는 키워드였는데, 18세기 독일의 헤르더로부터 시다가 민요론에 이식하여, 나아가 카타야마 등에 의하여 20세기 동시대의 독일에 그 혈맥·계보가 새로이 확인되는 국민주의의 이데올로기가, 역사 편성과 같은 시간적 조작·인식과 불가분한 것을 말해준다. 시다가 모델로 삼은 민요

이기 때문에 이것을 수록에서 생략한다고 하고 있다. 기교와의 대립축으로서의 자연의 칭양은 시다가 의거하는 헤르더에서 유래한 것으로 보아도 좋으며, 우에다·시다·이쿠타 등에게 공유되는 전제이기도 하다. 그 전제가 이러한 민요집 편집에서도 충실히 지켜지고 있다는 점이 중요하다.

수집은 '역사적 민요집'의 편집이다. 그것은 "현대의 민요를 통해서 보는 바와 같은 국민성"의 조성과정을 확인하기 위해서는 "그 이전의 민요로 거슬러 올라가지 않으면 안 되"기 때문으로, "사물은 저절로 계통이 있어, 일조일석으로 생길 수 없"기에 "반드시 태고 이래 각 시대의 민요를 조사하지 않으면 안 된다"고 하는 것이다.

그런데 「일본민요개론」은 그 용도별로 민요를 다음과 같이 계통수로 분류하고 있다.

민요┌노동에 수반되는 것(농사가 / 고기잡이노래 / 나무꾼의 노래 / 공사(工事)가 / 마부가 / 차따기노래
　　└무도에 수반되는 것(신사가 / 축사가 / 봉노래 / 무용가 / 아동가 / 동요 / 풍토가)

이러한 카테고리들은 '농사가'를 예로 들면, 또다시 다음과 같이 하위 분류된다.

농사가┌전답노동에 수반되는 것(밭매기노래, 밭노래 / 모심기노래 / 벼베기노래 / 봄갈이노래, 밭갈이노래 / 밭놀이노래)
　　　├실내노동에 수반되는 것(보리찧기노래 / 벼찧기노래, 방망이치기노래, 보리타작노래 / 가루빻기노래)
　　　└농사부속노동에 수반되는 것(실짜기노래 / 떡치기노래 / 쌀씻기노래 / 차잎찌기노래 / 베틀노래 / 술빚기노래 / 다듬질노래 / 된장콩찧기노래 / 가마니짜기노래)

이러한 정밀한 분류는 훨씬 나중에 야나기타 쿠니오가 고안한 「민요분류안」(1936)에 앞서는 것인데, 이와 같은 공시적인 계통수를 앞에서 본 민요 생성의 통시적 계통 인식이 보완하고 있는 점이 중요하다. 그리고 공시적 분류가 차이나 다양성을 나타냄으로써 역으로 단일한 존재로의 통합이나 집약으로 끌어들이는 역학을 야기하는 것처럼 '현대의 민요를 통해서' 그 조성과정을 거스르는 시간의식의 도입을 재촉하는 것은 '각 시대'의 생성 변화상에 대한 관심이 아니라 민요의 ('태고'의) 고태(古

態)·원태(原態)에 대한 낭만주의적인 동경일 것이다. 민요는 용도나 지역에 따라, 그리고 시대의 변천 속에서 차이를 산출하고 변화를 계속하는 다양하고 유연한 장르임에도 불구하고, 아니 오히려 그 변화 유행의 모습 때문에 시대를 초월한 불변의 원민요가 환시되는 것이고, 그 환상은 시다에게 있어서는 '국민성'의 순수형(고태)으로 거슬러 오르는 것을 의미했던 것이다.

3. 모든 국민의 소리—헤르더의 민요 개념

시다에게 '민요'라는 번역어를 이끈 독일어 'Volkslied'도 원래는 헤르더가 영어 folk song 혹은 popular song을 기초로 창출한 말이었다.[22] 헤르더가 민요 수집을 통해 독일 국민문학의 부흥에 휘말린 것도, 초기에 『에다(Edda)』의 독일어역을 통해 게르만민족이 귀속되는 북유럽신화에 관심을 가졌던 것이 크다고 하는데, 영국에 있어서의 가요 수집과 간행에 대한 정열이 항상 표본으로 의식되었다고 한다.[23] 그의 『오시안론』은 스코틀랜드의 제임스 맥퍼슨(James Macpherson, 1736~1796)이 게일어에서 번역했다는[24] 『오시안』의 독일어역에 촉발되어 이루어진 것이며, 『민요

---

22) 손쉬운 독일문예용어사전에서는 Volkslied를 다음과 같이 정의하고 있다. "요한 고트프리트 헤르더에 의해 영어 popular song을 기초로 만들어진 명칭으로, 일반적으로 선율을 동반하며 절로 나뉘고 운을 밟은 소박한 노래를 가리킨다." Volker Meid, *Sachwörterbuch zur Deutschen Literatur*, Reclam, 2000.

23) 카이치 야스유키(海地泰行), 「헤르더와 민요(ヘルダーと民謠)」, 『오오사카(大阪)학원 대학외국어논집』 6, 1978.12 참조

24) 이 『오시안』은 맥퍼슨 자신의 창작이라는 위작설이 일찍이 제출되어 논쟁이 되었다. 이 점도 포함한 『오시안』 성립의 경위에 대해서는 나카무라 토쿠사부로오(中村德三郎) 역, 『오시안(켈트민족의 古歌)』(이와나미문고, 1971)의 「후기」를 참조 아울러 헤르더 자신도 『오시안론』의 첫머리에 오시안의 본원성(Ursprünglichkeit)과 맥퍼슨의 창작 / 번

집』도 토마스 퍼시(Thomas Percy, 1729~1811)의 『고대 영국시 습유(Reliques of Ancient English Poetry)』(1768)를 모델로 편찬되었다는 경위가 있다. 헤르더는 『중세 영독시가의 유사성에 대해』(1777)에서 "Wo sind unsre Chauser, Spencer und Shakespeare?(우리들의 쵸오서, 스펜서, 셰익스피어는 어디에 있는가?)" 하고 탄식했다. 영국의 가요운동에 대한 후진의식이 그의 내부에서 기폭제가 되었던 것이다.

시다 기슈우가 '민요'를 번역 이입한 곳인 헤르더의 민요 개념도 영어나 영국문학 등 독일 외부의 유럽 언어·문학으로부터의 번역 이입이었다는 것은 '국민적인 것'의 탐구가 다른 '국민'과의 비교를 통해서 상대적으로밖에 이룰 수 없다는 것의 증거가 될 수 있겠다.25) 즉 국민음악이라는 것도 세계음악이라는 영역을 상정하지 않으면 성립할 수 없어진다. 이것은 예를 들면 근대일본의 '국문학'의 성립시에 배경을 이룬 국민문학론이 (일국 국민주의가 아니라) 세계문학의 보편주의에 의해 상대적으로 인지·권위화되었던 것을 상기시켜 보면 된다.26) 더욱이 여기에서 말하는 '세계'란 한없이 '서양'이라는 뜻에 가까운 것으로, 저절로 그 상대주의에는 일방통행적인 계층성이 내포된다. 시다와 헤르더의 민요에 대한 자세에 관해서 말하면, 일본은 독일을 모방(번역)하고, 독일은 영국을

역 문제를 데니스에 의한 독일어역의 평가를 섞어서 논의에 싣고 있다.

25) 『오시안론』 등의 헤르더의 중요한 시론(詩論)을 번역한 나카노 코오존(中野康存)은 그의 역저 『민족시론(民族詩論)』[사쿠라이(櫻井)서점, 1945]의 권말에 충실한 해설에 더하여 「헤르더의 시론과 민족의 문제(ヘルデルの詩論と民族の問題)」라고 하는 중후한 부론(付論)을 달고 있는데, 나카노는 그 부론에서 헤르더의 번역이 "국민적 문학의 동등성이 아니라 본래 부등성(不等性)에 존재한다"고 지적한 후에 다음과 같이 서술한다. 참고할 만한 언급이다. "동시에 이해이기도 한 번역은 따라서 신창조 없이는 생각할 수 없으며, 이 신창조의 작용이 있어야만 자기 보존과 다양한 외국문화재 사이의 간격은 메워질 수 있다. 창조로서의 언어와 이해로서의 언어는 근저에서 일체이다. 자기 고유의 것을 낳음으로써 비로소 자기 이외의 것을 이해할 수 있고, 그와 동시에 다른 것을 섭취함으로써 자기를 자각한다. 다른 제민족을 아는 것은 그대로 자국민의 힘과 천성을 존립시키고 있는 '국민적인 것'으로 우리들을 이끈다."(『민족시론』, 407면)

26) 이 점에 대해서는 츠보이, 「'국문학'자의 자기 점검─인트로덕션(〈國文學〉者の自己点檢─イントロダクション)」[『일본문학(日本文學)』 49-1, 2000.1]도 참조하기 바람.

모방(번역)한다는 식으로 앞에 든 일본음악보호주의에 보인 이노우에 테츠지로오의 서양에 대한 노골적인 열등의식을 다시 떠올릴 필요도 없다.

하지만 일본음악의 '보존'이라는 소극적 자세에 한정된 이노우에에 비해, 시다가 일본의 국민음악의 가능성을 '국민적 즉 지방적'인 것으로서의 민요에서 발견한 점에서 양자가 다르듯이, 시다의 그것에 백년이상 앞서는 헤르더의 민요 개념도 상당히 다른 것이었다. 헤르더에 관하여 자주 언급되는 Kunst(기교, 기예)에 대한 Natur(자연)의 절대적 칭양은 시다는 물론이고 앞에서 든 이쿠타, 카타야마의 논의에도 그에 가까운 형태로 반영되어 있으며, "헤르더의 가요 찬미도 실은 그 특유의 근대비판이었다"27)는 의미도 동시에 거기에는 함의되어 있다. 하지만 근대비판의 문맥은 바로 그 '근대'의 내실을 시간차를 두고 고려해 보면 전혀 동렬로는 다룰 수 없다. "헤르더가 살았던 18세기 후반에는 '독일의' 민족 혹은 국민(Nation)이라는 개념을 현실적으로 지탱할 만한 통일국가는 아직 출현하지 않았다"28)고 하는 사정을 참작하지 않으면 안 될 것이다. 원래 『민요집』은 162편 중 독일어에서 유래한 것은 38편에 머물고, 영국·스코틀랜드·게일어로 된 것이 53편으로 그것을 상회하며, 로망스어 30편, 슬라브어권, 북구어권, 고대어 외에 발트제국, 레프랜드 등지까지 광범위한 지역의 민요를 채집한 것이었다.29) 사후에 나온 『민요집』 개정판(1807)의 표제는 헤르더의 유지를 존중하여 『가요 속의 제민족의 소리(*Stimmen der Völker in Liedern*)』로 되어 있다. 시다의 민요론과 그 이후의 근대 일본의 민요 수집 등의 운동에는 이러한 민족의 복수형(Völker)의 위상은 크게는 나타나지 않는다(중요한 예외에 대해서는 후술한다). 왜냐하면 헤르더

---

27) 타카기 마사후미(高木昌史), 「헤르더와 민요(ヘルダーと民謠)」, 『독일문학(ドイツ文學)』 86, 1991, 52면.

28) 사카이 요오코(阪井葉子), 「독일민요 수집의 기원―계몽주의와 낭만주의의 접점으로서의 『소년의 마적』(ドイツ民謠收集の起源―啓蒙主義とロマン主義の接点としての『少年のふしぎな角笛』)」, 『독일문학』 99, 1997, 63면.

29) 타카기 마사후미, 앞의 글, 49~50면 참조.

의 논의에서 착종되어 있다고 생각되는 '민족/국민'이라는 미묘한 차이의 틀이 근대일본의 민요운동의 논리에서는 '국민'에 거의 집약 일원화되어 있다고 보아도 되기 때문이다(국민은 물론 각 지방의 수준으로 미분된다). 헤르더의 경우는 반대로 이 차이의 틀은 민족의 보편성에 의해 안정화가 추구되었다고 보아야 할지도 모르겠다.30)

"민족은 이리하여 언어에 의하여 비로소 '민족'이 될 수 있다고 한다면, 민족은 또한 언어에 의하여 비로소 '국민'도 될 수 있는 것은 자명하다."31) 나카노 코오존(中野康存, 1909~)은 1945년, 일본의 패전 반년 전에 간행한 역서 『민족시론』에 헤르더론을 덧붙이고, 그것을 이와 같이 맺고 있다. 전시하의 시국에서 나카노는 "인류는 서로 결합된 모든 국민의 다양성과 이종성 속에만 그 존재를 보유한다"는 헤르더의 '역사적 상대주의'를 적극적으로 옹호하려는 듯이 보이지만, 헤르더가 민족주의의 고전으로 나치스에 이용되었다는 사정도 있어서인지, 여기에서도 자연적 존재로서의 민족에서 문화적 존재로서의 국민=문화국민(Kulturnation)으로의 생장발전이라는 모델이 다소 갑작스럽게 제시되어 있다. 그리고 그 '문화'화=생장발전의 촉매에 언어가 정립되는 것이다. 여기에서 말하는 언어란 물론 그 민족/국민을 결정하는 모어를 가리키고 있는데, 오히려 이 평언은 시다의 「일본민요개론」의 국민주의를 설명하는 것이었을지도 모른다. 시다는 민요 연구 필요의 이유로 '국시(國詩) 혁신' '국어 개량' '국악 개량'의 세 가지를 제시하고 있는데, 그 중의 '국어 개량'의 구체적 내용은 민요의 수집 연구의 목적이 방언의 수집 연구라는 것이었다. 하지만 방언 연구에 대해서도 앞에서 본 통시/공시적인 계통의식과 마

---

30) 사카이 요오코는 헤르더의 작업을 계승하여 『소년의 마적』을 편찬한 아르님/브렌타노가 "독일의 문화적인 아이덴티티를 확립한다는 목적을 위해, 독일어권 밖으로부터의 영향을 의식적으로 무시하고, 외국어로부터의 역시를 배제했"던 것과 대조해서, 민요 수집에 있어서의 독일 고유의 민요를 중심화하지 않는 헤르더의 '폴크'가 "이념적인 개념에 머물렀다"고 지적한다. 사카이 요오코, 앞의 글, 63~64면 참조.
31) 나카노 코오존, 『민족시론』, 사쿠라이서점, 1945, 436면.

찬가지로, 방언의 차이나 다양성을 각 지방 언어의 자립성의 검증을 위해 사용하는 것이 아니라, 차이나 다양성을 통하여 단일한 것이 떠오른다. 과거현재의 민요의 말의 변천을 분명히 하는 것으로 민요—방언 연구는 '표준어의 제정이나 신국자(國字)의 제작'에 대한 기여가 기대되기 때문이다.

여기에서 명백해지는 것은 시다 기슈우가 민요 개념을 헤르더에게 배우면서, 헤르더의 '제민족 / 민족 / 국민'이라는 계층적인 패러다임을 '국민국가(표준어) / 지방(방언)'과 같이 축소화하고 있는 것이다.[32] 그리고 이 축소화는 '국민'의 단일화·투명화와 제휴한다. '국민적 / 지방적'이라는 패러다임은 지방(방언)이 기교에 대항하는 자연을 담당하는 것으로, 본래 허구적인 것일 수밖에 없는 '국민적인 것'을 타고난 것인 양 자연화한다. '신국자의 제작'에 민요 수집이 상관되어 있는 것도, 본래 목에서 귀, 그리고 목으로 전승되어 가는 가변적 유동적인(자연으로서의) 목소리의 흔적을 문자로 정착시켜, 다양한 발음을 포괄할 수 있는 표기법을 구상한다[33]는 의미에서 '다양한 소리를 공유하는 국민'이라는 초월 존재를 가

---

32) 시다는 헤르더, 『민요집』(개정판)의 표제(『가요 속의 제민족의 소리』. 시다는 '민족'을 '국민'으로 치환하여 『가곡 속의 모든 국민의 소리』로 번역한다)를 예로 들어, "민요는 국민 자연의 정의 소리이기에, 그 시어도 그 지방 자연의 언어, 즉 방언을 사용하는 것이 상례이다. 그렇기에 민요는 국시계(國詩界) 유일한 방언시이기도 한 것"이라고 기술한다[시다, 「방언시(方言詩)」, 『시라유리』, 1906.12, 68면]. 즉 시다는 헤르더의 '민족'을 '국민'으로 한정한 후에, 나아가 그 '나라(國)'를 일본 국내의 지방(國 → 제2장 각주 42 참조)[미치노쿠(陸奧)·데바(出羽)·에치고(越後) …… 등]으로 바꿔 읽고 있으며, 헤르더가 독일어와 외국어 사이에 고려한 번역의 문제도 방언 상호의 차이로 국내적으로 변이되었던 것이다. 아울러 마에다 링가이 편, 『일본민요전집』(1907)의 「범례」에도 "민요는 모든 국민의 소리, 방언의 시"라는 위의 시다의 생각을 반영한 듯한 언사가 보인다.
33) 근대일본의 민요운동의 역사를 자발적인 내셔널 아이덴티티 획득의 역사로 사회학적인 관점에서 자리매김한 타케다 슌스케(武田俊輔)는 시다의 민요론과 동시에 시작되는 민요집 편찬에 있어서의 소리의 문자화 문제를 다음과 같이 적확하게 분석하고 있다. "…… 따라서 '문자'의 위상에서 기록된 '민요'도 마찬가지로 마치 '소리'인 양하는 '문자'에 의한 '가장'이라고 할 수 있겠다. …… 실제로 「민요집」이라는 시도 자체가 이러한 '소리'를 '문자'에 의하여 정확히 옮길 수 있다는 착시 속에서 성립하고 있다." 타케다 슌스케(武田俊輔), 「민요의 역사사회학—로컬한 아이덴티티 / 내셔널한 상상력(民謠の

공한다. 민요는 문자 그대로 자연으로서의 국민을 날조하는 매체이다.

4. 민요집의 편찬—국민의 소리로서의 민요

「일본민요개론」을 『제국문학』에 연재한 직후, 같은 해 1906년 11월에 시다는 잡지 『시라유리』에 「일본시학상의 민요의 위치(日本詩學上に於ける民謠の位置)」라는 비평을 썼는데, 거기에서는 '태서의 시학'에 대한 '맹종'이나 '서양 숭배열'을 비판적으로 총괄하며, 국민주의적 언설을 보다 전면에 내세우고 있다. "이리하여, 청일전쟁이나 러일전쟁이 직접 혹은 간접의 동기가 되어, 우리나라 사람들에게 특수한 어떤 사물이 존재하는 것을 자각시켰으며, 이리하여 한편으로는 국민전통의 연구가 일어나고, 한편으로는 국악 연구의 소리가 높아지며, 또 한편으로는 속담 연구나 민요 연구 등도 발흥하기에 이르렀다." 여기에서 말하는 '특수한'이란 거의 '국민적'과 동의어이다. 청일전쟁을 잇는 러일전쟁이 문예 제장르에서의 국민주의 발흥의 강력한 지표라는 것을 자각적으로 서술한 문장으로, 대외전쟁의 여파가 근대일본의 민요 자체에 흔적을 남기고 있는 것은 나중에 언급하는 각종 일본민요집에서 다음과 같은 노래가 채집되는 점에서 확인할 수 있다.

순식간에 여순(旅順)을 공격하는 일본병,
어려움 없이 대만을 함락시키고,
호오카이 위해위(威海衛)에서 탕탕 모두 죽이고,

歷史社會學—ローカルなアイデンティティ/ナショナルな想像力)」, 『소시오로고스(ソシオロゴス)』25, 2001, 7면.

호오카이

たちまちに旅順をせめとる日本兵、
難なく台湾をせめ落し
ホーカイ威海衛でチヤンチヤン皆殺し
ホーカイ

　　　　　　　—〈호오카이부시(ホーカイ節)〉토오쿄오, 『일본민요전집』

이이 이홍장의 대머리,
마마 만주기병을 생포하고,
제제 제국만세 대승리

りり李鴻章の禿頭、
まま滿州騎兵を生捕りて、
てて帝國万歳大勝利

　　　　　　　—이세(伊勢)·〈잡요〉, 『제국동요대전(諸國童謠大全)』

　이홍장(李鴻章) 등을 말을 더듬는 어투로 야유한 후자는 유사한 노래
가 이세[伊勢 → 지금의 미에(三重)현] 이외의 다른 지방에서도 채집되어 있
어, 지역을 넘어 유통된 것으로 보인다.34) 전자 〈호오카이부시(ホーカイ
節)〉는 명청악(明淸樂)35)을 본으로 하여 유행한 속요 〈호오카이부시(法界
節)〉로, 민요라기보다는 유행가에 속한다.36) 이러한 5·7조에 가까운 가

---

34) 『시라유리』 4-5 「민요호」(1907.3)에 게재된 츠쿠라 슌요오(津倉春洋), 「타지마의 민요
　에 대해(但馬の民謠に就いて)」는 청일전쟁에 의한 가요의 변화로 "회고의 정을 야기하
　는 오랜 자장가·방적가·뽕따기노래 등은 〈찬찬〉이나 〈이홍장〉 같은 유행가에 압도
　되고 말았다"고 서술하고 있다.
35) 에도시대 말기부터 청일전쟁 무렵까지 유행한 명·청의 속곡. 청악의 성악을 주로 하
　며, 명악도 포함하여, 월금(月琴)으로 반주한다. (역주)
36) 소에다 토모미치(添田知道)는 청일전쟁을 앞둔 시기의 번벌타도운동이 한창일 때 호
　오카이부시 〈린린가(凜凜歌)〉(중국 침략을 몽상하는 내용)가 불린 상황을 "관념적으로
　는 서양의 민권사상을 받아들이고, 세계로 눈을 떴다며 식민정책의 잘못을 크게 떠들
　기도 하지만, 그것은 바로 독선의 국위선양정신에 밀착한, 결국은 영웅주의의 육체적

락은 거의 같은 시기에 유행된 7·7·7·5의 도도이츠(都都逸)의 음률 형식인 '이요정조(俚謠正調)'의 가락을 상기시킨다. 이요정조는 쿠로이와 루이코오(黑岩淚香 : 1862~1920. 신문기자. 문학자)가 1904년 11월에 주재하는 『요로즈조보(万朝報)』에서 모집을 시작한 독자 투고를 주체로 하는 창작가요로, 당시의 일종의 '신민요'라 할 만한 것의 창작이 시다 등이 제창하는 민요수집운동에 앞서서 나타나고 있는 점은 흥미롭다.37) 모집을 개시한 후 약 1년 동안의 투고작을 보면 러일전쟁의 전과를 축하하거나 적국 러시아를 조소하는 국수의 기풍이 두드러진다.38) 대부분은 "조심해서 쫓아라 러시아의 병사는 결국은 일본의 백성이 된다", "우랄을 부수면 바이칼이 묻힌다, 병량(兵糧)을 산출할 논이 생긴다"39)와 같은 쿄오카(狂歌)40)의 뭉개진 형태인데, 전자의 '조심해서'에 루이코오는 "선자(選者)가 이르기를 후대의 일본의 식민지라는 것은 이요가 러시아에 내린 선고(宣告)이며, 도망가는 끝이 전부 일본의 백성이 되니 이것이 러시아병의 운명"이라고 주를 달아, 값싼 내셔널리즘을 부추기고 있다. 이 이요정조 모집이 러일 개전을 둘러싸고 내부 대립한 우치무라 칸조오(內村鑑三 : 1861~1930. 종교가. 평론가)41) 등 반전론자가 『요로즈조보』를 떠난 후

잠재가 있다"고 평했다[소에다, 『엔카의 명치대정사(演歌の明治大正史)』, 도수(刀水)서방, 1982.11, 54면]. 이와 같은 민중의 이중 기준(double standard)적인 국가의식이 저류화하여 '민요'로서 미디어에 다시금 부상하는 것이다.

37) 아울러 야나기타 쿠니오는 미디어를 뒷받침으로 한 이요정조의 등장을 『민요의 오늘날과 옛날』 수록의 「유행가와 민요(流行唄と民謠と)」에서 샤미센음악과 함께 민요를 획일화하고 그 지방성을 수탈한 원흉으로 못마땅하게 파악하고 있다.

38) 정조암(正調庵) 쿠로이와 루이코오 선, 『정본(定本) 이요정조』[교란사(交蘭社), 1928]의 서문[유아사 치쿠산진(湯淺竹山人, 1875~1944)]은 루이코오에 의한 이요정조 모집 개시 무렵을 다음과 같이 회상한다. "그때는 마침 러일전쟁에 처하여, 상하 일반, 국민적 의기가 팽배한 때였다. 그래서 응모의 투고에도 시국음(時局吟)의 우수한 것이 있어, 주창자이자 선평자인 선생님의 의지에 일치하는 결과가 나타났기에, 선생님은 크게 기뻐하시며, 매일 쇄도하는 다수의 투고에 대하여, 남다른 흥미와 자극을 가지고 엄밀한 선을 행하셨다. 그리하여 이요정조는 러일전쟁이 낳은 신가요라 할 만하고, 또한 명치 후기, 국민발전기가 낳은 신민요라고 해도 좋다."

39) 쿠로이와 루이코오 선, 위의 책, 68면.

40) 해학, 골계를 읊은 비속한 단가(短歌). 특히 에도시대에 유행했다. (역주)

의 일이라는 것은 말할 필요도 없다. 이요(민요)의 정형(정조)화는 민심의 정형화와 일치했다는 것을 말해주고 있다.

시다 등이 수집을 제창한 민요는 각각 작자의 이름을 가지는 이요정조와는 물론 수준이 다른 것이라고는 해도, 민심(국민의식)의 정형화는 앞의 시다의 민요론을 보아도 명확하듯이 민요의 수집과 그 편성에 있어서도 그 목적하는 바임에 다름없다. 물론 개개의 노래가 정형을 가지지 않은 점에 큰 차이가 있지만, 그 대신에 시다가 제시한 것과 같은 분류체계에 의하여 보다 포괄적인 여러 정형을 만들어냈다고도 할 수 있다. 예를 들면 방언이나 가락[전국의 민요의 선율의 본격적인 종합적 채집은 후의 마치다 카쇼오(町田嘉章 : 1888~1981. 민요 연구가. 작곡가) 등에 의한 『일본민요대관(日本民謠大觀)』을 기다리지 않으면 안 되지만]이 지방에 따라 미묘하게 달라도 〈모심기노래〉하면 〈모심기노래〉로서의 장르적 동일성이 일본인의 종족적 동일성과 부합하듯이, 오히려 그 미묘한 차이를 양식으로 하여 살이 붙어 가는 것이다. 시다의 분류는 (이후의 야나기타도 마찬가지지만) 민요의 노래의 용도에 기초한 것으로, 지방별 수집을 표면에 제시하지 않지만, 실제로 1900년대 후반부터 연이어 나타난 민요집은 지방별을 기본으로 하는 앤솔러지였다. 여기에 먼저 그 주요한 것 3종을 열거한다.

　① 『일본민요전집』(정·속)
　— 마에다 링가이(前田林外) 선정(選訂), 홍고오(本鄕)서원, 1907.3·11
잡지 『시라유리』가 각지의 사우(社友)를 중심으로 청취 필기 채집한 민요를 같은 잡지에 「민요호」「민요」로 연재(1906년 11~1907년 4월 종간호)한 것을 단행본화한 것. 속편에 증보가 있다. 정편에 코이즈미 야쿠모(小泉八雲 : 1850~1904. 문학자. 영국인으로 후에 귀화. Lafcadio Hearn)의 민요론 「일본의 아동의 노래(日本の子供の歌)」를 첨가. 전국을 '일본해연안 제지방 / 바다를 갖지 않는

---

41) 삿포로농학교(札幌農學校) 출신. 교회적 기독교에 대항하여 무교회주의를 제창했다. 교육칙어에 대한 경례를 거부하여 소위 불경(不敬) 사건을 일으켰고, 또한 비전론을 창도 (역주)

제지방 / 태평양해안 제지방 / 시코쿠·큐우슈우·홋카이도오·류우큐우·대만'
으로 대별. 이러한 큰 구분 이외에 지방으로 자세하게 집약하는 것은 기본적으
로 하지 않고 있다. '일본해안 제지방'의 항에 우젠[羽前 → 지금의 야마가타(山
形)현] 지방과 이와미[石見 → 지금의 시마네(島根)현 서부] 지방의 민요가 나
란히 놓여 있는 경우도 있다. 채록된 민요는 〈모심기노래〉·〈봉춤노래〉·〈자장
가〉 등 시다의 「일본민요개론」의 분류와 닮은 명칭을 사용하고 있으며, 배열은
무질서. 각각의 민요의 보고자(채취자)의 기명이 있는 것과 없는 것이 있다. "민
요는 모든 국민의 소리, 방언의 시이므로, 그 방언을 손상시키지 않도록, 표기
법 등에 조금 수상한 점이 있더라도 가능한 한 필기대로 집록한다"고 「범례」에
있어, 민요를 '방언시'로 자리매김하고 있다.

②『제국동요대전』
— 동요연구회 편, 편집자 하시모토 시게루(橋本繁), 춘양당(春陽堂), 1909.9
"동요연구회에서 다년 간 수집한 것"으로 전국을 "기내(畿內)와 8도로 나누
고, 각국 분류별"로 구성하여, 각각의 국(國)[42]마다 '천기천상(天氣天象), 세시
(歲時), 노작(勞作), 테마리노래(→ 제1장 각주 21에 포함된 역주 참조), 자장가,
유희가 및 잡요'의 분류로 민요를 배열(이상 「범례」 참조, 단 민요분류의 배열
은 실제로는 그다지 엄밀하지 않다). 일례를 들면 이러한 구성에는 토오카이도
오(東海道) / 이세국(伊勢國) / 노작가(모심기노래·차따기노래 ……)와 같은 계
층화가 거의 일관해서 이루어지고 있다. 채집자의 개인명은 없다. 이즈미 쿄오
카(泉鏡花 : 1873~1939. 소설가)가 짧은 서문을 기고했다. 그에 따르면 "경영 십
여 년, 날마다 이에 몰두하여, 여기에 채록된 것이 그 수가 약 3만"이라고 하며,
유사서 중 "미증유의 대집(大集)"으로 "이로서 우리나라 방방곡곡의 동요를 들
을 수 있으리"라고 과시한다. 표제에도 서문에도 '동요'로 되어 있으나, 이것들
은 사실상 '민요'로 파악해도 된다. 단, 노작가에 비해 유희가 등의 비중이 비교
적 높다. 또한 오늘날과 동의어인 동요도, 방언·의미 불명한 것을 생략하지 않
고 채록했다고 한다. "쇠퇴하여, 지금은 행해지지 않"는 봉춤노래의 가치를 인

---

42) 여기에서의 '國'은 '나라'를 의미하는 것이 아니라, 고대에서 근세까지의 행정구획의
　　하나. 대화개신(大化改新, 645년) 이후, 전국을 직접 통치하기 위하여 국(國)·군(郡)·
　　리(里) 3단계의 행정구획으로 편성하고, '국'에는 중앙관리를 파견. (역주)

정하고 채록한 것도 특징이라고 할 수 있다. 이 대전은 발매금지 처분을 받아, 후에 개정을 가해 같은 출판사에서 같은 구성으로 『일본민요대전』(춘양당, 1926)으로 재간되었다.

③『이요집(俚謠集)』

— 문부성 문예위원회 편, 국정교과서공동판매소, 1914.9

문부성이 각 부현(府縣)에 제출시킨 보고에 기초하여 편찬된 것. 단 토오쿄오·오오사카·효오고(兵庫) 등 15부현은 미제출로 미수록. 도부현별로 실제의 행정단위로 구성한 점이 종래의 민요집에 비해 새로운 곳이다. 개개의 민요에는 더 자세히 채록한 군시(郡市)명을 덧붙이고, "배열의 순서는 한 부현 내에서는 불린 시기가 분명한 것은 그 순서에 따"랐다. 텍스트가 "일반적인 것(지방색이 없는 것이라는 뜻으로 보인다—츠보이)과 외설적인 것"은 생략. 테마리노래, 자장가 등의 아동가도 "피차혼효전화(彼此混淆轉訛)"하여 지방색이 희박하다고 하여 그 대부분을 생략(이상 「서언」 참조). 그럼에도 불구하고 수록 수에서 『제국동요대전』을 능가하며, 채록한 민요의 종류도 다양하다. 다음의 『이요집습유(拾遺)』와 함께 발군의 규모라 할 수 있다. 권말에는 색인도 붙어 있어 독자에 대한 편의를 도모했다.

『이요집습유』

— 타카노 타츠유키(高野辰之), 오오타케 슌지(大岳舜次) 편,
육합관(六合館), 1915.4

위의 『이요집』에 미수록된 부현의 민요를 수록하고, 그 이외의 도부현의 것도 보충한 것. 타카노가 채집한 민요를 제공, 오오타케가 편찬. 분류·체재 등 『이요집』을 거의 답습하고 있으며, 도부현 마다의 '이요' '동요'로 이분해서 배열하고 있다. 『이요집』이 생략한 "일반적인 것 및 남녀간의 애정에 관한 노래" 중에서 채록할 수 있는 것을 뽑았다고 하여, "관청의 출판물"로서의 『이요집』에 대해 어느 정도 차별화하려는 의도가 작용하고 있다. 방언이 강한 노래도 적극적으로 채집하여, 적절히 표준어에 의한 주석을 달았다. 권말에는 부록으로 100페이지를 넘는 「명치 년간 유행가」를 수록하고 있는 것도 주목된다. 곳곳에 악보(샤미센보 포함)를 삽입한 것도 새로운 시도이다.

그렇다면 1900년대 후반부터 1910년대 전반에 걸쳐 집중적으로 나타난 이러한 민요조사와 앤솔러지 간행 붐에서 어떠한 논의가 부상할까. 위의 세 종류(5권)의 민요집을 일단 단서로 하여 생각해 보기로 하겠다.

우선 민요를 채집하는 범위로서의 일본의 권역을 어떻게 설정할 것인가, 나아가 설정한 권역을 어떻게 구분할 것인가 하는 것이다. 이것은 어떻게 민요를 분류할 것인가와 같은 문제와도 밀접하게 관련되어 있다. 앞에서부터 확인한 바와 같이 '분류'라는 행위는 민요에 관한 모든 역사적 현상의 핵심에 위치해 있다고 해도 좋을 것이다. 시다나 야나기타가 행한 민요의 분류가 나무에 가지를 그려 넣는 것과 같이 노래의 종류를 자세히 제시하여, 단일한 것으로서의 민요의 전체상을 묘사하려 했듯이[작업가 이외의 노래를 배제한 야나기타의 경우는 '민요=노래의 순화(純化)'라는 의도도 병행했지만], 이들 민요집의 지방별 구성은 일본의 국토 전체의 이미지를 민요의 노래를 매개로 그려내는 시도이기도 했다고 생각된다. 시다의 민요론을 다룰 때 이미 언급한 것이지만, '지방적'의 총화='국민적'이라는 전제가 이들 민요집에는 공통되어 있다.

그러한 의미에서도 ①에서 ③의 민요집에 걸쳐 그 지방의 구분이 애매한 지리적 구분(일본해쪽/내륙/태평양쪽 등)에서 행정 구분으로, 더욱이 '국(國)' 단위43)에서 현행의 도부현(道府縣)으로 정리되어 가는 모습을 엿볼 수 있는 것이 흥미로운 점이다. 그것은 "모든 국민의 소리"(『일본민요전집』「범례」)를 '국민의 소리'로 통합하는 과정과도 대응했음에 틀림없기 때문이다. 장르 창출의 시점에서 논의되어 온 민요의 자연성이란 지리적인 조건에 의해 좌우되는 지역색과도 관련이 깊으며, 그러한 자연성이 국민국가의 공약(共約)적인 이미지에 접합되어 간다. 그리고 이러한 인위

---

43) 『제국동요대전』의 구성 구분인 국명은 명치유신 후에 [공식적으로는 폐번치현(1871) 까지의] 새롭게 구획된 것이며, 이 자체가 가리키는 것은 근대 이전의 국(國)의식과는 또 별개이다. 마침 이 민요집이 간행된 무렵까지 부현과 병행하여 종래의 국명도 관용되고 있었다는 사실도 지적해둘 필요가 있겠다.

적인 통합편집은 물론 모순을 낳지 않을 수 없다. 앞에서 든 에사시오이와케(江差追分)의 예에 있듯이, 민요는 지역을 넘어 유동하고 변화하면서 전파되어 간다. 야나기타가 우려했듯이 조금 더 있으면 그 움직임은 미디어의 힘에 의해 가속화되고 새로이 균질화의 경향으로 변질되어 가게 되는데, 민요란 본래 지리적(혹은 언어적)인 경계는 몰라도 행정적인 경계에 의해 나눌 수 없는 영역이다. 그렇다면 이러한 민요집의 국민주의 이데올로기에 대한 공헌이란, 원래는 연결되어 있어 차이가 근소한 지역의 노래와 노래 사이에 부현의 경계의 망을 쳐, 노래와 노래 사이의 공통성이 마치 사후적으로 운명적으로 발견된 양 설치하여, 지역을 초월하는 노래의 단일한 모습을 부상시킨다는 과정의 창출에 있었다고 생각해도 좋을 것이다. 전국에서 민요를 채집하여 편찬된 민요집의 출현은 지방각지의 민요를 이렇게 하여 '살포 / 회수 / 통합'과 같이 순환하는 소리의 기구로 편입해갔다. 헤르더의 『민요집』이 유럽을 주체로 하는 다양한 언어에 의한 가요, 그 '제민족의 소리'를 독일어의 소리에 의한 더빙을 통해 일률적으로 활자화하여 집약하는 시도였던 데 대해,44) 이러한 민요집들은 각 지방의 방언의 다양한 소리에서 공통의 소리를 찾아, 거기에 '국민의 소리'를 단성(單聲)적으로 들을 것을 독자에게 촉구하는 것이다.45)

---

44) 예를 들면 『민요집』에서는 오늘날 괴테의 「들장미(Heidenröslein)」로 친숙한 시가 작자명을 갖지 않는 독일민요 〈들 장미(Röschen auf der Heide)〉로 수록되어, 그것이 『오시안』이나 스페인, 덴마크의 민요와 거의 대등한 관계로 배열되어 있다. 헤르더, 『민요집』의 텍스트는 *Johann Gottfried Herder Werke 3, Volkslieder / Übertragungen / Dichtungen*, Deutscher Klassiker Verlag, 1990에 의했다.

45) 『일본민요전집』 속편 권말에는 같은 책 정편에 대한 서평이 소개되어 있는데, 그 중 『와세다학보(早稻田學報)』에 의한 서평이 이러한 단성으로서의 민요의 소리(국민의 소리)의 실태를 다음과 같이 대변하고 있다. "실로 민요라는 것은 만든 것이 아니라 태어난 것으로, 국민의 소리이며 영혼의 속삭임이다. 우리 선조들은 모두 이 민요에 의해 자기의 진정을 토로하고, 또한 불타는 마음을 밖으로 옮겨, 슬플 때나 괴로울 때나 남을 사랑할 때도 남을 헐뜯을 때도, 언제나 이러한 가요가 되어, 입을 통하여 소리로 나타난 것이다. 고로 민요는 한번 우리 선조들의 혈관을 파도치게 한 파동이 또한 우리들의 혈액에도 그 맥박이 전해온 것이다. 고로 우리들은 민요에 의해, 서로 떨어져서 일생동안 얼굴을 맞대지 않고 또한 같은 땅을 밟은 일조차 없는 국민간에도 감정을 서로

5. 식민지와 민요—조선민요 등

민요 채집의 지역 범위에 대한 문제는 더 큰 틀에서의 검토도 필요하다. 한마디로 일본이라고 해도 1910년대에 걸치는 이 시기는 청일·러일전쟁에 의해 일본이 그 영토를 확대해가는 시기에 있었던 것을 고려할 필요가 있다. 도부현별 구성을 취하고 있는 『이요집』(습유도 포함)에서는 제외되어 있지만, 『일본민요전집』과 『제국동요대전』에는 대만과 조선의 민요가 수록되어 있다. 대만은 이미 청일전쟁의 결과 일본제국이 식민지화했으나 『제국동요대전』이 간행된 1909년은 (합방은 일본정부의 기정노선이 되어 있었다고는 해도) 한일합방의 전년이라는 미묘한 시기였다.

『일본민요전집』의 정편에는 "오늘의 뜻밖의 기쁨을 어떻게 표현할까. 마치 메마른 꽃봉오리가 단비를 만나 힘차게 꽃을 피운 것 같다"와 같은 오키나와의 유가(琉歌), 홋카이도오의 아이누어 노래에 더하여, "마른른, 시파나판, 테마스루, 아홍간, 바테하우간, 마스루, 시파란카사이후라, 마쿠이팟토, 세이메"라는 대만의 〈제사가(祭り唄) 평포번(平浦蕃)〉이 '번역'되지도 않은 채 수록되어 있다. 주기에는 이외의 지역에서도 동일한 '번가(蕃歌)'를 얻었지만, "거의 유사한 노래이기에 생략했다"고 되어 있다. 아마도 채집자는 의미를 이해하지도 않은 채 이들 '번가'를 듣고, 그 억양이나 소리를 카타카나(片仮名)[46]로 기록한 것이 아닐까. 같은 책 속편에는 「한국의 요(謠)」 수 편이 게재되어 있는데, 이것은 재한 일본인에 의해 번역만이 보고된 것이다.

한편 『제국동요대전』에는 위의 유가와 유사한 노래가 축의가로 소개

소통하며, 또한 보지 못한 옛날이나 도래할 미래에도 실로 그것을 매개로 해서, 문자나 기록에도 전하기 힘든 심정을 귀에서 귀로 입에서 입으로 전하는 것이다."

46) 가나문자의 하나. 주로 외래어나 의음어 등의 표기에 사용된다. (역주)

되어 있는 것에 더하여, 대만의 항목에는 〈토번(土蕃) 신년의 노래〉라 제목이 달린 "야키, 오하, 만냐츠쿠, 이소, 쿠와라, 마쿠쿠, 오하, 만냐츠쿠"라는 노래가 "우리조상한테서 나와 울려퍼져라, 너희들의 영혼이여, 지팡이를 짚고 와서 울려퍼져라"라는 일본어역을 첨가하여 채록되어 있는 이외에, 〈번인(蕃人 → 대만 선주민에 대한 일본통치시대의 호칭)의 노래〉 수편이 의역되어 게재되어 있다. 더욱이 한국의 항목에도 〈아리랑〉 등의 조선어 민요가 원어 카타카나표기에 의역을 붙인 체재로 수편이 수록되어 있다. "아라랑, 아라, 랑, 아―라리오, 아라아랑, 아―르송아―라리야. 의역, 아아 슬프다. 어떻게 하지. 슬프다. 슬픔이 한없다."

이들 중 조선민요의 소개에 대해 말하면, 이후인 1933년에 『조선민요선(朝鮮民謠選)』이 이와나미(岩波)문고에까지 수록된 김소운(金素雲)이 아직 스물도 되지 않았을 무렵, 민중시파인 시라토리 쇼오고(白鳥省吾 : 1890~1973. 민중파의 대표적인 시인)가 주재하고 있던 잡지 『지상낙원(地上樂園)』[47]에 김교환(金敎煥)이라는 서명으로 「조선의 농민가요(朝鮮の農民歌謠)」라는 평론을 연재하고 있었는데(1927년 1~4 · 6월), 그 속에서 그는 요사노 텟캉(與謝野鐵幹)의 「한요(韓謠) 10수」[『동서남북(東西南北)』, 1896][48]를 단서로 하는 일본에 있어서의 조선민요 이입의 역사를 총괄하면서, 위의 『제국동요대전』의 〈아리랑〉 등의 번역을 "대단히 이상한 것으로 문제도 되지 않는다"고 비판한다. 김소운에 따르면, 이 조선민요는 1894년 박문관(博文館)에서 간행한 『신찬조선회화(新撰朝鮮會話)』에 "한 구도 안 틀린" 형태로 게재되어 있으며,[49] 『제국동요대전』의 편자가 "그것을 조선의 민요라

---

47) 『지상낙원』(1926년 창간)은 시에 뒤지지 않게 민요에 중점을 둔 점에서 중요한 시지(詩誌)로, 「제국민요(諸國民謠)」라는 민요조사를 각지에서 지속하였으며, 그 성과는 『제국민요조사(諸國民謠調査)』(1936)라는 민요집으로 집약되었다.

48) 권말 「부록」에 원문 인용(역문 첨가). (역주)

49) 권말 「부록」 참조 아울러 최근에 한경진, 「19세기 인천에서 불려졌던 〈아리랑〉의 근대적 성격」(『동방학지』 115, 연세대 국학연구원, 2002.3)에서도 『신찬조선회화』의 〈아리랑〉과 이 책의 조선어번역본인 『신찬일한회화(新撰日韓會話)』[하시모토 테이조오(橋本貞造) 역, 1904]의 한글 가사가 부분적으로 소개된 바 있다. (역주)

고 지레짐작하여 무단전재한 것이리라"고 한다.[50] 이러한 허술한 편집으로부터 추측되는 것은 대만이나 조선의 민요가 오로지 의미가 아니라 그 음성이 관심을 끌었던 것은 아닐까 하는 것이다. 그 음성은 일본의 본토(內地)에서는 익숙하지 않은 이형의 소리로 엑조티시즘, 좀더 말하면 식민지주의적인 욕망으로서의 오리엔탈리즘을 (카타카나표기에 의한 표기의 차이도 거들어) 유사청각적으로 북돋운다. 『일본민요전집』이 채록한 대만의 '번가'가 번역 없는 소리만의 재현이었다는 것은 그 전형적인 예일 것이다. 이것은 헤르더가 다양한 지역의 언어로 된 노래를 독일어의 '소리'로 통일하여 각각의 지방성을 의미상에 이식하려 한 것과는 완전히 반대이다.

지방의 노래를 차이 나게 하는 다양한 방언, 그리고 그 주연에 류우큐우(琉球)어나 이아누어의 노래가 배치되고, 나아가 그 외부에는 대만이나 조선 등 외지(外地)의 이형적 노래를 배치함으로써, '일본민요'와 '일본어민요'의 윤곽이 선명하게 드러난다. 물론 일본민요의 앤솔러지에 외지의 민요를 조금이라도 집어넣은 것은 일본제국에 의한 식민지지배의 정치적 현실과의 사이에 원리적인 갈등을 낳게 할 수도 있었을 것이다. '일본민요'와 '일본어민요'라는 두 가지의 집합체 사이에 차이가 감지되었을 때, 카타카나 표기에 의한 오리엔탈리즘은 '일본민요'의 시야에서는 축소되어 갈 수밖에 없었던 것은 아닐까. 예를 들면 조선에서의 민요('잡가'라고 해야 할까)가 일본의 민요와는 전혀 다른 발전을 해왔다는 것은 너무나도 자명한 것이다. 내선일체라고는 해도, 양자의 노래의 공통점만으로 처리할 수 있는 일은 당연히 아니었을 것이다. 더욱이 조선총독부설치와 한일합방을 거쳐 일본어가 국어화되어 강제가 철저해진다는 전개에 의해, '조선(어)민요'는 그대로는 '일본민요'가 될 수 없다는 상황이 초래되었기 때문이다. 한일합방 후 4년을 지나 문부성이 편찬한 『이요

---

50) 김교환(소운), 「조선의 농민가요(朝鮮の農民歌謠)」 2, 『지상낙원』 2-2, 1927.2, 39~40면.

집』이 외지의 민요를 제거한 배경에는 거기에 사용되는 언어가 일본어가 아니라는 것도 관련되었던 것은 아닐까. 재일 조선인으로부터 민요를 채집한 김소운이 『조선민요집』(1929) 등의 업적을 남기고, 경성(京城)에 있었던 이치야마 모리오(市山盛雄)가 일본인·조선인 저술가를 모아 『조선민요의 연구(朝鮮民謠の研究)』(1927)를 편찬하는 등, 1920년대는 조선민요에 대한 시선이 일본측에서도 집중된 시기였으나, 동시에 그것은 (일본민요가 아닌) 조선민요의 고유성이 다름 아닌 일본어를 통해서 밖에 재현될 수 없는 시대이기도 했던 것이다.

6. 달노래

이러한 외지의 민요에 대한 굴절된 관계와는 달리, 국내 본토의 차원에서는 소리의 다양성 즉 톤(방언, 곡절)의 다양함이 노래의 의미적인 공통성·단일성을 역설적으로 순화해가는 경향이 이들 민요집을 통해 부상한다. 이것이 민요집이 의거하는 소리의 기구(機構)와 관련된 두 번째 논점이다. 내용적으로 유사한 시(의미)의 민요가 전국각지에 존재한다는 것이 그것들을 '일반적인 것'이라 하여 텍스트 선택의 단계에서 제외한 『이요집』도 포함하여 이들 민요집에 의해 눈에 보이는 형태로 명확해졌다. 『일본민요전집』 속편의 편자 마에다 링가이에 의한 「범례」에는 다음과 같은 기재가 있다.

> 〈달님은 몇 살(お月樣幾つ)〉이라는 노래는 어느 지방에나 없는 곳이 없다. 아마도 달의 영휴(盈虧)를 가르치기 위하여 부르게 한 것이리라. 생각건대 그 시초는 일정한 노래였지만, 각지에서 다르게 부르기 시작한 노래처럼 되었다.

고로 이런 유형의 민요를 대비하면, 그 변화의 기원하는 바, 및 취미, 성정, 풍습은 물론 교통의 편리도조차 거의 추측할 수 있다. 이것은 선정자가 특히 많고 다양한 〈달노래〉를 각 지방에서 수집 채록한 때문이다.

『일본민요전집』에는 '달님은 몇 살'로 시작되는 〈달노래〉가 44편(정편 28편, 속편 16편) 채록되어 있다. 채집지는 센다이(仙台)에서 카고시마(鹿兒島)까지 혼슈우(本州)・시코쿠(四國)・큐우슈우(九州)의 각지에 이른다.

달님은 몇 살, 열셋에 일곱, 아직 젊구나, 이 애를 낳고, 저 애를 낳아, 누구에게 보게 할까, 오망(お万)에게 보게 하자, 오망은 어디에 갔지, 기름 사고 차 사러, 기름집 툇마루에서, 얼음이 얼어, 미끄러져, 기름 한 되를 엎었다, 그 기름은 어쨌어, 타로오(太郎) 님의 개와 지로오(次郎) 님의 개가 모두 핥아 버렸어, 그 개는 어쨌어, 북을 만들어, 이쪽에서도 둥둥둥, 저쪽에서도 둥둥둥
　　　　　　　　　　　　　　　　　—〈달노래〉 토오쿄오 정편, 95면

앞에서 본 〈에사시오이와케〉와 같이 전파의 과정이 어느 정도 추측되는 것은 차치하고, 이 〈달노래〉처럼 전국각지에 확산된 민요로 입각할 만한 표준형을 생각하는 것은 무의미하지만, 일단 토오쿄오에서 채취된 위의 노래를 기준으로 하여[51] 『일본민요전집』의 변형군의 주요한 형성 요소를 예로 들면 다음과 같이 생각해볼 수는 있을 것이다.

　① 달/처녀의 연령
　② 아가씨의 젊음에 대한 지적
　③ 아가씨의 아이
　④ 애 보는 여자
　⑤ 기름집에서의 실패
　⑥ 기름을 핥는 개

---

51) 아울러 토오쿄오에서 채집된 이 〈달노래〉는 교오치(行智 : 1778~1841. 승려)의 『동요고요(童謠古謠)』(1820)에 〈자장가(잠깨는 노래)〉로 채록된 노래와 거의 같은 내용이다.

⑦ 북이 된 개
⑧ 북의 앞날

①의 가장 잘 알려져 있는 서두의 문구는 '열셋에 일곱'이지만(44편 중 31편), '열셋에 아홉'이 11편, '열셋에 하나'도 2편 있다.[52] ②는 3예를 뺀 전부에 보인다. ①과 ②의 조합이 이 노래의 최소단위의 기본형이고, ③ 이하는 결락되어 있거나, 일정하지 않다. "달님은 몇 살, 열셋하고 일곱, 젊기도 하지, 옷장을 사서, 시집가세요"[나고야(名古屋)]와 같은 최소형의 변형을 보아도 그것을 이해할 수 있다. ③은 아가씨가 아이를 낳거나, 아이를 줍는 등의 토픽인데, 생략되는 경우도 많다. ④는 '유모'로 되어 있는 것도 있지만, 대개는 이름('오망'이 가장 많지만 여러 가지가 있다)으로 불리고, 그녀에게 ③의 아이를 안겨 기름집에 기름을 사러 가게 하는데, 거기에서 미끄러져 기름을 쏟는 것이 ⑤이다. ③ 이하는 위의 토오쿄오에서 채집된 노래처럼, '~(는) 어쨌어'와 같이 말잇기식으로 화제를 연쇄시켜 '달님은 몇 살'이라는 질문으로 시작된 노래를 자유롭게(아마도 즉

---

52) 본고에서는 이 노래의 해석의 문제에는 파고들지 않지만, '열셋에 일곱'은 마에다 링가이가 말하듯이 달의 삭망을 표면상의 의미로 하면서, 그 함의하는 바에 대해서는 열셋에 일곱을 더하여 처녀의 연령을 가리킨다는 것 외에 제설이 다수 있다. "열셋에 일곱, 일곱의 나이에 애를 낳아"[시나노(信濃)국]와 같은 노래를 보는 한, 가산설이 적당할 것 같지만, 분명하지 않다. 아울러 오오타 사이지로오(太田才次郎) 편, 『일본전국아동유희법(日本全國兒童遊戲法)』(박문관, 1901)에 첨부된 「제국자장가(諸國子守唄)」에는 "달님, 신령님, 몇 살이지요, 서른셋이지요 서른셋 액년에 아이를 낳아, 애보는 아이에게 들려, 기름을 사러 보냈더니 ……"라는 스루가[駿河 → 지금의 시즈오카(靜岡)현] 국의 노래가 실려 있다[『일본아동유희집(日本兒童遊戲集)』, 동양(東洋)문고, 평범사(平凡社), 1978, 328면]. 이외에 〈달님은 몇 살〉의 노래에 대해서는 카나세키 타케오(金關丈夫, 1897~1983), 「달님은 몇 살(お月さまいくつ)」[『달님은 몇 살(お月さまいくつ)』, 호오세이(法政)대학 출판국, 1980] 및 미야타 노보루(宮田登), 「〈달님은 몇 살 열셋에 일곱〉 재고」[『현대사상(現代思想)』 14-5, 1986.5] 참조. 미야타는 기름집에서 미끄러진 오망이 피를 흘리는 변형에 주목하여, 이것을 여성의 초경의 피로 파악, 이 노래를 '성녀(成女)'에서 출산까지의 여성의 개인사의 과정을 노래한 것으로 생각하고 있다.

『일본민요전집』에도 미야타의 인용 예와 똑같이 속편에 빙고[備後 → 지금의 히로시마(廣島)현] 국에서 채집한 노래에서 오망이 피를 흘리는 것이 있는 외에, 정편의 오와리[尾張 → 지금의 아이치(愛知)현] 국의 노래에도 "빨간 것을 흘렸다"는 표현이 보인다.

흥적으로) 전개시키는 부분으로, 예를 들면 죽인 개의 가죽으로 만든 북을 부수는 ⑧의 다음에도 어떤 식으로도 이야기를 이을 수 있듯이, 그 전개방식은 각양각색이다.

앞에서 필자는 이러한 항간에 유포된 민요(정확히 말하면 민요에 속하는 동요)에 표준형을 상정하는 것은 무의미하다고 기술했으나, 선자인 마에다 링가이의 생각은 조금 달랐던 것 같다. 링가이가 이러한 〈달노래〉들을 중복을 꺼리지 않고 의식적으로 채록한 것은 "생각건대 그 시초는 일정한 노래였지만, 각지에서 다르게 부르기 시작한 노래처럼 되었다"고 하듯이, 기원으로서의 단일한 원형의 존재와 거기에서 나온 변형이 나무모양으로 파생(변화)되는 과정을 상정했기 때문이다. 하지만 〈달님은 몇 살〉의 노래는 그 암시하는 내용이 아이의 이해를 전제로 하지 않을 뿐만 아니라, 애 보는 여자나 어른에게도 수수께끼 같은 부분을 품고 있어, 역으로 그것으로 인해 기본적인 골격을 바탕으로 지역이나 장면에 응하여(토지의 지명을 넣는 등) 자유롭게 즉흥적으로 만들 수 있는 공백 부분을 내장할 수 있었다고 할 수 있다. 『일본민요전집』 수록의 44편도 그 하나하나가 소급할 만한 오리지널을 필요로 하지 않는 독자성을 주장할 수 있는 것이면서, 의미론적인 모델을 의식하면서도 미묘하게 빗나가는 감각을 매력으로 하고 있다는 의미에서 '민요'라는 장르가 구축되어, 그 장르 속에 내발적으로 표면화한 반장르적인 지향성이 역설적으로 가시화되었다는 민요와 관련한 하나의 전형적인 문제를 체현하고 있다고 생각해도 좋을 것이다. 『이요집』이 이러한 노래를, 채록에서 배제한 '일반적인 것' 혹은 '지방의 특색을 인정하기 힘든' 것으로 상정했으리라는 것은 충분히 살필 수 있다. 엄밀한 행정 구분에 입각한 국가공식의 민요집인 『이요집』에 있어서, 지방을 월경하는 노래는 민요의 장르에는 부적합한 것으로 판단했을 것이다. 근대의 훨씬 이전부터 각지에 전파되어 있던 이 노래는 '달님'을 '노노님', '아토 씨'로 바꾸어 부르거나 방언을 섞어 가면서 선율이나 리듬 등 곡절이나 표정에 있어서 각지에서 서로 다른 방식으로 발효가 진전되었을 것이다. 그와 함께 지방과 지방간의 교통이 노래에 차이와 유사성이 복합되는 맛을 초래했을 것이다. 그리고 이러한 경향은 야나기타 등이 민요와 대립적으로 생각한 유행가와는 확실히 다른 것이었다.

근대의 유행가가 작사·작곡의 내력(개인명)을 지니며, 특히 레코드 등의 미디어나 악보와 함께 음악이 고정화된 반면, 시의 텍스트를 자유로이 바꾸는 소위 개사가(改詞歌)를 대량으로 만들어내어 그 선율을 보급시킨다는 특질을 가지고 있었던 것을 생각해 보면 된다. 민요는 이러한 유행가와는 반대로, 노랫말의 텍스트는 유형에 입각하면서도, 말의 세부나 억양, 곡절을 미묘하게 바꾸고, 어긋나게 하여 퍼져갔기 때문이다(물론 미디어에 유통되거나 신민요가 만들어짐에 따라, 근대의 민요도 유행가와 동질의 음악상의 고정화의 경향을 피할 수 없었지만53)). 이러한 의미에서 앞에 든 민요집 간행은 그러한 자기 증식하는 민요의 유연한 구조를 나타냄과 동시에, 마에다 링가이가 많은 수의 〈달노래〉 사이클에서 '일정한 노래'라는 원형을 이끌어 내려 했듯이, 불변의 노래의 기원을 정립하는 이중의 역할을 다했다고 할 수 있겠다. 그리고 이러한 변화하는 일 없는 노래의 기원을 찾는 지향에는 '국민의 소리'의 불변의 기원을 찾는 욕망이 내재했던 것은 아니었을까.

---

53) 야나기타 쿠니오와의 관련에서 이 점에 대해 보족하면, 유행가를 배제하는 야나기타는 농촌적인 공동체에서 소외된 사람들[예전의 유녀·괴뢰(傀儡 → 에도시대 인형극을 피로하며 구걸하는 사람) 등의 표류민, 근대 이후의 도시민도 여기에 포함된다]을 '국민'에서 배척한 것이 된다. 이 점에 대해서는 나가이케 켄지(永池健二), 「유행가의 발생에 대해─야나기타 쿠니오의 민요론을 단서로(流行唄の發生について─柳田國男の民謠論を手掛りとして)」[『일본가요연구(日本歌謠研究)』19, 1980.4] 참조 야나기타의 생각과는 달리 근대의 민요는 레코드나 라디오 그리고 텔레비전 등의 미디어에 의해, 더욱이 도시(대도시권 외에 특히 지방의 중소도시)를 거점으로 하여 발전해갔다. 그 점에서는 발생의 유래(작업가로서의 목적성 등)를 별도로 하면, 민요는 유행가와 전혀 다를 바가 없어져 버린 것이다.

7. 판금당한 민요집―『제국동요대전』의 문제

앞에서 든 3종의 민요집에서 생기는 문제에 대해 마지막으로 한 가지 더 부가하고자 한다. 위에서도 확인했듯이 『이요집』은 문부성이 편찬을 주도했던 점에서 다른 앤솔러지와는 자연히 성격이 다르다. 하지만 명치 이후의 민요에 대한 국가권력의 대응의 역사를 상기하면, 국가가 민요집을 편찬하는 것 자체에 큰 전환, 아니 그보다 일종의 도착이 내포되어 있었다고 생각해야 하지 않을까.

그 전형적인 예가 봉춤이다. 봉춤은 노래보다는 춤과 제사에 수반되는 다양한 습속이 차지하는 부분이 크지만, 민요에 대해서도 그것을 부르는 지역공동체나 국가의 대응을 검증할 경우에도 참고가 되는 점이 있을 것이다. 여기에서는 야나기타 등과 '민속예술의 모임'을 결성한 무용 연구가인 코데라 유우키치(小寺融吉, 1895~1945)에 의한 개괄을 참고로 하겠다. 에도(江戸 → 토오쿄오의 옛 이름)와 지방에서의 보호 장려, 금지령, 묵인 등이 교착하는 근세에서 명치로 이행하면서, 봉춤은 탄압의 대상이 되었으며, 1889년 경에 전국적으로 금지령이 발해졌을 것이라고 추측되고 있다(실제로는 그 이전에도 1870년대에 각지에서 봉춤에 대한 금지령이 발해진다54)). "당시의 금지령의 정신은 아마도 남녀의 풍기문란을 겁내어, 이러한 것은 문명국으로서 구주(歐州)와 어깨를 나란히 하기 위해 폐지해야 할 야만적 풍속(蠻風)으로 간주했을 것이다."55) 이 금지령 발령이 시기적으로 (거의 역할을 끝냈다고는 하나) 녹명관(鹿鳴館)56)시대와 겹치는 것

---

54) 사사하라 료오지(笹原亮二), 「예능을 둘러싼 또 하나의 '근대'―향토무용과 민요의 모임 시대(芸能を巡るもうひとつの『近代』―郷土舞踊と民謠の會の時代)」, 『예능사 연구(芸能史研究)』 119, 1992, 51면.
55) 코데라 유우키치, 『향토무용과 봉춤(郷土舞踊と盆踊)』, 도혜(桃蹊)서방, 1941, 101면.
56) 명치정부가 설치한 내외인 교유를 위한 사교장. 1883년 완성. 정부요인·화족이나 외국 사신에 의해 야유회·무도회 등이 열렸으며, 1880년대 서구화주의의 상징적 존재가

도 시사적이다. 문명개화가 장려해야 할 것은 양복으로 몸을 감싼 댄스
였지, 우타가키나 야나기타가 다룬 산 노래의 습속과 결부된 봉춤은 아
니라는 것이겠다. 그 후는 "명치의 봉춤의 탄압은 대정(大正)시대에 들어
서면서 그 힘이 약화되어, 소화(昭和)에 이르러 전국적인 봉춤 부흥을 맞
이했다"[57]고 하는 전개가 되는데, 소화기 이후의 단속이나 그에 대한 대
응에 대해서도 코데라는 변장(남장 / 여장)·가장의 금지나 외설적인 텍스
트의 개편 등의 사례를 언급하고 있어서, 부흥 이후에도 위와 같은 '우
타가키'적인 풍속이 봉춤노래나 춤에 수반되어 명맥을 잇고 있었다고
볼 수 있다.

　성애에 대한 관심이나 욕망을 자유롭게 표명하는 것은 민요에 있어서
도 오래도록 중요한 요소였지만, 근대의 '민요'의 창출과 그 편찬·보존
운동은 그러한 성 표상의 부분을 주의 깊게 솎아냈다고 보아 크게 틀리
지 않다. 『요로즈조보』의 '이요정조'가 '재래의 미천한 속요정가(情歌)'에
대항하듯이 "러일전쟁이 낳은 신가요" "명치 후기, 국민발전기가 낳은
신민요"로 출발한[58] 것을 시작으로, '이요정조'에는 불쾌함을 표시한 야
나기타 쿠니오가 유곽·주연(酒宴)의 샤미센음악을 배제한 것까지, 내셔
널리즘의 장치로서의 배치 여하에 관계없이, 근대는 민요를 어떤 식으로
든 개인의 욕망에서 국민의 윤리의 차원으로 버전업시킨 시대였다고 간
주할 수 있겠다. 앞에서 본 바와 같이 외설적이라고 인정되는 노래에 대
해 『일본민요전집』은 "조금 저속한 점이 있어도 가능한 한 필기대로 집
록한다"고 하여 이것을 제외하지 않았으나, 한편 『이요집』은 '외설적인
것'은 생략한다고 밝혀, 각 민요집에 따라 대응은 다르다. 『이요집』을
보족한 『이요집습유』는 그 서언에서 이러한 '애정가'의 채록 문제에 관
하여 3페이지 가량을 할애하고 있다. 즉, 『이요집』에는 "만일 남녀간의

　된다. (역주)
57) 코데라 유우키치, 앞의 책, 101면.
58) 이상은 유아사 치쿠산진, 『정본 이요정조』(교란샤, 1928)의 서문, 2면.

사랑을 다루고 있는 것은 전부 생략한다", 베개나 그이 등의 어구가 있으면 '즉각 삭제'라는 방침이 보인다고 하며, 그것은 "관청의 출판물로서의 지극히 안전한 잘못이 발생하지 않는 방법"이기는 하지만, 이러한 노래들은 "야취횡일진정직로(野趣橫溢眞情直露)"라 할 만한 사람을 움직이는 힘이 있다는 점에서 가치가 높아 "실감을 자극하지 않는 것은 굳이 삭제하지 않을" 것을 결정했다고 한다.[59] 필자인 타카노 타츠유키(高野辰之 : 1876~1947. 일본문학자)가 그토록 신중하게 말을 선택하면서 변명에 고심한 데에는 이유가 있었다.

전술한 바와 같이 『일본민요전집』과 『이요집』 사이에 간행된 『제국동요대전』은 풍속괴란의 혐의로 발매 금지 처분을 당한다. 코데라 켄키치(小寺謙吉, 1927~)에 따르면 위의 책이 간행된 1909년(대역사건[60]의 전년)은 "풍속괴란을 이유로 하는 발매금지 선풍이 휘몰아쳤던" 해로, 이 민요집의 발매금지는 그 중에서도 특히 주목할 만하다고 한다.[61] 『제국동요대전』은 17년 후에 같은 발행처인 춘양당에서 『일본민요대전』이라는 표제로 개정판을 내게 되는데, 양자의 이동(異同)을 살펴보면, 동요연구회라는 편찬자가 어떻게 이러한 발매금지 처분에 대응했는지가 보인다. 사견으로는 약 40편 정도에 커다란 개편이 가해졌다. 개정내용은 거의 삭제(전편 혹은 일부) 혹은 복자(伏字)를 살리는 것이었는데, 여기에서 문제로 삼을만한 것은 물론 전자의 삭제이다. 삭제의 대상이 되었던 노래에는 복자가 많은 탓에(당초부터 청취불능이었던 탓도 있었겠지만) 의미불명이 이유인 것도 있지만, 주목하고자 하는 것은 역시 색정을 노래한 것이나 성적인 표현에 대해 배려한 것이다.

---

59) 본문에 든 『이요집습유』, 「서언」, 4~5면.
60) 1910년에 일부의 사회주의자들에 의한 명치 천황 암살 계획이 발각된 것을 계기로 사회주의자, 무정부주의자들이 탄압을 받은 사건. (역주)
61) 코데라 켄키치, 『판금시집―평론과 서지(發禁詩集―評論と書誌)』, 니시자와(西澤)서점, 1977, 39~45면 참조.

●저 아가씨 고운 아가씨, 사이히(堺)거리 한복판에서, 미끄러져 빨간 □가
나왔다

(〈잡요〉 토오쿄오, 삭제)

●요즘의 애보는 것들은 방심할 수가 없다, 열둘이나 열셋에 □가진다
(〈자장가〉 욧카이치(四日市), 삭제)

●건너편 산에서, 대나무 베는 사람은 쵸오고로오 씨인지 고로오 씨인지, 귀
갓길에 들러 차를 드세요 차보다도, 새 차보다도, 찻집 아가씨에게 반했어, 반
했다면, 안고 □주세요, 베개에 □의 털, □의 털을 구우면, 팔딱팔딱 튄다.
(〈테마리노래〉 시나노 우에다(上田) 지방,
"안고 □주세요"에서 끝까지를 "만나고 가세요"로 바꿈)

●아―소―란아―소―란 하고 싶다면 시키지요 일곱이고 여덟이고, 하나 둘
은 구멍 더럽히기 쵸이, 에―리얀사―돗코이쇼, 아라돗코이쇼돗코이쇼
●아―소―란아―소―란 하고도 또 하려는 할아버지 할머니, 오늘 아침에도
했어요 절에 가서 불공을 쵸이에―리얀사―돗코이쇼, 아라돗코이쇼돗코이쇼
(둘 다 〈홋카이도오의 청어잡이〉 쿠시로국(釧路國), 삭제)

앞의 두 민요는 아가씨가 넘어져서 '빨간' 것을 내밀었다는 점, 애보
는 아이의 연령이 '열둘이나 셋'이라는 점에 앞에서 본 〈달님은 몇 살〉
의 노래와의 관련이 엿보인다.[62] 쿠시로의 청어 잡이 소―란부시는 어
획시의 작업가이기 때문에 '색정을 다룬 웃음(艶笑)'의 퍼포먼스는 조촐
한 공동성을 전제로 하고 있으나, 그 웃음이나 욕망 그 자체에 관해서는
공동체에 의해 조정되거나 구제될 수 없는 개인성이 기초에 있다. 개정
판인 『일본민요대전』은 일부러 복자의 은어('고추' 등)를 살리는 등, 판금
후의 자기 규제에는 반드시 일관되지 않은 점도 보이는 것 이외에, 그
후의 개별 민요집을 펼쳐보아도 외설적인 내용의 노래는 상당수 보이듯

---

62) 제2장 각주 52 참조.

이, 민요에 있어서의 성 표현의 자유는 나름대로 유지되었다고 생각된다. 그럼에도 불구하고 이들 민요의 말로는 미디어에 의해 포위되어, 민요의 영역이 국민화됨에 따라 뒤편으로 물러나, 유행가의 말단이나 더욱더 그 수면 아래에 저류하는 개사가 속으로 침잠해갔다고 하지 않을 수없다.

이러한 과정을 '국가권력' 대 '민중의 소리'와 같은 이항 대립으로 단순화시키는 것은 물론 무익하다. 출판된 몇 가지 민요집은 욕망과 쾌락을 자기 표현하는 '민중'과 동시에, 그러한 개인성을 공동성으로 승화시켜 스스로 국민화해가는 '민중'의 모습을 기록했다고 보아야 하기 때문이다. "야취횡일진정직로(野趣橫溢眞情直露)"의 노래란, 헤르더류로 말하면 '자연'성의 최상의 것이지만, 아시아태평양전 말기에 나카노 코오존(中野康存)이 제시한 문화국민(Kulturnation)으로의 발전모델이 헤르더의 '자연'을 일본제국의 이념에 부합시키는 한 가지 방책이었던 것처럼, 민요가 필연적으로 내포하는 자유롭고 때로 과잉적인 '자연'은 그것을 '국민의 소리'로 만드는 과정에서 문화화(탈자연화)되지 않으면 안 되었던 것이다. 이와 같은 민요의 자가당착은 또한 레크리에이션문화나 관광문화, 카라오케로 배경을 치환해가면서 발전한 전후의 민요운동에도 그대로 계승되어 가는 것이다.

8. 연출되는 민요—잡지 『민속예술』과 신민요

앞에서 언급한 소화(昭和)기에 있었던 봉춤 부흥에 관하여, 코데라 유우키치는 그 계기를 "대정 14년(1925) 이후의 토오쿄오의 연중 행사가 된 일본청년관(日本靑年館)의 전국무용민요대회"63)에서 찾았다. 이 〈전국무용민요대회〉는 코데라 자신도 그 개최에 진력했던 1925년부터 36년까지 거의 매년 이어진 일본청년관(日本青年館)에서 있었던 〈향토무용과 민요의 모임(郷土舞踊と民謡の會)〉64)을 가리킨다. 대정기에 추진된 명치신궁(明治神宮)65) 조영의 일손 부족을 메우기 위해 전국의 청년단에서 근로노동을 모집하였으며, 그 공적을 기념하여 신궁 외원(外苑)에 지어진 시설이 일본청년관인데, 그 개관기념으로 1925년 10월에 개최된 것이 〈향토무용과 민요의 모임〉 제1회였다. 전국의 부현에 "아직 널리 사회에 소개되지 않고, 더욱이 유서 깊고, 가장 지방색이 농후한, 그리고 예술미가 풍부한, 더욱이 천박하지 않은" 무용과 민요를 모집하자, 30부현 67종의 무용·민요가 응모되어, 그 속에서 사이타마(埼玉)의 〈카와고에(川越) 사자춤〉, 이와테(岩手)의 〈소몰이노래 산노래〉 등 8종의 곡목이 3일 간에 걸쳐 상연되었다. 심사고문을 야나기타 쿠니오, 타카노 타츠유키, 무대감독을 코데라 유우키치가 맡았다.66) 그 야나기타 등이 설립한 〈민속예술의 모임〉이 간행한 기관지 『민속예술』에도 이 모임에 대한 (말하자면 주체 측에 입각한) 반응을 볼 수 있다. 그 속에서 특색 있는 것을 뽑아 보자.

우선 제1회를 회고하며 쿠마가이 타츠지로오(熊谷辰次郎)는 "출연한 현 중 한두 곳에서, 신작 가사를 부른 것"이 혹평이었다고 보고하며, 모임의

---

63) 코데라 유우키치, 앞의 책, 102면.

64) 〈향토무용과 민요의 모임〉은 전후에도 1회, 1947년 마이니치(毎日)홀에서 개최되었다. 그 후 동 모임은 1950년부터 〈전국민속예능대회〉로 명칭을 바꾸어 (1953년부터 다시 일본청년관에서) 거의 매년 개최되고 있다. 「대정 14년~평성 원년 전국향토무용과 민요의 모임 / 전국민속예능대회 연목(演目) 일람」[『재단법인 일본청년관 70년사(財団法人 日本青年館七十年史)』, 일본청년관, 1991] 참조.

65) 토오쿄오도(東京都) 시부야구(澁谷區) 요요기(代々木) 소재. 제신은 명치 천황·소헌(昭憲) 황태후. 1915년 기공, 20년 준공. (역주)

66) 이상은 쿠마가이 타츠지로오(熊谷辰治郎), 「〈향토무용과 민요의 모임〉 회고—토오쿄오 4월의 연중 행사〈郷土舞踊と民謡の會〉回顧—東京四月の年中行事」[『민속예술(民俗芸術)』 1-4, 1929.4] 및 기간 중의 프로그램 『개관기념 향토무용과 민요(開館記念 郷土舞踊と民謡)』(일본청년관, 1925) 참조.

의도는 "일시유행의 민력(民力) 함양식 공능(功能)"에 있지 않다고 썼다. 쿠마가이는 해당 곡목명을 밝히지 않았지만, 시가(滋賀)에서 출연한 〈고오슈우온도(州音頭)〉의 가사가 그에 해당하는 것이라 생각된다. 「노기(乃木) 장군 사사키(沙沙貴)신사참배」라는 제목의 가사는 오오미겐지(近江源氏) 출신인 노기 마레스케(乃木希典 : 1849~1912. 육군대장. 명치 천황의 장례 당일 순사)의 생애를 고향의 사사키신사 참배의 삽화를 넣어 부르는 노래로, 교훈성이 짙은 내용이다.67) 쿠마가이는 또한 향토의 자연 속에서 흥얼거리는 예능이 혼잡한 토오쿄오의 스테이지에서 소개되는 것의 '어쩔 수 없는 부자연성'에 대하여도 솔직히 지적하고 있다.68) 『민속예술』은 제4회 〈향토무용과 민요의 모임〉에 대하여 대대적으로 특집을 기획했으며, 음악학자인 카네츠네 키요스케(兼常淸佐, 1885~1957), 민요작가인 나카야마 심페이, 후지이 키요미 등에 더하여 오리쿠치 시노부나 야나기타 쿠니오도 붓을 들었다. 카네츠네는 서양식 교육을 받아 온 "우리들은 거의 서양인입니다"라고 단정하고, "일본의 음악은 저에게는 이국의 원시음악입니다"라고 고백한다. 그가 주장하는 결론은 명쾌하여, 무엇보다도 사보(寫譜)나 축음기, 영화 등의 기술에 의해 민요나 춤을 '보존'시키자고 한다.69) 카네츠네 자신이 그 후 행한 민요 연구에 대해서는 지금은 다루지 않지만, 여기에 보이는 논의가 1904년의 이노우에 테츠지로오나 우에다 빙의 국악론과 거의 다르지 않다는 것에 놀랄 수밖에 없다. 일본청년관으로 전국각지에서 모여 상연되는 향토의 민요나 무용의 열광과, 그것을 둘러싸는 토오쿄오의 풍경 사이에 생기는 지울 수 없는 모순 속에서, 민요나 향토무용이 근대에 날조된 창작물(invention)이라는 것을 사람들은 어쩔 수 없이 인식했던 것이다. 오리쿠치 등도 카네츠네의 견해를 (카네츠네의 의도와는 상관없이) 일종의 비관론으로 부정하는 입장을 표명했

---

67) 프로그램 『개관기념 향토무용과 민요』(일본청년관, 1925) 참조.
68) 쿠마가이 타츠지로오, 앞의 글, 43 · 45 · 46면.
69) 카네츠네 키요스케, 「적나라한 감상(赤裸々な感想)」, 『민속예술』 2-6, 1929.6, 33면.

으며, 야나기타와의 사이에도 미묘한 대립이 생겼던 것 같다. 오리쿠치의 비평에서 특히 시사적인 것은 아와지(淡路)에서 출연한 〈오오쿠보춤(大久保踊)〉 속의 온도(音頭 → 다수가 노래할 때, 손발을 맞추기 위해 첫 구를 먼저 부르는 사람)의 복장에 대하여 "그 지역에서는 의외로 촌스럽지 않은 모습을 하고 있을지도 모르"는데 "한껏 촌스러운 맛을 내려는 곳에 안착"한 것을 지적하며, 다음과 같이 서술하는 부분이다.

> 어쨌든, 민속예술이라는 것은 도시적인, 우리들이 바라지 않는 데카당스도 자양분으로 삼아 항상 흡수하기 때문에, 그것이 동시에 발전의 동력이 되기도 하는 것이므로, 이 점에 고려하지 않고, 단지 우리들의 취미에 맞는 고전미를 부가하려는 것은 다소 본질적인 오류를 품고 있는 것은 아닐까라고 생각한다.70)

여기에서 말하는 '우리들'이란 다름 아닌 지방에서 상경하여 향토예능을 피로하는 사람들을 맞는 도시민이며, 더욱이 '민속'을 학문적으로 대상화하고 있는 주체를 의미한다. 그러한 주체가 자료제공자로서의 향토예능실천자71)에게 바라는 것과 바라지 않는 것 사이에 균열을 낳고 있는 것을 오리쿠치는 그 주체의 일원으로서 자각했다고 할 수 있다. "우리들이 거리에 있으면서, 조용히 시골 사람들과 같이 호흡하"72)는 것의, 굳이 다시 말하면 국민으로서 도시에 일본의 산천이 노래와 춤을 매개로 재현 표상되는 행복의 위태로움을 그는 날카롭게 간파했던 것이다. 이러한 오리쿠치의 비판에 대하여 코데라 유우키치는 주최자의 한사람으로 반론하지 않을 수 없었는데, 그 반론에는 예능의 전승보존이라는 측면과 출연자나 관객의 의향을 배려한 흥행적 측면 사이에서 흔들리는

---

70) 오리쿠치 시노부, 「감사해야 할 신토오쿄오 연중 행사(感謝すべき新東京年中行事)」, 『민속예술』 2-6, 1929.6, 65면.
71) 민요의 보존·채집·조사의 실천을 자료제공자(informant)나 중개자(agent)라는 요소에서 파악하는 시점에 대해서는 타케다 슌스케(武田俊輔), 앞의 글(제2장 각주 33) 참조
72) 오리쿠치 시노부, 앞의 글, 71면.

교섭역의 고충이 베어나고 있다. 노동가로서의 민요의 출연을 상정하고 있었더니, 상대는 "새로이 춤을 준비하여, 노동과는 아무 관계도 없는 춤으로 만들어 상경했다", 혹은 본래의 춤을 짧게 단축하여 연기해 주거나, 막을 수 없는 출연자의 '보이자 의식'에 관한 것 등73) 도시에서 지방에 기대한 전통전승의 보존이라는 것이 1920년대 말 이 시기에 거의 환상에 지나지 않았던 것을, 〈향토무용과 민요의 모임〉이라는 "신토오쿄오 연중 행사"(오리쿠치)는 뚜렷이 나타냈던 것이다.

이 모임의 전전 마지막 개최가 되었던 1936년, 제10회의 프로그램 후기에는 "이미 제8회로 전국을 일순했고, 대만 외에는 각 부현이 한 번 내지 두 번은 출연했다"고 기록되어 있다. 조선을 포함하는74) 제국일본의 향토의 노래나 무용을 토오쿄오에 집약하는 이 이벤트는 한눈에 '국민의 소리' 그리고 '국민의 (춤추는) 신체'를 총람하는 기획을 갖추고 있었다.75) 모임의 매회 프로그램의 권두화에는 출연한 노래나 춤이 (아마도 지방에서 촬영된) 사진으로 소개되어 있어, 이 모임이 전통적 혹은 유사 전통적인 의상이나 무대에 의해 실로 시각적으로 연출되었던 것을 확인시킨다. 잡지 『민속예술』에서도 그 발족시에 〈민속예술 사진전람회〉를

---

73) 코데라 유우키치, 「향토무용과 민요의 모임에 대해(鄕土舞踊と民謠の會に就て)」, 『민속예술』 2-7, 1929.7 참조.

74) 이 모임의 제8회(1934)에서 〈조선의 풍년춤(朝鮮の豊年踊)〉(경기도 김포군 양동면 등 촌리)이라는 곡목이 상연되었다. 「대정 14년~평성 원년 전국향토무용과 민요의 모임·전국민속예능대회 연목 일람」(제2장 각주 64) 참조.

75) 〈조선의 풍년춤〉이 소개된 제8회 〈향토무용과 민요〉의 프로그램은 권말 「부록」 참조. 행사의 경위 등은 미상. 아울러 송석하·손진태 등에 의하여 1932년 4월에 창립된 '조선민속학회(朝鮮民俗學會)'에서도 이 행사를 본떠 1937년 5월 17일에 제1회 〈조선향토무용민요대회〉를 개최[조선일보사가 후원, 회장은 부민관(府民館)]하여 "황해도 鳳山郡에서 약 五百년 동안을 전하야 나려오고 잇는 假面舞踊과 獅子舞를 상연"하였다[『조선일보』 1937년 5월 18일자, 『매일신보』 1937년 5월 17일자]. 이 대회는 대성황을 이루어 연장공연을 하였다고 한다. 〈봉산탈춤〉에 대해서는 일찍이 송석하가 관심을 가지고 있었던 점으로 보아[「봉산(鳳山)의 무용가면」, 『동아일보』, 1933년 12월 16~20일자 등] 이 대회 또한 송석하에 의해 주도되었던 듯하다. 단 1회로 그친 것으로 보인다. (역주)

▲ 〈제8회 향토무용과 민요〉 프로그램에 삽입된 〈조선의 풍년춤〉 관련 사진

개최하여 사진이라는 미디어에 의한 보존을 기도한 것 외에, 후지이 키요미에 의한 채보도 끈기 있게 지속되었다. 하지만 오리쿠치나 코데라 등이 똑같이 한탄했듯이, 지방에서 밀려오는 민요·무용의 열기에는 오래된 좋았던 일본의 전통을 충실히 보존하려는 방향과는 다른 것이 섞여 있었으며, 앞의 〈고오슈우온도〉의 예에도 있었듯이, 향토에 고유한 지방색은 지방에서 중앙과의 차이를 넘어서 획득하려는 내셔널 아이덴티티를 향한 열정 앞에 퇴색하고 말았던 것이다. 중앙에서 조망되는 지방에 편재하는 '국민'의 환상(幻像)과 지방 쪽에서 발신되는 그것 사이에는 어쩔 수 없는 모순이 조성되었던 것이다. 『민속예술』에 게재된 지방의 리포트에도 그러한 모순을 몇 가지 읽어낼 수 있다. 니이가타(新潟)현에서는 제1회 〈향토무용과 민요의 모임〉에 〈에치고오이와케(越後追分)〉가 출연한 것을 계기로 대대적인 '향토예술'이 활발히 행해지게 되어, "마을 청년은 그 전후의 농사일을 내버려둔 채, 연습에 몰두"하며, 청년회, 부

녀회에 예기(藝妓)까지 참가하고, 현정촌(縣町村)의 관리도 협력하게 되었다고 한다. 니이가타현도 청일전쟁 후에 봉춤이나 마을연극이 활황과 금지, 탄압 등의 역사를 거쳐왔으나, 일본청년관으로의 출연 이후, "현내에서는 어떠한 작은 마을에서도, 경쟁적으로 자기 마을의 자랑인 예술을 서로 보이며, 축하회나 공진회, 마을 제사 등에 반드시 보이게 되었다." 요컨대 '지금은 향토예술'이 되었다는 것이다.76) 이러한 사태는 전후의 NHK텔레비전 〈노래자랑〉이나 〈고향의 노래축제〉 등에 의한 '내 고장 자랑'의 출연으로 반복되기에 이른다.

1920년대는 신민요가 융성을 맞이한 시대이기도 했는데, 미디어를 통하여 그 선율은 지방과 도시를 속도를 올려 오가기 시작했다.77) 그 하나의 전형이라고 할 만한 것은 1927년에 피로된 키타하라 학슈우 작시·마치다 카쇼오 작곡의 〈착키리부시〉78)일 것이다. 시즈오카(靜岡) 시내에서 생산된 재차(製茶)를 시미즈(淸水)항까지 수송할 목적으로 창립된 시즈

---

76) 이상은 나카가와 쿄오카(中川杏果), 「니이가타현의 향토예술열(新潟縣の鄕土芸術熱)」, 『민속예술』 창간호, 1929.7 참조.

77) 『민속예술』지상에도 '경박한 신민요'가 들어가 농촌청년을 타락시키고 있는 것을 한탄하는 소리가 들린다. 사노 손시로오(佐野孫四郎), 「신민요와 농촌청년(新民謠と農村青年)」, 『민속예술』 4-2, 1931.2 참조.

78) 차따는 가위소리(착키리)를 후렴으로 하는 데에서 붙여진 명칭. 노래가사를 1절만 제시한다.

  노래는 착키리부시
  남자는 지로오장
  꽃은 타치바나
  여름은 타치바나
  차의 향기
(후렴) 착키리 착키리 착키리요
  개구리가 우니까 비가 오겠지

  唄はちゃっきりぶし
  男は次郎長
  花はたちばな
  夏はたちばな
  茶のかをり
  ちゃっきりちゃっきりちゃっきりよ
  きやアるが啼くから雨づらよ

▲ 그림엽서 「국산 시즈오카의 차따기(착키리부시 포함)」(연대 미상).
'출신지대표곡'의 원조라고 할 만한 〈하부항(波浮の港)〉이 잡지사 기자가 가져 온 그림엽서의 사진과 함께 실을 가사를 주문받아 노구치 우쬬오(野口雨情)가 (하부항을 실제로 본 적도 없이) 작사한 것은 잘 알려져 있다. 〈착키리부시〉를 담은 이 그림엽서는 그것과 순서가 정반대가 된다. 〈하부항〉이 오오시마[大島 → 이즈(伊豆)반도 동남쪽의 섬. 통칭은 이즈오오시마. 카와바타 야스나리(川端康成), 『이즈의 무희(伊豆の踊子)』의 무대로도 유명]로 대량의 관광객을 나른 것처럼, 신민요는 지방의 관광진흥과 세트가 되어 유행을 만들어 왔다. 〈착키리부시〉도 니혼다이라(日本平 → 시즈오카현 중부. 차밭이 펼쳐져 있음)의 관광이미지와 불가분하게 맺어져 있다.

오카전기철도가 연선시설로 만든 키츠네가사키(狐ヶ崎)유원지, 그 개원을 기념하여 학슈우에게 의뢰하여 만든 것이 〈착키리부시〉이다. "착키리 착키리 착키리요 개구리가 우니까 비가 오겠지"라는 반주노래가 시즈오카전철의 초대로 시즈오카에서 호화여행중이던 학슈우가 들었던 예기의 속삭임에서 유래했다는 것은 잘 알려져 있는 바이지만, 그러한 유래에 더하여, 샤미센 반주는 말할 것도 없고, 멋들어진 전조(轉調)를 중간에 더한 마치다 카쇼오에 의한 작곡을 보면, 이것은 민요라기보다는 완벽한 연회음악이겠다. 이것은 마치다의 노력으로 완성된 NHK의 『일본민요대관 중부편(중앙고지, 동해 지방)』(일본방송출판협회, 1960)에 수록된 시즈오카민요, 〈차따기노래〉나 〈차비비기노래〉와 비교해 보면 명료할 것이다. 남겨진 현지녹음의 음성자료(오래된 것에는 1941년 녹음이 포함되어 있다)에 귀를

기울이면 너그럽다고 할 정도의 느린 템포로, 더욱이 두 사람이 한 조를 이루어 응수하며 노래하고 있어, 야나기타가 그렸던 작업가로서의 민요의 정취가 강하게 난다. 하지만 오늘날, 시즈오카의 차밭의 차따기 풍경과 겹쳐서 들려오는 것은 예외 없이 '노래는 착키리부시, 남자는 지로오(次郎)장'이라는 노래가 아닐까?

유원지의 CM송으로 쓰여진 〈착키리부시〉가 오늘날처럼 유포된 것은 전후의 일인데, 키츠네가사키유원지나 키타하라 학슈우, 마치다 카쇼오 혹은 레코드녹음으로 그 보급에 공헌한 가수 이치마루(市丸, 1906~1997)라는 고유명이 이미 이 '민요'에 의식되는 일은 드물다고 해도 좋을 것이다. 실로 이러한 '자연'성이라는 점에서 〈착키리부시〉는 '민요'라는 이름에 걸맞다. 아니 이러한 노래야말로 오히려 '민요'의 하나의 완성형일지도 모른다.

제3장

민족의 소리로서의 민요*

식민지하 조선의 '민요' 개념 도입과 전개

임경화(林慶花)

1. 망국의 소리에서 민족의 소리로

'민요'가 민족의 가요라는 인식은 오늘날 적어도 한국에서는 지극히 당연한 통념으로 받아들여지고 있다. 쉬운 예를 들어보자. 올림픽 등의 국제경기대회에서 남북단일팀을 구성할 경우, 양국의 국가(國歌) 대신에 항상 울려퍼지는 〈아리랑〉[1]이 그것을 듣는 한국인으로 하여금 무엇을 환기시키는지는 다음의 대표적인 견해를 참조할 것도 없이 자명하다.

'아리랑'은 한국민족의 상징적인 대표적 민요이다. 아득한 옛날부터 한국민족

---

* 이 논문은 2002년도 한국학술진흥재단의 지원에 의하여 연구되었음(KRF-2002-037-A00100).
1) 1991년 2월에 조인된 「남북 탁구·축구 단일팀 합의서」에 의하면, 선수단 단가로 "1920년대에 우리나라에서 부르던 〈아리랑〉으로 한다"고 되어 있다. 잘 알려진 사실이지만, 이 〈아리랑〉은 1920년대에 창작된 '민요'이다.

의 사랑을 받으며 널리 불려진 노래일 뿐만 아니라, 오늘처럼 남북이 분단되어 올림픽 단일팀이 하나의 국가(國歌)를 부르기 어려울 때는 '아리랑'을 국가처럼 합창하여 한 민족임을 확인한다.
— 신용하, 「신용하의 새로 쓰는 한국문화 〈2〉 — 아리랑」, 『동아일보』, 2003.1.15

국경을 가로지르고, 이데올로기의 대립을 넘는 〈아리랑〉은 태곳적부터 줄기차게 불렸으며 심지어 국가가 존재하지 않았던 일제시대에도 쉼 없는 맥박이 한반도에 고동쳤던 민족의 소리라는 확신이 위의 기사에 전제되어 있다. 이와 같이, 국가의 차이나 그 유무에 관계없이 운명공동체로서의 한민족의 공유재산으로 연면히 이어져 오는 〈아리랑〉이라는 '민요'가 초역사적인 존재로서의 한민족을 상징한다는 인식 자체는 의심의 여지를 불허하는 상식에 속한다고 할 수 있겠다.

한데 이러한 '민요' 〈아리랑〉에 대한 지고의 가치는 실은 불변의 초월적인 진리는 아니었다. 불과 100년 전의 신문기사를 보는 한 그것은 가곡(歌曲) 개량의 대상으로서의 "亡身亡家亡國之荒音"으로 규정되어 있다.

> …… 現今我韓國內所習歌謠는無非病風傷性之亂雜則不可不改革이亦一急務라. 所謂妓女唱夫及衢路兒童이開口則所謂歌曲이都是수심가난봉가알으랑흥타령等類뿐이니此何窮凶巨惡淫談悖說之成習也오彼等愚賤之尋常行之를不足掛齒라ᄒᆞ면 豈可曰道之以善之有也리오 …… 盖英雄闊達之詞와壯士慷慨之歌는古今이何異리오만은至若此等亡身亡家亡國之荒音은宜有警吏之痛禁而置諸度外ᄒᆞ니亦何故也오以外相觀之면此未免蒼古之論이나然이나其實은際此開明進展之時代ᄒᆞ야妨害志氣가莫此爲甚也라.

위의 글은 1908년 4월 10일자 『대한매일신보』의 기서(奇書)란에 「가곡개량(歌曲改良)의 의견(意見)」이라는 제목으로 실린 기사이다. 한글지 및 한국에서 발행된 일자지를 통틀어 당시 최대의 발행 부수를 자랑한 『대한매일신보』는 대한제국기의 대표적인 항일민족지로 너무나도 잘 알려져 있는데, 문학사적 측면에서 보면 당시의 시가(詩歌) 및 소위 애국계몽사상에 입각한 문학론을 풍부히 담고 있는 것으로도 유명하다. 그런데 위의 기사에서는 1920년대부터 일기 시작한 '민요'의 연구·수집의 열기 속에서 가장 대표적인 '민요'로 꼽힌 〈수심가〉·〈난봉가〉·〈아리랑〉·〈흥타령〉(위의 인용문의 강조 부분) 등이 "開明進展"의 시대적 상황에 역행하는 부정적인 가요로 여겨지고 있다.[2] 물론 이 시대가 요청하는 최고 가치의 가요는 본문에서 명확히 하고 있듯이, 영웅활달지사(英雄闊達之詞)나 장사강개지가(壯士慷慨之歌)와 같은 것이다. "東國詩界革命"을 주장하며 "東國語東國文으로組織흔東國詩"로서의 〈아리랑〉 등에 일정한 가치를 인정한 신채호(申采浩, 1880~1936)의 「천희당시화(天喜堂詩話)」(『대한매일신보』, 1909.11.9~12.4)에서조차도

吾子가 萬一詩界革命者가되고져흘진디彼阿羅郎。 寧邊東臺等國歌界에向

---

2) 〈아리랑〉 등의 '통속민요'에 대한 부정적인 평가는 1900년대의 신문, 잡지 등에 널리 공유된 인식이기도 했다. 관련기사를 하나 더 제시해둔다.
　　"近所謂六字拍阿里廊之□謠가 實非八音諧無奪倫之舊調어놀 男女競唱흐고 上下咸湊흐야 至於流觴之筵과 燕會之席에 小鼓冬冬에 不覺手舞而足踏흐고 哀音嫋ㄷ에 徒增心壞而懷傷흐니 此是古樂歟아 今樂歟아 何其悅者衆而行者多也오"[「이요족관세도(俚謠足觀世道)」, 『황성신문』, 1901.11.13, 논설]
　　여기에서는 〈육자박(六字拍)〉·〈아리랑(阿里廊)〉을 "奪倫之舊調"라 하여, 주연을 중심으로 한 그 광범위한 유행을 개탄하고 있다. 또한 이러한 평가가 1920년대에도 완전히 불식된 것이 아니라는 것은 식민지기 '한국민요' 수집의 최대의 성과인 『언문조선구전민요집(諺文朝鮮口傳民謠集)』[제일(第一)서방, 1933.1]을 편찬한 김소운(金素雲)이 김교환(金敎煥)이라는 본명으로 일본의 잡지에 발표한 글에서도 엿볼 수 있다. 김소운은 아리랑이 "모두가 생각하는 것만큼 품위 있는 것이 아니며, 가사 따위도 몹시 비속한 것이 많다. 그야말로 풍기괴란(風紀壞亂)으로 금지되지는 않을까 조마조마할 정도이지만, 말하자면 육자배기에 이어 농촌의 노래로서는 애착을 가질 만하다"고 쓰고 있다[「조선의 농민가요(朝鮮の農民歌謠)」, 『지상낙원(地上樂園)』 2-1, 대지사(大地舍), 1927.1]. 1935년에 김사엽도 "相當히 敎養이잇는사람가운데서 民謠를 "너무 通俗的이고 低級하다"고하야 턱업시 排斥하는 어리석은 짓을 敢行한다"[「신민요(新民謠)의 재인식(再認識)—아울러 일본민요운동(日本民謠運動)의 작금(昨今)」, 『조선일보』, 1935.12.11]고 지적하고 있는 것으로 보아, 민요에 대한 저속한 이미지는 이후에도 지속적으로 환기되었던 것으로 보인다.

ᄒ야其頑陋를改革ᄒ고新思想을輸入ᄒ지어다如此ᄒ여야婦女가皆吾子의詩를
讀ᄒ며兒童이皆吾子의詩를誦ᄒ야全國의感情과風俗이丕變되야吾子가詩界革
命家始祖가되려니와

—11월 21일자

라고 하여, 그 내용을 개혁하여 신사상을 주입하지 않는 한, 그대로의
상태로는 시계(詩界)의 혁명을 이끌어낼 만한 것이 되지 못 함을 명확히
하고 있다. 위와 같은 논의는 당시 『대한매일신보』를 중심으로 활발히
전개되었던, '통속민요'의 개량 작업과 연결되는 인식이다. 신채호에 의
하여 국시의 개량을 통해 마땅히 도래할 것으로 기대되는 시가는 "强武
ᄒ國民은其詩부터强武ᄒ며文弱ᄒ國民은其詩부터文弱ᄒ나니一國의盛
衰治亂은大抵其國詩에셔可驗ᄒ지오又其國의文弱을回ᄒ야强武에入코
ᄌ홀진디不可不其文弱ᄒ國詩부터改良홀지라"(11월 11일자)고 되어 있듯
이, 국가 존폐의 위기를 극복하기 위한 부국강병이라는 시대적 사명을
체현하는 국가주의적인 '웅혼(雄渾)'한 내용을 담고 있는 것이어야 한다
고 여겨졌다. 이러한 시론에 비추어 보면, 상기의 '민요'들은 당면한 국
가적 사명을 망각한 "文弱ᄒ 詩"가 아닐 수 없다.

　하지만 이들 시가는 불과 10여 년을 경과하는 사이에 그 평가를 일
신하여, 있는 그대로의 상태로 대표적인 민족의 가요인 '민요'로 추앙
되기에 이른 것이다. 거기에는 시가에 대한 인식의 전환과 그것을 재
촉한 시대 상황의 변화가 작용했음이 예상된다. 결론을 미리 말하면,
"亡身亡家亡國之荒音"으로 간주되었던 시가가 민족의 소리로 둔갑하
는 절단면에는 일본의 관학아카데미즘 속에서 국가주의적인 계기를
내장시키며 정착해간 '민요' 개념이 식민지 상황하에 도입된 것이 결
정적인 동인으로 작용했다. 수용된 '민요' 개념을 키워드로 펼쳐진 담
론공간은 가창주체로서의 조선민족의 '정체성'을 강조하는 글을 양산
하며 오늘날과 같은 '하나의 민족'을 환시하는 장치로서의 '민요'관의

기초를 구축했다. 나아가서는 '국문학사'의 확립이야말로 일본이라는 식민지 종주국으로부터 정신적으로 독립하는 길이라 확신했던 한국의 국문학자들에게, 국문학사를 성립시키는 주축 개념의 하나로 앉혀지기에 이르렀다. 하지만 본고의 목적은 식민지하의 '민요' 개념의 도입과 전개에 주목하여, 한국에 있어서의 '근대(성)'을 지탱한 다양한 개념이 일본으로부터 이식·수용되었다고 하는 일반론을 예증하는 데에 있는 것이 아니다. 문제의 중심은 오히려 '민요' 개념이, 식민지 종주국 일본으로부터 도입되었다는 사실을 은폐당한 채, 오늘날에 이르기까지 한국사회에서 유효성을 가지고 뿌리내리고 있다는 점이다. 그것은 자연성을 위장한 '민요' 개념이 '민족통일' 내지 '한민족공동체'의 형성을 역사적 과제로 파악하는 인식의 당위성을 정서적으로 보증하고 있기 때문이라고 여겨진다. 하지만 '민족' 개념 그 자체가 혹심한 상대화를 촉구당하고 있는 현실을 엄중히 받아들인다면, '민요' 개념을 역사성 속에서 재확인하는 작업은 비단 국문학계뿐만 아니라 한국사회에도 자기 점검의 장을 제공함에 틀림없다. 이에 선결되어야 할 점은 개념의 유효성을 뒷받침하는 구조의 파악이며, 그를 위해서는 그것이 초래된 과정과 뿌리를 내리는 양상을 상세히 추적할 것이 요망된다.

2. 민요 개념의 도입

제1장에서 논의된 바와 같이, 시나다(品田)가 명확히 한 일본에 있어서의 민요 개념의 성립 사정에 의하면, '민요'는 명치 후기부터 『제국문학(帝國文學)』을 거점으로 일어난 국민문학운동3)의 와중에, 도래할 국민문

화, 특히 국시(國詩)의 발달을 재촉하는 것으로 모든 기대를 받으며 서구에서 이식된 말이다. 그 중에서 우에다 빙(上田敏, 1874~1916)의 「악화(樂話)」(『제국문학』 10-1, 1904.1)는 '민요'라는 번역어를, 민중을 기반으로 한 일원론적 국민 내지 민족의식을 환기시키는 개념으로 규정하여, 이후의 '민요'론에 결정적인 영향을 주었으며, 이를 잇는 시다 기슈우(志田義秀, 1876~1946)의 「일본민요개론(日本民謠概論)」(『제국문학』 12-2 · 3 · 5 · 9, 1906.2 · 3 · 5 · 9)은 '민요' 개념에 대하여, 동종의 유사어(俗謠, 俚謠, 俚歌 등) 이상의 유효성을 내걸며 그 정착을 주장했다고 한다.

그런데 시다의 논고가 발표될 무렵의 대한제국에는 아직 '민요'라는 말이 태어나지 않았다. 그때까지 '민요'라는 말이 완전히 없었던 것은 아니지만, 그것은 시정(施政)의 자료나 교화의 대상으로서의, 피치자(被治者)층인 '민(民)의 가요(謠)'를 의미하는 소위 중국의 정교주의적 시관에 뒷받침된 용어였다.[4] 본래 유교적 통치이념에 규제된 전근대의 계급사회를 배경으로 하는 '민요'라는 말에, 내부의 분열이나 대립을 초월하는 개념으로서의 '국민' 내지 '민족'을 함의하는 요소는 있을 수도 없다. 더욱이 대한제국기의 한국에서는 '민요'는 거의 사용되지 않았으며, 당시의 어감으로는 '민요'라고 하면, '민중의 반란'을 의미하는 '민요(民擾)'를 떠올리는 것이 일반적이었던 관계로, 서구어의 번역어로서의 '민요(民謠)'가 주체적으로 창출될 토양은 갖추어지기 어려웠다고 할 수 있다. 다음은 한일합방 전후의 대표적인 신문에 보이는 '민요'의 예를 도표화한 것이다.

---

3) 일본의 국민문학운동에 대해서는 제1장 각주 140 참조.

4) 『삼국사기』 · 『삼국유사』 · 『고려사』 · 『고려사절요』 · 『조선왕조실록』 등의 사서류에는 『조선왕조실록』에 1예가 존재한다[성종 14(1483)년 1월 12일조]. 또한 〈민족문화추진회〉(http://www.minchu.or.kr)의 『고전국역총서』 · 『국학원전』 · 『한국문집총간』의 전자문헌(19세기 이전의 문헌) 검색 시스템을 이용한 결과, 60예가 확인되었으며, 예외 없이 중국의 유교적 정치이념이 투영된 가요관이 반영된 것이다.

〈표〉 한일합방 전후 각 신문의 '민요'관련 건수[5]

	1899~1910	1911~1920	1921~1930	1931~1940
제국신문	民擾(18 / 99~02)			
황성신문	民擾(17 / 99~10)			
대한매일신보	民擾(7 / 04~08)			
만세보	民擾(2 / 07)			
경성일보		民謠(7 / 16~18)		
신한민보	民擾(1 / 10)	民擾(1 / 11)		
매일신보		民擾(3 / 18)	民擾(2 / 25~26) 民謠(25 / 24~30)	民謠(17 / 31~39)
조선일보			民擾(4 / 23~30) 民謠(39 / 23~30)	民謠(50 / 31~39)
동아일보			民擾(10 / 24~30) 民謠(56 / 24~30)	民謠(12 / 31)
시대일보			民擾(2 / 26)	
중외일보			民擾(2 / 30) 民謠(38 / 28~30)	
조선중앙일보				民擾(1 / 34) 民謠(20 / 34)
만선일보				民謠(5 / 39~40)

이상과 같은 용례조사에 따르면, 1910년대까지 한글지에 보이는 '민요'는 예외 없이 '민중의 반란'을 가리키는 '민요(民擾)'였다.[6] 그러던 것

---

5) 각 신문은 창간연도순. '민요'는 실제의 표기 예와 관계없이 구별을 위해 모두 한자로 하였다. 괄호 안은 '용례 수 / 표출연도'를 각각 나타낸다. 본 조사는 주로 국립중앙도서관에서 공개하는 국가전자도서관의 원문 DB "신문(~1945)" 항목의 검색을 통해 이루어졌다. 그 중『대한매일신보』에 한해서는 육안 검색을 병행했다. 그리고『조선일보』와『동아일보』의 기사는 각 신문사 공개 DB의 온라인 검색을 통해 이루어졌다. 단『동아일보』의 기사검색은 1920년부터 1931년까지를 대상으로 한다.『독립신문』(1896년 창간) 및 일자지인『경성신보(京城新報)』(1907년 11월 3일~1912년 2월),『경성일보(京城日報)』(1915년 9월~1918년 12월)는 기사제목을 참조로 육안으로 조사하였다. 그러므로 어느 정도의 오류와 결락은 예상하지 않으면 안 된다. 이외의 중요 참고자료에『근대신문문예자료집성(近代新聞文藝資料集成)』1~10권(국학자료원, 1997.3)과 손태룡(孫泰龍) 편저,『매일신보음악가사총색인(每日申報音樂記事總索引)』(민속원, 2001.5)이 있다.

6) 관련기사를 예시하면 다음과 같다.

　ⅰ,『대한매일신보』, 1904.9.30, 잡보.

　○ 고산민요 희쥬관찰스가외부로뎐보ᄒ기를곡산군급보를거ᄒ즉역부모집스로본군인민이야료ᄒ야일본인칠명을타살ᄒ고본군빅셩도스샹엿스나아직수효ᄂ덕실이알수업다고

이 1920년대에 들어서면, 시가의 장르 명으로서의 '민요(民謠)'가 정착되기 시작하여 이후 빈번히 등장하게 되는 반면, '민요(民擾)'의 사용은 격감되어, 마침내 사어(死語)의 길을 걷게 되었다는 것을 알 수 있다. 한편 조선총독부의 기관신문인 일자지『경성일보』에는 1910년대부터 '민요(民謠)'의 용례가 존재하지만, 일본어에는 없는 '민요(民擾)'의 예는 보이지 않는다. 이에 비해 당시 한글신문의 발행이 일체 금지된 상황에서 유일한 한글지이자『경성일보』의 자매판인『매일신보』에는 '민요(民謠)' 예가 전혀 보이지 않는 반면, '민요(民擾)'의 예가 존재하는 것을 보면, 한국에서의 '민요(民謠)' 개념은 3·1운동 직후의 소위 '무단정치'에서 '문화정치'로의 식민지정책의 이행과 한정적으로 획득된 언론의 자유라는 시대 상황의 변화를 타고 민족주의적인 담론이 폭주하는 와중에, 일본으로부터 도입되었다는 추측을 가능케 한다.

한편 일본에서 국민문학운동기에 '민요'와 동일 개념으로 파악되었던 '동요'라는 말은 대한제국기에도 존재했다.

> ●童謠豫言　近日閭巷間에童謠를新唱하는디　鑑□뒷고史略을익자ᄒ니統監이歸國ᄒ면外交權이歸韓ᄒ리라더라
>
> —『대한매일신보』, 1906.11.16, 잡보

위의 기사에서는 이토오 히로부미(伊藤博文 : 1841~1909. 당시 한국통감)가 일본으로 귀국할 때 항간에 떠돌던 예언의 노래를 '동요'로 파악하고 있다. 하지만 이것은 그 향수층에 비중을 둔 아동의 노래라는 오늘날의 용법과 동의어가 아니라, 중국의 전진(前秦)시대 이래로 한국에서도『삼국

ᄒ엿기로셔홍군슈리병훈으로사관을졍ᄒ야사실ᄒ다ᄒ엿더라
ii,『대한매일신보』, 1907.4.18, 잡보.
　○高靈民擾　徵稅事件에關ᄒ야激昻ᄒ던高靈郡民은己爲解散ᄒ얏더니巨괴數名이逮捕홈으로民情이佛鬱ᄒ야十四日夜에數百名이更聚ᄒ야郡衙을襲擊ᄒ다ᄂ急報가有ᄒ야附近에在ᄒ日補佐官과한國巡檢이鎭撫次로前往ᄒ얏다더라

유사』이래로 꾸준히 정치적인 사건 따위에 대해 예언 내지 풍자의 의미를 띠며 도읍지를 중심으로 유행하던 가요를 가리킨다. 이러한 예는 중국고대의 시관에 입각한 것이며, 새로운 시관의 출현과는 무관한 전통적인 용례이다. 그런데 1907년 7월부터 9월까지의『대한매일신보』의「잡보(雜報)」란에는 나중에 '민요'로 분류되는 〈담바고타령〉·〈아르랑타령〉·〈흥타령〉 등의 개작가가 '동요'라는 이름으로 실려 있는 일련의 예가 있다. 하지만 그 첫머리에는 "하늘이ㄱ르치신童謠"라는 제목이 붙어 있으며, 노래의 내용도 풍자성이 강한 것으로 미루어, 이들 예도 민간의 가요로부터 하늘의 의지를 읽어내는 기존의 전통적인 가요관을 벗어나지 않는다고 할 수 있다.[7]

따라서 위의 〈수심가〉·〈난봉가〉·〈아리랑〉·〈흥타령〉 등은 '망국의 소리'로 부정적으로 다루어진 1908년의 시점에서는 '가곡' 혹은 '가요'라 불리었을지언정 '민요'는 아니었다. 이러한 노래에서 숭고한 가치가 발견되고 그 평가를 일변하는 데에는 도래할 국민문화 특히 국시(國詩)의 창달을 견인할 것으로서 온갖 기대를 담고 일본에서 서구어(Volkslied 내지 folk song)의 번역어로 성립한 '민요' 개념의 도입이 전제가 되었다고 볼 수 있다. 그것은 식민지 경험을 통한 일본어의 지배를 기다리지 않으면 안 되었다.

김소운(金素雲, 1907~1981)에 의하면 조선의 민간에서 불리던 가요를 '민요'라는 이름하에 최초로 묶은 것은 일본에서 1907년 간행된『일본민요전집(日本民謠全集)』속편[마에다 링가이(前田林外) 편, 홍고오(本鄕)서원, 1907.11]으로,「한국의 요(韓國の謠)」라는 항목에 실린 수 편의 가요가 그것이다. 또한 1909년에 간행된『제국동요대전(諸國童謠大全)』[동요연구회 편, 춘양당(春陽堂), 1909.9]의「한국(韓國)」이라는 항목에도 〈권주가〉·〈아리랑타령〉 등 수 편이 실려 있다.[8] 이들 예는 일본민요의 하위 개념, 혹은 일본의 각

---

7) 최은숙,「『대한매일신보』의 민요 수록 양상과 특성」(『한국민요학』 11, 한국민요학회, 2002.12) 참조

지방의 동요의 일부로서 조선의 '민요'를 다루고 있다는 것을 명시하고 있어, 식민지획득정책의 성과가 민요 채집의 범위 확대에 반영되어 갔다는 것을 알 수 있다. 또한 이 시기에는 일본뿐만 아니라 서양인들에 의해서도 조선에서의 민요 채집이 이루어졌던 것이, 1920년대에 한국에 와 있던 음악가 이시카와 요시카즈(石川義一, 1887~1962)의 「사회교화와 민요(社會敎化と民謠)」[『조선(朝鮮)』 83, 1922.1]의 일절을 통해 알 수 있다.

> 독일인은 조선민요에 대해서는 1909년 경에 대체로 연구했다고 한다. 하지만 그들의 연구는 근본적 연구가 아니었다. 고작 민요의 목록을 만들었을 정도였다고 한다. 불행히도 독일인의 조선민요 연구는 단 한번 아세아휘보(亞細亞彙報)에 공개되었다고 한다.9) 지금은 폐간이 되어 구하기가 대단히 곤란하다. 어쨌든 외국인은 이미 십여 년 전에 다소나마 조선민요를 연구했다.

즉, 당시의 조선에서 불리던 어떤 종류의 노래가 '민요'라는 개념으로 묶이는 것은 문명국에서는 근대화의 과정에서 이미 사라져 가고 있는 '민요'를 찾아 동양(미개)으로 향하는 서구인(백인)의 문화인류학적 시선 속에서, 그리고 같은 유색인종으로서 식민지를 획득한 일본의, 영유지로의 관심 속에서 시작되었다고 할 수 있다. 조선에서의 '민요' 개념의 도입은 식민지로 편제되어 가는 상황과 불가분의 관계가 있는 것이다.

실제로 한일합방 이후 얼마 되지 않아 조선총독부는 전국에서 '민요'를 채집한다. 하지만 관련 자료가 거의 소실되어 지금은 그 전용을 알 수

---

8) 김교환, 「조선의 농민가요」, 『지상낙원』 2-2, 대지사, 1927.2. 일본에서 소개된 자료는 권말 「부록」 참조.

9) 『아세아휘보』에 대해서는 미상. 참고로 조선의 가요에 대한 서양인들의 관심을 엿볼 수 있는 자료로 널리 알려진 것은 『*The Korean Repository*』(1892.1~1898.12)에 소개된 게일(J. S. Gale)이나 헐버트(Homer B. Hulbert) 등의 선교사들에 의한 수 편의 글들이다. 특히 헐버트의 「The Korean Vocal Music」(1896.2)은 한국의 성악(vocal music)을, 고전 양식인 '시조', 대중 양식(popular style)인 '하치(Ha Ch'i)', 중간 양식(intermediate style)의 세 종류로 나누고, '하치'의 예로 〈경기아리랑〉과 그 악보를, 중간 양식의 예로 〈매화타령〉과 그 악보를 각각 들고 있다.

는 없으나, 임동권(任東權, 1926~)의 『한국민요집(韓國民謠集)』 VI(집문당, 1981.10)의 「해설」에 의하면 조선총독부가 1912년 경에 「이요·이언 및 통속적 서적 등 조사(俚謠·俚諺及通俗的讀物等調査)」[혹은 「이요 이언에 관한 건(俚謠俚諺ニ關スル件)」]라는 이름으로 전국적인 민요 채집을 행했다고 한다. 이 자료는 식민지시대를 통틀어 공개되는 일이 없었는데, 당시 '민요'의 유사어인 '이요'라는 용어를 공통적으로 쓰고 있는 점, 그 채집 규모가 전국적이라는 점으로 미루어, 문부성이 일본의 각 지방에 제출시킨 보고를 기초로 편찬한 『이요집(俚謠集)』[국정교과서공동판매소(國定敎科書共同販賣所), 1914.9]과 관련이 있을 것으로 보이나, 제반의 사정으로 조선총독부의 채집 자료 쪽은 게재되지 않았던 것 같다. 당시 총독부 학무국 편집과 편수서기로 부임해 있던 오구라 심페이(小倉進平, 1882~1944)도 같은 해에 제주도 민요의 직접 채집에 나서 〈방아노래(春杵歌)〉·〈김매기노래(除草歌)〉·〈타작노래(打穀歌)〉를 소개한 「제주도의 이요와 전설(濟州嶋の俚謠と伝説)」 상·중·하[『와카타케(わか竹)』 6-2~4, 1913.2~4]를 상재한다. 이러한 상황 속에서 이요와 유사어인 '민요'도 정착했으리라 추정되는데, 아직 필자는 1910년대를 통해 한국인에 의한 '민요'의 용례를 거의 발견하지 못했다.[10] 다만, 일본 유학생들이 동인이 되어 토오쿄오(東京)에서 1919년 2월에 창간된 한국 최초의 순문예지인 『창조(創造)』에는 창간호의 벌꽃(=주요한)의 「일본근대시초(日本近代詩抄)(1)」(1919.2)와 제2호에 발표된 추호(秋湖=전영택)의 「시인·쾨테」(1919.3)에 각각 '민요'의 예가 보이기는 한다. 하지만 전자에는 "日本民謠의完成者라고닐컷는島崎藤村氏"라는 기술에, 후자에는 괴테가 헤르더의 민요론에 각성되어 그 시풍이 "차々民謠的이 되"었다는 기술에 잠깐 보일 뿐이다. 또한 이 글들은 전자의

---

10) 최철 편저, 『한국민요론』(집문당, 1986.12)과 『한국민요학』 1(한국민요학회, 1991.5)에 게재된 「한국민요학 관계목록」에서 1910년대의 논저로 든 고위민(高渭民), 「조선민요(朝鮮民謠)의 분류(分類)」[『춘추(春秋)』 2~3, 1916.4]와 차상찬(車相瓚), 「조선민요(朝鮮民謠)에 나타난 애화(哀話)―쌍금노래와 제도남매(齊桃男妹)」[『별건곤(別乾坤)』, 1918.10]의 발행연도는 각각 1941년과 1932년의 오기이다.

주요한(朱耀翰, 1900~1979)의 글은 말할 것도 없고, 후자의 전영택(田榮澤, 1894~1968)의 글에 있어서도, 1880년대부터 일기 시작한 일본의 괴테 숭배열을 반영했던 전기류의 번역에 가까운 글이라는 점으로 보아, 식민지 조선에 있어서의 '민요'라는 말은 일본어를 번역하는 과정에서 수용되었으리라 추측된다. 따라서 '민요'라는 용어의 본격적인 정착은 상기 〈표〉의 결과와 마찬가지로 1920년대로 보는 것이 타당할 것 같다.[11]

그렇다면 용어의 도입 자체는 다소 늦어진다 하더라도, 총독부의 대규모 채집사업은 '이요'의 가치를 전환시킬 계기로 이어졌는지 여하를 확인할 필요가 있겠다. 이것은 조사의 동기를 밝히면 명확해지는 문제이겠지만, 현존자료의 상태로는 그 취지나 목적을 확인할 수 없는 상황이다. 다만, 관련 자료의 수집 소장자였던 임동권은 상기의 글에서 총독부의 조사 동기를 다음과 같이 쓰고 있다.

> 일제의 이와 같은 사업이 한민족의 문화를 애호 육성하는 것을 목적으로 했을 리는 만무하며, 同化를 위한 基礎資料로 삼기 위한 첫 시책이었을 것이다. 표면상으로는 文化資料의 수집 보존이란 명분이 서는 이유가 있었겠으나, 실은 지배욕에 의한 야망이 나타나 있어서, 노래에도 일제를 찬양했거나 아부성을 보여준 조작된 것이 보고되어 있으니 …….

여기에서 민족문화의 보존 및 육성의 기초가 되는 자료의 수집이라는 목적(위의 강조 부분)은 일본의 국민문학운동기에 왕성하게 주장되었던 '민요'에 대한 새로운 가치 부여와 관계가 있다. 이에 대해 임동권이 총독부의 실제의 의도라고 지적하고 있는 시정(施政)의 자료로서의 민요 수집이라는 동기(아래의 강조 부분)는 『시경(詩經)』으로 대표되는 중국의 정교주의적 시관에 입각한 채시(采詩)의 이념을 그대로 계승한 것에 지나

---

11) 해방 후 그때까지의 조선의 민요 연구를 총정리했다고 하는 고정옥(高晶玉, 1911~1968)의 『조선민요연구(朝鮮民謠研究)』(首善社, 1949.3)에도 "연대적으로 3·1운동 직후부터 민요에의 관심이 움트기 비롯"했다는 기술이 보인다.

지 않는 것이 된다. 정교주의적 시관이라고 하면 기본적으로 백성의 가요에서 정치의 득실(得失)을 읽어내어 시정의 자료로 삼는다는 것과 백성의 심성에 작용하여 도덕을 바로잡는 교화(敎化)의 수단으로 사용한다는 두 가지 기능으로 이루어지며, 위정자의 인정(仁政)의 상징으로 여겨져 그 지배를 정당화하는 수단으로 활용되었다. 총독부의 채집 자료에서 일제를 찬양하는 노래가 보인다는 것은 식민지통치를 정당화하려는 의도가 간파되며 이러한 전통시관이 작용했다는 것을 간접적으로 증명한다고 할 수 있겠다. 또한 시대는 조금 뒤쳐지나, 1933년 실시된 '민요 조사(民謠調査)'에 대해서는 이 자료의 취급처가 총독부 학무국 사회과 교화계(敎化係)로 명시되어 있는 것을 보면, 임동권의 추측은 타당성이 있다고 보인다. 더욱이 일련의 '민요조사'는 식민지정책의 일환으로 총독부에 의해 추진된 '민속조사'의 일부를 이루고 있으므로, 조사의 목적도 동일선상에서 파악하지 않으면 안 된다.[12] 즉, 이마무라 토모(今村鞆, 1870 ~?)나 무라야마 치쥰(村山智順, 1891~?) 등의 총독부 촉탁으로 '민속조사'에 임했던 이들의 글에 따르면, 그 목적은 식민지지배를 위한 시정자료의 확보에 있었음이 분명하며, 얻어진 자료에서 도출된 해석도 식민지정책에 영합하는 것이었다.[13]

그렇다면 1912년의 총독부의 '민요조사' 이후부터 시작된 일본인에 의한 조선민요의 연구는 어떠했는가. 그것은 식민지 조선에 민족문화를 애호·육성하는 자료로서의 민요관의 성립을 초래할 만한 계기를 만들었는가에 대해 생각해볼 필요가 있겠다. 우선 일본인 연구자에 의해 '민

---

12) 양영후(梁永厚), 「조선민속학의 고난(朝鮮民俗學の苦難)」[『전통과 현대(伝統と現代)』 71, 1981.7]은 식민지정책에 추종한 민속학을 '식민지민속학'이라 명명하고, 총독부에 의한 1912년의 '민요조사'를 그 시작이라 했다.

13) 양영후, 위의 글; 카와무라 미나토(川村湊), 「조선민속학론(朝鮮民俗學論)」, 『사상(思想)』, 1994.5 참조 이마무라 토모는 라엔(螺炎)이라는 호를 써서 뒤에 인용할 『조선민요의 연구(朝鮮民謠の研究)』에도 기고했는데, 창조력이나 자연에 대한 미적 감수성의 결여 등의 특징을 조선의 민요 및 동요에서 도출해내서는 조선민족의 민족성과 결부시키는 주장을 전개하고 있다[「조선의 민요(朝鮮の民謠)」].

요'라는 용어를 사용하여 조선의 민간가요를 논한 초기의 예로, 음악학 자이며 후에 일본민요에 관한 음향학적 연구를 정력적으로 수행한 카네츠네 키요스케(兼常淸佐, 1885~1957)의 『일본의 음악(日本の音樂)』[육합관(六合館), 1913.11]에 수록된 제3장 「조선의 음악(朝鮮の音樂)」을 들어보자. 여기에서 카네츠네는 국가가 멸망한 조선에서는 그 음악도 같은 지경에 처해 있으므로, 지금이 조선의 음악을 들을 수 있는 마지막 시기이며, 보존할 마지막 기회라고 강조하고, 글의 말미에 조선의 민요에 대해 다음과 같이 간단히 언급한다. 그는 '민요'는 어느 정도 발달하면 예능인에 의해 연주되는 '예술'로서의 음곡이 되는데, '민요'의 단계에서는 조선의 음악도 그 위치에 있어서 일본의 그것과 거의 차등이 없지만, 그것이 '예술'이 되면, 일본에 뒤진다고 하며, 앞으로의 조선의 음악의 운명은 우리 일본인의 손에 달려 있다고 맺고 있다.

카네츠네의 뒤를 잇는 일본인에 의한 조선민요의 채집과 연구는 1920년대부터 본격화되는데, 그 선두 주자는 상기한 이시카와 요시카즈이다. 그는 일본에서 대정(大正)기의 민요창작운동을 이끈 작곡가인 야마다 코오사쿠(山田耕筰, 1886~1965)[14]와 함께 〈일본작곡가협회(日本作曲家協會)〉를 결성하여 활동한 인물로, 1921년 무렵에는 경성여자고등보통학교 교유(教諭)로 부임하여 각지를 돌며 민요 채집과 연구에 종사한다. 그 성과는 주로 총독부가 발행한 월간지 『조선(朝鮮)』에 발표되었으며, 첫 논문인 「조선속곡(朝鮮俗曲)」(『조선』 79, 1921.9)에는 '속곡'과 동의어로 '민요'가 보인다. 『조선일보』에도 "去二十二日총독부囑託 石川義一氏가 元山普校 唱歌教授를 참관하는 等 민요 연구를 의뢰"하였다는 기사(1923.2.26)가 보이고, 『동아일보』에도 「조선민요(朝鮮民謠)」라는 제목의 글을 연재[1924. 10.13 · 11.1, 이경손(李慶孫) 역]하는 등 한국인 · 일본인을 불문하고 1920년대 초반에 가장 뜨겁게 조선의 '민요'를 논한 인물이라 할 수 있다.[15]

---

14) 본서 제1장 제2절의 40면 참조.
15) 일본의 음악사에서 완벽하게 잊혀진 존재였던 이시카와에 대해서는 최근에 간행된

하지만 이시카와의 연구는 관련자료의 소개에 치우쳐 있어, 그 선구적인 의의에도 불구하고, 이후의 조선민요 연구가들에 의해 회고되는 일은 없었다. 앞에서 든 「사회교화와 민요」는 그의 '조선민요'관을 엿볼 수 있는 몇 안 되는 논고 중 하나이다. 여기에서 그는 음악의 사회교화적 기능을 강조하며, 음악 중에서 가장 중요한 것이 "국민의 나아갈 방향을 구체화한 것인 민요"인데도, 조선민요에 대해 "아무도 힘을 쏟지 않는 것"을 개탄하며 그 연구를 촉구하고 다음과 같이 끝을 맺는다.

조선민요는 조선인 못지않게 조선에 있는 내지인의 합작이다. 이 합작은 더욱더 진보하여 앞으로 세계 음악예술의 일부분을 이룰 것을 확신하고 있다. 그리고 진정한 내선융화(內鮮融化)는 내선인이 일대 합창할 때라고 생각합니다.

'조선민요'를 당시 조선에 와 있던 일본인과의 합작으로 파악하는 것을 보면, 이시카와가 생각했던 '민요'가 그것의 근대적 변용으로서의 '신민요' 혹은 '창작민요'를 포함하는 개념이었던 것을 알 수 있다. 반면, 이시카와의 모든 논고를 참조하는 한, 그가 기존의 '조선민요'라고 생각했

아키야마 쿠니하루(秋山邦晴), 『소화의 작곡가들－태평양전쟁과 음악(昭和の作曲家たち－太平洋戰爭と音樂)』[미스즈(みすず)서방, 2003.4]에 의해 발굴되어, 일본에 최초로 미래파음악을 소개한 인물로 자리매김되었다. 아키야마에 따르면, 이시카와는 1906년에 도미하여, 1919년에 캘리포니아의 퍼시픽대학 음악부를 졸업한다. 1920년에 귀국한 후, 새로운 음악 표현을 소개했지만, 독일 등으로부터 이식된 관제음악의 틀을 벗어난 존재라는 점에서 정당하게 평가될 가능성이 배태되지 못했다고 한다. 본고의 입장에서 보면, 민요를 통한 식민지정책의 추진에 관심을 보인 이시카와는 실은 제도의 틀을 벗어난 전위음악의 소개자이기도 하다는 자기 모순을 안고 있던 존재라고 지적할 수 있겠다. 이러한 자기 모순은 거시적으로 보면 식민지제국 일본의 모순이라고 할 수 있을 것이다. 아울러 조선에서의 이시카와의 활동에 대해서는 우에무라 유키오(植村幸生), 「식민지기 조선에서의 궁정음악의 조사에 관해－타나베 히사오 '조선아악조사'의 정치적 문맥(植民地期朝鮮における宮廷音樂の調査をめぐって－田辺尚雄「朝鮮雅樂調査」の政治的文脈)」[『조선사연구회논문집(朝鮮史研究會論文集)』35, 1997.10]에 소개되어 있다. 우에무라에 따르면, 이시카와는 이왕직(李王職) 아악의 채보 작업을 최초로 완성(1927년 경에 작업 착수, 1939년에 완성)한 인물이라는 평가를 받고 있으나, 그의 초기의 관심은 궁정음악보다 민간음악, 특히 '민요'에 있었다고 언급하고 있다.

던 것은 당시 대도시에서 유행했던 유행가요의 선집이라고 할 만한 잡가 집류에 보이는 곡목이었다. 더욱이 이 잡가에 대해서는 일본과 서양의 음악에 비해 열등하다는 이미지를 가지고 있었다.[16] 위의 논고는 연구와 교화에 의해 선도되는 대상으로서의 이러한 '조선민요'의 장래의 모습의 귀결점이, 내선융화에 있는 것을 밝히고 있는 것이다.[17] 이것은 명치기 일본의 지식인들이 '민요'에 대해 마땅히 도래해야 할 국민 전체의 시가·음악을 대성시키기 위한 기초 자료라는 특별한 가치를 부여하고, 그 수집 및 연구에 매진했던 것과는 근본적으로 다르다고 할 수 있다.

1920년대의 일본인에 의한 조선민요의 채집·연구의 성과는 『조선』에 보이는 수 편의 글과 재조선 주재원이었던 이치야마 모리오(市山盛雄, 1897~?)가 주재한 월간 단가(短歌)잡지 『진인(眞人)』의 특집호로 낸 「조선민요의 연구(朝鮮民謠の研究)」(1927.1)와 이것에 두 편의 논문을 더하여 단행본으로 일본에서 출판한 『조선민요의 연구(朝鮮民謠の研究)』[사카모토(坂本)서점, 1927.10]가 대표적이다. 그 중에도 『조선민요의 연구』의 간행은 그 최대의 성과라고 할 수 있다. 일본인 11명 외에 최남선(崔南善, 1890~1957), 이광수(李光洙, 1892~?), 이은상(李殷相, 1903~1982)도 집필 멤버로 참가한 『조선민요의 연구』는 카네츠네나 이시카와의 주장처럼 선도나 교화라는 의도를 전면에 내세우고 있는 것은 아니다. 오히려 다음의 「예언(例言)」에서 술하고 있듯이, 그 의도는 일차적으로는 '민요'를 통한 조선의 민족성의 탐구에 있었다고 할 수 있겠다.

민요의 연구는 이미 제 문명국에서는 거의 그 자료도 없을 정도가 되었지만,

---

16) 『동아일보』의 연재기사 「조선민요(朝鮮民謠)전속(前續)」(1924.11.1)에는 이에 관한 명확한 기술이 보인다. "朝鮮音樂은 거의 日本과 西洋의音樂과가치 軟滑하게 連續이 되여잇지가아니하다 音樂의生命은 各節이 잘統一되고 連續되여 잇고업다는 것이 最大 條件의하나인데 朝鮮音樂에는 그것이업다 …… 모두가 全部分마다 허터저잇는故로 듯기에 퍽거복하다."

17) 「조선인(朝鮮人) 교육(敎育)과 음악(音樂)」 상·하(『매일신보』, 1921.4.30·5.1)에도 이시카와의 음악교육을 통한 내선융화의 주장이 보인다.

조선에서는 아직 그 첫 발도 들여놓지 않은 상태이다. 최근에 겨우 각 방면에 조선에 대한 연구열이 높아지는 것 같지만, 진정한 조선을 알기 위해서는 반드시 이 나라 민족의 민족성을 알아야 한다, 소박한 민중의 시대적 심리를 여실히 표현하는 민요에서 민족성을 엿보는 것은 가장 유력한 자료가 될 것이다.

편집 후기에는 집필진의 "조선의 향토를 사랑하는 마음에서" 본고가 완성되었다고 쓰고 있기도 하다. 확실히, 두 세 편의 논고에는 조선의 민중문화나 민요에 대한 동경이 피력되어 있기도 하다. 하지만 그들의 애정이 향하는 종착점은 상층문화를 중국의 그것에 오염된 것으로 비판함으로써 역으로 부각시키는 논법으로 강조된, '조선민요'와 그것을 길러낸 향토의 '소박'·'솔직'·'야생'이라는 말로 표상되는 원시성에 있었다. 그 외의 논고는 대부분이 수집한 자료의 번역·소개에 머무는 것이다. 더욱이 거기에 동반된 단편적인 기술은 그 태반이 자료의 예를 통해 '조선인의 (권력에 대한) 순종성', '지나(支那)문화에 대한 종속성', '창조성의 결핍' 따위의 '조선민족'의 정체(停滯)적 특성을 도출해낸 식민지주의적인 것이다.[18] 그에 비해 조선민요의 과거의 전통을 체계적으로 확립하여 민족정신의 앙양을 호소한다든지, 민족문학의 현재와 미래의 전망에 대해 관심을 보이는 연구는 존재하지 않는다.

이러한 조선의 '민요'에 대한 통시적인 전통과 공시적인 가치의 강조는 식민지로의 편재를 통해 일본의 국민문학운동이나 민요창작운동을 직접적으로 접한 조선인 연구자들에 의해서 이루어지는데, 그 신호탄으

---

18) 당시 『지상낙원』지를 통하여 조선의 민요를 일본어로 소개하고 있었던 김소운도, 『진인』의 조선민요 연구호의 간행에 경의를 표하면서도, "조선민요의 실제에까지 언급한 분은 별로 없는 것 같다"고 지적하여, 내용의 천박함을 격렬히 비난했다. 그 중에서도 '먹다'가 붙는 한글표현으로부터, 조선민족의 생명을 지속시키려는 강한 집착을 주장한 논고를 구체적으로 다루어, "얼마나 조선인의 생활을 피상적으로밖에 맛보지 못했는가를 알았으며", "이러한 독단적인 논리로 조선통(朝鮮通)인 양하는 자가 몇이나 있었다"고 비판했다(「조선의 농민가요」, 『지상낙원』 2-3, 대지사, 1927.3). 정력적으로 전개된 그의 조선민요의 수집 작업도, 이러한 표면적인 이해에 반발하는 '알맹이에 대한 추구'라는 의미도 있었다고 할 수 있다.

로 주목해야 할 것이 『개벽(開闢)』지(1920년 6월 창간. 26년에 강제 폐간)이다. 『개벽』지는 민족해방운동의 중심 세력의 하나인 천도교의 준기관지로서의 성격을 띠고 있지만, 비교도의 논설도 폭넓게 게재하여, 민족주의적 담론문화의 형성에 역점을 둔, 이 시기를 대표하는 종합잡지이다. '민요시인'으로 너무나도 잘 알려진 김소월(金素月, 1902~1934)이 1922년부터 문학사상 처음으로 '민요시'라는 장르명을 내걸고 「진달내꼿」(7월)을 발표하여 주목을 끈 것도 『개벽』지를 통해서이다. 다음은 1923년에 집중되어 있는 민요관련 논고를 모두 열거한 것이다.

① 강봉옥(康奉玉), 「濟州島의民謠五十首 – 맷돌가는女子들의주고밧는노래」, 『개벽』 32, 1923.2.
② 홍종인(洪鍾仁), 「龍岡民謠三十首」, 『개벽』 34, 1923.4.
③ C·S·C生, 「多恨多淚한慶北의民謠 〈새벽길삼지기는년, 사발옷만입더란다〉」, 『개벽』 36, 1923.6.
④ 미상, 「이짤의民謠와童謠」, 『개벽』 42, 1923.12.

①~④의 논고는 각 지방의 '민요'의 채집으로 일관되어 있으나, 거기에는 단편적으로나마 '민요'의 가치를 칭양하는 기술이 보인다. 즉, ①에는 "民謠는 그國民性의表現된꼿이라함은 누구나다아는바이외다. 짤하 民謠의 價値가어써하다함은 이제 새삼스럽게 말할必要가 업겟습니다"라고 하여, '민요'의 가치는 설명을 불허하는 자명한 것이라고 하는 짤막한 기술이 보이는데, 이러한 인식이 1923년 이전에 적어도 식민지 조선의 지식인들에게는 이미 일반화되었다는 것을 간접적으로 전하고 있다고 할 수 있겠다. 이러한 '민요'의 가치를 조금 더 구체적으로 서술한 것이 ②의 논고이다.

이제나는 北國의風情을 말하면 北鮮地方의民謠를紹介하여 우리民族의 南北의觀念을 서로 聯絡하려한다. …… 이에다시 世界人類로 朝鮮사람으로 우리江

山에우리의말로써 살 우리民族의將來에 올 새詩人은 먼저우리의 民謠童謠에
튼튼히握手하여야만할것을 말해둔다.

②는 ①의 민요 채집이 남쪽 지방만을 대상으로 한 것에 자극되어,
"北鮮地方의 民謠"를 소개함으로써, 우리민족의 남북의 단절을 연락하
려는 데 있다고 기고(寄稿)의 의도를 밝히고 있는데, 이것은 제2장의 츠보
이의 논의에도 보이듯이, 제지방의 '민요'를 제시하여 국토 전체의 이미
지를 '민요'를 매개로 그려내려 한, 일본에서의 민요집의 편찬의도와 상
통한다고 할 수 있겠다. 즉 제지방의 소리를 '민족의 소리'로 통합하려는
사명감이 ②에 깔려 있다(강조 부분은 제3장 제4절 참조). 더욱이 ② 논고는
소박하나마 '민요'의 장래에 대한 언급이 있다는 점에서 선구적이라 할
수 있다. 즉, 장래의 시인들은 '민요'를 자양분으로 해야 한다는 것이 그
것이다. 이 글의 저자인 홍종인(洪鍾仁, 1903~1998)은 민족사학의 요람이라
고 일컬어진 오산학교(五山學校)를 거쳐 신문기자로 활약한 인물로, 같은
학교 출신인 김소월의 민요시 활동에 자극을 받아서인지, 당시 서양이나
일본사조의 도입에 여념이 없었던 신시운동의 진영을 향해, 민요의 중요
성을 강조하고 있는데, 유감스럽게도 더 이상의 구체적인 언급이 없다.
  따라서 조선민요의 가치를 체계적으로 칭양한 것은 일본 유학파인 주
요한·이광수·최남선 등이라는 많은 연구가들의 주장은 타당하다고 할
수 있겠다. 이들은 일본 유학의 경험을 토대로 주체적 체계적으로 '민요'
의 개념을 도입할 수 있었다고 보여진다. 개략적으로 말하면, 주요한과
이광수는 조선민요의 현재와 미래에 주된 관심이 있었다고 하면, 최남선
의 논의는 조선민요의 역사를 통괄하는 데에 초점이 맞추어져 있다고 할
수 있다. 우선 주요한의 「노래를지으시려는이에게」[『조선문단(朝鮮文壇)』,
1924.10~12]와 이광수의 「민요소고 1(民謠小考 一)」(『조선문단』, 1924.12)을 통
해 전자의 논의를 확인해 보자.
  주요한은 서양이나 일본의 사조의 모방에 급급한 조선의 신시운동에

대한 타개책으로 "조선뎍 사상 졍서의 표현과 조선뎍 언어의 미의 발견" 이라는 두 가지 목표를 제시하고, 구체적으로는 음수율정형의 구시(舊詩) 중 중국의 모방에 그친 한시나 시조보다 "국민뎍(민족뎍) 졍죠를 여간 나 타낸 민요와 동요"를 운동의 발족점으로 삼아야 한다고 서술한다.

　　필자의 의견으로는 조선의 신시운동이 성공하려면 반드시 민요를 긔초삼고 나아가야 되리라합니다. 이것은 엇던나라 문학사를 보드래도 증명할수 잇는것 이외다. 문학발생의 초창긔시대에 잇서서 그 새문학의 출발뎜이 언제든지 민요 에 잇섯습니다. 멀리 그릭이고 그럿섯 라틘문학, 영, 법, 덕의 근대문학, 각가히 러시아, 일본의 문학이 그랫습니다.

'민족의 공동적 작품'인 '민요'를 기초로 한 신시운동은 서구와 일본 에서 이미 그 성공이 증명되었으니, 당연히 조선에서도 성공을 거둘 것 이라는 확신은 이광수의 「민요소고 1」에도 곳곳에 보인다.

　　"이 민요에 나타난 리즘과 사상은 그민요를 부르는 민족의 특색을 들어낸것 이니 그럼으로 그 민족의 문학은 민요(전설도포함하야)에 긔초하지아니치못할 것이다. 엇던나라에서나 시가(詩歌)는 그나라의 민요를 뿌리로 발달한 것이다." (28면)

　　"오늘날의 영국 시가의 리즘(생각도 그러하지마는)이 그나라의 민요에 긔초 된 것은 영문학사가 증명한다." (31면)

하지만 이들의 논의에는 '민요'란 무엇인지에 대해서는 '민족의 고유 한 노래'라는 추상적인 언급만 되풀이할 뿐으로 구체적인 기술을 결여 한다. 주요한의 경우는 겨우 "민요의 형식중에는 팔팔됴가 가장 만헛습 니다"라는 기술이 보일 뿐이다. 이에 비해 이광수는 당시의 잡가집류에 보이는 대표적인 곡목인 〈아르랑타령〉·〈놀령〉·〈난봉가〉·〈양산도〉· 〈홍타령〉 등을 제시하고 "四四조는 우리 나라사람이 가장 조화하는 조니 노래치고는 대개 四四조를 석지아니한것이업다"고 다소 구체적인 언급을 하고는 있다. 하지만 이들 '민요'를 기초로 하는 신시운동의 구체적인 방법론에 대해서는 전혀 서술되어 있지 않고, 당시 '민요'풍의 서정시를 창작하고 있었던 주요한, 김억(金億, 1893~1950?) 등의 예를 들어 호평하거나 천재시인의 출현을 고대할 뿐이라는 점에서 주요한의 논의와 다르지 않다.

그런데 국문학계의 연구사에 비추었을 때, 주체적인 '민요' 개념 도입의 초창기의 핵심 멤버에 김억의 이름이 빠져 있는 것은 일견 의아하게 비칠 수도 있겠다. 하지만 필자가 확인한 바에 의하면, 김억이 처음으로 '민요'에 대해 언급한 것은 「시단(詩壇)의 일년(一年)」(『개벽』 42, 1923.12)에서 김소월의 작품에 대해 "우리의 在來民謠調그것을 가지고, 엇더케도 아릿답게 길이로 짜고 가로 역거, 곱은調和를 보여주엇습닛가!나는 作者에게 民謠詩의길잡기를 간절히 바래는바입니다"라고 평한 문장이다. 서구의 문예사조 도입에 앞장섰던 김억이, 도래할 "朝鮮의 詩歌"에 대해 "現代의 朝鮮心을 背景"으로 삼을 것을 강조하기 시작한 것(본서를 통해 더욱 더 명확해졌듯이 이 또한 일본을 통해 도입된 서구사조의 개념계에 속하는 것이지만)도 이 무렵 이후이다(「朝鮮心을 背景삼아—詩壇의 新年을 마즈며」, 『동아일보』, 1924.1.1). 서구사조, 특히 상징시의 도입과 역시집의 간행 등에서 김억이 모범으로 삼았던 우에다 빙이 민요론자이기도 하고, 김소월·홍종인 등 오산학교 시절의 제자들에게 '민요' 개념을 가르친 것도 김억이라고 추측되며, 그 역시 '민요'풍의 서정시를 짓기도 했지만['민요시'라는 것을 명시한 첫 작품은 「녀름저녁에읊은노래」, 『영대(靈臺)』 2, 1924.9], 선구적인 입장에서 직접적으로 '민요'를 논하지는 않았다. 그런 그가 구체적으로 신시운동과 관련지어 '민요'를 논하기 시작한 것은 「밟아질朝鮮文壇의 길」 상·하(『동아일보』, 1927.1.2·3) 이후이다. 그는 이 글에서 "朝鮮의 詩歌가 國民的詩歌의 튼튼한자리를 잡"기 위한 요소로, "言語의 尊重, 鄕土性의背景, 詩形의發見"을 들며, "朝鮮詩歌의 詩形은 다른곳에서 求할것이아니고 朝鮮사람의思想과感情에쏘는呼吸에 가장갓갑은時調나民謠의形式그것을 그대로採用하지아니하고 이두가지를混合折衝하야 現代의우리의生活과感情이 如實하게담겨질만한詩形을發見하는 것이 조치아니할가함니다"라고 한다. 이 글에 따르면 김억에게 있어서는 향토성을 띠며 조선어로 쓰인 재래의 시형이라는 점에서 '민요'는 시조와 구별되지 않을 정도로 모호한 개념이었다. 그의 시론은 도래할 조선의 시형으로 '격조시'라는 정형시형을 시도하면서 막을 내리고 만다.

이렇듯 애매한 '민요' 개념을 안은 채, 구체적인 방향을 결락시킨 신시운동의 논의는 이후 전혀 깊어지지 않은 채 점차 '민요' 논의의 중심에서 사라져 갔으며, 식민지시대를 통틀어 '민요'의 장래에 대한 전망을 체계적으로 제시한 논의는 눈에 띄지 않게 된다.

다만 당시 카프(KAPF)에 속해 있었던 김동환(金東煥, 1901~?)의 「조선민요(朝鮮民謠)의 특질(特質)과 그(其) 장래(將來)」[『조선지광(朝鮮之光)』28, 1929.1] 등의 계급문학 건설을 외친 논자들에 의해 일시적으로 전개되기는 했다. 특히 김동환은 '민요'의 정의를 "朝鮮民族이라는 漠然한一團의 共通한 노래가아니라 朝鮮人中에도 그一部分인 被治者며 生産者層인 特殊民衆의 노래"라고 명확히 제시하고, 기교화(奇巧化)하고 고아화(高雅化)하고 난삽(難澁)한 유한계급의 예술인 신시·시조·한시에 대항하여 "野生的 그대로의表現과內容을가지"며, "生活運動과 密着不可離한 關係를 가진" '민요'의 발흥에 전력을 다할 것을 호소하였다. 하지만 운동의 구체적인 방안을 제시하지 못한 점과 '민요'의 예로 들고 있는 것들이 잡가의 대표적 곡목인 〈아리랑〉·〈농부가〉·〈배따라기〉·〈경복궁타령〉 등과 사회적 사건을 풍자했다는 〈녹두노래〉·〈장다리노래〉·〈강강수월래〉 등이어서, 위의 신시운동의 논의들과 크게 다를 바가 없었다고 할 수 있다. 그 중에서 민요의 임무로서 강조했던 은어(隱語)를 다용한 풍자요에 대한 인식은 중국의 전통적인 동요관에 입각한 것이기까지 했다.

결국 식민지 조선에서는 '국민문학운동'으로서의 민요창작운동 내지 민요를 기반으로 한 신시운동은 성공을 거두지 못했으며, 시조창작운동만이 구체적인 성과를 남겼다고 할 수 있겠다. 반면 '민요'의 수집이 좀처럼 성과를 올리지 못하는 상황과 맞물린 신시운동의 침체라는 실상에 비하여, 연구의 성과가 착실히 쌓여간 것은 과거의 '민요'의 역사를 체계화하는 작업이었다. '민요'를 숲 속에 선 나무와 같다고 하며, "그 뿌리는 깊이 과거 속에 묻혀 있으면서 부단히 새 가지를 뻗고, 새 잎사귀를 펴고, 새 열매를 맺는다"고 고정옥이 인용한 비유[19]에 빗대어 말하면, '민요' 연구의 열기에 대한 위와 같은 현상은 민족의 가요로서의 그 뿌리는 날로 달로 힘차게 내리뻗고 견고해짐에도 불구하고 열매를 맺지 못 하는 상태를 의미한다. 이리하여 '민요'의 역사적 연구는 그 내실을 더욱 확대해가며 해방 후의 한국의 국문학사 성립에 중요한 지반을 다져간다.

3. 문학사의 기술과 민요

해방 후 임동권은 "三國時代"에서 "李朝時代"까지의 '민요' 268편을 선정하여 「고대민요편(古代民謠篇)」이라는 최초의 '역사적 민요집(Historisch Volkslieder)'을 편찬했다[『한국민요집(韓國民謠集)』 I, 집문당, 1961.6]. 그리고 그 해설서라고도 할 수 있는 『한국민요사(韓國民謠史)』(집문당, 1964.5)에서 민요사 연구의 의의를 "韓國民謠의 歷史的 展開, 다시 말하면, 韓國民謠의 生成과 發展·消滅·傳承過程을 究明함으로써 民衆文學의 最大 分野인 韓國民謠의 實相을 把握하는 데 目的이 있고, 이것을 通해서

---

19) 고정옥, 앞의 책. Britannica international encyclopaedia의 「folk song」(Ralph V. Williams 기술)항으로부터의 인용.

民族의 文學과 生活을 認識·理解하는 데 意義가 있다"고 논하고 있다. 이와 같이, 리스트업된 내용에 다소의 편차가 있기는 하지만, 과거의 문헌에서 '민요'(로 간주할 만한 것)을 선출하여 민요사를 체계화하고 나아가 민족문학과 그것을 뒷받침하는 생활을 밝히려는 방향 자체는 20년대 이후의 '민요' 연구의 하나의 지향점이기도 했다.

한편 문헌에 보이는 과거의 시가에 '민요'의 이름을 부여하고, 그것을 통시적으로 열거한 초기의 논고는 총독부 편집과 직원인 카토오 배키호오(加藤覓峰)의 「송덕경하의 사를 포함하는 조선민요 두세 편(頌德慶賀の辭を含める朝鮮民謠の二三)」(『조선』83, 1922.1)이다. 카토오는 조선의 '민요' 중 가장 오랜 것으로 신라시대의 향가('遺謠')를 들고, 『고려사』「악지(樂志)」에 백제와 고구려의 속악으로 열거되어 있는 곡목을 들어 '민요'임을 확신한다. 그리고 나아가 조선시대의 시조(詩調) 또한 "위로는 왕공상장(王公相將)에서부터 아래로는 유명한 가기(歌妓) 등이 만든 민요"로 간주했다. 조선민요에 대한 이러한 역사적 파악은 카토오로 하여금 조선민요의 특색을 "이들 민요의 대부분은 다대히 지나(支那)적 감화를 받고는 있으나 조선의 문학사에서는 가장 중요한 지보를 점하고 있는 것"이라고 역설하게 한다. 하지만 카토오의 이러한 '민요' 인식은 당시의 일반적인 '민요' 개념에 비추어 보더라도 상당히 거리가 있는 것이라 하지 않을 수 없다. 더욱이 시조의 특징으로 들고 있는 "위로는…… 아래로는……"은 '민요'에 어울리는 해설이라기보다는 동일한 시형을 범계급적으로 공유한다는 국민시(국시) 내지 국민문학의 특징을 단적으로 제시하기 위한 상투어로, 일본에서 1890년대 전후로 줄기차게 사용된 표현이었다.[20] 일본에서는 이 시기가 되면 이미 와카(和歌)를 국가(國歌)로 간주하는 것이 일반

---

20) 시나다 요시카즈, 「국민가집의 발명·서설—위로는 천황에서 아래로는 이름 없는 서민에 이르기까지(國民歌集の發明·序說—上は天皇より下は名もなき庶民にいたるまで)」, 『국어와 국문학(國語と國文學)』, 1996.11. 이후 『만엽집의 발명—국민국가와 문화 장치로서의 고전(万葉集の發明—國民國家と文化裝置としての古典)』, 신요사(新曜社), 2001.2에 수록.

적이었으므로,21) 어쩌면 카토오에게는 식민지의 언어로 불린 시가는 모두 지방의 '민요'에 그친다는 인식이 존재했을지도 모른다. 한데, 실은 카토오가 간략하게 제시한 조선민요의 이러한 역사는 의도치 않게 이후의 시가사 기술에 있어서의 중요한 논점 중의 하나인 '향가와 시조는 민요인가 아닌가'에 대한 한쪽 극단의 견해를 피력한 것이 되었다.22) 그러나 1920년대의 '민요' 논의에 있어서는 오히려 향가와 시조를 '민요'에서 제외하는 견해가 일반적이었다고 할 수 있다. 향가와 시조를 '민요'로 인정할 경우, 중국문화 내지 외래문화에 대한 영향을 조선민요의 중요한 특징으로 들지 않으면 안 되게 된다. 하지만 그러한 설명은 "國民性의表現된것", "국민덕(민족덕) 정죠를 여간 나타낸" 것으로 간주되는 '민요'의 특징으로는 어울리지 않는다는 점에서 '민요'의 영역으로부터의 향가와 시조의 배제는 어떤 면에서는 당연한 조치였다고 할 수 있다. 예를 들어 고정옥이 앞의 논저에서 "조선 최초로 민요에 관한 당당한 논문"이라고 평한 최남선의 「조선민요의 개관(朝鮮民謠の槪觀)」(『진인』 5-1, 1927.1)의 '민요'론을 살펴보기로 하자.

'조선은 민요국'이라는 말로 유명한 이 논문에서 최남선은 "조선문학사의 중요한 한 특색"으로 '조선문학'에 있어서의 '민요'의 영역이 실로 넓고 깊은 것을 들고 있다. 그 이유는 중국문화가 유입되면서 조선인들

---

21) 와카를 '국가'라 부른 초기의 예로는 오치아이 나오부미(落合直文)의 「나라조의 문학(奈良朝の文學)」[『동양학회잡지(東洋學會雜誌)』, 1890.1]을 들 수 있다. 여기에서는 대표적인 일본의 가인(歌人)이자 일본문학자인 사사키 노부츠나(佐佐木信綱, 1872~ 1963)의 논고를 참고로 제시한다. "와카야말로, 말할 필요도 없이 우리 국민문학의 정수이고, 우리 국민의 과거의 문학적 산물 중 가장 중요한 것이다." 『와카사의 연구(和歌史の研究)』, 대일본학술협회, 1915.

22) 한편 한국 최초의 문학사를 상재한 안자산(安自山, 1886~1946)의 『조선문학사(朝鮮文學史)』(韓一書店, 1922.4)에도 '민요'의 용례가 보이기는 하나, 『고려사』 「악지」에 기자조선대(箕子朝鮮代)의 속악(俗樂)으로 분류되어 있는 〈서경곡(西京曲)〉·〈대동강곡(大同江曲)〉을 들고 있을 뿐이다. 더욱이 「악지」에 보이는 이 두 곡에 대한 설명이 임금의 은택을 입은 백성들의 기쁨이 표출된 노래로 되어 있어, 안자산의 '민요' 인식이 중국의 채시 이념에서 말하는 '민속가요(民俗歌謠)'를 답습한 것임을 알 수 있다.

사이에는 권력계급과 평민서민계급의 대립을 보이게 되었고, 상류계급
이 민족적 정신을 망각하고 한풍에 빠져있는 동안, 진실로 민족정신과
민족예술의 수호자의 임무를 맡은 것은 민중들의 '민요'였기 때문이라
고 하며, 향가 및 시조, 가사에 대해서는 다음과 같이 쓰고 있다.

> 지나의 문자 및 사상의 수입에 따라, 아(雅) 방면을 대표하는 향가는 형식 내
> 용 모두 지나의 정악(正樂)류에 접근 유사화에 힘써, 더욱더 고유한 민속에서
> 멀어져 가게 되었다. 이렇듯 향가가 국풍(國風)의 본의를 몰각한 것은 한편으로
> 조선인의 감정의 자연스러운 유로(流露)를 봄에 있어 민요의 지위를 더욱 중요
> 하게 하는 이유가 되지 않을 수 없었다. 유교류의 형식도덕에 얽매이지 않고
> 도교 불교류의 초연(超然)사상에도 빠지지 않고, 밝은 일종의 낙천사상을 기조
> 로 하는 조선인 본래의 사상경향은 단지 민요에 따라서만 흐르는 것을 보게 되
> 었다. 이리하여 이 경향은 향가가 '시조'가 되고, 시조에서 '가사'가 파생됨에 따
> 라 더욱 심해질 뿐이었다.

즉 최남선에 따르면, 향가나 시조, 가사는 그 성립 시기가 내려갈수록
조선의 고유한 민속이나 조선인 본래의 사상에서 멀어진 외래사상을 담
는 경향이 심화되어 갔으며, 이러한 점에서 '민요'와 대치되는 시가라고
한다. 물론 향가의 경우는 「서동요」를 '민요'라 한다든지, "가사는 일반
민요 중에서 선택되어 정악(正樂)의 부위(副位)에 오른 민요의 의붓자식"
이라고 하여 '민요'와의 관련성을 다소 인정하고는 있다. 하지만 시조에
대한 언급은 전혀 없는데, 이것은 본고를 전후해서 '조선의 국민문학(민
족문학)으로의 시조'와 그 부흥을 왕성하게 주장하였던 장본인치고는 너
무나도 차가운 평가가 아닐 수 없다. 실제로 최남선은 "時調는朝鮮文學
의精華며 朝鮮詩歌의本流입니다. 시방朝鮮人이가지는 精神的傳統의
가장오랜實在며 藝術的財産의오즉하나인成形입니다. 그것이진실로朝
鮮人의藝術的能力의最良部而最高能率은아니라할지라도 시방까지의그
最大建立이오 쏘언제까지든지그一大勢力일것은의심할수업습니다"23)라

고 하여, 국민문학으로서의 시조의 영속성을 확신한다. 그리고 그 이유로 들고 있는 것은 간단히 말하면 시조가 "朝鮮國土, 朝鮮人, 朝鮮心, 朝鮮語, 朝鮮音律을通하야表現한必然的一樣式"24)이라는 것이다. 하지만 조선인(朝鮮人)이 그 마음을 조선음률(朝鮮音律)에 실어 조선어(朝鮮語)로 표현한 필연적 시가 양식과 '민요'가 어떠한 관계에 있는지에 대해서는 전혀 언급한 일이 없다. 뒤에서 구체적으로 지적하듯이, 시조와 '민요'와의 관련성에 관한 논의를 적극적으로 전개한 것은 한국의 국문학 아카데미즘의 기초를 확립한 조윤제(趙潤濟, 1904~1976)이다.

조윤제는 일찍이 「향토예술부흥운동(鄕土藝術復興運動)」[『신흥(新興)』 2, 1929.12]이라는 글에서 조선의 향토예술의 일종인 "田間에부르는民謠"에 관심을 나타내며, 외래사상에 물들지 않고 "民族의國民性이發揮한藝術"인 향토예술의 체계적인 수집·보존을 주장했다. 문예운동 등이 "鄕土藝術에基礎를두지안으면안이된다"는 그의 주장은 앞의 신시운동 논의와 공명하는 것처럼 보이지만, 개량이나 개작의 움직임을 비판하고 보존의 중요성을 강조한다는 점에서 차이를 갖는다. 그런 탓인지, 이후의 그의 '민요'에 대한 관심은 주로 시가사의 구축에서 활용된다. 여기에서는 먼저 조윤제의 스승이자 그를 시가 연구의 길로 이끌었다고 하는 오구라 심페이의 향가 연구에 대해 살펴보기로 하자.

당시 경성제국대학 법문학부 조선어문학전공 제2강의 담당교수로 조선어학을 강의했던 오구라는 향가에 대한 전면적인 해독 작업에 착수하여, 1929년 3월 『향가 및 이두의 연구(鄕歌及び吏讀の研究)』[『경성제국대학 법문학부기요(京城帝國大學法文學部紀要)』 제1(第一)]를 간행하기에 이르렀는데, 그것은 그때까지 불과 2, 3수의 해독이 주로 일본인 연구자에 의해 간헐적으로 시도되었던 향가 연구사에 있어서 전대미문의 획기를 만드는 것이었다. 이 작업이 조선인 연구자들로 하여금 자주적인 '조선문학'

---

23) 최남선 편, 『시조유취(時調類聚)』(한성도서, 1928.4)의 「서(序)」.
24) 최남선, 「조선국민문학(朝鮮國民文學)으로의 시조(時調)」, 『조선문단』, 1926.5.

연구에 대한 자각과 사명감을 증폭시켰다는 것은 유명한데, 조윤제 또한 그 한명이었다. 그런데 조윤제가 자신의 시가 연구의 방법론을 정하는 결정정인 계기가 된 것은 구체적으로는 『향가 및 이두의 연구』의 간행을 기화로 오구라와 츠치다 쿄오손(土田杏村, 1891~1934) 사이에서 벌어진 향가 형식에 관한 논쟁이었다.[25] 문예비평가이기도 한 츠치다 쿄오손은 일본에서 1920년대 전반부터 활발히 전개되었던 와카 기원에 관한 논의에 촉발되어 향가와의 비교 연구를 시도하여, 와카 형식이 향가의 영향 하에 성립했다고 논한 저서인 『상대의 가요(上代の歌謠)』(제일서방, 1928.6)를 상재한 인물로, 오구라의 위의 저작의 간행을 계기로 학술지인 『국어 국문의 연구(國語國文の硏究)』의 지면을 통해 수 차례 논쟁을 벌이게 된다(1929.12~1930.10). 논쟁의 핵심은 향가의 어학적 해석을 유일한 방법론으로 하는 오구라의 연구에 대해, 츠치다가 음수율을 중심으로 한 형식 규명이 선결된 후에 그 형식에 적합하게 석독(釋讀)이 이루어져야 한다고 비판한 것에 있다. 츠치다는 『상대의 가요』에서 현존 '민요', 용비어천가, 시조 등의 자수계산법을 통해 10구체 향가의 형식을 단구(短句)와 장구(長句)가 교대로 배열된 '4·8·6·8, 8·8·6·8, 6·8'로 추단해내는데, 이때 장구인 '8'의 도출에 결정적인 시사를 준 것은 조선의 현존 '민요'의 대부분이 4·4조 8음을 1구로 한다는 것이었다. 오구라의 방법론적 한계에 대한 츠치다의 이와 같은 비판은 정당한 것이기는 하지만, 츠치다의 조선어에 대한 지식의 결여와 그로 인해 안이하게 다른 장르의 시가와 결부시켜 논의하는 태도는 츠치다가 제시한 다소 불철저한

---

25) 조윤제, 「나와 國文學과 學位」, 『도남잡지(陶南雜識)』, 을유문화사, 1964.4[초출 『신생공론(新生公論)』 2-3, 1952.8]. 아울러 본 논쟁과 조윤제의 시가 연구의 방법론과의 관련성과 그 한계를 논한 선행 연구에 류준필(柳浚弼), 「形成期 國文學硏究의 展開樣相과 特性－趙潤濟·金台俊·李秉岐를 中心으로」(서울대 박사논문, 1998.8)가 있다. 그러나 조윤제에 대한 오구라의 영향을 도외시한 점에서 본고와 의견을 달리 한다. 확실히, 그의 시가의 형식에 대한 주목 자체는 츠치다 쿄오손으로부터의 영향이 컸다고 여겨지나, 문학사에 대한 지향은 뒤에서 언급하는 바와 같이, 논쟁을 매개로 해서 얻어진 오구라의 문제의식과 연결되어 있다고 할 수 있다.

통계수치에 대한 오구라의 신뢰도를 더욱 실추시키는 방향으로 작용했다. 물론, 오구라도 향가에 대해 "향가라는 것은 일반사회의 산물인 민요이기 때문에, 신라 당시에는 그 수가 무수히 존재했음에 틀림없다"(28면)고 했으며, 그 형식에 대해서는 "각 구의 음절수와 같은 것은 악률에 맞춰 역문을 정련한 후가 아니면 결정할 수 없지만, 대략 앞에서 해설한 역문을 참조해 볼 때는 8·8·8·8, 8·8·8·8, 후구 8·8의 형식을 취하고 있는 것 같다"26)(268면)고 했다. 하지만 여기에 제시된 '8·8조'의 운율과 '민요'의 형식과의 관련성에 대한 언급은 전혀 하고 있지 않으며, 어디까지나 역문의 통계를 통해 얻어진 잠정적 수치라는 것을 강조한다.

그리하여 오구라는 향가와 현존 '민요'의 운율적 관계를 아무런 설명 없이 결부시키는 츠치다의 견해를 비판하며, "그 모형(母型)에서 민요에 이르기까지의 변천을 역사적으로 증명해 주기를 바랬다"고 한다든지, "향가의 형식 문제는 그 발생부터 오늘날의 각종 가요 형식의 발달에 이르기까지 대단히 복잡한 변천을 거친 것으로, 역사적으로 관찰해서 충분히 상세하게 연구할 필요가 있다"27)고 하여, 조선의 시가발달에 대한 역사적인 연구의 필요성을 통감하기에 이른다.

그렇다면 오구라의 연구실에 근무하면서 이상의 논쟁을 주시하였던 조윤제가 거기에서 얻은 학문적 비전도 거의 추측이 가능하다. 즉, 조선어를 모어로 하는 조윤제 자신이 조선의 시가의 체계를 세우는 것인데, 그것은 오구라가 자신의 방법론적 한계를 보완하기 위해, "朝鮮의 詩歌에 대하여는 네가 하지 않으면 안 된다"28)고 격려하며 조윤제에게 걸었던 기대이기도 했던 것이다.

그런데 '민요'의 역사적 연구와 관련해서 이 논쟁이 갖는 또 하나의

---

26) 오구라 심페이, 『향가 및 이두의 연구』(『경성제국대학 법문학부기요』 제1), 1929.3.
27) 오구라 심페이, 「향가의 형식에 대해 츠치다 쿄오손 씨에게 답함(鄕歌の形式に就き 土田杏村氏に答ふ)」, 『국어국문의 연구』 44, 1930.5.
28) 조윤제, 앞의 글.

중요한 의미는 이제까지 민족성을 탐구하는 중요한 자료로 그 내용의 분석에 초점이 맞춰졌던 '민요' 논의가 형식론에 편중된 시가사론으로 전개되는 계기를 만들었다는 것이다. 이 점을 「시조자수고(時調字數考)」(『신흥』 4, 1930.11)를 시작으로 정력적으로 진행된 조윤제의 시가 연구의 도달점인 『조선시가사강(朝鮮詩歌史綱)』(東光堂, 1937.5. 이하 『사강』으로 약기함)의 내용 분석을 통해 확인하고자 한다.

조윤제는 『사강』의 「서언(緒言)」에서 시가사를 가능케 하는 요소로 "歷代를 縱貫하"고 "上下를 貫通하는" 시가의 존재를 들고 있다. 우선 전자에 대한 사명감은 불연속적으로 현존하는 한글 시가 및 한글을 표기하려는 의식이 투영된 향가 등의 장르를 일직선으로 연결하여 생명력을 불어넣으려는 의지로 표출된다. 그것은 시조를 향가의 발전된 형태로 파악하는 곳에 극명히 나타난다. 즉, 현존하는 향가에는 예가 없는 6구체가를 상정하여 시조의 형식인 3장 6구의 모태로 보고, 6구체의 실례를 조선 초기에 채록된 백제의 노래라 전해지는 「정읍사(井邑詞 → 『악학궤범』 수록가)」에서 찾는다("古代 鄕歌時代에 벌서 時調 同樣의 六句体歌가 있었다는 것은 疑心할수없는 것이다", 119면).

한편 이러한 생물진화의 계통수를 방불케 하는 시가사의 일원적 도식은 실은 「시가(詩歌)의 원시형(原始形)」(『朝鮮語文』 7, 1933. 이하 「원시형」)에서 거의 완성을 보았다. 즉, 동요, '민요'의 세계를 모태로 하는 조선 시가의 원시형인 8음 1구를 병치한 2구체는 점점 더 복잡해가는 감정을 표현하기 위해 반절(배증)되어, 4구체, 8구체로 발전해간다. 한편 4구체에서 8구체로 이행하는 도중에, 4구체에 그것과 분절되는 2구의 후절이 붙은 형태인 6구체가 존재하였고, 마찬가지로 8구체도 2구의 후절이 붙은 10구체로 발전해간다. 이렇게 단절(單節)의 형태인 4구체, 8구체와, 후절을 가진 6구체, 10구체는 장가로도 발달해 나가는데, 전자는 가사로, 후자는 경기체가로 이어진다. 하지만 전자의 경우 형식이 단조로워 그 발달이 미약한데 반해, 전절과 분절되는 후절을 갖는 후자는 기교와 변화가 풍부해, 6구체는 후세에 시조로 발달해가고, 10구체는 고려의 「삼진작(정과정곡→『악학궤범』 수록가)」으로 이어졌다고 하는 것이 조윤제가 「원시형」에서 구축한 조선 시가의 형식 발달사의 대강이었다. 이러한 체제 자체는 오구라의 요망에 응하는 형태의 성과물로 파악할 수 있다. 그리고 이틀은 시가사의 체제로 재구성되어 『사강』에 그대로 편제되어 간다.

그런데 이때 조윤제가 새로이 강조한 것은 시가사의 주체로서 '조선민족(조선국민)'을 전면에 내세우는 것이었는데, 이것은 조윤제가 시가사 성립의 또 다른 요소로 들었던 상하 관통성, 즉 향유층의 범계급적 성격과도 밀접하게 관련된 것이기도 하다. 이것은 향가와 시조의 작자층의 상하 관통성, 즉 범계급적 포진을 지적하는 부분에 투영되어 있다. 예를 들어, 향가에 대해서는 "作者를 보면 僧侶가 있고 俗人이 있고 男子가 있고 女子가 있듯이 各階級을 通하여 있는것도 注意할바이거니와, 더욱이 村女 寺婢와 得烏谷과 같은 그다지 智識階級에 屬되지 못한 人物에까지 그만한作品이 있다는것은 新羅에 如何히 鄕歌가 普遍하였으며, 또 盛況하였든가를 말하여 주는듯 하다"(52면)고 한다. 마찬가지로 시조의 작자층에 대해서도 시조발생기의 작자가 전부 중앙의 귀족층이라는 것을 "只今은 伝틀 몯하지마는 그 時代에 있어서는 平民階級中에서도 亦是 相当한 愛好者와 作家를 가졌을것이로대, 記述의 責任을 잡고 있는것이 特權階級의 사람이기 때문에, 後世에 伝할 수 없었을 따름"(122면)이라고 하여, 상상의 자료를 동원하여 설명하고 있다.

이와 같이 다소의 비학문적 조치를 취하면서까지 조윤제가 향가와 시조를 일직선으로 연결하고 계급의 대립을 초월한 시가의 향수를 강조한 것은 조선의 시가사를 구축하기 위해서였던 것이다. 그것은 조윤제에 의해 "모든階級이 다같이 부른 형식"으로 파악된 '창가'나 '신시'를 이을 장래의 조선 시가에 해당하는 것이 갑자기 출현하는 것이 아니라 과거의 고유한 국민시가적인 전통에 입각해서 성립되어야 한다는 이념을 역사적으로 뒷받침하기 위해서였다("將來의 힘찬建設은 반드시 그過去의 歷史를

背景으로 하지않으면 아니될 것을 안다. 여기에있어 歷史는 片片 古記錄의 單純한 羅列이 아니고 將次로는 새것을 生産할 生命을 가진것이거니와, ……", 4면).

한데, 이것은 근대 이후에 성립한 일본의 국민시가로서의 와카사의 응용이기도 하다. 서양의 국민시에 촉발된 명치의 지식인들은 공시적으로 국민시가의 창출에 총력을 기울이는 한편, 와카 성립 초기의 와카집인『만엽집(萬葉集)』에 서민으로 보이는 작자의 작품이 존재한다는 것을 와카의 향수층의 범계급적 성격으로 부각, 미화해간다. 그리고 '민요' 개념의 성립 이후, 이들 와카는 고대의 '민요'로 발굴되고, 국민의 시가가 좀처럼 성립을 보지 못하는 속에서, 그 열망이 과거로 투영되어『만엽집』은 민족적 전통을 기반으로 한 고대의 찬란한 국민가집으로 추앙되기에 이른다.29) 조윤제의 시가사의 구축 자체는 국민문학으로서의 와카사에 대응되는 의미를 가진다고 할 수 있다.

조윤제가 국민시가로서 절대가치를 두었던 것은 오늘에 이르기까지 홀로 생명을 유지하고 있다고 여겨진 시조였다. 그는 그 이유를 시조가 '조선민족의 국민성'에 가장 적합한 시형이기 때문이라고 하며 다음과 같이 논한다.

> 時調가 成立되기까지의 모든 詩形은 畢竟 時調形式을 이루랴는 準備에 지나지 몯하얐고, 成立된 後의 모든 詩形은 時調의 發展的 形式이라 볼수 있을 만치 時調의 成立은 詩歌上 重要한 事實이고 또 그가 가지고 있는 詩歌上地位는 普通것과도 다르다. 實로 時調는 朝鮮詩歌의 代表라 하겠고, 또 過去 朝鮮民族의 象徵이 될 것이다. (116면)

그런데 시조의 영속성의 원인을 조선민족의 국민성에 뿌리를 내린 시형에서 찾는 조윤제의 이론에 입각해서 보면, 시조의 시형을, '민요' 내지 동요에서 출발한 4구체 향가의 발전적인 형태인 6구체를 계승한 것

---

29) 시나다 요시카즈, 앞의 책.

으로 보는 행론은 다소 보완될 필요가 있었다. 이대로 라면 국민성에 가장 적합하다고 주장된 6구체향가가 현존하지 않고, 오히려 시가 발생론 상으로는 전 단계에 해당하는 4구체가 남아 있다는 것이 설명되지 않기 때문이다. 이에 조윤제는 전술한 바와 같이 백제의 노래라고 하는 「정읍사」를 6구체가의 실례로 들고, 6구체 자체도 "깜안 옛날"부터 "神歌중에서 或은 民謠中에서 그것이 後世에 時調의 形式이 되리라는 意識도 없이 漠然히 쓰여왔을 것"(120면)이라고 추정한다. 이리하여 "朝鮮民族의 象徵"인 시조의 원형이라고 할 6구체가도 '민요'의 일부로 파악된 것이다. 조윤제에게 있어서 '민요'의 주체란 조선민족으로 여겨졌다는 것은 명백하다. 조선민족은 계급에 관계없이 '민요'에 연원을 두는 시조를 장구한 과거로부터 계속 불러왔다는 것이다.

이로써 시조와 '민요'는 조윤제에 의해 깊은 관련성 속에서 논해지게 되었다. 그리고 이때에 '민요'에서 강조된 점은 시조기원론을 지탱하는 요소로서의 형식이었다는 것을 알 수 있다.[30] 조윤제의 논의의 어디에도 시조와 '민요'와의 관련성이 내용의 측면에서 다루어지는 일은 없었다. 물론 조윤제의 경우에 '민요'에 대한 관심 자체는 그다지 높지 않았다는 것은 사실이다. 하지만 위와 같은 경향이 오늘날까지도 한국 시가의 기원을 논할 때에 유효한 가설로 활용되고 있다는 점에서 조윤제의 시조기원론이 갖는 의미는 크다고 할 수 있다. 예를 들어, 구비문학 연구가이기도 한 조동일(趙東一, 1939~)이, 다양한 형식이 대립적으로 존재하는 '민요'라는 수맥에서 상층의 요구에 의해 상승되어 개조된 형태가

---

30) 아울러 조윤제에게 있어서의 시가의 형식에 관한 주목은 츠치다 쿄오손 등으로부터의 영향관계 못지 않게 1920년대 전반부터 활발하게 전개된 일본의 와카 기원에 관한 논의(츠치다의 논의도 그 일부)로부터의 자극도 무시할 수 없을 것이다. 특히 이가라시 치카라(五十嵐力, 1874~1947), 『국가의 태생 및 발달(國歌の胎生及び發達)』[와세다(早稻田)대학 출판부, 1924.8]은 자신의 주장이 "내용에는 거의 언급하지 않고, 오로지 형식의 방면에서 고찰한 것"(2면)이라고까지 언명하고 있어, 이 논의의 핵심이 와카의 형식에 관한 과학적인 관심이었음을 나타낸다.

향가·여요·시조·가사 등의 시가라는 가설을 세우고 그 정합성을 강조할 때에,[31] 그 '민요'라는 것은 내용을 떨쳐버린 형식만이 문제가 되는 개념이라고 할 수 있다. 문헌에 존재하는 시가들은 모두 '민요'라는 그릇에다 상층의 사상을 담은 것에 지나지 않는다는 것이다.

또한 조동일이 세운 가설이, 각 시가의 성립에 중국의 한시문의 영향을 중시하는 견해를 기각시키는 의미도 지니고 있었다는 것은 국문학사 연구에 있어서 상징적이라고 할 수 있다. 즉, 식민자 측으로부터 '조선문학'에 부여된 자국문 문학의 미발달(혹은 정체)이나 중국으로의 문화적 종속성 등과 같은 주류적인 인식[32]을 극복하는 것은 한국의 국문학자들에게 있어서, 국문학사를 수립하기 위한 지상과제였다. 일제로부터 강요당한 이러한 식민사관은 고유의 민족문학발달사로서의 국문학사의 성립을 가로막는 것으로 여겨졌기 때문이다. 실제로 해방 후에 간행을 본 조윤제의 『국문학사(國文學史)』(동국문화사, 1949.5)에는 『사강』에 보이는 자국문학의 미발달을 시인하는 기술[33]은 삭제되었다. 그 후에 행해진 조윤제의 진술에 따르면, 그는 민족문학사적 담론이 명백히 투영되어 있는 『사강』을 포함한 식민지기의 자신의 연구를, 일제관학파의 실증주의의 영향을 받은 것으로 철회하고, 그것에 대신하는 것으로 민족사관을 수립하였으며, 이것이 『국문학사』의 저술을 뒷받침한 이념이었음을 암시한

---

31) 조동일, 『한국시가의 전통과 율격』, 한길사, 1982.7.

32) 대표적인 견해를 들면, 대구고보에서 경성제대 시절에 걸친 조윤제의 은사였던 타카하시 토오루(高橋亨)는 "조선국문 조선국시(朝鮮國文朝鮮國詩)"의 미성립과 그를 대신하는 한문의 상용을, 조선의 타율적인 민족성을 특징짓는 중요한 요소로 들고 있다. 타카하시 토오루, 「조선문학의 연구─조선의 소설(朝鮮文學の研究─朝鮮の小說)」, 『일본문학강좌(日本文學講座)』 12, 신조사(新潮社), 1927.11.

33) 단적인 예로 『사강』의 「자서(自序)」에 보이는 다음과 같은 기술을 들 수 있다.
"自己文學의 惠澤을 넉넉히 입지몯하고 또 그의研究가 일즉부터 열리지몯한 朝鮮에 있어서는 나의 이와같은 研究는 아직 危險한일이어서 나는 이것을 起稿하면서 몇번이나 躊躇하고 다시 後日을 기다릴가도 하였었다."(3면)
"그리하여 다른 어느部門의 文學과 마찬가지로 詩歌는 시원한 發達을 하지몯하고 近代에 이르렀다."(4면)

다.34) 하지만 '민족사관의 중심적인 개념'인 '유기체적 전체성'의 핵심요
소로 추출되었던 "歷史的인 連續性"과 "同時代的 全體性"35)은 앞에서
확인한 바와 같이, 『사강』에서 시가사를 이루는 근본 조건으로 다루어
진 요소이기도 하다. 따라서 조윤제의 국문학 연구에 있어서의 식민지기
와 해방 후를 그의 진술만을 근거로 '실증주의적 방법론—민족사관'이
라는 대비에서 파악하기는 어렵다.36) 오히려 민족주의적인 문학사 기술
의 뼈대를 만든 『사강』에, '민족정신'이라는 살을 덧붙인 것이 해방 후
의 조윤제의 국문학 연구였다고 보는 것이 실상에 가까울 것이다. 그렇
다면 조윤제의 진술은 자신의 기존 연구에서 전적으로 부정된 식민사관
의 극복이라는 점에서 그 진의가 추구되어야 할 것이다. 요컨대, 국문학
연구의 방법론으로 문헌중심의 실증주의적 방법론을 취할 경우, 잔존하
는 자료의 부족은 『사강』과 같은 자국문 문헌의 부재와 그에 대한 열등
의식을 인정하며 제국주의의 논리에 봉사하는 기술을 낳기 쉽다. 민족사
관이라는 이데올로기는 바로 그러한 허점을 꿰매어 천의무봉으로 만드
는 요구(要具)였던 것이다. 『국문학사』에서 한국의 한문학을, "잘 韓國사
람의 思想·感情生活을 表現"하고 있으므로 한글표기의 "純韓國文學"
과 함께 "큰 韓國文學"을 형성하는 요소로 끌어안은 것도, '민족이 낳은
문헌자료의 적극적인 확대'라 할 수 있다. 조윤제에게 있어서는 기존의
자신의 연구를 대대적으로 부정하는 것이 스스로의 국문학사관의 획득

---

34) 조윤제, 앞의 글.
35) 조동일, 「趙潤濟의 民族史觀과 文學의 有機體的 全體性」, 『도남조윤제박사고희기
　　념론총(陶南趙潤濟博士古稀記念論叢)』, 형설출판사, 1976.
36) 조윤제의 국문학 연구를 '일제 관학파의 실증주의적 연구 방법론—민족사관'의 대비
　　라는 큰 틀에서 파악하는 기존 연구에 대해서는 이미 류준필, 앞의 논문에서 그 일면성
　　을 비판했으며, 강해수(姜海守)는 『사강』을 '민족문학'적 담론의 '전사(前史)적' 텍스트'
　　로 파악했다. 니시카와 나가오(西川長夫) 편, 「식민지 '조선'에서의 '국문학사' 성립—
　　조윤제의 '문학사' 서술을 중심으로(植民地『朝鮮』における『國文學史』の成立—趙潤濟
　　の『文學史』敍述を中心にして)」, 『세기 전환기의 국제질서와 국민국가의 형성(世紀轉
　　換期の國際秩序と國民國家の形成)』0, 카시와(柏)서방, 1999.2.

을 견인한 것이 된다. 다만, 그는 문자에 의한 기록문학에 절대적인 가치를 두는 문학 개념에 규제되어 있었으므로, 구비문학에 대해서는 "完全한 文學이라 할 수 없는" 것이라 하여 소극적인 자세를 취했다. 하지만 조윤제에 의하여 확립된 민족사관의 이념은 국문학사의 외연에 민족의 소리로서의 구비문학을 국문학 연구에 끌어안을 징후를 배태했다고 할 수 있으며, 실제로 그의 뒤를 이은 국문학 연구자들에 의하여 한국의 국문학계에 구비문학 연구의 활황이 초래되었다. 그 속에서 민족의 가요로서의 민요도 국문학사의 심연에 자리 잡아 갔다. 한민족에 의해서 장구한 옛날부터 줄기차게 불린 '민요'라는 거대한 수맥의 발견은 국문 문학의 미발달이나 중국문화에 대한 종속성이라는 부정적인 평가로부터의 이탈을, 적어도 시가사의 방면에서 가능케 했던 것이다.

그러나 여기에는 끊임없이 간과되어 온 문제가 있다. 그것은 일제로부터 강요당한 식민주의적 문학사관을 극복하기 위해서 국문학사 속에 앉혀진 '민요' 개념 그 자체가 실은 일제 관학아카데미즘으로부터 흡수된 것이라는 점이다. 애초에 일본의 국문학사에 대항하는 것으로서의 한국의 국문학사의 확립을 종주국 일본으로부터 정신적으로 독립하는 방법이라고 파악한 신념 자체가 이러한 모순을 배태하고 말았다고 할 수 있다. 하지만 식민지로부터의 진정한 이탈은 예전의 식민지제국이 스스로 쌓아올린 '일국의 국문학사'의 허위성을 철저하게 논파하고, 그로부터의 탈각이 기도되지 않는 한 이룩될 수 없는 것은 아닐까. 이 논고가 한국의 국문학계에 자기 점검을 요구하는 것은 바로 이상과 같은 문맥에서이다.

4. 민요의 내실

　이상과 같이 한민족이 선조대대로 불러왔다는 '민요'라는 전통의
발견은 근대 이후의 일이었고, 특히 식민지 종주국인 일본으로부터 도
입된 개념이었다는 것이 명확해졌다. 그럼에도 불구하고 한국의 학계
에서는 '민요'의 이러한 어지사(語誌史)를 도외시한 채, 나아가서는 〈아
리랑〉 등의 '민요'가 일제하에 민족의 노래로 은밀히 불리며 민족의
울분을 토로하고 항일의 의지를 담은 민족의 주체의식이 피력된 장르
라는 것을 강조하는 의미에서도, '민요'의 자생성을 자명한 것으로 취
급해왔다. 개념의 성립이나 그 도입이야 어찌되었건, 그와 관계없이
우리민족은 고래로 민족혼을 담은 가요를 불러왔던 것이 사실이 아니
냐는 반론도 예상된다. 하지만 개념 도입 이전에 '민요'의 주체로 여
겨진 농민을 중심으로 한 대다수의 민중들이 〈아리랑타령〉이나 〈모내
기노래〉·〈꼴베기노래〉를 부르면서 그 속에서 국민이나 민족의 심오
한 가치를 공유하며, 그러한 가요의 영위가 민족공동체의식의 배양과
근저에서 통한다고 느꼈을 리는 만무하다. 뿐만 아니라, 일부의 지식
인들에게는 그 유행은 '망국의 소리' 내지는 '저속한 가요'의 범람으
로 부정적으로 비치기조차 했다는 것은 이미 확인한 바이다. 그러한
가요들 속에서 민족전통의 심오한 가치를 발견하고 그 채집·연구에
매진했던 것은 일본에서 관학 아카데미즘을 중심으로 일어났던 국민
문학운동의 유산을 식민지 조선에 이식시킨 조선의 지식인들이었다.
더욱이 중요한 것은 그들 초기의 '민요'론자들은 일본으로부터 유입된
'민요' 개념이 조선민족에게 있어 지고의 가치를 지닌 것이라는 점에
대해서는 전원 일치를 보이면서도, 그 내실은 어느 누구에 의해서도
구체적으로 제시되지 않았다는 것이다. 그들이 예로 들고 있는 대부분
의 '민요'는 이미 선행 연구에서 지적되어 있듯이, 1910년대부터 상업

적 목적으로 활발히 간행되었던 잡가집류에 실린 노래들이었다.[37] 예
를 들어 상기의 이광수가 들고 있는 '민요'의 예 〈아르랑타령〉·〈놀령〉
·〈난봉가〉·〈양산도〉·〈흥타령〉 등은 거의 모든 잡가집류에 공통으
로 보이는 노래이다. 잡가집은 가객이나 기생 등의 직업적 가창자들
이 당시 경성이나 평양을 중심으로 한 도시의 대중공연장에서 불렀던
노래들을 채록한 가사 모음집으로, 가사, 시조, 한시, 판소리, 농촌을
발생지로 하는 유행가 등에서 심지어 일본의 명치기 유행가[〈라팔절(喇
叭節)〉]에 이르는 실로 다양한 장르의 노래를 담고 있다. 당시 도시에
서 유행한 유행가요의 선집이라는 점에서 이들 노래를 '속가(俗歌)'로
파악하는 가집도 존재하는데, 조선정악전습소 조선악부 가곡과(남창)
출신인 이상준(李尙俊, 1884~1948)에 의해서 편찬된 『조선신구잡가(朝鮮
新舊雜歌)』(博文書館, 1921.8)가 그것이다. 그는 책머리에 위의 표지명과
다른 『조선속가(朝鮮俗歌)』라는 제목을 단 후 「머리의말」에서 다음과
같이 기술하고 있다.

> 大抵俗歌라홈은何國에何民種을勿論ㅎ고各其傳來ㅎ야唱ㅎ는者이며우리朝
> 鮮에셔도上古로브터至今ㅆ지에傳來ㅎ는俗歌其數를얼마라고言ㅎ기難ㅎ며其
> 曲調를言ㅎ면各其國民性에投合혼者이며詞說은自然이民謠임으로湮失혼者一
> 多ㅎ나……

여기에서 주목할 점은 잡가를 속가로 간주한 이상준이 다시 그것을
'민요'로 규정하고 있다는 점이다. 이 자료는 '민요' 용례의 초기의 것으
로, 이상준은 '민요'를 도시의 유행가를 포함하는 개념으로 파악했던 것
을 알 수 있다. 이러한 이상준의 견해는 초기의 '민요'론자들의 '민요'
개념과 부합하는 것이며, 나아가 지금까지도 당시 잡가집에 보이는 많은
노래들은 국문학계나 국악계에서 '통속민요'로 분류되고 있는 것이 일

---

37) 박경수, 『한국 근대 민요시 연구』, 한국문화사, 1998.7, 85~101면.

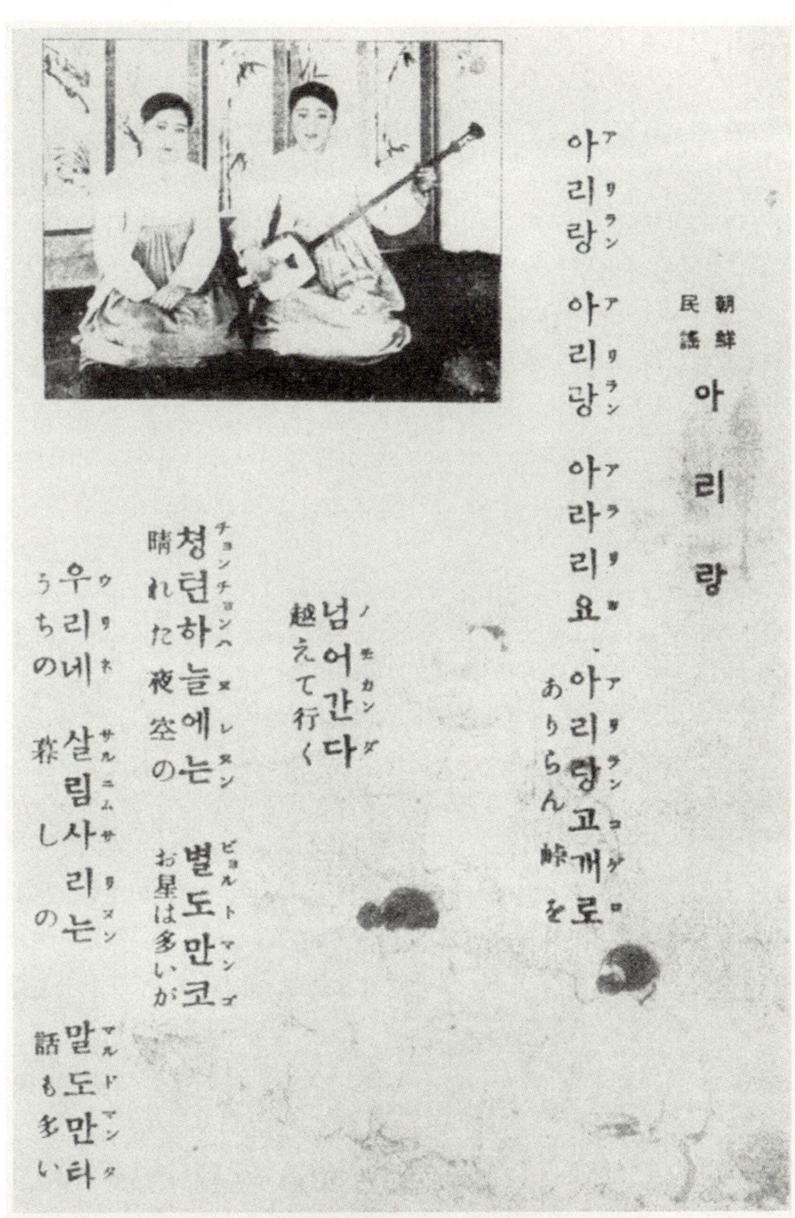

▲ 그림엽서 「샤미센을 들고 있는 기생과 朝鮮民謠 아리랑」 (연대 미상)
본서 표지의 그림엽서와 마찬가지로 한글 가사의 양옆으로 일본어의 음과 뜻이 새겨져 있다. 샤미센(三味線 또는 三弦)을 들고 있는 기생의 사진이 상징적이듯이, 이러한 민요 이미지의 양성을 통하여 제국의 '국민'의 일체감이 환시되었을 것이다.

반적이다.38) 또한 잡가를 중심으로 한 '민요' 개념의 성립에는 1900년대 부터 시작된 일본에 의한 '민요'의 수집 및 연구가 큰 영향을 미쳤음을 간과할 수 없다(「부록」 및 제3장 제2절 참조). 이러한 '민요' 개념은 잡가의 담당층으로서의 기생의 이미지와 결부되어 '내지(內地 → 일본)'로부터의 관광객 유치에도 활용되었음이 위와 같은 그림엽서(「샤미센을 들고 있는 기생과 朝鮮民謠 아리랑」)들의 유행에서도 알 수 있다.

하지만 '민요'의 수집이 본격화되면서 속가 혹은 잡가와 '민요'를 동일시하는 견해에 의문을 제기하는 논자도 나타나기에 이르렀다. 예를 들어 『매일신보』의 「사고(社告)」를 통해 전국에서 수집한 '민요'를 기초자료로 하여 『언문조선구전민요집』(제일서점, 1933.1)을 출판한 김소운은 그 「서(序)」 (1931년 8월에 집필)에서 '민요'와 속가를 명확히 구별할 것을 주장한다.

> 民謠의定義와 眞正한傳統을 理解하는이는 極히드물다. 愁心歌·寧邊歌의 洗鍊된形式을 純正한民謠와 混同하는이가잇스나 當치못한謬見이다. 南道의 성주푸리며 개타령·제비타령의類도 마찬가지理由로 民謠의領域에 드러올수 업스니 正統의民謠와 巷間의俗歌와는 스스로 그類가다르다.

김소운은 세련된 도시의 속가를 '민요'에서 배제한다고 하여, 그와 대비되는 농촌의 소박한 가요를 '민요' 수집의 대상으로 하는 것을 암시하고는 있지만, '민요'의 정의를 정확히 내리고 있지는 않다. 이러한 '민요' 개념의 애매함에 기인한 수집의 혼란 상황은 조선총독부 관리를 거쳐 경성제대 조선어문학전공 제1강의 담당교수를 역임한 타카하시 토오루

---

38) '통속민요'라는 용어의 설정에 있어서의 '통속'에는 아마도 '대중적' '일반적'(popular 혹은 general)이라는 의미로 인식될 것이 기대되었겠지만, 본고의 입장에서 보면, 당시 의 잡가에 대한 인식에 비추어 '저속한(vulgar)'이라는 의미도 내재된 양의적인 것으로 이해되어야 할 것이다. 이러한 양의성은 '민요'로부터 '통속민요'가 파생되기 이전부터, 지식인들이 '민요'에 대해 품었던 어감이기도 했다(→ 제3장 각주 2 참조). 따라서 반대로 '민요'로부터 '통속민요'라는 용어를 파생·분리시킴으로써, '민요'의 탄생지로서의 '지방' 내지 '향토'를 '민족의 고향'으로 더욱더 순화(純化)시켜 갔다고 할 수 있다.

(高橋享, 1878~1967)의 다음 글에서도 알 수 있다.

> 오늘날 우리들이 민요를 모집하려 하면, 모이는 것이 잡연하고 여러 가요에
> 걸쳐 있어 올바른 의의의 민요 그 자체는 그 속에 그다지 많지 않은 부분에 지
> 나지 않은 실정을 나타낸다. 즉, 동요나 속가, 기가(妓歌), 이야기, 혹은 시조 같
> 은 다양한 노래가 보고 된다. 따라서 이 중에서 진정한 민요를 선출하는 것이
> 지난하며, 또한 고심해서 선출한 것도 과연 진정한 민요인지 의문이다. 이리하
> 여 조선민요의 수집에는 대단히 곤란함이 있어서, 도저히 한 둘의 손으로 성공
> 할 수 있는 일이 아니다.[39]

타카하시는 1920년대 후반부터 조선민요에 관심을 갖고 조윤제 등 경
성제대 조선어문학과 출신의 학생들과 함께 수차에 걸쳐 직·간접 채집
에 착수하는데,[40] 위의 글에서 그는 채집이 곤란한 가장 큰 이유로, 보
고자들의 '민요' 개념의 불명확함을 들고, 강조 부분의 노래들을 '민요'
에서 제외하고는 '민요'의 적극적인 의미를 "한 지방에서 언제 누가 만
들었는지도 모르게 자연스럽게 생겨서 일반적으로 불리는 가요"라 하였
다. 또한 1929년 6월에 경성제대 조선어문학연구실의 이름으로 전국의
공립보통학교에 향토민요의 수집 보고를 의뢰하는데, 그 의뢰서의 취지
에서 그는 "민요는 그 향토서민들 사이에 자연히 발생하여 자연히 행해
져서 대대로 구전되어, 그 속에 그들의 꾸밈없는 생활의 취미와 희망,
신앙 등이 유로하며, 나아가 그다지 개성화되지 않아 능히 일반성을 보

---

39) 타카하시 토오루, 「조선의 민요(朝鮮の民謠)」, 『조선』 201, 1932.2.

40) 당시 유교, 불교를 중심으로 한 조선의 사상이나 종교, 문학 등을 연구했던 타카하시
가 갑자기 '민요' 수집에 착수한 직접적인 동기는 명확하지 않다. 단, 일본의 국민문학
운동의 거점지인 『제국문학』에 「한국의 속담-경성 지방의 속담 일반(韓國の俚諺-京
城地方の俚諺一般)」(『제국문학』 16-8, 1910.8)을 발표하기도 한 것으로 보아, 운동에 대
한 기본적인 이해는 초기부터 가지고 있었던 것으로 보인다. 하지만 식민지기의 조선
민족이나 문화에 관한 그의 저작이 '유치', '발달 정도가 낮은 사회', '사대주의', '문화
적 고착성', '문화적 종속성' 등으로 점철되어 있는 점으로 미루어보면, 그 동기는 민속
학에 대한 열기의 고조라는 시대적 흐름을 탄, 문명의 해택을 받지 못한 식민지라는 미
개사회에 대한 오리엔탈리즘적 관심이라는 큰 틀에서 파악할 수 있을 것이다.

존하여 민족의 언어 및 문학 음악의 연구에 귀중한 자료를 제공한다"고
하여 '민요'의 지방색=향토성을 강조하고 있다. 그리고 이러한 '민요'의
채집은 서구와 일본에서는 이미 수행되었으나, 조선에서는 아직 이렇다
할 성과를 내지 못하고 있을 뿐만 아니라, 지금 조선은 실로 급격한 문
화적 과도기로, 빨리 손을 쓰지 않으면 영구히 상실하고 만다고 했다.[41]
'민요'를 특정 작곡가가 만든 것이 아니라, 많은 사람들에 의해 자연스
럽게 발생하여 전승된 지방의 노래로 한정적으로 파악하여, 유행가 등과
의 엄격한 구별을 주장한, 당시의 야나기타 쿠니오(柳田國男, 1875~1962)를
중심으로 한 민속학적인 정의[42]가 반영되어 있음을 확인할 수 있다. 오
늘날 국문학계에서 '향토민요' 내지 '토속민요'로 불리고 있는 이 개념
은 '협의의 민요'로 다루어져 수집 및 연구의 기본 대상이 되고 있다는
점에서 당시의 민속학적 해석의 도입이 갖는 의미가 심대함을 말해준다.
그런데 타카하시의 논의에서 중요한 것은 '향토민요'가 '문명화의 해택
을 넉넉히 입지 못한 조선'에서조차도 이 시기에 이미 최후의 숨을 몰아
쉬고 있던 빈사의 상태에 처해 있다고 파악되었다는 것이다. 이러한 위
기의식이야말로 많은 지식인들이 민요 채집 및 연구에 매진하는 동기로
작용했다. 실제로 각종 신문이나 잡지에는 독자에게 '지방민요'의 모집
을 호소하는 사고가 실렸으며, 투고된 가사가 게재되기도 했다. 하지만
식민지로의 압제가 흉포함을 더해 가는 속에서, 채집 작업은 체계적으로
정리될 기회를 잃고 말았다. 이 당시의 수집의 성과들은 해방 후가 되어
서야 비로소 체계적으로 정리되고 보완되기는 했으나, '통속민요'든 '향
토민요'든, 그 범주에 속하는 기본적인 원형들은 1920~30년대에 거의
모였다고 볼 수 있다.

---

41) 타카하시 토오루, 「조선민요 속의 모자의 애정(朝鮮民謠の歌へる母子の愛情)」, 『조
    선』 255, 1936.9.
42) 야나기타 쿠니오(柳田國男), 『민요의 오늘날과 옛날(民謠の今と昔)』, 지평사(地平社)
    서방, 1929.6.

여기에서 해방 후에 '민요' 수집의 필요성을 응축적으로 제시한 고정
옥의 견해를 들어보자.

> 尨大한 計劃下에서 民謠가 蒐集될 必要는 어디에 있는가. 그것은 첫째, 이
> 제 蒐集될 民謠는 우리 古典文學을 밝히는데 큰 도움이 될것이오 둘째, 그中
> 의 相當數는 文學作品의 古典으로서 우리 國文學속에 包攝될 것이며, 셋째로
> 는 現在 及 將來의 우리 現代文學의 한 糧食이 될것이므로서다. 過去의 것을
> 다만 無條件하고 崇尙하기 爲해서 — 말하자면 骨董的價値때문에가 決코 아
> 니다. 하물며 懷古的自己陶醉같은 것은 現在의 우리에겐 有害無益이다.43)

대규모의 '민요' 수집을 호소하는 고정옥의 주장에는 '민요'에 대한,
민족의 고전문학을 밝힌다는 과거 지향적 의의와, 미래의 문학을 개척할
자양분으로서의 미래지향적 의의가 제시되어 있다. 이 글 자체는 우에다
빙이 「악화」(『제국문학』 10-1, 1904.1)에서 "우리나라《일본》 음악계의 급무"로,
급격한 도시화로 쇠퇴일로에 있는 '민요악의 수집'을 호소하며, 이것은
"고고학상의 문제에 머무는 것이 아니라, 미래의 국민음악을 대성시킬
때에, 일종의 숭배해야 할 재료가 될 것"이라고 한 주장을, 약 반세기후
에 한국의 문학에 적용시킨 예이기도 하다. 수집의 목적이 수구(守舊)에
빠질 위험성을 경계하는 후반부의 기술에서도 그 영향은 명백하다. 즉,
우에다나 고정옥이 역점을 둔 것은 '민요'가 과거로부터 연면히 이어져
왔다는 사실 이상으로, 어디까지나 장래의 민족문화를 대성시킬 튼튼한
기초라는 점에 있다. 그런데 중요한 것은 민중의 대다수가 농어민이었던
단계를 탈피하여 젊은 노동력의 농촌으로부터의 유출을 초래한 급속한
도시화나 대중매체의 침투에 의한 농촌문화 자체의 변질이라는 사태를
경험한 최근까지도 고정옥의 위와 같은 주장이 반복되고 있다는 것이다.
1980년에 행한 임동권의 주장을 예로 들어보자. 임동권은 '민요'가 급속

---

43) 고정옥, 「민요(民謠)」, 『국문학개론(國文學槪論)』(우리어문학회 편), 일성당(一成堂)
　　서점, 1949.10.

히 소멸하고 있는 원인을 서구문물의 범람이 의식의 변화를 초래하였으며, 기계의 발달이 예전의 '민요' 가창자를 시청자로 강등시킨 데에 찾았다. 하지만 민요는 '민족시가의 정화'이고, '선조의 지혜로부터 태어난 전통'이므로, 보존·계승하여 그것을 바탕으로 새로운 문화를 창조해야 한다고 주장한다.44) 민족이 존속하는 이상, 민족문화도 이어지지 않으면 안 되며, 거기에 단절이란 있을 수 없다. 임동권의 주장에서 '민요'란 과거의 민족의 소리를 미래로 전하는 우량한 유전자와 같은 것으로 인식되어 있다. 그런데 구체적으로 제시된 보존·계승의 방안은 '민요'의 가치의 고취와 수집, 교육현장으로의 도입, 매스컴을 통한 향수층의 확대 등으로, 그 어느 것도 보존책에 불구하다. 임동권의 논의에는 '민요'가 장래에 어떻게 활용되고, 어떠한 새로운 민족문화를 창출할 수 있는지에 대한 언급이 빠져 있다. 생각건대 1900년대 초반을 원형으로 하는 '민요'의 실체는 장래의 민족문화 내지 한국문학과 관련시켜 논하기에는 점점 더 현실성을 잃어 가고 있기 때문일 것이다. 고정옥의 우려에도 불구하고 '민요'의 의의는 차질을 빚고 있다고 할 수 있다. 그 대신에, 국적의 상이의 소거가 필요한 장면 등에서, 20세기 초두의 유행가 〈아리랑〉 등을 '민요'라는 이름으로 가창하며, 예전에는 동일한 문화를 공유했던 하나의 집단이었다는 잃어버린 '정체성'을 환기시키는 "회고적 자기 도취 같은 것" 혹은 민요의 "골동적 가치"는 아직도 우리사회에 유효하다.

여기에서 다시 한번 상기되는 것이, '민요'의 수집을 통하여 제지역의 소리를 '민족의 소리'로 통합하려는 사명감을 선구적으로 피력한 제2절의 홍종인의 논고 「용강민요 30수」의 의의이다. 왜냐하면, 수집의 현장을 확충함으로써 민족을 하나로 이으려는 의식은 한국에서는 지금도 뿌리깊이 자리 잡고 있기 때문이다. 예를 들면 최근의 북한민요에 대한 관심의 고조45)나 중국 연변의 조선족민요의 수집 작업46) 등은 '한민족공

---

44) 임동권, 『韓國의 民謠』, 일지사, 1980.10.
45) 임동권, 「北韓民謠의 研究」, 『한국민요학』 1, 한국민요학회, 1991.5; 강등학, 「남·북

동체'의 논의 등과도 공명하는 '민요'를 통하여 하나의 민족을 환시하려
는 의도가 작용하고 있다고 할 수 있지 않을까. 더욱이 이 경우, 각각의
지역에 있어서의 '민요'의 내실의 차이는 그다지 의식되고 있지 않은 듯
하다. 거기에서 추구되는 것은 한국에서는 경제발전이나 도시화로 인해
이미 모습을 감춘 '예전의 민요'이다.[47] 하지만 적어도 북한의 '민요' 개
념은 한국의 그것과는 상당한 거리가 인정된다. 그것은 20년대에 계급문
학건설을 외쳤던 일군의 시인들에 의해서 추진된, '민요'를 활용한 신시
운동(제2절 참조)을 계승했다고 할 수 있는 '창작민요'를 포함하는 개념이
라고 할 수 있다.[48] '민요'의 의의라는 관점에서 보면, 현재나 미래의 문

한의 민요 연구 양상 비교」, 『민족문화연구』 33, 2000.12; 김연갑, 『북한아리랑 연구』,
청송, 2002.4 등 다수. 또한 한국민요의 녹음자료를 집대성한 한국문화방송MBC(『한국
민요대전 - 우리의 소리를 찾아서』. 1989~1995년의 수집 작업을 거쳐 103장 세트의 CD
를 전국의 관공서 및 학교 등에 무료 배부. 12장 세트로 하여 2000년 9월부터 시판)가
북한에서 녹음된 민요자료를 정식으로 입수하여 전4집 10장 세트의 CD를 최근에 발매
했다(『북한민요전집 - 북녘 땅 우리소리』 1-4집, 서울음반, 2004.5~8).

46) 김선풍, 『조선족민요(朝鮮族民謠) · 가요곡집성(歌謠曲集成)』 전5책, 민속원, 1991.10
등 다수.

47) 임동권은 앞의 글에서, 북한에서 출판된 『조선민요곡집』 1(문예출판사, 1979)에 '전통
민요'와 '창작민요'가 혼재되어 있는 점을 들어, "槪念의 혼동이 있고 民謠에 政治理
念을 담아 國民들로 하여금 歌唱케 하는 강요된 정책의 일면을 엿볼 수 있다"고 했다.
임동권은 개념의 상이를 혼동으로 파악한 것인데, 한국학계의 관점으로 재단된 이해라
고 할 수 있다. 이러한 경향은 최근에 발매된 『북한민요전집』에서도 보이는데, 거기에
는 주로 "한국에서는 급속히 사라져 가고 있는 토속민요"(1970~80년대에 녹음된 것)가
수록되어 있다.

48) 이 점에 대해서는 북한의 문예정책을 철저하게 규제하고 있는 김일성의 발언을 참조
하는 것이 빠르겠다.
"과거의 모든 민요를 그대로 부르는 것이 민족문화의 계승이라고 생각하는 사람들이
있는데 이것은 잘못입니다. 이러한 경향은 우리 민족문화발전의 기본 노선과 배치되는
것입니다. 민요, 음악, 무용 등 각 부면에서 우리 민족에게 고유한 우수한 특성을 보존
하는 동시에 새 생활이 요구하는 새로운 리듬, 새로운 선률, 새로운 률동을 창조하여야
하며 우리 인민이 가지고있는 풍부하고 다양한 예술 형식에 새로운 내용을 담을 줄 알
아야 합니다." 「우리 문학예술의 몇 가지 문제에 대하여 - 작가, 예술가들과의 담화
(1951년 6월 30일)」, 『김일성 저작집』 6, 조선로동당출판사, 1980.10.
아울러 김일성의 이 담화는 일본의 진보적인 지식인들에 의하여 1950년대에 국민문
학운동이 일었을 때의 관련잡지 중 하나인 『신일본문학(新日本文學)』에 「조국해방전

학을 낳는 재료로서의 가치가 중시되는 개념이며, 내용도 북한의 정권을 독점하고 있는 조선노동당의 방침에 따른 것이 많다. 따라서 과거의 '민요'에 무게를 두고 있는 한국의 '민요' 연구와는 상당히 다른 양상을 보여주고 있다.[49]

　이상과 같은 실태로부터 생각하지 않으면 안 되는 것은 '민요'의 의의의 일익을 담당하고 있는 '민요'를 기반으로 하는 민족문학의 장래적 전망의 불투명함일 것이다. 기존의 '민요'를 살려서 달성한 시가가 하나의 민족 집단으로 상정되는 성원들의 공감을 부르는 것은 과연 가능할 것인가. 북한의 현재의 '민요'에 한국의 대개의 사람들이 공감할 수 없는 점을 보아도, 장래의 민족문학 건설의 지극히 곤란한 여정이 추찰된다. 그렇다기보다 '민요'의 장래적 의의는 이미 환상에 지나지 않는 것은 아닐까. 그렇기 때문에, 한국에서는 과거의 '민요'를 공유함으로써 '민족의 정체성'을 확인하는 회고적 의의에 집착하여 그 발굴과 보존이 강력하게 추진되고 있는 것이라고 생각한다. 그것은 〈아리랑〉 등의 과거의 '민요'가 역사적인 시련을 함께 극복한 경험을 환기시키며 많은 사람들에 의하여 가창됨으로써 민족의 가요로 자연화되어 버린 것에 기인할 것이다. 하지만 이러한 회고의 구조가 어느 세대까지 효력을 발휘할지는 아무도 예측할 수 없지 않을까. 그것은 지고의 가치를 지닌 〈아리랑〉을 비롯한 '민요'의 수용사가 실은 지극히 역사적인 것이라는 본고의 논의가 한층 설득력을 갖기 위해 기다려야 하는 시간과 비례할 것이다.

　　쟁과 문학예술의 창조(祖國解放戰爭と文學芸術の創造)」(1951.10)라는 제목으로 전문이 곧바로 소개되어 운동을 뒷받침하는 문예이론의 하나로 기능할 것이 기대되었다(편집부에 의한 주기에 "예술가의 기본임무, 그 예술로서의 고도의 표현, 낡은 것과 새 것, 민족성과 국제성의 관계 등에 대하여 배울 점이 많아, 작가, 독자의 실천적인 연구에 도움이 되었으면 한다"고 씌어 있다). 제1장 각주 140 참조.
49) 단 북한의 민요관련 자료가 입수됨에 따라 그 이해가 점차로 깊어진 것도 사실이다. 예를 들면 한정미, 「북한의 민요수용 시각과 통속민요의 문제」(『한국민요학』 12, 2003.6)에는 북한에서의 '민요' 개념이 상세히 음미되어 있으며, 그것이 한국에서 말하는 '향토민요' '통속민요' '창작민요'를 포함하는 개념이라는 것을 명백히 하였다.

근대 일본에 소개된 한국 민요

본서와 관련하여

일러두기

1. 부록, 역문 작성 및 교주는 임경화에 의한다.
2. 문맥상 명백한 오류(오자·탈자 등)도 자료 소개라는 측면에서 그대로 옮긴다.
3. 오류에 대한 교주자의 시정안은 오자의 경우는 해당 글자 위에 시정안을 표기하고, 탈자의 경우는 본문 안에 ≪ ≫을 삽입한다.
4. 역문은 각 노래의 옆이나 뒤에 제시한다.

1. 「노래」[1]

제32 노래[第三十二 歌(ノウレエ)]

インチヨン(仁川)　チエシ̣リー(濟物浦)[2]　サ、サルキン(皆住ム)　チヨ
ワードウ(ヨウケレド)　ワイネー(倭人)　ハルガエー(威張)　ナムサラ
(吾住ムコトガ出來ヌ)　フーン(嗟呼)
　意譯、仁川の山は麗く、濟物浦の水は清し、往て山に吟するも好し、
　　　去て水に泳ぐも好し、しかはれども、日本人の威張のにて、快
　　　く住むこと、出來難し(嗟呼)

エクデクフーン(嗟呼)　ソムハーローダ、フーン(呼哉)　タントリマン、
サーチヤナー(二人丈生きて居るか)　エクデクフーン、ソムハーローダ、
フーン(嗟呼)

---

1) 홍석현(洪奭鉉), 『신찬조선회화(新撰朝鮮會話)』, 박문관(博文館), 1894.8.
2) 한경진, 「19세기 인천에서 불려졌던 〈아리랑〉의 근대적 성격」(『동방학지』 115, 연세
대 국학연구원, 2002.3)에 소개된 『신찬조선회화(新撰朝鮮會話)』의 조선어번역본 『신
찬일한회화(新撰日韓會話)』[하시모토 테이조오(橋本貞造) 역, 1904]의 한글 가사를 참
조하면, 'シ'는 'ミ'의 오기인 듯하다(이 부분의 한글 가사는 "체밀이"). 참고로 한경진
에 의해 소개된 가사는 다음과 같다.
　인천 체밀이 사, 살긴 죠와도 왜네 할가에 나 못사라 홍
　익구 디구 홍 성하로다 홍 단두리만 사쟈나 익구 디구 홍 성하로다
　아라란 아라, 란 아라리오 아라란 알션 아라리아
　산도 실고 물도 실은데 루굴 바라고 여긔 완나
　아라란 아라란 아라리오 아라란 알션 아라리야
　아울러 조선총독부가 1912년 경에 「이요・이언 및 통속적 서적 등 조사(俚謠・俚諺
及通俗的讀物等調査)」라는 이름으로 수집한 자료(이하 「1912년 총독부자료」로 약칭)
에도 유사한 가요가 보인다. 인용 및 곡번호는 임동권, 『한국민요집(韓國民謠集)』 VI,
집문당, 1981.10.
　"仁川의 濟物浦 살기는 좋아도 倭奴의 등살에 못살겠네."(諷刺謠, 1102, 황해도 편)

意譯、世は亂れても構はずや、民は饑ゑても構はずや、美酒美人にて
　　夜を明し、夜光の杯に日を送る、國王王妃こそ、怨めしけれ、
　　國王、王妃こそ恨めしけれ

アララン、アラ、アーラリヲ、アララン、アールソン、アーラリヤ(皆悲む
こと)
　　意譯、(アヽ悲シヤ、如何ニセン悲シキヤ、悲シキ事限リナシ)

サンドー(山モ)　シルコ(イヤ)　ムルドー(水モ)　シルンデ(イヤ)　ルークル
(誰を)　バラコ(賴ンテ)　ヨーキ(此處ニ)　ワンナ(來タカ)
　　意譯、山ヲ見テモ、イヤナリ、水ヲ見テモ、イヤナリ、他鄉ノ山河ハ、
　　　　意ヲ慰ムルニ足ラジ、抑モ誰ヲ賴ンテ、爰ニハ來シゾ、サテモ
　　　　果敢ナシ

アララン、アララ、アーラリオ、アララン、アールソン、アーラリヤ(モウ
一度歌フ)

인천(인천)　제밀이(제물포)　사, 살긴(모두 산다)　좋아도(좋아도)　왜인
의(왜인)　할거에(위세를 부려)　나못살아(나 못 산다)　홍(아아)
　　의역, 인천의 산은 수려하고, 제물포의 물은 맑다, 가서 산에서 흥얼
　　　　거리는 것도 좋고, 가서 물에서 헤엄치는 것도 좋다, 하지만 일
　　　　본인의 위세에, 흔쾌히 살 수도 없다(아아)

에구데구 홍(아아) 성화로다, 홍(아아) 단둘이만, 사자나(둘만 살고 있는
가) 에구데구 홍, 성화로다, 홍(아아)
　　의역, 세상은 어지러워도 상관없고, 백성은 굶어도 괜찮은가, 미주미
　　　　인(美酒美人)으로 밤을 지세며, 야광(夜光)의 잔에 나날을 보내

는 국왕 왕비가 원망스럽다, 국왕, 왕비가 원망스럽다

아라랑, 아라, 아라리오, 아라랑, 알성, 아라리야(모두 슬퍼하는 것)
　의역, (아아 슬프다, 어떻게 하지 슬퍼서, 슬픔이 한 없네)

산도(산도)　싫고(싫어) 물도(물도) 싫은데(싫어) 누구를(누구를) 바라고
(바라고) 여기(여기에) 왔나(왔나)
　의역, 산을 보아도, 싫고, 물을 보아도, 싫다, 타향의 산하는 마음을 위
　　　로하기에 부족하다, 애초에 누구를 바라고, 여기에 왔나, 그것참
　　　한심하다

아라랑, 아라라, 아라리오, 아라랑, 알성, 아라리야(한번 더 부른다)

2. 「한요10수(韓謠十首)」[3]

한요 10수(韓謠十首)[4]

こはもと、韓語を以て綴りたる、かの國の歌謠にして、かの國土人の
酒間、つねに行るるもの以韓詩の一斑を窺ふに足らむか。戯れに、こ
こに其十首を譯出す。

---

3) 요사노 텟캉(與謝野鐵幹),『동서남북(東西南北)』, 명치(明治)서원, 1896.7.
4) 인용은『요사노히로시・요사노아키코・쿠보타우츠보・요시이이사무・와카야마복스
　이집(與謝野寬・與謝野晶子・窪田空穗・吉井勇・若山牧水集)』[『일본현대문학전집
　(日本現代文學全集)』37], 강담사(講談社), 1964.11에 의함. 원문의 강조점, 한자어음표
　기 생략. 시조를 옮긴 것.

이것은 원래, 한국어로 표기된 저 나라의 가요로, 저 국토인의 술자리에서 항상 행해진 것으로써 한국시의 일반을 엿보기에 족할까. 장난삼아 여기에 그 10수를 역출한다.

(1) 춘사(春思)[5]

なくうぐいすを梭にして、
柳の絲に織り得たる、
春の錦を人間はば、
われは露けき袖二つ。

우는 꾀꼬리를 북으로 삼아
버드나무 실로 짜낸,
봄 비단을 남이 물으면,
나는 이슬 맺힌 소매 두 자락.

(2) 조별(早別)[6]

ひがしの窓のしらめるに、
起してなどか歸しけむ、
見ればまだ夜は明やらず、
しろきは月の影なりき。

---

5) 이하 각주 14까지는 원가로 보이는 노래의 예이다. 시조의 인용 및 작품번호는 박을수 (朴乙洙) 편저, 『한국시조대사전(韓國時調大事典)』 상·하(아세아문화사, 1992.1)에 의한다.
　“버들은 실이 되고 꾀꼬리는 북이 되야 / 九十 春光에 쓰너나니 나의 시름 / 누구셔 綠陰芳草를 勝花時라 ᄒ던고”(1740, 무명씨)
6) “東窓이 旣明커늘 님을 씨야 보니오니 / 非東方 卽明이오 月出之明이로다 / 脫鴛衾 推鴛枕ᄒ고 輾轉反側ᄒ노라”(1292, 무명씨)

ながき山路を唯ひとり、
かへれる君やいかにぞと、
思へば心も身にそはず、
思へば心も身にそはず。

동창이 밝아 와서,
깨워서 왜 보냈을꼬
나와 보니 아직 날은 새지 않고,
환한 것은 달 그림자였네.
긴 산길을 저 혼자서,
돌아가신 임은 어떠했을까,
떠올리면 마음도 몸을 따르지 않고,
떠올리면 마음도 몸을 따르지 않네.

(3) 한별(恨別)[7]

離別の二字を作りけむ
蒼頡こそは恨みなれ。
始皇書をば焚きし時、
いかに逃れて世にのこり、
にくやこの二字今も猶、
いくその人を泣かすらむ。

이별이라는 두 자를 만들었다는
창힐이 원망스럽다.

시황이 책을 불태웠을 때,
어찌 도망쳐 세상에 남아,
밉살스럽다 이 두 자 지금도 여전히
수많은 사람을 울리는구나.

(4) 두견(杜鵑)[8]

荒れたる山のさびしきに、
いたくな啼きそ杜鵑。
昔はさても恨むまじ、
すべてかへらぬ夢なれや。
などか今更血を吐きて、
人の袂をしぼらする。

황량한 산 속 스산한데,
그렇게 울지 마라 두견이여.
옛날은 그리 원망하지 말자,
모두가 사라진 꿈이 아닌가.
어찌하여 새삼스레 피를 토하여,
남의 옷깃을 짜게 만드나.

(5) 눈물(淚)[9]

注ぎて海に入りぬれば、

---

8) "空山이 寂寞혼디 슬피 우는 져 杜鵑아 / 蜀國 興亡이 어제 오늘 아니어든 / 至今에
　피 나게 우러 눔의 애를 긋느니"(372, 鄭忠信)
9) 원가 미상.

いつまた山に歸り來む。
昔も今も逆のぼる、
水の流れはきかざるに。
ひとりうき身の涙のみ、
まつ腸をしぼりつつ、
胸のしがらみせきあげて、
はては目よりぞ瀧をなす。

흘러서 바다로 들어가면,
또 언제 산으로 돌아올꼬
옛날도 지금도 거슬러 오르는
물의 흐름은 들은 적 없는데.
홀로 이네 신세의 눈물만이,
먼저 장을 짜면서,
가슴속 굴레로 막아 올려,
결국엔 눈에서 폭포를 이룬다.

(6) 감고(感古)10)

むかしの海は涸れはてて、
眞砂もつひに島をなし、
春の小草はあおあおと、
その島かげを飾るなり。
あかで一たび別れたる、
かの子は未だ歸らずや。

---

10) "碧海 渴流後에 모리 모혀 셤이 되여 / 無情 芳草는 히마다 프르거든 / 엇더타 우리의
    王孫은 歸不歸를 ᄒᆞᄂᆞ니"(1777, 具容)

예전의 바다는 다 말라서,
진사(眞砂)도 마침내 섬을 이루고,
봄 잔풀은 파릇파릇,
그 섬을 꾸미는구나.
무엇이 부족하여 한번 헤어진,
그 사람은 아직 돌아오지 않는가.

(7) 모굴원(慕屈原)[11]

楚江の水に棹さして、
釣する漁夫よ待てしばし。
むかしの人の忠魂は、
今なほ魚腹に殘るべし。
その魚のみはいかで烹む。

초강 물에 노를 저어,
고기 낚는 어부여 기다리게 잠시만.
옛 사람의 충혼은
여전히 물고기 뱃속에 남아 있네.
그 물고기 살은 어찌 익겠는가.

(8) 실제(失題)[12]

齊も大國、楚も大國、

---

11) “楚江 漁父드라 고기 낫가 숨지 마라 / 屈三閭 忠魂이 魚腹裡에 드럿느니 / 아모리
鼎鑊에 술믄들 變홀 줄이 이시랴”(4114, 李明漢)
12) “齊도 大國이오 楚도 亦大國이라 / 됴고만 滕國이 間於齊楚 ㅎ여시니 / 두어라 何事
非君가 事齊事楚 ㅎ리라”(3633, 笑春風)

齊楚の中にはさまるる、
小さき滕を如何にせむ。
さもあらばあれ諸共に、
君とつかへて今はただ、
齊にも行けば楚にも行く。

제도 대국, 초도 대국,
제초 사이에 끼인
작은 등은 어쩌면 좋나.
그러면 그런대로 함께,
임금으로 섬겨 지금은 단지,
제에도 가고 초에도 간다.

(9) 실제(失題)[13]

蜘蛛はすがたも愛なきに、
そのなすわざの憎きかな。
ふくれて見ゆる腹わたの、
糸ひきのべて網はりて、
花の木の間に來てあそぶ、
春の蜘蛛を捕ふらむ。

거미는 모습도 싫은데,
하는 짓도 밉살스럽다.
부풀어 보이는 내장의,

---

13) "平生의 못쓸 즘싱 거뮈 벗긔 또 인는가 / 졔 비을 썬여 나여 망녕 그믈 미즈 두고 / 곳 보고 츔추는 나위 걸니과즈 무슴 일고"(4397, 무명씨)

실을 뽑아서 그물을 쳐,
꽃나무 사이에 와서 노는
봄 거미를 잡아야지.

(10) 실제(失題)14)

山を出でゆく谷川よ、
ゆき易しとて何ほこる。
一たび海に注ぎなば、
またと歸るは難からむ。
山にはこよひ雲はれて、
いそぐ心をおちつけて、
しばしばここに憩はずや。

산을 나아가는 계곡아,
쉬이 감을 왜 자랑하는가.
한번 바다로 들어가면,
다시 돌아오지 못하는데.
산에는 오늘밤 구름 거치고,
급한 마음을 달래,
잠깐 여기서 쉬지 않으련?

---

14) "靑山裡 碧溪水야 수이 감을 자랑 마라 / 一到 滄海ᄒ면 다시 오기 어려오니 / 明月
이 滿空山ᄒ니 쉬여 간들 엇더리"(4018, 黃眞伊)

3. 「한국의 요(韓國の謠)」[15]

한국의 요(韓國 の 謠)

　　　○[16]

君に似たやうな麓ばら、

朝は東へ、夜は西へ

小牛追ひ交ふ牧童よ

杖にするなら柴を伐れ。

傷つちやならぬぞ、若竹を

婆やが養てる其竹は

なるぞい、ぢいやの釣竿と、

やんれ──己れさへ柴を刈る。

임을 닮은 산기슭 장미,

아침에는 동으로, 밤에는 서로

송아지 몰고 노는 목동아

지팡이 삼으려거든 땔감을 베라.

상처내면 안 되지, 어린 대를

할머니가 기르는 그 대나무는

되고말고, 할아버지의 낚싯대가,

---

15) 마에다 링가이(前田林外) 편, 『일본민요전집(日本民謠全集)』 속편(續篇), 홍고오(本鄕)서원, 1907.11.
　　단, 목차에는 보이지 않으며, 문말에 페이지 수를 달리하여 수록(1~5면)된 것으로 보아, 「한국의 요」의 수집 자체는 다분히 우발적이었던 것으로 보인다. 수집된 가요 중 한글 가사가 제시된 것은 〈초야 초야 불로초야〉의 한 곡뿐이다. 한자음 표기 생략.
16) 원가 미상.

아이고 아이고 나마저 땔감을 벤다.

만수(萬壽)17)

萬壽の山の
　　　萬壽の洞に、
つきぬ萬壽の
　　　いづみがあるよ。

其淸水で
　　　濁酒を釀り
萬壽の杯に
　　　滿々充たし。

好いた肴で
　　　夜每を飮まば
萬壽無疆の
　　　身となろう──

만수산
　　　만수동에,
마르지 않는 만수의
　　　샘이 있네.

---

17) ○ 萬壽山 萬壽峰에 萬壽井이 있다 하니 그 물로 술을 빚어 萬年盃에 가득 부니 진
실로 이 잔 곧 잡으시면 萬壽無疆(1912년 총독부자료, 146, 경기도 편)
　　○ 만슈산만수봉만수졍이잇더이다 그물노비진슐을만년쥬라ᄒ더이다 진실노이잔곳잡
으시면 만수무강ᄒ오리다[『증보신구잡가(增補新舊雜歌)』, 박문(博文)서관, 1915.4, 〈권
주가〉]

그 샘물로
　　막걸리를 빚어
만수 잔에
　　가득가득 채워.

맛있는 안주로
　　밤마다 마시면
만수무강한
　　몸이 되리 몸이 되리

　　　　　○18)
里の森
　　風が吹いてか
　　樹の葉は搖れた
萬壽山
　　雨が降るのか
　　雲、興に入る。

마을 숲
　　바람이 부는지
　　나뭇잎이 흔들렸다
만수산
　　비가 내리는지

---

18) ○ 바람이 불랴년지 나뭇잎도 춤을 추고 惡水長霖이 지랴는지 萬壽山에 구름이 인
　　다 저 건너 갈미봉에 비가 몰어들어온다 雨裝을 두르고 김을 매세(1912년 총독부자료,
　　〈산타령〉, 318, 충청남도 편)
　　　　○ 바람이 불냐는지 나무닙이 흐늘 흐늘 / 비가 오랴난지 萬壽山에 구름 넌다 / 아히야
　　그물 것어 스려 담고 닷 감어 듯이러라 갈 길 밥버(『한국시조대사전』, 1613, 林重桓)

구름이, 흥에 겹다.

○19)

草分草分
ちようや、≪ち≫ようや

不老草分
ふルろちようや
名 は 佳 く て
いろみちようわそ、
不 老 草 と 云 ふ か
ぶルろち≪よ≫うひんがア。

<table>
<tr><td>(역문)</td><td>(한글 가사)</td></tr>
<tr><td>풀아 풀아</td><td>초야, 초야</td></tr>
<tr><td>불로초야</td><td>불로초야</td></tr>
<tr><td>이름은 좋아서</td><td>이롬이 좋아서,</td></tr>
<tr><td>불로초라고 하는가</td><td>불로초인가.</td></tr>
</table>

○20)

遊べよ、遊べ、
若いときや遊べ、
花に十日の紅はなく

---

19) ○초야 불로초야 이름이 좋아서 불로초야(1912년 총독부자료, 172, 경기도 편)
20) ○노세 노세 젊어서 노세 늙어지면 못 노너니 花無十日紅이요 달도 차면 이우나니
童子야 잔 잡어 술 부어라 醉코 놀자(1912년 총독부자료, 480, 전라북도 편)
　　○노세 절머 노세 늘거지면 못 노느니 / 花無十日紅이요 달도 차면 긔우나니 / 人生
이 一場春夢이라 아니 놀가(『한국시조대사전』, 892, 무명씨)

老いたら軀さへ、辛うなり、
月も滿ちたら、缺けそむる。
　　　　人生一場春夢
遊んで送れこと日ごと

놀아라, 놀아,
젊을 때 놀아라,
꽃에 열흘 빨간 것은 없고
늙으면 몸조차, 힘들어져,
달도 차면 기운다.
　　　인생일장춘몽
놀며 보내라 날마다

　　　　○21)
明沙十里海棠花は
風に散れても悲しみますな、
明けの春には、復哭くなれど
ゆかばかへれで、花にも劣り
憫れなるぞい、此身の生命。

명사십리 해당화는
바람에 져도 슬퍼하지 마세요,
봄이 오면, 또 피지만

---

21) ○명사십리 해당화야 꽃진다고 슬어마라 明年春三節 돌아오면 꽃은다시 피거니와 人生한번 죽어지면 다시오지 못하느니(1912년 총독부자료, 86, 경기도 편)
　　○명스십리히당화야 꼿진다구서러말아 명년삼월봄이오면 너는다시피련만은 우리인성훈번가면 다시오기어려워라[『명졍증보신구잡가(訂正增補新舊雜歌)』, 광문책사(光文冊肆), 1915.1, 〈회심곡〉]

가면 못 오니, 꽃보다 못하네
가엾어라, 이네 목숨.

사계(四季)22)

花にまがひた春の椽
暮れどき急いで顔洗ろて
あくび可笑しうした、小猫、

げやあオと母に呼はれて
爐端に膝を折り寄せる、
夜業はお乳の呑み乾しか。

꽃인 듯 보이는 봄날의 서까래
저물녘 서둘러 세수하고
하품 재미난 새끼고양이

야옹하고 엄마가 부르자
화롯가에 무릎을 맞대고,
밤일은 젖빨기인가.

여름(夏)

夕陽の低い草の海
右へ左へゆらゆらり
舟と思ふてながめたら。

---

22) 원가 미상. 「사계」는 이하 4수의 제목. 첫 수의 소제목(「봄」?)은 보이지 않음.

衣は白うてせは高うて
二尺あまりの長煙管、
棹とし、主は醉ふて來る。

석양이 낮게 깔린 풀 바다
좌로 흔들, 우로 흔들
밴 줄 알고 바라보았더니.

흰 옷, 큰 키에
두 척 남짓한 긴 담뱃대,
노 삼아, 임은 취해서 돌아온다.

가을(秋)

いさり火焚いて沖へ出て
鯛さ釣らずに何してた。

情け知らない冷風も
曇る空をもいとはねど。

妻が杵音のういほどに
楫を早めて歸て來た。

어화(漁火) 밝혀 바다로 나가
도미 잡지 않고 무엇을 했나.

덧 정 없는 찬바람도

흐린 하늘도 싫지 않지만.

아내의 절구소리 궁할 무렵에
서둘러 노 저어 돌아왔다.

겨울(冬)

風は吹うが雪降うが
主さん建てた石の室。

雨は降うが火はとぼが
風吹うが雪降うが。

みやれわしらの荒け閨、
濁酒は甕にみちてゐる。

바람이 부나 눈이 내리나
임이 지은 돌방.

비가 내리나 불이 튀나
바람이 불나 눈이 내리나

보아라 우리내 황량한 잠자리,
막걸리는 항아리에 가득하다.

아가야 보였느냐(坊や見えたか)23)

奇い巖の塵拂ふて
拂ふて腰をさおろしたが、
主さの舟が見えないに
海の面は碧うなるし。

あれさ、あれあれあの嶋の
坊や、見えたかあの嶋の、
影來る白帆はと一樣の
安堵せいとの手まねき。

妾らが待つと察したか、
こちらが胸の迷ふてか、
みれば視る程、思ふ程、
楫の運びは早うなる。

底にや情けのあろうもの。
憎くや、汐風夕さむく、
主さんの舟が着かぬうち、
海のおかては黝うなる。

기암(奇巖)의 먼지 털고
털어서 앉았으나,
임의 배가 보이지 않으니

____

해면은 푸르러가고.

저기 저, 저 섬의
아가야, 보였느냐 저 섬의,
그림자 오는 흰 돛은 아버지의
안심하라는 손짓.

내가 기다리는 걸 아셨는지
이네 가슴이 망설이는지,
보면 볼수록, 그리울수록,
노젓기가 빨라진다.

밑에는 정이 있을지언정.
밉살스럽게, 갯바람 저녁은 춥고,
임의 배가 닿기도 전에,
바다 언덕은 어두워지네.

以上。韓国の謡は在韓国の佐々木愛湖氏が訳して寄せられたるものなり。
이상. 한국의 요는 재한국의 사사키 아이코 씨[24]가 번역하여 기고하신 것이다.

---

24) 미상. 『일본민요전집』이 간행되기 1년 전에, 그 모태가 되었던 잡지 『시라유리(白百
合)』의 제4권 제1호(민요호)에 「한의 요(韓の謠)」라는 제목으로 위의 "君に似たやうな
麓ばら ……"에서 "明沙十里海棠花は ……"까지의 6수를 소개한 인물이기도 하다(1906
년 11월). 거기에 「사계」·「아가야 보였느냐」를 더하여 본 『전집』에 기고한 것으로 보
인다. 또한 「한의 요」에는 "여기에 모은 것은 정삼위(正三位) 이의직(李義直) 씨로부터
친히 가르침을 받은 것이다"라는 주기가 보인다. 사사키는 이외에도 『시라유리』에 장시
등을 기고했다.

4. 「한국(韓國)」[25]

한국(韓國)

● 권주가(勸酒歌)[26]

○チアプシヨチアプシヨ、イスルハンケヤン、ナムサンスル ヽ 、ハオリ
タ、イスリ、ノナムンスリアニラ、ハンムテスンパンユ、パツンスリヨ、
ノヤノヤ、チヨルモ、ノセ、ハワムシピルホンイヨ、タルト、ムアミヨン、
キウナニ、インセンハンモム、トラ《カ》ミヨン、ムイラソー、ハンチアン、
モリチヤハリ。

　意訳、舞ひつ ヽ 、此の一盃を傾けなば、南山の寿を保つよ、且つ此

酒は普通の酒にあらず、昔漢の武帝が承露盤に取りし酒なり、遊ばん、

若き時遊ばん、花なく十月紅葉す、月も盈つれば欠くるならむ、人生

は僅なり、業終らば、誰も一盃を傾けよ。

---

25) 동요연구회(童謠研究會) 편, 『제국동요대전(諸國童謠大全)』, 춘양당(春陽堂), 1909.9.
　　가사의 소개는 『신찬조선회화』의 체재를 답습하여, 모두 카타카나 표기에 의한 한글
　　가사와 일본어에 의한 의역으로 구성되어 있다. 소개된 가사 중에는 〈아리랑타령〉의
　　후렴구에 『신찬조선회화』에서 그대로 옮긴 터무니없는 의역을 단 예도 존재한다.
26) ○잡으시오 잡으시오 이슬한잔 잡으시오 이슬이 술이아니라 漢武帝 承露盤에 이슬
　　받은 것이오 이슬한잔 잡으시면 千萬年壽 하오리라(1912년 총독부자료, 〈勸酒歌〉, 73,
　　경기도 편)
　　　○자부시오자부시오 이슐혼잔자부시오 이슐이슐이아니라 한무졔승노반에 이슬밧은
　　슐이오니 이슐혼잔잡으시면　쳔년만년ᄉ오리다[『특별대증보신구잡가(特別大增補新舊
　　雜歌)』, 유일(唯一)서관, 1916.2, 〈勸酒歌〉]

○잡으시요 잡으시요, 이술한잔, 남산수를, 하오리다, 이술이, 너남은술이
아니라, 한무제승반에, 받은술이요, 노세노세, 젊어, 노세, 화무십일홍이
요, 달도, 차면, 기우나니, 인생한몸, 돌아가면, 무이라서, 한잔, 먹자하리.
의역, 춤을 추며 이 한 잔을 기울이면 남산의 수명을 얻으리라, 또한
이 술은 보통의 술이 아니라, 옛날 한무제가 승로반에 받은 술이다.
노세, 젊을 때 노세, 꽃이 없이 10월 단풍든다, 달도 차면 기운다고 하
니, 인생은 잠깐이라, 일 끝나면 모두 한잔 기울이자.

● 잡가(雜歌)

○セウオルネウオルカ、コチヨチア、リク、カチマヲ、チヤンアン、ネオ

クピンホンアンイタ、ヌクヌンタ。

　意訳、歳月よ、そんなに急いで走る勿れ、長安の玉鬢紅顔皆老

○세월 네월아, 고 쫓아, 두구, 가지마라, 장안, 네 옥빈홍안이 다, 늙는다.27)
　의역, 세월아, 그렇게 급하게 달리지 마라, 장안 옥빈홍안 모두 늙는다

○オライキヌン、チエカ、ナルオライク、サタイムン、コルク、ナツチア

ム≪チ≫アンタ、ケアルイツカラケアルイツカラ、ノルル、ツク、ナヌレ、カ

ンダ、ナイミヨンネンチユンサムウオルホシチヨ≪ル≫、トマンナホチヤ。

---

27) ○ 세월아 세월아 가지를 마라 玉鬢紅顔이 다 늙넌다 에 에헤이에야 에헤이에야 듸
　　여라 산안이라(1912년 총독부자료, 〈樵歌〉, 303, 충청남도 편)
　　○ 세월으 덧업시가지마라 장안에알들 살들흔쳥춘이 다늙어간다(『증보신구잡가』, 〈륙
　　자박이〉)

意訳、来いとは、自分が乃公を来いといふて、四大門を閉ぢて、昼寐

ばかりする、よく居れよく居れ、汝をおいて、乃公は帰り、来明年三

好
月奴時節に又逢はん

○오래기는 제가, 날오래구, 사대문, 걸구, 낮잠잔다, 잘있거라잘있거라,
너를, 두구, 나는 간다, 내명년춘삼월호시절, 또만나보자.28)
　의역, 오라고는 자기가 날 오라고 하고, 사대문을 걸고 낮잠만 잔다,
잘 있거라 잘 있어, 너를 두고 나는 간다, 내후년 춘삼월 좋은 시절에
또 만나자.

　　　　　フ　　　　　　　　　　　　　　ツ　　　　　　　　チ
○エクデクコーン、ソムハーローダ、タンヲリマン、サーフヤナー、エク

デクフーン、ソムハーローダ、フーン。

　意訳、世は乱れても構はずや、民は饑ゑても構はずや、美酒美人に夜

を明し、夜光の杯に月を送る、国王王妃こそ、怨めしけれ

○에구데구흥, 성화로다, 단둘이만, 사자나, 에구데구흥, 성화로다, 흥.
　의역, 세상은 어지러워도 상관없고, 백성은 굶어도 괜찮은가, 미주미
인(美酒美人)으로 밤을 지세며, 야광(夜光)의 잔에 달을 보내는 국왕 왕
비가 원망스럽다

○アララン、アラ、ラン、アーラリヲ、アラアラン、アールソンアーラリヤ。

---

28) ○ 오래기는 제 오래 놓고 사대문 걸고서 나비잠 잔다 아이고 아이고, 성화로구나(이
　　창배(李昌培) 편저, 『한국가창대계(韓國歌唱大系)』, 홍인(弘人)문화사, 1976.5, 〈자진아
　　리〉)

意訳、噫悲しや如何にせん、悲しや、悲しきこと限りなし

○아라랑, 아라, 랑, 아라리오, 아라아랑, 알성아라리야.
　의역, 아아 슬프다, 어떻게 하지 슬프다, 슬픔이 한 없네

○カイ、カイ、コムトンカイ、バムサヲ^ラム、ボク、ツツチマヲ^ラ、ニバプ
ウ^ラソル、チン、ノー、ダツルヲ^ラ。

　意訳、犬や、犬や、黒犬や、夜人を見て吠ふる勿れ、米飯の糟は、汝

　に皆やらむ

○개, 개, 검둥개, 밤사람, 보구, 짖지마라, 니밥을, 랑, 너, 다주리라.[29]
　의역, 개야, 개야, 검둥개야, 밤사람을 보고 짖지를 마라, 쌀밥 남은 건
네게 다 주리라

○ムルキルロ、カンタ、カンサイムアル、ツイツムンバクケ^チ、ウムルウル、

バチユケ。

　意訳、水汲みに行くを疑はずに、裏門の外に、井戸を掘て呉れよ

○물길러, 간다, 간사이잘, 뒷문 밖에, 우물을, 파주게.[30]

---

29) ○ 개야 개야 감정알락개야 밤사람 보고서 네가 왜 함부로 짖느냐 니밥을랑 너 다 줄
　터이니 내님보구는 짖지마라(1912년 총독부자료, 806, 평안남도 편)
　　○ 긔야긔야긔야긔야감명알낙에슷키야두귀가축쳐졋다엘화쳥삽스리냐에헤히에헤야
에헤히에헤야밤사롬 보고즛지 말아이가이앙앙밤사롬 보고함부루즛다는방화를폭덥고토쟝
국에다고탕을ᄒ리라두둥둥둥긔야내스령아(『뎡졍증보신구잡가』, 〈스셜난봉가〉)

의역, 물 길러 가는 것을 의심 말고, 뒷문 밖에 우물을 파 주게

○チヨケ、カヌン、チヨマ、ヌライ、ナルオラク、ソンマンチンダ。

意訳、彼所に行く、彼の女は、乃公に来いと手振りする

○저게, 가는 저마, 누라이, 날오라구, 손만진다.31)
의역, 저기 가는 저 여자는 내게 오라고 손짓한다

○チヨンガクマル、マルシ、キリパツ、パツー、ホワルキ、チヨツチ。

意訳、おい総角、其様なこと言ふ勿れ、道を急ぐ為に手振りせるなり

○총각말, 말으시, 길이바, 빠, 활기, 쳤지.32)
의역, 어이 총각, 그런 말 마소, 길이 바빠 손을 흔들었네

---

30) 원가 미상.
31) ○ 저기가는 사람아 나만보면 손짓하네(1912년 총독부자료, <사랑歌>, 1123, 황해도 편)
　　○ 져긔가는져만루아나를오라고손질헌다(김동욱 편, 『악부(樂府)』 하, 태학사, 1982.5,
　<아르렁타령>, 285)
32) ○ 너오라고손질힛나니길밧바셔활기쳣지(김동욱, 『악부』 하, <아르렁타령>, 285)

5. 「조선의 풍년춤(朝鮮の豊年踊)」[33]

조선의 풍년춤(朝鮮の豊年踊)

경기도 김포군 양동(陽東)면 등촌(登村)리

(1) 풍년 춤

이것은 주로 중선(中鮮)과 남선(南鮮)의 각 농촌에서 널리 행해지는 풍년 춤으로, 전설에 따르면 명(明)시대에 지나(支那)에서 들어왔다고 하며, 조선에서는 설날, 농사의 여가, 경운(耕耘) 종료 무렵, 또는 8월 15일경을 중심으로, 혹은 경사스러운 일이 있을 때 행하는 남녀합동가무입니다. 이에 이번에는 그 중의 가면춤(假面踊), 무동춤(舞童踊), 농부가(모심기노래)를 주로 하여, 가능하면 다른 곡목도 소개 드리고자 합니다. 위의 가면춤은 본래의 의미는 불명하지만, 무녀(巫女)가 우스꽝스럽게 춤추는 것을 보고, 마을 노인이 가족과 함께 이끌려서 춤추는 모습을 나타냈다고 합니다. 무동춤은 무장(武將) 및 승려의 복장을 입은 동자를 목마 태우고 추는 것으로, 조선 각지에서 유명한 것입니다. 농부가는 음악에 맞춰 부르면서 모를 심는 연기를 하는 것입니다.

(2) 역할과 악기

무용의 역할은 영좌(令座), 무동, 하무동(下舞童), 악집(樂執) 등의 이름이 있으며, 악기는 강매기, 징, 호적(胡笛), 장고, 소고, 법고(法鼓), 대쇠(大釗),

---

상쇠(上釗), 제금(提琴), 영기(令旗), 대기(大旗) 등입니다. 아울러 노래는 물론 조선어입니다.

(3) 가사의 대의[34)

1 보라 농부여 들어보라 보라 농부여 들어 보라 일락서산(日落西山) 해는 지고 월출동령(月出東嶺)이다 달이 솟아

2 보라 농부여 들어보라 **(반복)** 요(堯)의 일월 순(舜)의 건곤은 태평성대 이것이 아닌가

3 보라 농부여 들어보라 **(반복)** 사농공상 직업 중에 우리 농부가 제일이라

4 보라 농부여 들어보라 **(반복)** 백성에게 화식(火食)을 가르친 것은 농사가 아니고 누가 있을까
춘하추동이 순환하는 것은 우리 농부를 위함이다.

5 보라 농부여 들어보라 **(반복)** 봄에 땅을 갈아 씨 뿌린 후에는 우순풍조(雨順風調)가 무엇보다 중요

---

34) ○여바라農夫야말드러라여바라農夫야말드러日落西山에히써러지고月出東嶺에달이
  소사에에헤로사사지야
    여바라士農工商職業中에우리農夫가第一일셰에에
    여바라敎民火食하온後에農夫밧게쏘잇는가에에
    여바라春夏秋冬순환함은우리農夫을위함이라
    여바라봄에밧갈아씨부린後에雨順風調가第一이니라 에에
    여바라녀름에김미고가을에거둬셔父母妻子를奉養하게 에에
    여바라저南山에비뭇어온다우장을두르고지심미셰
    여바라곳곳마다布穀시는봄소식을전하누나 에에
    여바라도라왓네도라왓네밧갈고심을써도라왓네 에에
    여바라綠陰芳草夕陽天에슬슬부는동풍일세 에에
    여바라호메메고달을씌고셩동구밧을다다르니 에에
    여바라어린자식들마주나와환영의뜻을표하누나 에에
    여바라저녁을먹고모혀안저셔신문잡지를일어보셰 에에
    여바라불너보셰불너보셰농부가를불너보셰 에에
    [김동욱 편, 『합교 가집(合校 歌集)』(태학사, 1982.5), 〈農夫歌〉, 194]

여름에는 김을 매고 가을에는 수확하여 부모에는 효행 처자를 부양
하자

6 보라 농부여 들어보라 **(반복)** 도처에 뻐꾸기는 봄소식을 전한다
돌아오고 돌아왔다 농사 시기가 돌아왔다

7 보라 농부여 들어보라 **(반복)** 녹음방초(綠陰芳草) 석양 하늘에 산들
부는 동풍이라
목삼(木三-제초용구)을 메고 달을 보면서 마을에 드니 아이들은 기쁘
게 맞이한다

8 보라 농부여 들어보라 **(반복)** 부르자 부르자 농부가를 부르자

(4) 출연자 씨명(생략-교주자)

참고문헌

1. 한국어문헌

강등학, 「남·북한의 민요 연구 양상 비교」, 『민족문화연구』 33, 2000.

康奉玉, 「濟州島의民謠五十首－맷돌가는女子들의주고밧는노래」, 『開闢』 32, 1923.

高晶玉, 『朝鮮民謠研究』, 首善社, 1949.3.

______, 「民謠」, 『國文學槪論』(우리어문학회 편), 一成堂書店, 1949.10.

국학자료원 편, 『近代新聞文藝資料集成』 1~10권, 국학자료원, 1997.3.

金東煥, 「朝鮮民謠의 特質과 其 將來」, 『朝鮮之光』 28, 1929.

金素雲, 『諺文朝鮮口傳民謠集』, 第一書房, 1933.1.

金 億, 「詩壇의一年」, 『開闢』 42, 1923.

______, 「朝鮮心을 背景삼아－詩壇의 新年을 마즈며」, 『東亞日報』, 1924.1.1.

______, 「밝아질朝鮮文壇의길」 上·下, 『東亞日報』, 1927.1.2·3.

琴 兮, 「歌曲改良의意見」, 『大韓每日申報』, 1908.4.10.

김동욱 편, 『樂府』 下, 태학사, 1982.5.

______, 『合校 歌集』, 태학사, 1982.5.

김사엽, 「新民謠의 再認識－아울러日本民謠運動의昨今」, 『朝鮮日報』, 1935.12.11.

김선풍, 『朝鮮族民謠·歌謠曲集成』 전5책, 민속원, 1991.10.

김연갑, 『북한아리랑 연구』, 청송, 2002.4.

김일성, 「우리 문학예술의 몇가지 문제에 대하여－작가, 예술가들과의 담화(1951년 6
    월 30일)」, 『김일성저작집』 6, 조선로동당출판사, 1980.10.

柳浚弼, 「形成期 國文學研究의 展開樣相과 特性－趙潤濟·金台俊·李秉岐를 中心
    으로」, 서울대 박사논문, 1998.8.

박경수, 『한국 근대 민요시 연구』, 한국문화사, 1998.7.

朴乙洙 편저, 『韓國時調大事典』 上·下, 아세아문화사, 1992.1.

石川義一, 李慶孫 역, 「朝鮮民謠」, 『東亞日報』, 1924.10.13·11.1.

孫泰龍 편저, 『每日申報音樂記事總索引』, 민속원, 2001.5.

신용하, 「신용하의 새로 쓰는 한국문화 〈2〉－아리랑」, 『東亞日報』, 2003.1.15.

申采浩, 「天喜堂詩話」, 『大韓每日申報』, 1909.11.9~12.4

安自山, 『朝鮮文學史』, 韓一書店, 1922.4.

李光洙, 「民謠小考(一)」, 『朝鮮文壇』, 1924.12.

李尙俊, 『朝鮮新舊雜歌』, 博文書館, 1921.8.

李昌培 편저, 『韓國歌唱大系』, 弘人文化社, 1976.5.

任東權, 『韓國民謠集』 I, 집문당, 1961.6.

______, 『韓國民謠史』, 집문당, 1964.5.

______, 『韓國의 民謠』, 일지사, 1980.10.

______, 『韓國民謠集』 VI, 집문당, 1981.10.

______, 「北韓民謠의 硏究」, 『한국민요학』 1, 한국민요학회, 1991.5.

조동일, 「趙潤濟의 民族史觀과 文學의 有機體的 全體性」, 『陶南趙潤濟博士古稀記
      念論叢』, 형설출판사, 1976.

______, 『한국시가의 전통과 율격』, 한길사, 1982.7.

趙潤濟, 「鄕土藝術復興運動」, 『新興』 2, 1929.12.

______, 「時調字數考」, 『新興』 4, 1930.11.

______, 「詩歌의 原始形」, 『朝鮮語文』 7, 1933.

______, 『朝鮮詩歌史綱』, 東光堂, 1937.5.

______, 『國文學史』, 東國文化社, 1949.5

______, 「나와 國文學과 學位」, 『陶南雜識』, 을유문화사, 1964.4.

朱耀翰, 「노래를지으시려는이에게」, 『朝鮮文壇』, 1924.10~12.

벌꽃(주요한), 「日本近代詩抄(1)」, 『創造』 1, 1919.2.

崔南善, 「朝鮮國民文學으로의 時調」, 『朝鮮文壇』, 1926.5.

______ 편, 『時調類聚』, 漢城圖書, 1928.4.

최은숙, 「『대한매일신보』의 민요 수록 양상과 특성」, 『한국민요학』 11, 한국민요학
      회, 2002.12.

최철 편저, 『한국민요론』, 집문당, 1986.12.

秋湖(전영택), 「시인·쾨테」, 『創造』 2, 1919.3.

한경진, 「19세기 인천에서 불려졌던 〈아리랑〉의 근대적 성격」, 『동방학지』 115, 연세
      대 국학연구원, 2002.3.

한국민요학회 편, 「한국민요학 관계목록」, 『한국민요학』 1, 1991.5.

한정미, 「북한의 민요수용 시각과 통속민요의 문제」, 『한국민요학』 12, 2003.6.

洪鍾仁, 「龍岡民謠三十首」, 『開闢』 34, 1923.4.

무서명, 「俚謠足觀世道」, 『皇城新聞』, 1901.11.13.

2. 일본어문헌

加藤覓峰, 「頌德慶賀の辭を含める朝鮮民謠の二三」, 『朝鮮』 83, 1922.

姜海守, 「植民地『朝鮮』における『國文學史』の成立－趙潤濟の『文學史』敍述を中心にして」, 『世紀轉換期の國際秩序と國民國家の形成』(西川長夫 編), 柏書房, 1999.2.

建部遯吾, 「韻文進化論(續)」, 『帝國文學』 3-6, 1897.

兼常淸佐, 『日本の音樂』, 六合館, 1913.11.

______, 「赤裸々な感想」, 『民俗藝術』 2-6, 1929.

界川, 「文學史編纂方法に就きて」, 『帝國文學』 1-5, 1895.

高橋享, 「韓國の俚諺－京城地方の俚諺一般」, 『帝國文學』 16-8, 1910.

______, 「朝鮮文學の研究－朝鮮の小說」, 『日本文學講座』 12, 新潮社, 1927.11.

______, 「朝鮮の民謠」, 『朝鮮』 201, 1932.

______, 「朝鮮民謠の歌へる母子の愛情」, 『朝鮮』 255, 1936.

高木伊作, 『ゲーテ』(『拾貳文豪叢書』 5), 民友社, 1893.

高木昌史, 「ヘルダーと民謠」, 『ドイツ文學』 86, 1991.

高山林太郎, 「我邦現今の文藝界に於ける批評家の本務」, 『太陽』 3-11, 1897.

______, 「日本主義を贊す」, 『太陽』 3-13, 1897.

______, 「大町桂月に與ふ」, 『太陽』 3-15, 1897.

______, 「支那文學の價値」, 『太陽』 3-19, 1897.

무서명(高山林太郎), 「序詞」, 『帝國文學』 창간호, 1895.

高野辰之・大岳舜次 編, 『俚謠集拾遺』, 六合館, 1915.4.

館史編纂委員會 編, 『財団法人 日本靑年館七十年史』, 日本靑年館, 1991.

橋川文三, 『ナショナリズム』, 紀伊國屋書店, 1994.

臼田甚五郎 監修, 須藤豊彦 編, 『日本歌謠辭典』, 櫻楓社, 1985.

宮田登, 「くお月さまいくつ十三七〉再考」, 『現代思想』 14-5, 1986.

金敎煥, 「朝鮮の農民歌謠」, 『地上樂園』 2-1〜3, 大地舍, 1927.

金日成, 「祖國解放戰爭と文學芸術の創造」, 『新日本文學』, 1951.10.

吉田豊吉, 「聲樂を藉る詩形と新樂式」, 『帝國文學』 11-4, 1905.

金關丈夫, 「お月さまいくつ」, 『お月さまいくつ』, 法政大學出版局, 1980.

淡水生, 「消夏法」, 『日本人』 118, 1900.

大西祝, 「文學上の新事業」, 『太陽』 1-3, 1895.

______, 「俚諺論」, 『太陽』 3-2・3, 1897.

大町桂月, 「詩歌に於ける古語及び俗語」, 『帝國文學』 3-4・5・6, 1897.

______, 「日本の詩形を論ず」, 『帝國文學』 4-5, 1898.

______, 「時文」, 『文藝俱樂部』 4-14, 1898.

______, 「傳說研究の必要」, 『太陽』 10-16, 1904.

______, 「民謠と詩人の詩」, 『太陽』 11-1, 1905.

______, 「放言六十六則」, 『太陽』 11-8, 1905.

大和田建樹, 『日本歌謠類聚』 上・下, 博文館・續帝國文庫, 1898.

島田謹二, 『日本における外國文學』 上, 朝日新聞社, 1975.

童謠研究會 편, 『諸國童謠大全』, 春陽堂, 1909.9.

藤岡作太郎, 『國文學史講話』, 富山房, 1908.

柳父章, 『飜譯語成立事情』, 岩波書店, 1982.

柳田國男, 『柳田國男全集』 4・11, 筑摩書房, 1998.

末松謙澄, 「歌樂論」, 『東京日日新聞』, 1884.9.10~1885.2.3.

木名瀨高嗣, 「表象と政治性 : アイヌをめぐる文化人類學的言說に關する素描」, 『民
　　　俗學研究』, 1997.6.

木村直司, 『續ゲーテ研究』, 南窓社, 1983.

武笠三, 「日本古代の俚諺」, 『帝國文學』 4-4, 1898.

무서명, 「明治三九年文藝敎學史科・文藝界」, 『早稻田文學』 14, 1907.

무서명, 「文體の簡潔と俗謠の研究」, 『帝國文學』 3-6, 1897.

무서명, 「書目十種」, 『國民之友』 48, 1889.

무서명, 「俗間の歌謠」, 『國民之友』 152, 1892.

무서명, 「俗諺の採集」, 『帝國文學』 2-11, 1896.

무서명, 「帝國文學創刊十周年回想錄」 『帝國文學』 11-1, 1905.

무서명, 「彙報・新體詩界」, 『早稻田文學』 11, 1906.

武田祐吉, 『上代國文學の研究』, 博文館, 1921.

武田俊輔, 「民謠の歷史社會學－ローカルなアイデンティティ／ナショナルな想像力
　　　」, 『ソシオロゴス』 25, 2001.

文部省文藝委員會 편, 『俚謠集』, 國定敎科書共同販賣所, 1914.9.

薄田泣菫, 『泣菫詩集』, 大阪朝日新聞社, 1925.

芳賀矢一, 「日本韻文の形體に就きて」, 『哲學雜誌』 65, 1892.

______, 『國文學史十講』, 富山房, 1899.

________, 『國文學史槪論』(『芳賀矢一選集』2), 國學院大學, 1983.

柄谷行人, 『〈戰前〉の思考』, 文藝春秋, 1994.

B. アンダーソン, 『想像の共同體』, リブロポート, 1987.

森鷗外, 『鷗外全集』全38卷, 岩波書店, 1971～1975.

三上參次・高津鍬三郎, 『日本文學史』, 金港堂, 1890.

三鷹子, 「巷の噂」, 『國民之友』, 1897.5.

三好行雄, 「『帝國文學』」, 『文學』 23-5, 1955.

上田敏全集刊行會, 『定本上田敏全集』 1～10, 教育出版センター, 1978～1985.

西川長夫・松宮秀治 編, 『幕末・明治期の國民文化形成と文化變容』, 新曜社, 1995.

石橋友吉, 「ゲェテー論」, 『國民之友』 36, 1888.

石川義一, 「社會敎化と民謠」, 『朝鮮』 83, 1922.

________, 「朝鮮俗曲」, 『朝鮮』 79, 1921.

星野愼一, 『ゲーテと鷗外』, 潮出版社, 1975.

笹原亮二, 「芸能を巡るもうひとつの『近代』－鄕土芸術と民謠の會の時代」, 『芸能
　　　　史研究』 119, 1992.

小寺謙吉, 『發禁詩集－評論と書誌』, 西澤書店, 1977.

小寺融吉, 「鄕土舞踊と民謠の會に就て」(『民俗藝術』 2-7, 1929.

________, 『鄕土舞踊と盆踊』, 桃蹊書房, 1941.

小杉乃帆流, 「民謠の蒐集」, 『白百合』 4-3, 1907.

小熊英二, 『單一民族神話の起源－〈日本人〉の自畵像の系譜』, 新曜社, 1995.

小倉進平, 「濟州嶋の俚謠と伝說」 上・中・下, 『わか竹』 6-2～4, 1913.

________, 『鄕歌及び吏讀の研究』, 『京城帝國大學法文學部紀要』 第一, 1929.3.

________, 「鄕歌の形式に就き土田杏村氏に答ふ」, 『國語國文の研究』 44, 1930.

昭和女子大學近代文學研究室, 『近代文學研究叢書』 11・60, 昭和女子大學, 195
　　　　9・1987.

松村綠, 『薄田泣菫考』, 敎育出版センター, 1977.

松浦貞俊, 「明治二十年代の國文學史に就て」, 『國語と國文學』 19-10, 1942.

受賣小僧, 「文藝雜談」, 『帝國文學』 10-1, 1904.

市山盛雄, 『朝鮮民謠の研究』, 坂本書店, 1927.10.

植村幸生, 「植民地期朝鮮における宮廷音樂の調査をめぐって－田辺尙雄「朝鮮雅樂
　　　　調査」の政治的文脈」, 『朝鮮史研究會論文集』 35, 1997.

雅樂協會, 「國樂制定意見槪案」, 『日本人』 9, 1895.

安田保雄, 『上田敏硏究』 增補新版, 有精堂, 1969.

巖谷漣, 「ゴェテ一伝」, 『六合雜誌』 106~109, 1889~1890.

岩城準太郎, 「志田學兄追憶記」, 『國語と國文學』 23-6, 1946.

櫻井政隆, 「抒情詩に於ける自然に就て」, 『白百合』 3-7・8, 1906.

______, 「近世獨逸詩歌と民謠の關係」, 『白百合』 4-1, 1906.

______, 「ゲエテが民謠詩の遡源硏究一斑」, 『帝國文學』 13-3, 1907.

野山嘉正, 『日本近代詩歌史』, 東京大學出版會, 1985.

梁永厚, 「朝鮮民俗學の苦難」, 『伝統と現代』 71, 1981.

F. マイネッケ, 『世界市民主義と國民國家』, 岩波書店, 1968.

與謝野寬, 「賤機」, 『明星』, 1907.2.

______, 「韓謠十首」, 『東西南北』, 明治書院, 1896.7.

永池健二, 「流行唄の發生について－柳田國男の民謠論を手掛りとして」, 『日本歌
        謠硏究』 19, 1980.

五十嵐力, 『國歌の胎生及び發達』, 早稻田大學出版部, 1924.8.

外山正一, 「新體詩及び朗讀法」, 『帝國文學』 2-3・4, 1896.

熊谷辰治郎, 「〈鄕土舞踊と民謠の會〉回顧－東京四月の年中行事」, 『民俗芸術』 1-4,
        1929.

越智治雄, 『近代文學成立期の硏究』, 岩波書店, 1984.

尹健次, 『民族幻想の蹉跌』, 岩波書店, 1994.

衣水, 「日本民謠全集」, 『帝國文學』 13-5, 1907.

伊藤整, 『明治思潮の轉換期』(『日本文壇史』 6), 1960.

E. ホブズボウム・T. レンジャー 編, 『創られた傳統』, 紀伊國屋書店, 1992.

日本靑年館, 『開館記念 鄕土舞踊と民謠』, 1925.

______, 『鄕土舞踊と民謠』, 1934.4.

赤塚行雄, 『『新體詩抄』前後』, 學藝書林, 1991.

前田林外 編, 『日本民謠全集』 續篇, 本鄕書院, 1907.11.

田中健二, 「初期ヘルダー」, 『大阪大學文學部紀要』 5, 1957.

折口信夫, 「感謝すべき新東京年中行事」, 『民俗藝術』 2-6, 1929.

井上鐵次郎, 「日本文學の過去及び將來」, 『帝國文學』 1-1・2・3, 1895.

______, 「新體詩論」, 『帝國文學』 3-1・2, 1897.

______, 「日本の强大なる原因」, 『日本人』 400, 1904.

町田嘉章・淺野健二 編, 『日本民謠集』, 岩波書店, 1960.

鼎浦生(小山東助),「國民文學史の編術に就て」,『帝國文學』11-4, 1905.

佐藤輝夫 他編,『近代における西洋文學紹介文獻書目・雜誌篇 1885~1898』, 悠文
　　　出版, 1970.

佐野孫四郎,「新民謠と農村靑年」,『民俗藝術』4-2, 1931.

佐佐木信綱,『和歌史の研究』, 大日本學術協會, 1915.

竹末悌四郎,「國民文學の革新時機」,『太陽』2-20・21, 1896.

竹の里人(正岡子規),「俚歌に擬す」,『日本人』38, 1897.

中野康存 譯,『民族詩論』, 櫻井書店, 1945.

仲井幸二郎,『民謠の女』, 實業之日本社, 1977.

中川杏果,「新潟縣の鄕土芸術熱」,『民俗藝術』창간호, 1929.

中村木公,「宮島春松君」,『日本人』214, 1904.

中村德三郎 譯,『オシャン－ケルト民族の古歌』, 岩波書店, 1971.

志田義秀,「日本民謠槪論」,『帝國文學』12-2・3・5・9, 1906.

＿＿＿＿,「日本詩學上に於ける民謠の位置」,『白百合』4-1, 1906.

＿＿＿＿,「方言詩」,『白百合』4-2, 1906.

＿＿＿＿,「芳賀博士と日本詩歌學」,『國語と國文學』14-4, 1937.

津田左右吉,『文學に現はれたる我が國民思想の研究－貴族文學の時代』, 東京洛陽
　　　堂, 1916.

津倉春洋,「但馬の民謠に就いて」,『白百合』4-5, 1907.

淺野健二 編,『日本民謠大事典』, 雄山閣, 1983.

川村湊,「朝鮮民俗學論」,『思想』, 1994.5.

添田知道,『演歌の明治大正史』, 刀水書房, 1982.11.

靑木昌吉,「俗謠を論す」,『帝國文學』1-12, 1895.

崔南善,「朝鮮民謠の槪觀」,『眞人』5-1, 1927.

秋山邦晴,『昭和の作曲家たち－太平洋戰爭と音樂』, みすず書房, 2003.4.

K. S,「詩形の合用と新詩形」,『帝國文學』3-7, 1897.

太田才次郎,『日本兒童遊戲集』, 東洋文庫, 平凡社, 1978.

土田杏村,『上代の歌謠』, 第一書房, 1928.6.

T. K,「陋劣なる國民氣風」,『帝國文學』7-3, 1901.

阪井葉子,「ドイツ民謠收集の起源－啓蒙主義とロマン主義の接点としての『少年の
　　　ふしぎな角笛』」,『ドイツ文學』99, 1997.

八杉貞利,「露西亞文學に於ける國民敍事詩」,『帝國文學』13-1・2, 1907.

荔舟(八杉貞利),「民謠の探錄に就きて」,『帝國文學』13-5, 1907.

坪井秀人,「〈國文學〉者の自己点檢-イントロダクション」,『日本文學』49-1, 2000.

________,「〈國民の聲〉としての民謠」(『〈文學年報1〉文學の闇 / 近代の「沈默」』, 世織
書房, 2003.11.

品田悅一,「東歌の文學史的位置づけはどのような視野をひらくか」,『國文學』35-5,
1990.

________,「國民歌集の發明・序說-上は天皇より下は名もなき庶民にいたるまで」,
『國語と國文學』, 1996.11.

________,『万葉集の發明-國民國家と文化裝置としての古典』, 新曜社, 2001.2.

は. な,「泰西詩歌の飜譯を望む」,『帝國文學』3-4, 1897.

海地泰行,「ヘルダーと民謠」,『大阪學院大學外國語論集』6, 1978.

洪奭鉉,『新撰朝鮮會話』, 博文館, 1894.8.

花房柳外,「田中、上田、井上三氏の音樂論を讀む」,『白百合』1-5, 1904.

後凋(石倉小三郎),「樂界の一瞥」,『帝國文學』10-1, 1904.

黑岩淚香 選,『定本俚謠正調』, 交蘭社, 1928.

3. 기타

Homer B. Hulbert, "The Korean Vocal Music", *The Korean Repository*, 1896.2.

Johann Gottfried Herder Werke 3, Volkslieder / Übertragungen / Dichtungen, Deutscher Klassiker
Verlag, 1990

Volker Meid, *Sachwörterbuch zur Deutschen Literatur*, Reclam, 2000.

인명 찾아보기

　한국의 독자들에게 본서를 전달하게 된 것을 대단히 기쁘게 생각합니다. 간행을 흔쾌히 승낙해주신 소명출판의 박성모 사장님, 중개의 노고를 아끼지 않으신 연세대학교 김영민 교수님, 그리고 김 선생님을 저희들에게 소개해주신 히토츠바시(一橋)대학의 이연숙 선생님께 진심으로 감사드립니다.

　본서의 간행에는 우여곡절이 있었습니다. 일본에서 다소 알려진 저의 저서 『만엽집의 발명(万葉集の發明)』[신요사(新曜社), 2001.2]에, 당시 토오쿄오(東京)대학 대학원에서 『만엽집(万葉集)』에 관한 박사논문을 작성하고 있던 임경화 씨가 주목하여, 한국어로 번역하고 싶다고 전해온 것이 발단이었습니다. 임경화 씨는 그때까지 『만엽집』의 사키모리노래(防人歌)에 관한 훌륭한 논문을 계속 발표하고 있었고, 저는 임경화 씨의 역량을 높이 사고 있었기에, 번역의 제안은 기대하지도 않았던 일이어서, 그 자리에서 승낙했습니다.

『만엽집의 발명』은 현존하는 일본 최고(最古)의 가집 『만엽집』이 일본의 국민국가 형성의 과정에서 고전의 필두에 놓이고, 이윽고 광범위하고 공고한 애착을 모으기에 이르는 과정을 논한 것입니다. 과거 백 년 간의 『만엽집』의 연구는 그러한 애착에 입각하여 행해져 왔으므로, 저의 주장은 연구의 전제에 대한 이의제기로 받아들여지기도 하여, 이래저래 파문을 불렀던 것입니다. 이 사실은 물론, 국민국가체제의 비판적 검증이라는 십여 년에 걸친 인문과학·사회과학에서의 세계적 조류와도 관련되어 있습니다.

일본의 근대화의 역사는, 그러나 아시아 전체에서 생각할 때는 오히려 예외적인 케이스에 속합니다. 서양 열강의 압박을 물리치고 독립을 유지한 국가는 그 외에도 있지만, 제국주의의 길을 내달은 것은 일본뿐입니다. 한반도의 사람들이 국민국가 형성의 길을 일찍이 차단당하고, 장기에 걸친 식민지지배를 경험했을 뿐만 아니라, 지금도 여전히 남북의 분단이라는 상황에 노출되어 있는 것에 비할 때, 정말로 대조적인 모습이라고 하지 않을 수 없습니다.

『만엽집의 발명』이 그려낸 것과 같은 사태는 한국에는 성립하지 않았다고 보아야 하겠지요. 고전에 의한 국민적 아이덴티티 형성은 일본에서는 보기 좋게 성공했지만, 한국에서는 그렇지 않았습니다. 임경화 씨의 번역원고가 지금껏 빛을 보지 못하고 있는 것도 아마도 이 점이 커다란 이유라고 생각됩니다.

이왕 번역한 경험을 헛되이 하고 싶지는 않다. 하지만 좀더 보편적인 논의가 아니면 통용될 것 같지 않다. 임경화 씨가 다음으로 생각한 것은 기존의 저의 논고 「민요의 발명」[『만엽집 연구(万葉集研究)』 21, 하나와(塙)서방, 1997.3]을 번역 소개하는 것이었습니다. 근대가 창출한 개념이 전근대의 문화적 사상(事象)에 적용된다고 하는 현상은 그 역설(逆說)성에 있어서 그야말로 세계적인 보편성을 가질 뿐만 아니라, 현대의 한국사회에서는 실제로 '민요'의 칭양이나 그것에 의한 민족적 유대의 강조가 왕성히 행해지고 있기 때문입니다. 계획을 들은 저는 "그렇다면 오히려, 한국에서의 '민요' 개념의 이식과 정착의 과정을 재검토하여, 독자적인 논을 정리하는 편이 빠르지 않을까"라고 강하게 권유했습니다. 임경화 씨는 이 조언에 훌륭히 부응하여, 본서 수록의 논문을 작성했습니다.

마침 임경화 씨가 논문을 한창 준비하고 있는 중에 일본의 래디컬한 근대문학연구자들이 『문학의 암흑／근대의 '침묵'(文學の闇／近代の「沈默」)』[세오리(世織)서방, 2003.11]이라는 논문집을 간행했습니다. 거기에 수록되어 있었던 것이 츠보이 히데토 씨의 민요론으로, 저도 임경화 씨도 간행직후부터 이 논문에 주목하고 있었습니다. 소재도 문제의식도 공통되어 있었고, 내용도 공감할 수 있는 것이었기 때문입니다. 세 편의 논문을 합하면, 한국과 일본의 근대를 민요라는 시각에서 재고하는 책이 될 것 같았습니다. 자세한 경위는 생략하지만, 당시 거의 교제가 없었던 츠보이 씨가 계획에 찬성해주셔서 본서의 간행이 이루어질 수 있었습니다.

여기에서 저의 논문에 대하여 다소 설명하고자 합니다. 저의 글이 한글로 소개되는 것은 「국민가집으로서의 『만엽집』(國民歌集としての万葉集)」 (하루오 시라네・토미 스즈키 편, 왕숙영 역, 『창조된 고전─일본문학의 정전 형성과 근대 그리고 젠더』, 소명출판, 2002, 55~92면; 원저, 신요사, 1999)에 이어, 이번이 두 번째입니다. 이미 번역된 논문은 1997년 3월에 뉴욕의 콜롬비아대학에서 개최된 국제심포지엄에서의 발표원고를 기초로 한 것으로, 『만엽집의 발명』도 이 논문을 핵으로 증보한 것인데, 본서에 수록된 「일본의 국민문학운동과 민요의 발명」은 실은 그것들보다 먼저 쓰인 것입니다. 스스로의 연구의 한계를 느끼고 영역을 넓힐 필요성을 통감하여, 새로운 분야에 도전한 첫 성과였습니다. 그런 만큼, 중대한 문제에 부딪친 것은 당초부터 실감하고 있었지만, 그 문제를 어떻게 처리해야 할지에 대하여 사고가 충분히 무르익지 않은 채, 사철이 자석에 빨려들 듯이 속속 모여드는 자료를 상당히 난잡하게 배치한 면이 있습니다.

무엇보다 당시의 저는 19세기 말엽의 일본에 있어서, '문학'의 개념이

'문의 학'이라는 종래의 이해와 '글로 쓴 예술'이라는 새로운 견해의 이중성 아래에 성립되어 있었다는 점을 정확하게 인식하고 있지 않았습니다. 하물며 그 '문학' 개념이 '문명'이라는 견지에 뒷받침되어 있으며, 세계성이나 보편성의 강조와 결부되기 쉬웠다는 것, 역으로 말하면 고유성이나 일관성의 강조와는 결부되기 어려웠다는 것도 깨닫지 못했습니다. 마찬가지로 국민의 보완 개념인 민족은 문명과는 별개로 문화라는 가치가 발견되었을 때에 부상했다는 것이나, 민요의 개념화는 바로 이러한 맥락에서 의미를 가진다는 것도 명확히는 의식하고 있지 않았습니다.

이와 같은 약점을 가지는 반면, 보다 정리된 현재의 견지에 맞춰 다시 쓰면 오히려 상실하고 마는 열기가 행간에 꿈틀거리고 있다고, 지금 다시 읽어 보고 새삼 느낍니다. 적어도 민요는 원래 존재하는 것이 아니라 국민국가 형성의 도상에서 사후적으로 발견된 것이라는 주장은 수미일관되어 있으며, 저는 지금도 이 생각을 바꾸지 않았습니다. 본서 간행을 기회로 다소 손을 더했으나, 그것은 수치상의 오류나 오해를 살 만한 표현의 정정 등, 최소한의 범위에 머물고 있음을 양해해주시면 감사하겠습니다.

한편 츠보이 씨는 근대일본문학전공의 연구자로, 예리한 논리 구성으로 정평이 나 있는 인물입니다. 본서 수록의 「'국민의 소리'로서의 민요」에도 도처에 참신한 지적이 보입니다. 예를 들면 제국일본의 팽창에 따라 대만 및 조선의 가요를 '일본민요'로 간주하는 움직임이 존재했다는 지적이나, 민중의 소리가 본래 안고 있었던 추잡한 요소가 '민요' 개념화의 과정에서 불식되어 갔다는 지적은 저의 논에는 완전히 결락된 것으로, 금후 발전될 가능성을 지닌 중요한 논점이라고 생각됩니다.

임경화 씨의 논은 이러한 문제의식에 입각한 것으로서는 아마도 한국에서 최초의 연구에 해당되리라 생각합니다. 통념에 도전하는 주장을 품은 만큼, 반감을 느끼는 분들도 많으리라 예상됩니다만, 처음부터 본인도 각오하고 있습니다. '민요' 개념이 식민지시대의 종주국의 지식인을 경유하여 초래되었다는 것, 또한 그들의 언설에 기대어 사고한 한국인 지식인의 손으로 한국사회에 정착된 것, 이러한 사실의 지적은 한국 사람들에게는 결코 유쾌한 일이 아니겠지요. 하지만 사실을 직시하는 것 없이는 매사가 진전되지 않으며, 특히 연구는 거기에서밖에 시작되지 않는다고 생각합니다.

임경화 씨는 또한 츠보이 씨와 저의 논문의 번역도 담당하여 주었습니다. 그녀는 일본어 능력이 뛰어날 뿐만 아니라, 남의 글을 숙독 음미하여, 원저자의 사고법까지도 손 안에 넣고 마는 천부의 재능의 소유자이기도 합니다. 그녀는 극히 최근에 이연숙 씨의 명저 『'국어'라는 사상』[원저, 이와나미(岩波)서점, 1996]의 번역에도 참가했습니다. 본서에 이어 공간되리라 생각합니다.

주지하는 바와 같이, 일본에는 역사적 사실을 왜곡하여 새로운 수법의 국민국가의 이야기를 엮어 내거나, 더군다나 그것을 교과서로 만들어 어린이들에게 가르치려고 하는 세력이 있습니다. 그들은 역사란 국민이 주체적으로 만들어내는 이야기이며, 객관적인 역사 따위란 본래 존재하지 않는다고 말합니다. 이러한 책동을 물리치기 위해서라도, '국민'이라는 개념 그 자체를 보다 광범위하고 철저하게 비판해가는 것이 필요하겠지요. 본서가 새로운 토론의 원안이 되어, 그 성과가 일본에도 전해지는 날을 손꼽아 기다리고 있습니다.

2005년 7월

시나다 요시카즈(品田悅一)